本专著为浙江省重大课题"东亚历史海域与浙江社会发展"(20XXJC04ZD)的阶段性成果;This work was supported by the Seed Program for Korean Studies through the Ministry of Education of the Republic of Korea and the Korean Studies Promotion Service of the Academy of Korean Studies (AKS-2020-INC-2230008)。本专著出版得到韩国崔钟贤学术院资助。

浙江大学亚洲研究中心亚洲研究丛书之九
浙江大学亚洲研究中心资助出版

汉字文化圈中的朝鲜汉文小说研究

金健人 孙海龙 著

浙江大学出版社
·杭州·

图书在版编目（CIP）数据

 汉字文化圈中的朝鲜汉文小说研究 ／ 金健人，孙海龙著. -- 杭州：浙江大学出版社，2024.3
 ISBN 978-7-308-24750-4

 Ⅰ. ①汉… Ⅱ. ①金… ②孙… Ⅲ. ①古典小说—小说研究—朝鲜 Ⅳ. ①I312.074

 中国国家版本馆CIP数据核字(2024)第058423号

汉字文化圈中的朝鲜汉文小说研究

金健人　孙海龙　著

责任编辑	潘丕秀
责任校对	蔡　帆
封面设计	周　灵
出版发行	浙江大学出版社
	（杭州市天目山路148号　邮政编码　310007）
	（网址：http://www.zjupress.com）
排　　版	杭州林智广告有限公司
印　　刷	浙江省邮电印刷股份有限公司
开　　本	710mm×1000mm　1/16
印　　张	17.75
字　　数	318千
版 印 次	2024年3月第1版　2024年3月第1次印刷
书　　号	ISBN 978-7-308-24750-4
定　　价	88.00元

版权所有　侵权必究　　印装差错　负责调换

浙江大学出版社市场运营中心联系方式：0571-88925591；http://zjdxcbs.tmall.com

目 录

绪 论 ·· 1
 第一节 汉字文化圈与东亚文化圈·· 1
 第二节 朝鲜半岛的汉文化传播·· 6
 第三节 汉字文化圈中的朝鲜汉文小说··· 11

第一章 朝鲜王朝的意识形态与抑制小说政策····························· 19
 第一节 朝鲜王朝的意识形态·· 19
 第二节 主流意识对小说的否定·· 23
 第三节 朝鲜小说意识的变化·· 34

第二章 中国小说在朝鲜的传播与接受······································ 38
 第一节 朝鲜时期中国小说的翻译与出版······································· 38
 第二节 朝鲜前期中国小说的传播与接受······································· 44
 第三节 朝鲜中后期中国小说的传播与接受···································· 59

第三章 朝鲜汉文小说流变史·· 70
 第一节 汉文小说的肇始与兴起·· 70
 第二节 朝鲜时期的文字环境与小说文化······································· 75
 第三节 中国小说东传与朝鲜小说的生发······································· 78
 第四节 汉文小说的发展与变迁·· 81
 第五节 汉文小说与韩文小说的邂逅·· 86
 第六节 韩文创作小说的出现与盛行·· 90
 第七节 家门小说与英雄小说的融合·· 96
 第八节 汉文短篇的创作与长篇的面世·· 99
 第九节 汉文长篇的产生动因及其发展··· 105

第四章　朝鲜的思想文化与小说文学 …… 118

第一节　朝鲜的思想文化 …… 118
第二节　朝鲜小说史的开端 …… 122
第三节　儒教文化在小说中的集中体现 …… 127
第四节　天君小说的产生条件 …… 135
第五节　实学思想的文学反映 …… 141
第六节　佛道因素的辅助 …… 143

第五章　朝鲜汉文小说各论 …… 151

第一节　传奇小说 …… 151
第二节　假传小说 …… 155
第三节　梦游录小说 …… 162
第四节　传记小说 …… 170
第五节　爱情传奇小说 …… 176
第六节　军谈小说 …… 187
第七节　梦幻小说 …… 194
第八节　家庭小说 …… 205
第九节　爱情世态小说 …… 215
第十节　汉文长篇小说 …… 218

第六章　朝鲜国文小说中的中国因素 …… 223

第一节　国文小说的发展流变 …… 223
第二节　国文小说中的中国因素 …… 226
第三节　国文小说对中国小说的仿效 …… 239
第四节　国文小说的中国人物与时空背景 …… 248

绪　论

第一节　汉字文化圈与东亚文化圈

汉字文化是指过去或现在使用汉字并曾共同以汉文为书面语，由此而受汉文化影响的文化。汉字的传入，结束了朝鲜半岛和日本列岛的史前蛮荒时代。没有文字的民族，所思所想往往只能局限于日常范围和即时时段，人与人之间的交流，也往往只能限于口耳相传，以"面对面"情境为范围，这就大大限制了社会活动和文化发展。汉字和汉文化的传入，则改变了这些地区的生活内容和思维方式，形成了文明发展的精神基础。正因为东亚各国都曾拥有过一段颇为悠久的使用汉字为官方文字、使用汉文为官方语文的历史，所以从总体上来看，这段历史中的汉字汉语推动了这些国家本族语言的发展，促进了这些国家本土文字的产生，至于在社会文化科技等方面带去的巨量信息和强大催化，更推动了这些国家各个领域的迅速发展，这是世所公认的。相应地，人们就把这些地区，如朝鲜半岛、日本列岛和越南等地，称为汉字文化圈。日本学者西岛定生（1919—1988）给出的"汉字文化圈"的构成要素是：以汉字为传意媒介，以儒家为思想伦理基础，以律令制为法政体制，以汉传佛教为宗教信仰等等作为共同的价值标准。[1]也就是说，与汉字同时传入的汉文化，其内容主要包括儒家文化、佛教文化、制度观念等，所以根据不同需要又被称为儒家文化圈、佛教文化圈等。又由于进入舟船时代后，东亚各国之间人与人的交流，物与物的互换，更为依赖海上运输，所以茫茫大海就由原先人们交往的阻隔，变成为交往的途径，东亚历史海域在东亚文明发展中一直起着不可替代的巨大历史作用。

东亚文明发展的一个显著特征是对汉文化的学习和认同。在日常生活等方面，主食稻米，懂得品茶，使用筷子进食。地理名称上，因具有相似的地理特征或有着类似的历史文化背景而同名的现象数不胜数，譬如受中国杭州西湖自古以来的自然美景和历史文化影响，朝鲜半岛和日本列岛也

---

[1]　[日]西岛定生：《日本歴史の国際環境》，东京大学出版会，1985年。

便都出现了不少"西湖"。日本更因为对中国文化的尊崇,把中国的潇湘八景套用到日本的相似景区。

东亚的建筑传统和工艺技术,也都以中国为源头。中国建筑传统,都可在日本、朝鲜、越南、琉球的建筑中找到相似的工艺和风格。譬如日本借鉴唐代建筑风格更多些,朝鲜借鉴宋朝建筑风格更多些。中国的工艺技术在东亚也影响很大,所谓六门工艺里的三十个工种,包括木工、金工、皮革、染色、琢磨器物及制陶等,都可找到其中的传承关系,许多直接学习或继承了中国的技艺与造物精神。不仅包括工艺技巧、工艺形式等方面的传授和模仿,还包括深层次文化观念的借鉴和学习。

在使得周边国家和地区的思想、学术和宗教极大地受到了中国的影响的同时,也使这些地区的人们产生了慕华心理,同时接受汉文化影响下的绘画、医学、建筑、音乐、礼仪和服饰。杨军和张乃和主编的《东亚史:从史前至20世纪末》,较早注意到东亚内部各地区、国家、区域之间的互动关系和认同过程以及东亚与世界的互动关系和发展水平。"东亚,从地理上讲,指的是欧亚大陆太平洋岸的边缘及大陆地带,包括中国、日本、韩国、朝鲜、越南、东南亚区域;从文化上讲,大体上是汉字文化圈影响所及的地区。"[1] 对"东亚"与"东北亚"、"地理东亚"与"文化东亚"进行了辨析。韩昇的《东亚世界形成史论》,因为把文化作为中国多民族融合的标准,同时也作为影响周边国家民族和平共处的标准,所以基本局限于东北亚地区。"建立于先进地区的古代国家,形成一套伦理道德与行为准则,在相同国家制度和道德规范下,中心区域形成共同的文化基础,造成相同的民族心理,这既是中国统一的文化要素,也是国家在与周边民族国家相比较时,形成民族认同与共同的对外思想观念,由此构成中华民族的文化核心。"[2] 宋念申的《发现亚洲》特别强调地域之上的"时间逻辑","欧洲、亚洲、美洲乃至非洲的多元的现代历史,都可被看作是整体历史的地方性部分,不同地域和文化环境中的人既不共享同一套时间观念,也不遵循同一种发展逻辑。同时,这些观念和逻辑又不是各自孤立的,人类的现代状况是它们相互影响、吸纳、对抗、对话的结果。"他的视角"是把中国放在区域(东亚)甚至全球的框架中,探讨较长时段中的演变"。[3]

"汉字文化圈"的直接物质遗存便是域外汉籍。古代中国,作为周边国家和地区的文化宗主国,汉字文化和汉文化的输出是借助于大量的典

---

[1] 杨军、张乃和主编:《东亚史:从史前至20世纪末》,长春出版社,2006年,第3页。
[2] 韩昇:《东亚世界形成史论》,复旦大学出版社,2009年,第4页。
[3] 宋念申:《发现东亚》,新星出版社,2018年,第1—3页。

籍，特别是海上运输使得书籍的搬运变得容易。张伯伟认为域外汉籍就是存在于中国之外或域外人士用汉文（主要是古汉文）撰写的各类典籍。具体地说，可以包括三个方面，即：（1）历史上域外人士用汉文撰写的典籍；（2）中国典籍的域外刊本或抄本，以及许多域外人士对中国古籍的选本、注本和评本；（3）流失在域外的中国古籍。日本学者往往将上述第一类典籍称作"准汉籍"，第二类称为"和刻本汉籍"，第三类才叫做"汉籍"。张伯伟觉得不妨统称为"域外汉籍"，其主体则是第一类文献，即域外人士用汉文撰写的各种思想、历史、文学、宗教、艺术等方面的典籍。[1]

朝鲜半岛北部由于与中国大陆直接相连，陆路相通，交往频繁，与中原文化交流便特别密切，其使用汉字的时间，自然与东北各地相仿。汉武帝灭卫满朝鲜设四郡是在公元前107年，有大量中原官民进入汉四郡，其中当不乏熟读儒家典籍者。从考古发现看，乐浪文化已经影响到朝鲜半岛最南端的济州岛，当然对整个半岛都有影响。史载公元前37年朝鲜半岛已使用汉字，"国初始用文字时，有人记事一百卷，名曰《留记》"[2]。公元372年，"秦王苻坚遣使及浮屠顺道送佛像、经文。王遣使回谢，以贡方物。立太学，教育子弟"[3]，上至王公贵族、达官显贵，下至地方官吏、庶民百姓，皆"爱书籍"。

朝鲜半岛南部的百济与中国的文化交流，主要通过水路，并由此成为中国与日本交往的中转。所以百济早就大量吸收中国文化成果，特别是江南的文化成果。"《古记》云：'百济开国已来，未有以文字记事。'至是得博士高兴，始有书记。"[4]

新罗在朝鲜半岛东南部，可以说是距离中国大陆最远的区域，建国初期没有文字，一般认为3世纪开始使用汉字。儒学传入新罗的时间相对较晚，但也不会晚于5世纪。立于568年的新罗真兴王《磨云岭巡狩碑》，碑文中就有这样一段话："纯风不扇，则世道乖真；旨化不敷，则邪为交竞。是以帝王建号，莫不修己以安百姓。""修己以安百姓"句，显然出自《论语·宪问篇》"子路问君子"条，由此可知儒学传入新罗至少不会晚于6世纪。

汉字传入日本列岛的具体时间无法确定，可以推断的是，当大批中国江南的稻作民到达日本之时，一定也会有文化人带去文字使用。随着渡

---

[1] 张伯伟：《域外汉籍研究——一个崭新的学术领域》，《学习与探索》2006年第2期。
[2] 《三国史记》卷十八《高句丽本纪·婴阳王纪》。
[3] 《三国史记》卷十八《高句丽本纪·小兽林王》。
[4] 《三国史记》卷二十四《百济本纪第二》。

海工具和技术的提升，中国大陆与朝鲜半岛、日本列岛的交往变得越来越频繁，这是日本弥生时代文化急剧提升最为可能的答案。后来一个偶然事件，证实了早在日本的弥生文化时期，不但与中国大陆已经开始官方交往，而且汉字已经参与了交往内容。1784 年，日本一位农民居然从土里挖出来一枚黄金印章，赫然篆刻着五个汉字："汉委奴国王"。"考虑到官印的用途，至少这意味着当时的统治者与东汉之间的交往中，存在着互换文书的需求。如果不能实行互换文书，那么既不能成为交往的对象，也不会赐以官印。从文献记载安帝时'倭国遣使奉献'可知，当时双方确实存在着交往。如果确实如此，那么在当时的弥生人中，有一部分人，尽管数量很少，却已经在使用文字。"[1] 但这一倭国臣服东汉王朝的证物还是受到不少人的质疑，直到 1956 年云南省晋宁县石寨的"滇王之印"和江苏省扬州市邗江县的"广陵王玺"被相继发现，这枚形制相仿的"汉委奴国王"金印才为日本历史学家和考古学家所肯定，与《后汉书》所载"建武中元二年，倭奴国奉贡朝贺，使人自称大夫，倭国之极南界也。光武赐以印绶"[2] 得以相互印证。在揭开历史上倭国与东汉的关系之外，还为当时的汉字使用提供了珍稀证据。如今这枚公元 57 年汉光武帝所赐的黄金印章已作为国宝收藏于福冈博物馆。

此后，汉安帝永初元年（107），"倭国王师升献生口百六十人"。《三国志》记载，曹魏时日本邪马台女王卑弥呼于魏景初三年（239）六月遣使来洛阳。公元 240 年，魏令带方太守弓遵派人携带诏书、"亲魏倭王"印绶、金帛、锦罽、刀、镜等物赴倭国赐给女王卑弥呼。正始四年（243），倭女王卑弥呼又遣使第二次向魏奉献。公元 247 年，倭王第三次遣使向魏奉献。总之，从魏明帝景初二年以后，仅仅十年之间，倭国女王派到魏或带方郡的使节前后已达五次。[3]

日本《古事记》、《日本书纪》等载，应神天皇十六年，《论语》、《千字文》等汉文书籍传入日本，开启了汉文和儒学的学习。《日本书纪》应神十六年条载："十六年春二月，王仁来之，则太子菟道稚郎子师之，习诸典籍于王仁，莫不通达。所谓王仁者，是书首等始祖也。"[4] 这是儒学传入日本之始。至于应神十六年的具体时间，有公元 285 年说与 405 年说不一。[5]

---

[1] ［日］高仓洋彰：《金印国家群的时代东亚世界与弥生社会》，滕铭予译，上海古籍出版社，2019 年，第 108 页。

[2] 《后汉书·东夷传》。

[3] 《魏书·东夷传》。

[4] 《日本书纪》卷十。

[5] 张士杰：《学术思潮与日本近代论语学》，北京语言大学出版社，2015 年，第 16 页。

至 8 世纪中叶，日本人开始用汉字草书的偏旁造为平假名，由注音汉字，发展成日语的表音文字，后又以汉字楷书的偏字造成片假名，与汉字以及后来传入的罗马字一起，成为日本完整的文字系统。日本学界一般认为百济人王仁去日本时带去了《论语》，时间当在日本应神天皇十六年。

越南历史上从秦始皇时代起就有汉字文化传入，考古发现越南境内多有汉墓。在使用汉语汉字大约 1000 年之后，越南利用汉字书写本民族的语言，并以汉字为基础发展为喃字，又称字喃。喃字，是汉字型孳乳文字中的一种。越南在长期使用汉字的同时，假借汉字和仿效汉字结构原理和方法，依据京语的读音，创造了这种文字。6 世纪开始出现，分为假借喃字、形声喃字和会意喃字。借用的汉字方法有：（1）借词，形音义全借；（2）音读，借音改义；（3）训读，借义改音；（4）其他。新造喃字的方法有：（1）造会意字；（2）造形声字；（3）其他。古代越南官方仅使用汉字，称为"儒字"。民间则有一种共同使用喃字与汉字标记越南语的方式，被称为汉喃文。由于喃字复杂且过于依傍汉字，始终没有成为越南的正式文字。法国殖民越南时期，喃字地位直线下降。1945 年越南独立之后，喃字彻底被拉丁字母"国语字"正式取代。

汉字在朝鲜半岛和日本列岛，包括越南等地的传播演变，大体经历了四个阶段：（1）原样移植，此为东亚各国的"同文时代"；（2）通过借词（音意兼借）、音读（借音不借意）、训读（借意不借音）三种方法，汉字归化为本民族汉字，东亚"同文时代"结束；（3）仿造阶段，朝鲜仿汉字造"吏读文"，日本仿汉字造字法创"国字"，均与汉字并用，越南借用汉字部件孳乳出"喃字"；（4）创造汉字型音节字母，开辟表音道路，如朝鲜的"谚文"、日本的"假名"，均与汉字并用（越南没有这一阶段，而是由外国人取用罗马字直接进入废弃汉字的拼音文字阶段）。[①] 日本的假名、韩国的谚文这些东亚文字，它们或脱胎于汉字，或借鉴于汉字，或取用于汉字，汉字对这些地区产生的影响是深远的。越南尽管直接进入拼音化表达语言，但语言中大量存在的汉字词，一直影响到现在。

所以，汉字文化圈与古代汉文化圈基本合一，覆盖了朝鲜半岛、日本列岛、琉球群岛以及越南地区。在当时的所谓"天下"视野中，汉文化是唯一最先进、最繁荣的文化。如果说"稻作文化"奠基了东亚人民生存的物质基础的话，那么，汉字文化奠基了东亚文明发展的精神基础。中国传统文化的精神内核天人合一、阴阳五行等观念，同时也成为朝鲜半岛、日

---

① 冯天瑜：《"汉字文化圈"刍议》，《吉首大学学报》2004 年 2 期。

本列岛、琉球群岛以及越南地区传统文化的精神内核。

第二节　朝鲜半岛的汉文化传播

早在战国时期，汉字即作为货币铭文而随着大量的古钱币流入了朝鲜半岛。公元前108年开始的汉四郡时期，汉字和汉文化向朝鲜半岛广泛传入。2—3世纪，朝鲜半岛自北向南开始采用汉文教育。8—9世纪，统一朝鲜半岛的新罗王朝大力推广汉学，贵族子弟参加中国科举考试，其中杰出代表崔致远在中国高中进士，使汉文汉字成了朝鲜半岛知识分子得以仕进的利器。朝鲜半岛无论从典章制度，还是民俗民风，再或思想学术，抑或文学艺术等方面都深受中国汉字文化的影响。

由于百济灭亡得早，既不像高句丽与中国大陆北部王朝交往甚多而载于史书，也不像统一新罗与中央皇权直接长时间交往而受重视，所以遗留文字记载最少。2005年，在韩国仁川广域市北区桂山洞桂阳山城百济遗址发现了五角柱形的木简，书写着《论语·公冶长篇》部分内容，其年代可追溯到4—5世纪。[①] 说明孔子经典已由当时的国都传播到了周边地区，百济达到了相当的儒化程度。这些在中韩史书中都未曾记录。近些年的诸多考古发现，碑铭也好简牍也好，无疑对学者们诠释《三国史记》等古文书的只言片语提供了很大帮助，引发了一批富于见解的文章，甚至对中韩史书中都不曾记载的史实，补充和完善了相关内容。自20世纪80年代以来，在今韩国忠清南道扶余郡地区，陆续出土了百济时期的木简，并且在中国西安、洛阳及周边地区也出土了相关碑刻、墓志，这些出土文献为人们了解和研究百济的政治体制和职官制度提供了绝好的实物资料。

新罗国的儒家思想文化在隋唐以前发展缓慢，与唐建立藩属关系后，新罗的儒家思想文化得到迅速发展，最有效的儒学化措施当属设立新罗国学，景德王六年（747）正月，"置国学诸业博士、助教"，讲授儒学，从制度层面规范了国学的管理，这在新罗儒家思想文化发展史上具有里程碑的意义。《三国史记》屡有新罗王视察国学的记事，也正说明新罗对国学发展的重视。甚至在衣冠制度上，新罗衣冠也"从中华制"。《三国史记》载，真德王三年（649）正月，"始服中朝衣冠"。新罗国在年号、谥号、服制

---

① 按照《桂阳山城发掘报告书》（2008）撰稿者李贤九的见解，据此《论语》木简的书体和一起出土的圆底短颈壶，考古学年代在4—5世纪，并且在《论语》木简出土的相同层位里搜集的木材标本通过科学方法测定的年代与考古学年代相符。参见：[韩]金庆浩：《出土文献〈论语〉在古代东亚社会中的传播和接受》，戴卫红译，《史学集刊》2017年第3期。

等诸方面全面接受儒家思想文化的影响，所以有人称"小中华"。"统一新罗是朝鲜的封建制度进一步成熟的时期，儒、佛、道思想趋于合流的方向，士大夫文人亦儒、亦佛、亦道，传统生活发生了变化。"①

唐朝开始，以文取士不光针对中国文人，也包括了周边国家。新罗与唐朝的交往带来了政治思想、宫廷制度方面的变化，引入儒学相关书籍，包括儒释道经典、史书、天文历法、医书、诗文集等，教学研习汉语，推广中华文化，发展到直接派出留学生，并参加科举，在唐入仕，扩大交流，发展汉文化的同时，振兴新罗的文学和艺术。

从新罗善德王九年（唐太宗贞观十四年，640年）开始，新罗就不断派遣子弟入唐宿卫，并且有不少宿卫子弟伴读跟读，构成了新罗入唐留学生的主体。开成二年（837）三月，又有新罗留学生入唐，总共达二百十六人，"请时服粮料。又请旧住学习业者，放还本国。敕：新罗学生内，许七人准去年八月敕处分。余时十马畜粮料等，既非旧例，并勒还蕃"②。开成五年（840）四月，"鸿胪寺奏新罗国告哀，其质子及年满合归国学生等共一百五人，并放还"③。研究发现，631—648年，新罗向唐派遣众多真正意义上的留学生；648—670年，新罗寻求与唐联盟，向唐派遣"宿卫质子"；670—676年，爆发了长达七年的唐罗战争，两国关系恶化，新罗不再遣派宿卫质子与宿卫学生入唐；八世纪初唐朝与新罗恢复外交关系，新罗迅速向唐朝遣派宿卫质子。后来宿卫质子与宿卫学生慢慢合流，成为本质相同的留学生。自648年至670年，新罗向唐朝遣派宿卫质子4批次，共7人，分别为：金文王（648年），金仁问（651年）、薛永衡（继金仁问之后），金儒敦、金中知（660年），乾封金汉林（666年）、金三光（继金汉林之后）。自玄宗开元二年（714）开始至9世纪晚期，新罗共派宿卫质子入唐多达21批次，共21人。④

新罗入唐留学生的主体是"宿卫学生"，他们在唐朝的任务主要是通过参加宿卫学习朝章典仪，配入国子监习业，经史知识和文章水平都很有限。穆宗长庆（821—824）以后允许异邦子弟应举，大量新罗留学生通过科举考试获得"宾贡进士"出身，可以在唐为官。一时间，应举及第与出仕任官成为新罗留学生入唐的崇高目标与现实追求，同时也大大提高了这

---

① 李岩、徐健顺：《朝鲜文学通史》，上，社会科学文献出版社，2010年，第8页。
② 《唐会要》卷三十六《附学读书》。
③ 《唐会要》卷九十五《新罗》。
④ 权太东、高福升、苏守波：《新罗遣唐留学生之称谓考辨》，《延边大学学报》2018年第6期。

些留学生的经史知识和文章水平。崔致远就是其中的杰出代表。[①]

朝鲜半岛历来以中文为官方文书，要掌握这种与母语完全不同的语言文字，需要耗费巨大的精力。958年，高丽光宗（949—975年在位）设科举制，部分保留了旧有的世袭荫叙制度，科举成为高丽王朝选拔官吏的主要途径。尽管朝鲜朝世宗大王组织学者研制出朝鲜文字，但中文仍然还是官方文书，所以学习汉语和中文对朝鲜朝文人来说是头等重要的大事。尤其是朝鲜也如中国一般以科举取士，更把汉文学习的重要性推举到顶峰。直到明朝，还允许高丽、安南、占城等附属国文人参加明朝的科举考试。1370年6月的诏书就有"高丽、安南、占城等国如有经明行修之士，各就本国乡试，贡赴京师会试，不拘额数选取"的规定，高丽人金涛甚至进士及第，被授为东昌府安丘县丞。这些都说明恭愍王时代的高丽已经归命于明朝，最显著的标志就是从1370年开始，高丽正式使用洪武年号。

成宗即位时，崔承老上书治理国家之策，即《时务二十八条》。崔承老从国家的长治久安考虑，认为与佛教的传授相比，儒学宜急务先。高丽输入的儒家思想，基本上是正统一支，维护纲常礼教、等级秩序的作用非常突出。可以说，儒家思想在高丽被改造成了适合于高丽社会的思想武器，在维护高丽的等级制度和社会稳定方面发挥了巨大的作用。当然，朝鲜半岛的儒学也具自身特点，其中与中国儒学最大不同是朱子学一枝独秀。

第一次将朱子学著作带到朝鲜半岛的，是高丽忠烈王（1275—1308年在位）时期于元朝学成归国的安珦（号晦轩，1243—1306）。继安珦之后，白颐正、李齐贤、朴忠佐等人都热心程朱理学。同时，高丽朝还曾派人到中国江南购入书籍一万八百余卷，元朝也曾将宋的秘阁藏书4371册赐给高丽。这些书籍中，性理学即朱子学的书籍居多。因此，一般认为中国宋朝性理学于13世纪初叶传到了朝鲜半岛。到朝鲜朝，朱子学更受到上上下下的一致推崇。创立韩国朱子学的首推郑道传（？—1398），既是高丽末期的高官，又是朝鲜的开国元勋。他从朱子"总天地万物之理，便是太极"的观点出发，认为太极是先行于客观事物而存在的精神实体，阴阳是从太极中派生出的第二性的东西，在韩国最早建立儒教客观唯心主义思想体系。权近为韩国儒学图说之鼻祖，他的《入学图说》是韩国最早的儒学图说书，其影响巨大而深远。把韩国儒学推上最高峰的，当数李滉（号退溪，1501—1570）和李珥（号栗谷，1536—1584），人称海东儒学之双峰，将朝鲜朱子学发展到顶峰。在朝鲜半岛，从高丽末年到朝鲜末年的六百四十余

[①] 刘后滨：《从宿卫学生到宾贡进士——入唐新罗留学生的习业状况》，《社会科学战线》2013年第1期。

年间虽然只有朱子学一枝独秀，退溪、栗谷等哲人学者无不沉溺其中。

新罗、高丽两朝，从中国传入的儒学、佛教在朝鲜半岛同时兴盛。理学在高丽朝输入朝鲜半岛，为不少学者接受和认同。此时，资深的佛学与新进的理学并存，孕育出诸如崔氏父子、金富轼兄弟等一大批杰出文人。到朝鲜朝时期，排斥佛教，独尊儒术，寺院和僧侣受到朝廷的严格限制。佛教式微，儒学成为朝鲜朝唯一的官方正统思想。君臣贵族至平民百姓无不深受儒家思想熏陶，儒学至今仍在韩国国民的思想意识中根深蒂固，影响深远。此时的朝鲜半岛，在政治体制、科举、律令、礼仪文物乃至衣着服色等方面无不模仿明朝。朝鲜仿《大明会典》制定《经国大典》，仿明内阁设集贤殿，仿明六部设六曹，仿明国子监设春秋馆，首都汉城的城郭宫阙亦仿明制。朝鲜君臣均着明代朝服。至清代，朝鲜朝仍推崇并固守明代的典章制度、礼仪文物，直至沦为日本殖民地。

崔龙水的《朝鲜儒学的特点及其作用——中朝两国儒学之比较》认为，外来的儒学思想，传入朝鲜后应该有一个消化吸收的过程。相比中国儒学，朝鲜半岛的儒学有下列不同：

（1）传入三国时期的儒学主要是汉唐经学。中国确定经书设立儒学博士是从汉代开始，新罗在 503 年按儒学方式改国号和年号。

（2）儒学在官方的倡导下发展。儒学在中国是先从私学开始，而后才得到官方重视上升为国学。在朝鲜半岛，则是先有官方的儒学教育机构，然后才培育出儒学学者。

（3）朝鲜儒学在发展的初期就与佛、道教对立。孔子创立儒学在公元前五世纪，那时中国还没有佛教、道教。直到四五百年后，中国的儒学才在与佛教、道教相对立之中发展。在朝鲜半岛，儒学则基本与佛教、道教处于差不多的时期同时发展。因此，儒教与佛教、道教的冲突更为明显。

新罗时期自不待言，高丽时代亦奉佛教为国教，国民信仰统一于佛。那些汉学者们自然也不能脱俗，他们皆以儒家身份而学佛，广修寺庙，三次雕版印刷《大藏经》，使佛教大兴。高丽佛教成为组织严密、体系庞大的宗教。1085 年，高僧义天入宋求法，拜杭州慧因禅院净源法师为师，研习天台宗义，回国后任僧统，发展天台教派。在高丽朝的大部分时间里，儒、佛并存，但到高丽末期，由于理学的传播，儒佛对立加剧，逐渐发展为排佛运动，并一直延续到朝鲜时期，形成了朝鲜尊儒抑佛的政策，确立斥佛崇儒为国是。开国功臣兼道学家郑道传曾撰写公布《佛氏杂辩》、《心气理篇》等文，阐述斥佛之理。所以朝鲜朝初期，佛教已生气尽失。这时的汉文文学乘机一扫高丽时代儒佛混杂旧文学，开创儒教文学新面貌。朝鲜朝后期，儒学的空论倾向受到批判，崇尚实际的实学兴盛起来，丁若镛成为实学思想的集大成者。西学的引入和天主教的传入对朝鲜的思想文化产生了巨大影响。

书籍的传播和文化人的交往，是文化交流的主要渠道。为了学习汉文化，新罗从唐朝大量进口书籍。担任采购任务的是留学生、使臣、僧侣和商人。但是，唐朝对于外族的请经史行为保持着一定的戒备，对出口图书有一定的限制。据《唐会要》和《册府元龟》等史料记载，唐朝只有三次官方图书出口的记录。书籍的传入对新罗作用很大：（1）推动新罗教育和科举制度设立；（2）促成汉籍阅读风气流行；（3）促进新罗汉文学发展。由此产生了一大批汉文作家。从7世纪至10世纪的文化交流，使新罗与唐的关系得到了进一步的加强。① 据统计，高丽有作品传至今世者大约400人，传文集30种左右，诗2万余首，文4000篇左右。②

可以说在朝鲜半岛，存在着除中国之外，最大量的汉文文献收藏。面对这样浩瀚的资料，葛兆光不由发出这样的感慨："当我认真仔细地看这些文献的时候，觉得相当有趣，也觉得十分震惊，因为留存在那里的资料，数量太多，内容太丰富；也觉得相当诧异和不解，因为我很惊奇，过去为何我们视而不见这些可以重新理解'中国'的东西。"③ 这批世界级的古代经典文献无需汉译，对中国学者来说就是母语写成。如何利用这一宝库，为中国文化、中韩交流、东亚合作服务，引发了诸多学者的关注。

随着韩国东国大学林基中教授收集整理编辑出版的《燕行录全集》被介绍到中国，让中国学者在《朝鲜王朝实录》之后，认识到这批朝鲜半岛文献资料的"全"和"真"之外，还见识了朝鲜半岛汉文史料在内容方面的丰富多彩。此后，中国学者相继了解到朝鲜官方实录还有《承政院日记》、《日省录》、《备边司謄录》等，而朝鲜时代的民间著述更是卷帙浩繁，由韩国景仁文化社出版的《韩国文集丛刊》达350册，而《韩国历代文集丛书》更多达3000余册，学术资源极其丰厚，堪称中韩、中日关系史乃至东亚区域史等研究领域的一座文献宝库，以致有学者干脆提议"重写明清史"。

朝鲜半岛汉文史料④以其记录年代久远、规模宏大、品类众多、真实

---

① 吴夏平：《唐与新罗书籍活动》，《中国典籍与文化》2015年2期。
② 李岩、徐健顺：《朝鲜文学通史》上，社会科学文献出版社，2010年，第263页。
③ 葛兆光：《揽镜自鉴——关于朝鲜、日本文献中的近世中国史料及其他》，《复旦学报》2008年第2期。
④ 汉文史料是对用汉语写成的历史文献的通称。严格来说，在中国国内，一般与汉族作者相对，把少数民族作者用汉语撰写的历史文献称作汉文史料；在中国国外，一般与中国作者相对，把外国作者用汉语撰写的历史文献称作汉文史料。此处所指即为朝鲜半岛作者用汉语撰写的历史文献。

性强而在域外汉籍中首屈一指。从官修正史《三国史记》、《高丽史、》《高丽史节要》，到官家实录《朝鲜王朝实录》《承政院日记》《日省录》《备边司誊录》，再到"朝天录"、"燕行录"、"漂海录"等各类行记以及《三国遗事》、《韩国文集丛刊》、《韩国历代文集丛书》等私家著述内的相关篇什，建构起朝鲜半岛3000多年的历史叙事，反映了远古民族想象和社会文化现象以及经济、政治、军事、外交状况，不仅对掌握和研究朝鲜半岛历史文化具有重大的史料价值，而且对于增补、考证中原史料以及日本列岛史料也具有重大价值。

朝鲜半岛汉文史料的丰富性反映了该地域历史的长度、社会的广度以及作者的复杂程度。由于朝鲜半岛与中国大陆接壤，且一直奉行尊崇中国的"事大"外交政策，一直沿用汉文为官方语文，即使在世宗大王命人创制了本国文字之后，仍然坚持朝鲜王朝的官方语文依然是汉文，所以汉文文献数量格外惊人。如实录文献中，仅《承政院日记》一种就达2亿4000多万字，被联合国教科文组织指定为世界纪录遗产。

如此庞大的汉文化内容，不仅保留在韩国和日本大量的文化典籍之中，同时，在韩国檀国大学编纂的规模浩大的《汉韩大辞典》中也有深入的反映。一方面，辞典中50万条词目中绝大部分都是中韩历史传统的共同文化财产；另一方面，辞典中也有许多专业词汇保存了韩国特有的文化内容。如"三体诗"，就指出它见于朝鲜《增补文献备考》之中；还有"三焦约"，在指出它在中国医学中的意思外，还指出在朝鲜许浚《东医宝鉴》中的相关记载等。

第三节　汉字文化圈中的朝鲜汉文小说

新罗时期的崔致远（857—？），当之无愧为朝鲜半岛汉文学的开山鼻祖。12岁时（868年），乘船西渡入唐。874年，参加科举考试，一举及第。20岁时，被唐朝任命为溧水县尉。24岁崔致远任职期满，凭借高骈力荐，先后任侍御府内奉、都统巡官、承务郎、馆驿巡官等重要职位。881年5月，高骈起兵讨伐黄巢，崔致远拟就的《檄黄巢书》，天下传诵，并凭此获"赐绯鱼袋"。崔致远以大唐三品官衔荣归，受到了当时君主宪康王的重用，任命为侍读兼翰林学士守兵部侍郎知瑞书监事。回国即将在唐时所著杂诗赋及表奏集二十八卷、《中山覆篑集》一部五卷、《桂苑笔耕集》一部二十卷呈献给宪康王，欲以汉文化的先进理念济世救国，振兴朝纲，熏化民众。这些文集很快流传开来，深受民众推崇，也由此奠定了崔致远在朝鲜文学泰斗的地位。893年，崔致远奉真圣女王之命，以贺正使身份再度入唐，致力于两国文化交流，享有"东国儒宗"、"东国文学之祖"的称誉。中国《新唐书·艺文志》有其传，《全唐诗》及中国清末刊行的《唐宋百名家集》和《唐人五十家小集》中都收有他的作品，诗文集《桂苑笔耕集》（20卷）收在《四库全书》中。汉诗《秋夜雨中》、《江南女》等颇具盛唐、晚唐纯熟诗风，归国后写有反映乱世黑暗、社会恶浊的诗《寓兴》、《古意》、《蜀葵花》等。他被朝鲜历代公认为汉文文学奠基人，为中韩两国的文化交流作出了贡献。

高丽时期光宗时实施的科举制度具有划时代意义。光宗废除新罗以来实施的以读书三品科选制度，实行了科举取人的用人制度。这种制度激发了高丽人学习汉语汉文化的热情，推动学校建设，教育发展，建立人才竞争机制，同时对文学发展起到了极大的促进作用。汉诗创作达到高峰，纪行文、拟人传记体等散文也达到了相当高的水平，出现了像郑知常、金富轼、李仁老、李奎报、李齐贤、李穑等名家。高丽时代即已出现了具有小说性质的作品，如《花王戒》、《景文王的驴耳》、《崔致远传》、《均如传》、《东明王篇》等。这些作品的序、跋或者附记说明以及《补闲集序》、《三国遗事纪异篇自叙》、《帝王韵纪并序》、《栎翁稗说后》等，都与中国儒家文学思想一脉相承。如《东明王篇》的作者李奎报认为东明王的故事取材于历史，不是幻想，是试图将现实中的屈辱通过精神予以克服，坚持的是儒家重史实、斥虚构的文学观念。《补闲集序》的作者崔滋虽然对虚构进行肯定，但同样坚持的是文学内容的写实，认为真实的文学应该通过寓意、依托奇异的表达来实现。其他如李承休、李齐贤等，都大致表达了类似观点。

1392年朝鲜朝建立直至1910年为日本灭亡，李氏王朝历时近500年。朝鲜的经济和文化，承袭了前朝高丽的发展成果，更加努力学习中国，进一步加强封建中央集权制度的建设，设立议政府，辅佐国王掌管各种政法事务，下辖吏曹、户曹、礼曹、兵曹、刑曹、工曹等六曹，分别处理国家不同重要事务。农业较大发展，人民安居乐业，市场繁荣，纺织、造纸、采矿、冶炼、制陶、造船诸业也兴旺发达起来。对于中华文化的引进，朝鲜朝继高丽朝之后，跨前一大步，尤其是儒学，出现几大变化：其一，以三纲五常、性理学说为主要内容，"仪章制度，皆效中华"，朝鲜半岛迎来了儒学振兴；其二，朝鲜所尊崇的儒学，渐渐地竟仅局限于宋儒程、朱的"性理之学"；其三，以国王之名和国家之力推广程朱理学，印刷发行那些符合他们世界观的书籍。他们以卫道士自居，所引进的仅限于"性理之学"

的东西,把翻印朱子的著作当作一件重要的政治任务来进行。当时的朝鲜与中国一样,尊崇的是"修身、齐家、治国、平天下"的所谓"大道",对于"小说"之类文学创作,视作"君子不为"的行当。

这样的国家意识形态,在韩国的小说创作史上,出现了一种最集中也最长久地肇因于朱子性理学思想的创作现象,那就是天君小说。其核心内容就是把人心拟人化地塑造为天君这样的人物,把人的心理意识世界幻化为天君所治理的王国,让人的感觉器官接触外界事物而生出种种欲念成为反派角色,展开的是人欲与天理之间的种种争斗。几乎无一例外的,这些作品都是哲理小说,究其实即儒家程朱理学的形象图解。不能不说,韩国天君系列小说是一种奇怪的文学现象。其奇一:作者各异的十多部小说都围绕同一个主人公"天君"展开,而且故事情节也大体相仿,并且这一创作过程前后相衔承续了三个多世纪。其奇二:作品内容并非如通常小说那样状摹世态人情,而是演绎某种学说理念,这种学说理念还来自外国,具体来说就是中国儒学中的程朱理学,并且在程朱理学的母国——中国文坛上却找不到这类天君小说的半点痕迹。像这样的现象,不要说在韩国文学史上没有二例,即使在世界文学史上也是绝无仅有的。然而,同时在这样的文化语境中,朝鲜时代的许多参与小说创作的文人学士大都不愿意公开自己的姓名,以致传至今日的数百种小说作品中署自己真实姓名的只占少数,绝大部分则是佚名之作。以程朱性理学为主体内容的朝鲜王朝统治思想,在抑制小说创作方面表现得也更为突出。

1636年丙子之役爆发,1637年朝鲜与清朝签订了《丁丑约条》,同年4月朝鲜派出了第一支谢恩使前往沈阳。虽然朝鲜通过派遣使团的形式间接承认了中朝之间的藩属关系,但高举"尊华攘夷"大旗的朝鲜文人仍然很难从情感与道义上接受清朝政府。这导致在很长的一段时间里,朝鲜使臣不愿与清朝官吏接触,转而将所有事务全权委托于译官。陈继儒(1558—1639)曾在《太平清话》中记录朝鲜使臣广购中国书籍的情景:"朝鲜人最好书,凡使臣入贡,限五六十人,或旧典,或新书,或稗官小说,在彼所缺者,日出市中,各写书目,逢人便问,不惜重值购回,故彼国反有异书藏本。"结合陈继儒的生卒来看,《太平清话》中所言朝鲜使臣广购书籍的情形应该就是历经壬辰倭乱与丙子之役后朝鲜广开图书搜购活动后的场景。在这些往返于中国的朝鲜使臣当中,许筠的购书活动特别突出。在他所购入的4000余卷书籍中,光《闲情录》篇首所引用的书籍就达100多种,而且绝大部分都是当时还未传播到朝鲜的最新书籍,其中中国小说占据了相当大的比重。因此,朝鲜朝中期以后除国家行为购书外,还有很多中国书籍通过私人途径流入了朝鲜。

在文学方面，唐传奇与志怪文学的东传对朝鲜叙事文学的发展产生了巨大的影响。如前有唐朝武后时期就已有《游仙窟》为新罗、日本人所争相购买的记载，后有《崔致远》模仿《游仙窟》，借用《陈朗婢》、《任氏传》等传奇小说，彼时产生的叙事文学大多与中国古代小说的发展脉络同轨。朝鲜小说的真正成型始于《金鳌新话》。金时习在阅读中国小说《剪灯新话》后备受触动，遂萌生出了书写小说的念头。在朝鲜小说史上，《金鳌新话》承袭了丽末鲜初的传奇传统，并最终在金时习的手中绽放结果，并奠定其作为朝鲜小说始祖的地位。"《金鳌新话》是一部成熟的、具有较高思想艺术水平的文人短篇小说集。它上承《新罗殊异传》中的《崔致远》等前期传奇小说之传统，下开金万重《九云梦》等浪漫主义小说之先河，在韩国古代小说发展史上具有特殊的地位和珍贵的价值。"[①]

诚如韩国研究者闵宽东在《中国古典小说的出版文化研究》中所言，2001年前调研朝鲜时期流入的中国古典小说计有280多种，但进一步的发掘，到2007年就增加到330多种，而到2012年，经过较为全面的资料调查后，发现能确认的多达460多种。此外，朝鲜时期用韩文翻译的中国古典小说约为68种，正式以汉文出版的中国古典小说有22种。

到了朝鲜后期，为了购买中国书籍，朝鲜政府曾四次派遣使臣前往中国。这四次分别为肃宗四十六年（1720）、英祖八年（1732）、正祖元年（1777）、纯祖元年（1801）。前两次分别从北京购入52种1415卷、19种400余卷书籍，第三次购入《古今图书集成》1秩5002册，第四次则为购入善本朱子书而特意派遣使臣前往北京。

到17世纪及之后，读者群体大幅增长，书商在利益驱使下投身到中国小说的采购、印刷、发行等流通过程中。18世纪竟发生了一场与中国文人相关的"明纪辑略事件"。所谓"明纪辑略事件"，指因中国文人朱璘所作《纲鉴会纂》中有涉及侮辱朝鲜先王的内容，英祖大怒下令查处朱璘的《明纪辑略》等书籍。在这一事件中，无论是涉案书商、译官，包括士大夫、文人与中层官员，无一幸免，皆被严惩。

随着中国古代小说的传入，到了朝鲜中后期朝鲜本土的汉文小说与韩文小说也开始大规模流行起来。明清交替之后，朝鲜内部一时难以接受作为蛮夷存在的清朝取代明朝一统天下这一历史现实，转而自诩为"小中华"以从道义上对抗清朝入主中原。在以正祖为首的部分朝鲜文人鼓吹"小中

[①] 金宽雄、金晶银：《韩国古代汉文小说史略》，北京大学出版社，2011年，第88页。

华思想"的同时，以朴趾源、洪大容等为首的北学派文人主张学习清朝的先进文物，乃至小说文化。这一新思想的提出改变了原本注重礼论与心性论的学风，形成了进步的实学思想。这一认识不仅带来世界观的改变，也促进了朝鲜文人文学观的改变。随着使臣出使清朝，清朝的先进文物、考证学的学统以及西方的科学技术也开始逐渐传入朝鲜。随着对新的知识的关注，作为朝鲜治国之道的经学与性理学呈现出了衰落的迹象。

仔细梳理中韩古代小说研究的相关成果会发现，中韩两国迄今为止的研究呈现出了两种迥异的研究倾向。中国学者侧重强调中国古代小说与韩国汉文小说的影响关系，而韩国学者则更为注重韩国汉文小说在接受中国古代小说的过程中所呈现出的独立发展面貌。这很正常，是民族主体性的表现之一。

韩国语音节结构复杂，很难用汉字来标记，所以乡札标记法没能得到广泛的利用。训民正音的创制，使朝鲜民族终于有了自己本民族文字，为韩国文化史的划时代事件。至此，韩国才出现了与自己的语言相一致的文本，也才有了真正自己的国文文学。"国文文学与口碑文学以及汉文学有着密切的联系，它的发展必须经过一段必要的过程。国文文学可谓是以口碑文学为母体，以汉文学为父体而产生的结晶。这是因为它在自己的发展过程中吸收了口碑文学的表现方式和汉文学的思想，并把二者合二为一。不仅韩国文学，属于汉文学圈的其他国家的文学也由口碑文学、汉文学以及国文文学组成。""在韩国，口碑文学、汉文学以及国文文学这三者中没有哪一个独占鳌头，都占有同样的比重。它们既相互争奇斗艳，又互相吸引。"[1]

韩国古代只有口碑文学，公元前后吸收了汉文，并在5世纪前正式形成了汉文学。韩国人一开始就通过乡札标记法来创作国文文学，后来又创造了直接标记韩国语的训民正音并利用它培育了国文文学。17世纪以后，国文文学得到了较大的发展，达到了与汉文学相抗衡的地步。1894年的"甲午更张"废除了科举制度，提倡国文，对韩国近代文学的形成，起到了关键性作用。"小说创作变得非常活跃，出现了抒情、教述和叙事三足鼎立的局面。小说中既有汉文小说，也有国文小说。两者相互竞争，相互刺激。国文小说的发展使国文文学的领域进一步扩大，作品的数量与容量也大幅度增加。"[2]

最初传播到朝鲜的中国古代小说大多是传奇小说。这些传奇小说多以

---

[1] 赵东一等：《韩国文学论纲》，周彪等译，北京大学出版社，2003年，第5页。
[2] 赵东一等：《韩国文学论纲》，周彪等译，北京大学出版社，2003年，第8页。

典雅的文言写就。朝鲜时期能熟练掌握汉文的多为男性，与此相对的，韩文的使用者则主要为后宫女性、士大夫阶层女性及平民男性。因此，中国古代小说被翻译成韩文，实质上也就意味着中国古代小说受众范畴的扩大，以及随之而来的中国文化影响力的扩大。

17世纪被认为是开启朝鲜小说时代的重要时期。这一世纪在战乱与理念叙事的浸淫与浇灌之下，汉文小说继续繁荣，韩文小说骤然绽放。这一时期初期传奇小说、梦游录小说以及假传小说等汉文短篇小说三足鼎立的局面被打破，取而代之的是，爱情传奇小说、梦游录小说、假传小说、传记小说以及家庭小说等汉文小说与家门小说、英雄小说等韩文创作小说共存、汉韩争辉的繁荣景象。这样的17世纪中后期到18世纪末，被认为是汉文小说与韩汉小说的相互交融期。在以汉文写就的汉文小说蓬勃发展之时，韩文小说也正在积聚力量。自《薛公瓒传》之后，汉文小说与国文小说之间通过翻译的转换持续不断。这一时期汉文小说以及中国古代小说的韩文翻译较之16世纪更为频繁、迅速且范围更为广泛。在韩文翻译小说初期阶段，只有极少数的汉文小说以及中国古代小说被翻译成了韩文传诵于京畿地区的士大夫阶层的闺阁以及闾巷之间。这些韩文翻译小说在某种程度上来讲为日后出现的韩文创作小说提供了源源不断的养分和素材。被认为出现于17世纪前期的韩文小说《洪吉童传》，相传为天才文人许筠创作，以英雄小说的形式横空出世，作者后被处以极刑，尽管另有原因，但与此多少有所关联。许筠出身名门，其杰出的文才使他很早就通过科举及第踏入仕途。《洪吉童传》不仅通过"群盗"反映了统治阶级与农民的对立，而且对当时社会的另一矛盾——"嫡庶差别"作了深刻的描写。著名文学家金万重在《谢氏南征记》之后又创作了《九云梦》，这两部小说都被评价为具有划时代意义的长篇小说。从《洪吉童传》发表到《九云梦》创作之前，也有部分的韩文小说问世，但普遍认为《九云梦》的创作为韩文小说的发展奠定了坚实的基础。

作为北学派的旗手，燕岩朴趾源不仅是实学思想的集大成者，也留下了诸如《热河日记》等众多不朽的作品，装点了略显单调与贫瘠的18世纪汉文小说史。朴趾源是文史哲通治的文章家与小说家，他的《虎叱》、《许生员传》、《闵翁传》、《金神仙》、《两班传》等小说，都成为韩国小说史上的名篇。儒、佛、道三教合流，以儒为主，佛道辅助，这是朝鲜王朝思想文化的真实情况，在小说创作中也得到了真实的体现，而这方面表现得最为明确、完整、圆满、深刻的首推南永鲁的《玉楼梦》。就哲理性与形象性所达到的高度和特色而言，《玉楼梦》在对儒、佛、道关系的处理方面具有典型意义。

朝鲜时代存留至今的汉文小说共计300多种，其中的270余种产生于壬辰倭乱、丙子之役之后。这说明进入朝鲜中后期，汉文小说取得了前所未有的发展。从类型上朝鲜汉文小说可大致区分为传奇小说、假传小说（寓言小说或拟人体小说）、梦游录小说、军谈小说（英雄小说）、传记小说、梦幻小说（梦字类小说）、家庭小说、爱情世态小说与汉文长篇小说等几大类。

19世纪前期到中期，在短短半个世纪时间里汉文长篇小说以前所未有的姿态傲然崛起。这一时期集中出现了一系列汉文长篇小说。作为一种新的文化现象，汉文长篇小说呈现出了与同时代中短篇汉文小说迥异的特性。首先，这一时期的中短篇小说在形式上多受金圣叹点评本的影响，呈现出了点评本的特征，而在内容上则将叙事焦点集中在个人身上。汉文长篇小说却与此相反，对前期小说以及传入朝鲜的中国古代小说进行了不偏不倚地继承和发展，采取了章回体形式，且其内容更是对前期朝鲜小说以及中国古代小说进行了兼收并蓄的接受。甚至可以说，19世纪汉文长篇小说的作家试图在批判性地继承和发展前期小说的特点的基础上去构建新的属于自己的小说世界。

明清白话小说的大量流入，在吸引大批女性与庶民阶层投身小说阅读活动当中的同时，在此基础上逐渐形成广泛的小说读者群体。这些新生读者阅读小说的强烈热情，促进了中国小说翻译的出现，同时也刺激了以其本民族文字写就的国文小说的出现。在古代韩国，无论是朝鲜汉文小说，还是国文小说，其发生与发展都与中国古代小说的传入与影响有着密不可分的联系。作为外来的影响因素，中国小说及其翻译影响和激发了朝鲜汉文小说的创作，进而又与朝鲜汉文小说及其韩文翻译本一同影响了朝鲜国文小说的形成与发展。如朝鲜国文小说继承和接受了中国小说史传叙事传统；在朝鲜国文小说中也存在着大量以"传"命名的小说；而且朝鲜国文小说同样多以大团圆结尾，且与中国小说相比，朝鲜国文小说对大团圆结尾的偏爱似乎更为明显；除去中国古代小说史传传统对朝鲜国文小说的影响之外，明清小说的章回体长篇结构也在形式上深刻地影响了朝鲜国文小说。

作为一个连续的历史过程，文学史并非由一个一个被割裂开来的独立作品或者形式构成。文学史更多地像是一个近乎没有断点的发展过程。在文学史发展变化的过程中，来自外部的刺激及其内部各个文学形式之间的共存、竞争与融合共同促进了文学史的发展和演变。朝鲜汉文小说自其生发之日起便一直处于中国古代小说的影响辐射之下。在其日益发展壮大的过程中，不仅汉文小说内部各种文学形式间处于不断的交流融合之中，汉文小说与以其民族文字书写的韩文小说间也一直处于竞争与融合之中。因此，对朝鲜汉文小说发展过程的把握，也就是对中国古代小说影响之下汉文小说内部的交流与融合，以及汉文小说与韩文小说间相互影响关系的把握。

第一章　朝鲜王朝的意识形态与抑制小说政策

第一节　朝鲜王朝的意识形态

1. 朝鲜王朝建立

高丽末期，内外交困，恭愍王（1351—1374年在位）即位后，虽趁元朝的衰亡摆脱了一百多年的高压控制和严苛征敛，恢复了国土和政治独立，实行政治、经济、社会等全面改革，意图重整复兴，可是多年积累的社会内部矛盾无法解决，加上部分红巾军的入侵，给高丽社会造成了重大破坏，再加上倭寇的骚扰等外部因素，终于促成了李成桂一派势力的壮大。1374年，恭愍王被大臣洪伦所杀，养子辛禑被立为国君，即高丽禑王。王禑对林坚昧、廉兴邦一伙不满，于1388年正月命崔莹和李成桂联手除掉林坚昧、廉兴邦一党，崔莹再次出任门下侍中，执掌国政，李成桂任守侍中。崔莹刚就任门下侍中不久，就面临一个难题，那就是宗主国明朝宣布设立铁岭卫。高丽方面认为这是要恢复原来的元朝双城总管府，有侵犯高丽之势。崔莹对明采取强硬政策，劝王禑趁机出兵侵犯明朝定辽卫。王禑听从，遂于同年4月任命崔莹为八道都统使，与自己一起坐镇后方，并由李成桂、曹敏修负责领兵攻辽。4月18日，左右军都统使率军从平壤出发，号称十万之众。5月，高丽军队进入中国境内。以李成桂为首的部队，则以雨水为患、粮草不济为由，不肯前进，回军渡鸭绿江，索性把自己的军队调回平壤，促使远征军队土崩瓦解，王禑和崔莹逃回开京，史称"威化岛回军"。后崔莹被李成桂手下郭忠辅等将士逮捕，起初流放高峰，不久改为流放合浦。7月，王昌继位，崔莹又被抓回巡军狱审问，流放忠州。11月，再下巡军，典法司（原刑部）和台谏要求诛杀崔莹。12月，崔莹被斩首示众。

李成桂在整个事变过程中，把自己的犯上背叛行为美化为遵天道、合民意的义举。他还对崔莹说："若此事变，非吾本心。然（攻辽）非惟逆大义，国家未宁，人民劳困，冤怨至天，故不得已耳，好去好去。"[①] 相对而

[①] 《高丽史》卷一百三十七，列传第五十，禑王14年6月。

泣。之后，李成桂废黜了辛禑，立其子辛昌。1389年，又废掉辛昌，立王氏后代王瑶为恭让王。1392年7月，李成桂废黜了高丽最后一代国君恭让王，取代高丽幼主，自立为王。

李成桂的篡位成功，正是利用了中国元、明改朝换代之际高丽统治者对这种新形势的误判误动。所以，当他登基后，必然把对华关系当作头等大事来抓。因为千百年来的国际关系史已经清楚地表明，要在朝鲜半岛上建立一个长治久安的社会，同中国维持"相安无事"的关系实在是一个非常重大的条件。同时，他的犯上篡国行为，必须得到国际国内合法性地位的承认。因此，登基之后，他立即派贡使前往金陵向明太祖通报，并请求明太祖承认他的新王朝和对他予以册封。

不久，派韩尚质以"和宁"和"朝鲜"两个国号征求明朝的意见，积极谋求建立以明朝为宗主国的宗藩关系。朱元璋认为"东夷之号，惟朝鲜之称美，且其来远矣，可以本其名而祖之"①，乃赐其国号为"朝鲜"。李成桂君臣欣然接受。不久之后，李成桂又以自己的名义派出一位大臣赴京进表。使臣从京师带回了明太祖承认李氏政权的圣旨，在当时国内外的情况之下，新生的李氏政权能够获得中国的承认及道义的支持，便基本确立了国内斗争中的稳固地位。难怪接到圣旨后，李成桂感激不尽，即派人赴京谢恩，确立了以明朝为正朔的事大国策。自此，开始了朝鲜半岛长达500多年历史的朝鲜王朝时代。

2. 立儒教为国教

李氏朝鲜建立后，李太祖奉行事大保国的对华国策，明太祖也奉行不干涉朝鲜内政的对外政策，这些都为朝鲜国内社会发展、民生安定提供了良好的政治条件。这种相安无事的两国关系，到明成祖朱棣和太宗国王李芳远时代，又有了一个重大进展。洪武二十六年（1393）朝鲜贡马，李芳远随朝鲜贡使前往南京，在北平与燕王朱棣私相会见，两人性格相投，相谈甚欢。1395年4月，明太祖要人"去教李成桂长男或次男亲自解来"，李太祖随即派遣他的最有才华的第五个儿子李芳远前往朝觐。明朝洪武年间，李芳远几次往来于中国，显然对他后来的治国方略产生了重大影响。经"戊寅靖社"和"庚辰靖社"两次宫廷政变，1401年李芳远终于登上朝鲜王位，受到明惠帝的册封。1402年，当朱棣在靖难之役大获全胜篡权登位后，李芳远立即派使臣进京朝贺，深得朱棣欢心。然而，这两位统治者一个是从弟弟手中夺取了王冠，一个是从侄儿手中抢得了帝位，所以都面临

---

① ［韩］国史编纂委员会：《朝鲜王朝实录》第1册，国史编纂委员会，1986年，第41页。

一个共同的难题,如何使他们篡位夺权的非法行径合法化。

不约而同地,李芳远也好,朱棣也好,都非常重视从"圣人经典"中找到对自己有利的支持。朱棣打下南京后,要明惠帝最亲近的大臣方孝孺拟即位诏书,方孝孺为建文帝穿孝服当庭大哭,朱棣对方孝孺说自己不过是效法周公辅佐周成王。朱棣登上皇帝宝座,声称不是继承朱允炆的帝位,而是继承明太祖朱元璋的帝位,废除建文年号,建文四年改称洪武三十五年。朱棣还令尽复建文所改的一切太祖皇帝制定的成法和官制,以表明其起兵目的在于恢复祖训。相映成趣的是,朝鲜半岛上的李成桂和李芳远也都是犯上篡位,但他们同样都要从圣人之道中找到理论根据。"王氏高丽垮掉之后,继之而起的李氏朝鲜,不过是在这个大方向下,往前跨出了一个大步。有一点是很清楚的,李成桂巧妙地利用了高丽王朝的反佛崇儒运动以及明太祖对'先王之道'的提倡来展开夺权活动,终于成功地建立了他的王朝——其实,他始终是一个崇信佛教(甚至是'佞佛')的人,根本不懂儒术(更休谈儒学),因此,从来就不相信儒学。他所努力的,只是利用儒术作为夺取政权、改朝换代的意识形态而已。在这一点上,两个太祖是大同小异的。"① 李成桂和后继的李芳远,这父子两人都认识到在当时的国内外形势下,只有大肆提倡孔孟之道,他们家天下的政权才得以维持,半岛的局面才可能被掌控。李芳远和朱棣这两个有着相似经历的篡权者,年轻时惺惺相惜,成事后也有着相似的抱负和建树。朱棣五次亲征蒙古,出兵安南,东北设立奴儿干都司,西北设立哈密卫,巩固了南北边防,维护了中国版图的统一与完整。多次派郑和下西洋,还疏浚了大运河。文化建设方面,编修了《永乐大典》。1421年迁都北京,对强化明朝统治起到了非常积极的作用。在位期间,将由靖难之后的疮痍局面发展至经济繁荣、国力强盛的盛世,史称"永乐盛世"。同样,朝鲜半岛的李芳远,完善了其父的"科田制",没收大量"私田"、"别赐田"、"寺院田",颁布《功臣田传给法》。创立了官员向国王个人负责的"六曹直启制"。改革行政区划,把高丽时代都护府的五道两边改为八道。有感于两次王子之乱的教训,废高丽私兵制,实行统一的府兵制,集兵权于中央。在文化建设方面,修订了《经济六典元集详节》、《续集详节》、《璇源录》等书籍。儒学在朝鲜半岛大行其道、压倒佛教而成为指导及规范朝鲜社会发展的主流思想,此一基础和规模,不是由李太祖而是由李太宗所奠定的。可以说,太宗国王在内政和外交上的许多重大措施,构建了朝鲜王朝往后四五百年的

---

① 黄枝连:《天朝礼治体系研究》(中卷),中国人民大学出版社,1994年,第321页。

发展框架。

但是，作为李氏王朝的意识形态，与同时期的明朝还是有着很大的差异的。早在高丽末期，朝鲜半岛上掀起了一股反佛崇儒的浪潮，一场"儒学复兴运动"已然兴起。

3. 朝鲜儒教的特点

朝鲜初期的汉文文学面临着几项重大任务。首先，新罗以来儒佛混合，致使文学沾满佛气。它需要净化为儒教文学。新罗时期自不待言，高丽时代亦是佛教为国教，国民信仰统一于佛。那些汉学者自然也不能脱俗，他们皆以儒家身份而学佛。同时僧侣们却常好文，每有碑刻多是僧人题撰。例如，以事大主义者史留其名的金富轼，便作有《圆教国事碑》、《般若寺元景王师碑》、《惠阴寺新创记》等文章；牧隐李穑是朝鲜一代最受汉文学者推崇的人，但在他的文集中收有许多与僧侣往来的记录和颂佛文字。这种现象在朝鲜朝是为学者所难容忍的，他们往往将此类讥为佞佛。朝鲜在开国同时，确立斥佛崇儒为国是。开国功臣兼道学家郑道传曾撰写公布《佛氏杂辩》、《心气理篇》等皇皇大文，从理论上阐述斥佛之道理。这样，到了朝鲜朝初期，佛教已如深秋之黄叶，萧萧瑟瑟，生气尽失。这时的汉文文学平添气势，锋芒闪动，一扫高丽时代儒佛混杂旧文学，呼唤着纯儒教文学新面貌。①

在对待"佛教"的立场上，朝鲜半岛的君臣们显然比高丽时代要坚定得多，斥之为邪道、异端和谬论。比起当时的明太祖和中国的士大夫们，他们也要严厉得多。对于中华文化的引进，他们也是根据朝鲜半岛的现状和需要来要求的。继王氏高丽代之而起的李氏朝鲜，便是在这样的大方向下，往前跨出了一个大步。所以，兴起于半岛的儒学，便具有这样几个特点。

其一，以三纲五常、性理学说为主要内容，"仪章制度，皆效中华"，朝鲜半岛迎来了儒学振兴。"朝鲜的君臣，有一种倾向，把自己当儒道（礼教、礼治）的忠实继承者、捍卫者、发扬光大者。他们的'正统'、'道统'是直接来自'先王之道'和孔子、孟子、董仲舒、韩愈、朱熹以及二程和陆九渊等等，而不是来自明太祖和明成祖。换句话说，他们是从《四书》、《五经》、《资治通鉴》、《朱子语类》、《朱文忠公集》、《性理大全》以及中国的正史这样的'书以载道'的经典著作里，吸取'治道'，'盖圣贤之立言垂教，历代之治乱兴亡，俱在于斯'。所谓在'先王之道'面前，朝鲜人和中

---

① [韩]赵润济：《韩国文学史》，张琏瑰译，社会科学文献出版社，1998年，第158—159页。

国人是平等的、各自为政的。"①

其二，朝鲜所尊崇的儒学，渐渐地竟仅局限于宋儒程、朱的"性理之学"。早在 1289 年，集贤殿大学士安珦（1243—1306）从元朝带回了《朱子全书》和朱熹的画像，向弟子传授理学。遵从此学的有白颐正、李齐贤、李穑等著名学者。到高丽末期，李穑主持成均馆，大讲朱子学，与其弟子郑梦周、郑道传、权近等人一起为确立理学思想的正统地位作出了巨大的努力。同是儒家的著作，被他们区分成"圣学"与"邪说"。到了朝鲜，朱子和程颐的观点，被认为是"万世不易之正议也"②，程、朱本人也被神化了，性理学终于成为社会的统治思想。

其三，"书以载道"，以国王之名和国家之力，推广程朱理学，印刷发行那些符合他们世界观的书籍。通过大量翻印中国典籍，特别是三纲五常的儒家著作，垄断出版和文教事业。他们以卫道之士自居，所引进的仅限于"性理之学"的东西，把翻印朱子的著作当作一件重要的政治任务来进行。由此可见，他们关心的，还是在三纲五常的体系下，礼治秩序的建立和稳固。1516 年春，朝鲜王朝还特地"设铸字都监，使议政领之"，此决定不仅推动了儒学的普及，而且还大大促进了印刷事业的发展。

其四，太宗死后，继位的世宗国王对文化传播和教育事业更是努力不辍，朝鲜自己的文字——训民正音，便是在世宗国王的主持下创制出来的。相似的意识形态体系，必然形成相似的价值观念体系。当时的朝鲜与中国一样，尊崇的是"修身、齐家、治国、平天下"的所谓"大道"，将"小说"之类文学创作视作"君子不为"的行当。

第二节　主流意识对小说的否定

1. 小说意识的产生背景

朝鲜时代的儒学者们对小说持有的基本观点是消极的、否定的，这一点可以从众多文献记录中找到根据。③ 其实，儒学者们的这一消极否定的小说观，从反面来讲，恰恰证明了他们阅读过很多小说作品、对小说较为关注。

最初的小说观研究主要是针对传统社会的儒生对小说表现出怎样的关注，之后的研究改为使用"对小说态度"这一用语。后来，古小说研究类

---

① 黄枝连：《天朝礼治体系研究》（中卷），中国人民大学出版社，1994 年，第 330 页。
② ［韩］国史编纂委员会：《朝鲜王朝实录》第 16 册，国史编纂委员会，1986 年，第 387 页。
③ ［韩］史在东：《古典文学的研究资料》，《国语国文学》1982 年第 88 辑，第 361—370 页。

书籍中最先出现了"小说观"这一用语,它成为使用最为广泛的通称。"小说观"后来的含义是指古小说批评,作为极为普遍的名称来使用,而强调批评含义的用语出现于20世纪70年代后期,比如"小说意识"、"文学意识"、"批评意识"等。"小说论"这一正式学术用语出现于20世纪80年代,这是小说批评成为一个独立学术领域的开始。

韩国古小说批评的发展史从根源上与哲学(儒学)、历史具有紧密的关联。古小说在哲学和历史的学术领域中一直处于被否定的地位,总是被看作末流或者被忽视。在这种背景下,将古小说看作表现人的真实性的另一重要领域的意识变化就可以称作古小说批评的发展史。

高丽时代即已出现具有小说性质的作品,如《花王戒》、《景文王的驴耳》、《崔致远传》、《均如传》、《东明王篇》等。这些作品的序、跋或者附记,以及《补闲集序》、《三国遗事·纪异篇自叙》、《帝王韵纪并序》、《栎翁稗说后》等,都与中国儒家文学思想一脉相承。《东明王篇》是李奎报(1168—1241)26岁(即1193年)时创作的作品,是宣扬民族抵抗精神的民族叙事诗。它虽然不是小说,但值得关注的是其中的文学意识,李奎报认为东明王的故事取材于历史,不是虚构,是试图将现实中的屈辱通过精神予以克服、迫切实现自我认知的过程中产生的构想。在这里,李奎报所坚持的是儒家重史实、斥虚构的文学观念。崔滋(1188—1260)在1254年创作的《补闲集序》中,论及文学内容时,值得关注的是他对虚构的肯定。他写道:"文者,蹈道之门,不涉不经之语,然欲鼓气肆言,竦动时听,或涉于险怪。况诗之作,本乎比兴讽喻,故必寓托奇诡,然后其气壮,其意深,其辞显,足以感悟人心,发扬微旨,终归于正。"由此可见,他虽然与李奎报一样,坚持文学内容的写实,但在表现手法方面却有很大的不同,即认为真实的文学应该通过寓意、依托奇异的表达来实现。稍后写作《三国遗事》的一然,写作《帝王韵纪》的李承休,创作《栎翁稗说》的李齐贤,都大致表达了类似的观点。

2. 否定论的各种表现

到朝鲜时代,墨守儒教理念的大部分儒学者们否定和排斥小说。虽然有一部分创作古小说作品、具有进步倾向的文人为小说的效用价值陈词,但是想要克服占上风的否定论还是有些力不从心。朝鲜时代儒学者的文学观是"文者载道之器"。载道论的文学观认为文章的内容应该有助于人们追求并实现道德生活,因此他们最重视的就是经史。通过"经"可以培养道德的心性,通过"史"可以理解历史性的事实。另外,他们的一贯主张是歪曲真理、迷惑心性的文章对人伦道德有百害无一利,应该予以排斥。

当时对小说的否定，首先是对小说虚构特性的否定。宣祖时期文人奇大升（1527—1572）在给宣祖讲解《近思录》的时候，就《三国志演义》、《楚汉演义》、《剪灯新话》、《太平广记》等小说的危害而上书陈词。他指出"张飞一声走万军之语，未见正史，闻在《三国志衍义》云。此书出来未久，小臣未见之，而或因朋辈间闻之，则甚多妄诞"①。这类内容在《三国志演义》中有，但在《三国志》中没有，因为《三国志演义》不是历史记录，只不过是以历史为素材的虚构小说，所以不可能与历史相符。对此，奇大升认为演义歪曲了历史事实，他不仅对此进行了批判，还向宣祖进言要远离这些小说作品。朝鲜中期代表性的小说否定论者李植（1584—1647），更对当时的士大夫们不读历史书籍《三国志》，却只嗜读《三国志演义》，因而不能分辨真假的现实颇为感叹，主张应该将所有歪曲历史事实的演义作品付之一炬。

中宗时代蔡寿（1449—1515）的作品《薛公瓒传》甚至引发了朝廷的论争。"蔡寿作《薛公瓒传》，其事皆轮回祸福之说，甚为妖妄。中外惑信，或翻以文字，或译以谚语，传播惑众。"②文中所提《薛公瓒传》中的轮回祸福之说迷惑了民众，实际上轮回祸福是佛教教理之一。可见当时朝鲜王朝只把儒教作为正道，其他的所有思想均认为是邪道。像轮回祸福之说这种非现实性的说法，自然被儒学者所排斥了。

综上可见，当时所能接受的是以历史事实为根据，或以日常的、经验的事实为根据的内容，而小说作品中的怪异、荒诞，则被认为是歪曲了历史，荒唐无稽，会迷惑百姓，理应予以排斥。其实，他们不知，否定了小说的虚构性，等于否定了小说的存在价值，小说正是通过虚构来追求真实性的文学体裁。

其次，从道德层面对小说予以否定。李宜显（1669—1745）对小说的效果这样论述："本不当观男女之事，又多猥鄙淫媟，尤非庄士所可近眼。而近来人鲜笃实，喜以此等小记作为消寂遣日之资，甚可叹。"③李德懋（1741—1793）在《士小节》中认为："演义小说，作奸诲淫，不可接目，切禁子弟，勿使看之"④，"（翻译传奇）且其说，皆妒忌淫亵之事，流宕放

---

① [韩]国史编纂委员会：《朝鲜王朝实录》第21册，国史编纂委员会，1986年，第213页。
② [韩]国史编纂委员会：《朝鲜王朝实录》第14册，国史编纂委员会，1986年，第530页。
③ [韩]李宜显：《杂著》，《陶谷集》，保景文化社，1985年，第612页。
④ [韩]李德懋：《士小节》，《青庄馆全书》卷之二十七，《韩国文集总刊》257，民族文化推进会，2000年，第475页。

散，或由于此"①。《士小节》的主要内容是关于女性和孩童的教育问题。从中国流入的演义及小说作品的主要题材是男女爱情问题，或者在作品中插入了部分爱情题材，主要情节是年轻男女隐瞒父母展开的爱情故事。在儒学者们的眼中，男女之间私通感情是绝对不能容许的事情，因而这样的作品只会被认定为猥鄙淫亵，使人心放荡，最终会给伦理秩序带来莫大的危害，必须予以排斥。

另外，通过上述引用资料，可以推断出小说在当时社会背景下的真实状况。上述资料分别提到"而近来人鲜笃实，喜以此等小记作为消寂遣日之资"和"切禁子弟，勿使看之"。这也可以成为当时以男女爱情为题材的小说极为盛行的一个佐证。正是因为如此，儒学者们才对小说带来的社会弊病更为忧虑和感叹，也更加迫不及待地站出来对小说予以排斥。

对小说中反体制思想的忧虑，成为朝鲜时代否定小说的一大理由。李植在《散录》中写道："世传作《水浒传》人，三代聋哑，受其报应，为盗贼尊其书也。许筠、朴烨等好其书，以其贼将别名各占为号以相谑。筠又作《洪吉童传》，以拟《水浒》。其徒徐羊甲、沈友英等躬蹈其行，一村齑粉，筠亦叛诛。此甚于聋哑之报也。"②李植不但批判了中国的《水浒传》，指出其中的反体制思想，同时还批判了韩国的许筠（1569—1618），对他模仿《水浒传》创作《洪吉童传》也大加挞伐。在《水浒传》中，有罪于朝廷的人被刻画成了英雄，而且还对固有体制进行了批判和否定，这就不为朝鲜朝儒学者所接受，而许筠不仅模仿《水浒传》中人物，甚至还创作出了小说《洪吉童传》，这都是李植等人所不能容忍的。所以，许筠被朝廷以叛逆罪诛杀，就是他写出《洪吉童传》这样的反体制作品所罪有应得的。

晚于李植一个世纪的文人李瀷写道："《水浒传》者，施某所作。其言无非捭阖摇撼，凡兵用奇诈，莫巧于此。至于流贼李自成作乱，其绰号兵术，无不出《水浒》套中。余谓作是书者，其必有阴贼之志乎！"③李瀷不但与李植同样指责《水浒传》的作者怀有阴贼之心，指出作品所具有的反体制的性质，同时，他还把发动叛乱的李自成也看作是模仿了《水浒传》中的人物和兵法，以此证明这类作品对社会危害极大，必须清除。

朝鲜半岛历来以中文为官方文书，要掌握这种与母语完全不同的语言

---

① ［韩］李德懋：《士小节·妇仪（一）》，《青庄馆全书》卷之三十，《韩国文集总刊》257，民族文化推进会，2000年，第517页。
② ［韩］李植：《散录》，《泽堂集》，《韩国文集总刊》88，民族文化推进会，1992，第530页。
③ ［韩］李瀷：《经史门三》，《星湖僿说》，柳铎一编《韩国古小说批评资料集成》，亚细亚文化社，1994年，第83页。

文字，需要耗费巨大的精力。尽管朝鲜朝世宗大王组织学者研制了朝鲜文字，但中文仍然是官方文书，所以，学习汉语和中文对朝鲜朝文人来说，是头等重要的大事。由于小说的兴起，新的词汇、用法、表达方式等对传统语言、文体都形成了冲击，不少人认为，小说对语言、文体的负面影响很大。李植认为："演史之作初似儿戏文字，文字亦卑俗。"① 李德懋认为："余幼时观十余种，皆男女风情，闾巷鄙谚。"② 李颐淳认为："世之谓小说者，语皆鄙俚，事皆荒诞。"③ 文中提及的"鄙俗"、"不雅"、"庸俗"与这些词汇，指的是与高尚、规范、节制、纯正的古文相比，这些都不是标准的语言和文体，会败坏文风。

小说为了能够虚构得更加逼真，必须尽量如实地叙述和描写人情事态，而这一点只有使用不分良莠、现场常用的语言和文体才能够实现。正是因为这个原因，不仅不可避免地使用常用语，而且还会出现粗鲁、浮华或者淫亵的言辞。对于固执、墨守成规地只将古文体作为文章典范的儒学者而言，小说的言辞过于鄙俗。因而，他们将小说体的文章称为稗史小品体，并对此予以抵制，而正祖的"文体反正"的主张也正是对这种抵制的响应。

由于当时小说的大量读者还是知识女性，所以引发了对女性修养的关注。李德懋、蔡济恭（1720—1799）和丁若镛（1762—1836）都指出了沉溺于小说带来的危害。李德懋认为："谚翻传奇，不可耽读。废置家务，怠弃女红，至于与钱而贳之，耽惑不已，倾家产者有之。"④ 蔡济恭认为："妇女无见识，或卖钗钏，或求债铜，争相贳来，以消永日。"⑤ 丁若镛认为："子弟业此而笆篱经史之工，宰相业此而弁髦朝堂之事，妇女业此而织纴组紃之功遂废矣。天地间灾害，孰甚于此？"⑥ 这些观点反映了从18世纪后半期到19世纪初期对小说的认识。根据上述资料可以推断出在这一时期已经形成了一个不小的女性读者群体，小说尤其是国文小说的流通达

---

① [韩] 李植：《散录》，《泽堂集》，《韩国文集总刊》88，民族文化推进会，1992，第530页。
② [韩] 李德懋：《青庄馆全书》卷五，《韩国文集总刊》257，民族文化推进会，2000年，第97页。
③ [韩] 李颐淳：《一乐亭记序》，柳铎一编《韩国古小说批评资料集成》，亚细亚文化社，1994年，第177页。
④ [韩] 李德懋：《士小节·妇仪（一）》，《青庄馆全书》卷之三十，《韩国文集总刊》257，民族文化推进会，2000年，第517页。
⑤ [韩] 蔡济恭：《女四书序》，《樊岩集》卷之三十三，《韩国文集总刊》236，民族文化推进会，1999年，第75页。
⑥ [韩] 丁若镛：《文体策》，《与犹堂全书》第一集，《韩国文集总刊》281，民族文化推进会，2002年，第177页。

到了空前的繁荣。儒学者认为士大夫子弟应该专心于学问,官吏应该忠实于自己的职务,妇女应该忠实于家庭事务。但是,随着小说流通的日渐繁荣,出现了一些问题。一旦沉迷于小说,士大夫子弟忽视经史,官员疏忽公务,妇女闲置家务,甚至为了租书而散尽家产,因此儒学者们认为小说是社会性的灾难之一。

综上所述,可以多方面了解朝鲜时代儒学者们关于小说的否定性立场。简而言之,小说通过描绘毫无事实根据的故事,迷惑人心、歪曲历史;通过非道德性的内容,破坏人性伦理;通过美化贼徒,颠覆、批判理念和体制;通过鄙陋、低俗的语言和表达动摇一贯作为正统的文体,使士大夫子弟、官吏、妇女等忽视本职。"小说有三惑,架虚凿空,谈鬼说梦,作之者一惑也。羽翼浮诞,鼓吹浅陋,评之者二惑也。虚废膏晷,鲁莽经典,看之者三惑也。"① 这是李德懋的观点,他批判小说的虚构性和低俗性,同时对作者、评者、读者也进行了批判。其中最值得关注的是对评者的指责,即"羽翼浮诞,鼓吹浅陋",这吐露了他对虚构、低俗的小说予以肯定评价者的不满。因此,儒学者们对小说进行指责的同时,批判和诅咒作者,主张禁止中国小说的流入和阅读,甚至建议焚烧小说书籍。

3. 肯定论的各种表现

即使如此,在朝鲜时代并不是所有的儒学者都无条件地否定、排斥小说,也有文人从肯定的视角拥护小说。当时也有一部分人对小说持有好感,认为小说是具有价值的文学体裁。

在朝鲜时代,儒学者们主要对小说持有否定的看法,主张进行抵制,因为他们认为小说的虚构性和低俗性使其完全丧失了效用性价值,这其实是对小说是通过虚构的故事给读者带来感动和乐趣的体裁予以否认。朝鲜时代的儒学者们认为"真实是正确的,虚假是错误的",这是他们对真伪价值判断的标准,所以,他们对虚构的基本态度是排斥的。他们认为相对于史书的事实性叙述,小说的非事实性表述对人有害无益。在这样的固有观念下,朝鲜的儒学者们对小说的虚构性进行否定和谴责。他们还认识不到虚构是文学特别是叙事文学的基本特质。但是,有一部分儒学者认可小说的价值,对小说的虚构、内容、效用、文体等持有肯定的观点。他们认识到了虚构的价值,对此表达了自己的肯定见解。

金时习阅读了瞿佑的《剪灯新话》之后,将其感想以诗的形式进行了

---

① [韩]李德懋:《青庄馆全书》卷五,《韩国文集总刊》257,民族文化推进会,2000年,第97页。

表达："语关世教怪不妨，事涉感人诞可喜。"① "怪异"、"荒诞"是针对《剪灯新话》的虚构世界的描述，即使是虚构的世界，因为其中具有能够使世人醒悟、给予感动的意义，所以也是"不妨"和"可喜"的。这是金时习对虚构的认可，他的《金鳌新话》的创作动机也正是源于这种认可和启示。

金万重（1637—1692）在论及《三国演义》的内容和阅读效果时，表达了自己对小说的见解："至说三国事，闻刘玄德败，嚬蹙有出涕者，闻曹操败，即喜唱快。此其罗氏演义之权舆乎？今以陈寿史传、温公《通鉴》，聚众讲说，人未必有出涕者。此通俗小说之所以作者。"② 与听《三国志演义》时人们的感动、痛哭、欢喜、欢呼不同，宣讲《三国志》和《资治通鉴》的话，没有人会感动、流泪，金万重强调指出，这正是小说虚构方式的力量。可以说，与记录史实的正史相比，以其为素材虚构的演义小说能够感动读者、给读者巨大的能量。他认为，正是这个原因，文人们才创作通俗小说。这种表述，说明他已经意识到了虚构之于小说的美学价值。金春泽（1670—1717）作为金万重的侄孙，对金万重的作品《谢氏南征记》进行了这样的评价："至稗官小记，非荒诞即浮靡，其可以敦民彝、裨世教者，唯《南征记》乎？"③ "非荒诞即浮靡"，批评的是小说的虚构性。他在对小说的虚构性进行否定的同时，又肯定了《谢氏南征记》对于教化百姓的积极作用，这表现出了他对小说虚构性的认识是具有两面性的。但可贵的是，金春泽认为像《谢氏南征记》这样的虚构，是有助于人伦教化的，这在当时是很有意义的。

李养吾（1737—1822）还就《谢氏南征记》分为二十三条进行评论，其中论道："又况贤妇之见诬，卒得扬其名，奸徒之陷人，适足戕其身，福善祸淫之理，不可以不信也。且梦感之说，颇涉吊诡，奇遇之事，果似敷衍，然此亦人事之或然者，岂可以小说古谈而归之孟浪？"④ "梦感之说"、"奇遇之事"是儒学者们对非现实、荒诞故事的一贯评价。但是，李养吾提出了"人事之或然者"的说法，从人生偶然性和可能性的角度对小说虚构价值予以了认可，这是很不简单的。这比起一般的仅仅从感性角度认可虚构性又前进了一步，也就是说，从创作理论的层面上肯定了离奇情节存在的合理性，而绝非仅以"孟浪"二字就可抹杀的。

---

① ［韩］金时习：《剪灯新话后》，《梅月堂集》，成均馆大学大东文化研究院，1973年，第111页。
② ［韩］金万重：《西浦漫笔》，通文馆，1971年，第650页。
③ ［韩］金春泽：《北轩集》卷十六，《韩国文集总刊》185，民族文化推进会，1997年，第228页。
④ ［韩］李养吾：《谢氏南征记后》，《磻溪草稿》，景仁文化社，1994年，第288页。

李遇骏（1801—1867）以朝鲜小说《谢氏南征记》、《九云梦》、《彰善感义录》、《玉麟梦》和中国小说《水浒传》、《三国演义》、《西游记》、《西厢记》为例，对各个作品做出短评，同时还强调了虚构的价值："而作者乃架虚凿空，层思叠意，又作一奇语，……虽是寓言托辞，而究其本意，则深为有理。"①"架虚凿空"正是指作者发挥想象力，"层思叠意"正是指对情节巧妙安排，"作一奇语"正是指创作的出类拔萃。这些论述虽然简短，但集中表现了一篇小说作品的创作过程。"寓言托辞"是指将小说的虚构内容与实存的现实生活相互勾连，寄寓隐喻，指向人生。"究其本意，则深为有理"则是指虚构的小说中包含着现实中通用恒常的道理，概括了丰富的人生感悟。由此可见，李遇骏已经洞察到小说是通过虚构、追求生活的真实性的文学体裁。他根据这些对小说排斥论者进行了据理力争。

金时习从使人醒悟和感动，金万重从使人感动的巨大能量，金春泽从有助于人伦教化，李养吾和李遇骏从现实的可能性，对虚构的价值给予了肯定。我们尤其要关注的一点是，小说是通过虚构来表现生活，追求生活真实性的一种体裁，这样的共识正在达成。小说之所以能让人为之深深感动，有助于人伦教化，究其原因正是通过虚构、追求生活的真实性这一点来实现的。

朝鲜时代的儒学者们一贯以小说内容低俗粗劣为由，对其进行否定和排斥，他们的根据是经典，换而言之，他们认为经典是高明的、正大的、尊贵的，理应精心研究，而小说却是鄙陋的、浅薄的、淫亵的，理当进行排斥和抵制。但是，有的文人认为，不是只有经典的内容才是真实的，小说的内容也具有真实性。

名为"小川菴"的朝鲜文人将朝鲜的歌谣、民俗、方言以及小故事收录到《旬稗》之中，请朴趾源（1737—1805）为其写序。朴趾源在其中写道："今吾子察言于鄙迩，撫事于侧陋。愚夫愚妇，浅笑常茶，无非即事，则目酸耳饫，城朝庸奴，固其然也。"②"愚夫愚妇，浅笑常茶，无非即事"是指将常见的日常生活逼真地描述出来了，虽然在儒学者们眼里，《旬稗》这样的作品鄙陋、浅俗，但是朴趾源却对其大为赞赏。也就是说，朴趾源认为，与高尚、典雅的观念性文章相比，描述日常琐碎的事情的这类文章更加真实、更有价值。

---

① ［韩］李遇骏：《梦游野谈》下，柳铎一编《韩国古小说批评资料集成》，亚细亚文化社，1994年，第151页。
② ［韩］朴趾源：《旬稗序》，《燕岩集》卷七别集，《韩国文集总刊》252，民族文化推进会，2000年，第111页。

睦台林把从别人那里听到的钟玉的故事记录了下来，然后在故事前面的序文中，他写道："自古女色之迷人魂、丧人性也，甚矣。……吕布以貂蝉而捐躯，季伦以绿珠而丧家。其他亡其国、亡其家、亡其身者，指不可一一胜偻焉。然而人之有耳有目者，可闻亦可鉴，犹不免其祸者多，其故何哉！人或曰，论人于酒色之外，是其然欤？项籍，壮士也，八千兵西渡之岁，其气势何如，而洒泪于虞姬。苏武，节士也，十九年北海之上，其忠义何如，而落种于胡女。以此观之，虽以楚伯王、汉中郎，犹有口实于色界之上，况乎其他人乎哉！"①他提到，好色是毁掉一个人的最主要的原因，以项羽和苏武为例阐明容易沉溺于美色是人的真实本性。像项羽这样的盖世英雄，像苏武这样的忠义之士，尚不能免俗，更何况凡夫俗子？人对性的要求是无法回避的，因此，睦台林认为小说对男女爱情的描述不是淫乱，而是人的本性的真实表达。

《玉仙梦》的作者宕菴认为："故鄙俚之谈，或有义理上感发狂奔之言，或有去就上微讽，惟在听者之审择而已。"②"鄙俚之谈"所指的正是小说，"有义理上感发狂奔之言"和"有去就上微讽"，说明小说中包含了作家在与俗世的冲突中产生的义愤和批判。这种义愤和批判就是隐藏在虚构中的社会批判性内容，但是只有读者通过仔细分析、判断才有可能发掘它，也就是说只有读者具备了犀利的洞察力才能够捕捉到它。总而言之，宕菴认为小说中包含社会批判性的内容，但是能否探知这一内容在于读者。

金迈淳（1776—1840）所写的《三韩义烈女传序》中有这样一段话："神圣徂伏，道隐治弊，天下之变，不可胜言。而能言之士如庄周、屈原、太史公之徒，类皆沉沦草茅，终身困厄，悲忧感愤，壹郁而无所发。故读其文，往往如长歌痛哭，嘻笑呵骂。苟可以鸣其志意，则鄙亵诞诡拗戾之辞，冲口而不可节。是以其高或亚于经，而丛稗丑净之卑亦得以滥觞焉。嗟乎！孰使之然也？"③神圣的世界一旦沦落，社会就会无可挽回地充斥着不协调与矛盾，这样一来，文学也就会摆脱之前的崇高，开始使用沦落的言辞语句进行表达。以屈原、庄周、太史公等天才人物的文章为例，无不如此。也就是说，上述人物曾经试图克服与外部世界的断绝关系、追求真实性，但是却因为外部世界顽固的封闭性而不能如愿。这时他们就开始使

---

① ［韩］睦台林:《钟玉传序》，柳铎一编《韩国古小说批评资料集成》，亚细亚文化社，1994年，第154—155页。
② ［韩］宕菴:《稗说论》，《玉仙梦》，《笔写本古小说全集》3，亚细亚文化社，1980年，第104—106页。
③ ［韩］金迈淳:《三韩义烈女传序》，《台山集》卷七，《韩国文集总刊》294，民族文化推进会，2002年，第407页。

用鄙陋、低俗、荒诞、怪异、扭曲的言辞来进行表达，随之产生的作品就是丛话和稗说（小说类），或杂戏（戏曲类）。金迈淳在语言层面和历史、社会层面分析了小说产生的过程及其产生原因，同时还说明了小说的社会批判性特征是与生俱来的。

朴趾源认为逼真叙述和描写琐碎的人情事物的文章更具价值，睦台林认为男女之间的爱情描写与其说是淫乱，不如说是人性的真实要求的表达，宕菴和金迈淳则认为，小说是作者对现实不满而创作出的作品，因此小说具有社会批判性的特征，并对此进行了肯定。因为小说表现生活，所以只要是与人有关的内容都可以成为小说的素材。只有将小说的这一体裁性特征作为前提，才有可能对其内容进行肯定的认识。上述文人正是认识到了这一点，才做到了对小说的肯定和认可。

固守传统的儒教理念文学观（即载道文学观）的儒学者们从未尝试认可小说的效用性价值，他们认为，小说是荒诞的、鄙陋的、淫亵的，不仅对教化没有任何帮助，而且只会给人伦带来危害。但是，另一些文人的观点却与之针锋相对，他们认为小说有趣味性和教训性的效用。

金麟厚（1510—1560）读《金鳌新话》之后，有感而作的七言诗《借金鳌新话于尹礼元》，其中有云："金鳌居士传新话，白月寒梅宛在兹。暂借河西揩病目，头风从此快痊之。"① 他把《金鳌新话》比为白月、寒梅，读过之后患病的眼睛和头痛都得到了治愈。这里所说的病眼和头痛并不是指身体的疾病，而是指现实生活中的紧张感。他认为阅读小说带来的乐趣能够消除紧张感，令人神清气爽。

徐有英（1801—1874）创作作品《六美堂记》，并在序中说："余乃折衷诸家，祛其支离烦琐，间或补之以新语，合为一篇传奇，分三卷，命篇曰《六美堂记》。盖取齐谐之志怪，以广蒙叟之寓言。后之览此者，庶知余为破寂之笔，而固无妨于妄听之云耳。"② 文中提到，通过"折衷诸家，祛其支离烦琐，间或补之以新语"，创作出了《六美堂记》，提醒后人应该能够了解这类"破闲之笔"。为解闷而创作小说的行为实际上是为读者从中得到愉悦而进行的创作行为，徐有英阐述的"破闲"，道出的正是小说的愉悦功能。

赵正纬（1659—1703）为赵圣期（1683—1689）所写的行状，其中有

---

① ［韩］金麟厚：《借金鳌新话于尹礼元》，《河西全集》卷七，《韩国文集总刊》33，民族文化推进会，1990年，第134—135页。
② ［韩］徐有英：《小序》，《六美堂记》卷一，《古典小说第六辑六美堂记》，高丽书林，1992年，第225页。

云:"太夫人聪明睿哲,于古今史籍传奇,无不博闻惯识,晚又好卧听小说,以为止睡遣闷之资,而常患无以继之。"①文中的"太夫人",指的是赵圣期的母亲。赵圣期的母亲酷爱听小说,将听小说作为"止睡遣闲"的方法。由此可见,当时妇女们将小说作为"破睡"、"消闲"的手段,已成常态。这类贵族女性读者,构成了较为固定的小说读者群体。

但是,小说的创作目的并不仅仅局限于给读者带来乐趣,还具有人伦教化的作用。

李遇骏在读了《谢氏南征记》、《彰善感义录》、《玉麟梦》诸篇后,就这些作品所具有的人伦教化作用进行评论。他说:"有曰《南征记》,……其辞激切惨恻,足以感动人心,警励薄俗。……又有曰《彰善感义录》,叙花相国珍及尹尚书汝玉之事;《玉麟梦》,叙范枢密景文、柳参政原之事,此未知作之者谁,而大意与《南征记》相仿佛,皆小以叙闺范内行,而节节有奇闻异说,足令人家为妇女者鉴戒而劝惩焉。此虽间巷稗说,所以补风化者不可谓小矣。"②因三部作品都是在一夫多妻的家庭制度背景下,描述家庭成员之间矛盾的家庭小说,特别是刻画了妻与妾或者妾与妾之间由于猜忌和嫉妒,最终导致家庭风波和悲剧的情节。这些作品均表达了劝善惩恶的教训,因此达到了对妇女鉴戒和劝惩的目的。士大夫们虽然轻视小说,但是由于《谢氏南征记》和《彰善感义录》所具有的教喻性,因此对这类作品的价值给予了一定程度的认可。

睦台林所作的《钟玉传》序文,主要阐述了作品的创作动机:"余于嘉庆癸亥(1803)秋读书于卧龙山山庵,客有来言《钟玉说》者。其说荒而杂,其事虚而诞,不足以传之于记。而其在鉴戒之道,或不无一助,故为之记。因以为自戒,亦以为后人之鉴云尔。"③文中提到,《钟玉传》原本是说话故事,后被其记录了下来。故事荒杂、虚诞,但是故事本身具有"鉴戒之道",也就是说虚构的小说中内含了教化的内容,具有相当大的意义。睦台林对小说的虚构性进行批判的同时,肯定了小说对人伦教化的效用性。

古小说的主题虽然极为表面化,但大部分以劝善惩恶为主旨,这正是小说具有人伦教化作用的佐证。之所以设定这样的主题,归根结底是对小

---

① [韩]赵正纬:《行状》,《拙修斋集》卷十二,《韩国文集总刊》147,民族文化推进会,1995年,第378页。
② [韩]李遇骏:《梦游野谈》下,柳铎一编《韩国古小说批评资料集成》,亚细亚文化社,1994年,第150页。
③ [韩]睦台林:《钟玉传序》,柳铎一编《韩国古小说批评资料集成》,亚细亚文化社,1994年,第155页。

说排斥论有所警惕的结果，同时也是对人性尊重的结果，换而言之，是人文主义的产物。朝鲜时代的小说肯定论者已经认识到劝善惩恶的主题具备社会教化的效用，这也成为他们与小说排斥论者针锋相对，阐明小说存在价值的根据之一。

第三节　朝鲜小说意识的变化

从上述关于小说的不同观点中，我们又可以大致发现：人们对小说的观念和理解，是一个随着小说文体的发展而发展的过程。丁奎福教授在《古小说的历史性展开》[①]中持六分法：

1. 准备期：高丽时代——说话体、假传体；

2. 发生期：朝鲜初期（世祖）——金时习创作了《金鳌新话》；

3. 展开期：朝鲜中期第一期（"壬辰倭乱"和"丙子之役"）——军谈小说、许筠创作了《洪吉童传》；

4. 发展期：朝鲜中期第二期（肃宗）——金万重创作了《九云梦》、《谢氏南征记》；

5. 结实期：朝鲜后期（英祖、正祖）——朴趾源的小说、《春香传》、盘骚里小说；

6. 终结期：朝鲜末期（纯祖之后）——《彩凤感别曲》、《裴裨将传》。

我们也可以顺着时间把它归纳为：

1. 高丽时代：这是小说的史前阶段，真正的小说作品尚未出现；

2. 朝鲜初期（15世纪）：接受中国小说影响，出现了小说创作，但对小说类作品仅有模糊的理解；

3. 朝鲜中期（16—17世纪）：小说创作趋于繁荣，对小说赞成和反对的意见明显出现分歧；而国文小说的出现，比起原先的汉文小说来，极大增强了文学对本民族现实生活和社会心理的表现力。

4. 朝鲜后期（18—19世纪）：众多不同阶层作家的小说创作，加深了人们对小说作品的接触和理解，是一个小说观念得到不断程度深化的时期。加之印刷技术的提高和书籍发行的扩展，小说产生了越来越大的社会作用。

概而言之，太祖、太宗、世宗三朝确立的朝鲜朝建国基础，朝鲜朝的汉文文学摆脱了高丽时期儒佛混合的不纯状态，净化为单一的儒教文学，

[①] ［韩］丁奎福：《韩国古小说研究》，二友出版社，1983年，第23—24页。

确定了其未来的大方向。中国的文章作法，成为朝鲜文人的研习对象。中国的小说作品，也开始越来越多地流入朝鲜半岛，成为朝鲜本土作家的模仿对象。此时，人们对小说的认识还很模糊，谈不上什么有分量的评论意见。到了成宗朝，朝鲜文物制度已经完备，此后可望进入一个大发展时期。但是，到燕山朝时，士祸以及由此而引起的党争成为国家社会肌体中的毒瘤。官宦士人均陷身其中，拉帮结派，相互攻伐。一旦在党争中获胜，加官晋爵，占据高位，权倾朝野，一人得道，鸡犬升天；一旦在党争中落败，则因禁、削职、流放，甚至性命难保。这种一荣俱荣、一损俱损的宦海风波，迫使许多有志者远离政治，恣情山水。士祸和党争的产生，当然有其社会利益集团和经济利益的深层根源，但朝鲜儒学的个性化发展，不能不说也成为其中的一个重要原因。

由于历史上所形成的华夷观念根深蒂固，更由于"壬辰倭乱"中明朝军队帮助朝鲜王朝击退了日本侵略军，感恩戴德的朝鲜君臣对于灭亡明朝的清廷一直采取敌视态度。朝鲜王朝的部分士大夫严华夷之辨，以中华正统自居，对两国的文化交流也严加限制。正祖时期，甚至发展到下令禁止输入一切来自中国的书籍等，稗官小说当然更在严禁之列。那时候，有多人上书，认为汉文文体正在转入轻薄，甚至在官方文章中也出现了模仿稗官小说的现象。为了扭转此文风，朝廷必须下令严禁。"行大司宪金履素启言：……又言近来燕购册子，皆非吾儒文字，率多不经书籍。左道之炽盛，邪说之流行，职由于此。观于昨年，已现露者，亦可知也。请另饬湾府书册之不当购而购来者，照察严禁。批曰：所奏甚好，依为之。"[①] "所谓明末清初文集及稗官杂说，尤有害于世道。观于近来文体浮轻噍杀，无馆阁大手笔者，皆由于杂册之多出来。"于是朝廷规定："挟带杂文书及我国书册者，杖一百，流三千里。"[②] 但这些惩罚似乎并非很快奏效，不断有人上书："近来文体日益驳杂，且有贪看小说之弊，流入于西学者也。我朝文章，立国以来，皆真积力久，从六经四子中来。虽有歧异之时，要之，是经学文章之士也。近日则经学扫地，而为士者，不过寻摘章句，为科宦之计。外此则又有此等异学邪说，岂非大可忧叹处乎？"[③] 这种现象不但存在于一般士人中，更有严重的，有些朝廷重臣也沉迷于此："日前见抄启文臣南公辙对策引用稗官文字，上斋生李钰表作纯仿小品体裁。钰则一寒微儒生，虽不足深责，犹且另饬泮长，并与陛庠诗赋严禁。如许不经

---

① ［韩］国史编纂委员会：《朝鲜王朝实录》第45册，国史编纂委员会，1986年，第550页。
② ［韩］国史编纂委员会：《朝鲜王朝实录》第45册，国史编纂委员会，1986年，第673页。
③ ［韩］国史编纂委员会：《朝鲜王朝实录》第46册，国史编纂委员会，1986年，第3页。

之体则名以阁臣，又名以文清之子，悖家训，负君命，为此犯禁之事，宁不痛骇乎？……况究其出处，背于理，害于人，不翅若淫声邪色。特召抄启文臣，严加申饬，仍使公辙革心归正之前，入不敢登筵席，出不敢拜家庙。"①"执义宋翼孝启曰：近来风习好奇，文体多僻，燕市购来者，专取新奇文字，故创见嗜好，易致惑溺。请严加申禁，自今燕行，勿得购来。批曰：奇僻姑勿论，虽《四书》、《三经》，以前出来者，溢宇充栋，此所以近来申明购书之禁也。尔言际又如此，严饬使臣及关西道臣。"② 由此可以看出，一方面当时中国小说在朝鲜是相当流行的，另一方面，这样的问题及作品中的内容，对当时的朝鲜社会产生了相当大的影响，以致朝鲜要专门订立法规加以严禁。

朝鲜儒学为理论而理论，争风斗强，特别是糅合了集团权势、经济利益之后，演变为对社会政治生活的毒化剂。特别是经历过壬辰倭乱和丙子之役两次大战乱以后，国家理念、官场秩序、士人追求、百姓生活都发生了巨大变化。在这样的时代舞台上，文学也自觉起来，一批反映现实描写战争的小说相继而出，引发了人们的关注，肯定或否定小说的声音也多了起来。战乱的残酷和伤痛彻底粉碎了往日的悠闲和平静，于是，直面生活、变革现实的实学开始勃兴起来。一批有识之士，不光正视国内的现实问题和尖锐矛盾，而且把解决问题和矛盾的目光投向国外。如燕岩朴趾源就是其中的代表人物，他很早以前就多次前往燕京，目睹那里的文物制度，广泛接触到名儒硕学，见闻甚丰，据此写成纪行录《热河日记》二十六卷。这是一本著名著作，历来好评如潮。在这本书里，他介绍了中国的戏本名目，也介绍了西方新的科学知识。作为一位实学学者，朴趾源同当时腐儒是完全不同的另一种学者。他立足于实学精神，创作了多篇小说，篇名有《许生员传》、《马驲传》、《秽德先生传》、《闵翁传》、《广文者传》、《两班传》、《金神仙传》、《虞裳传》、《易学大盗传》、《凤山学者传》等。当时中国小说的输入和流行已成一时风尚。当时还出现了一些贫困的读书人以炮制小说出售为生，或者是只将抄本出赁而不售，有时也把他人的著作抄录下来出赁，以此为糊口之计。这种后来发展为以出赁或出售书籍为生的所谓"赁册屋"，大概是汉城市内最早的关于书籍的市场行为。实学理论和文学功能在社会的追求不谋而合，实学家们充分理解小说，并在实际上给以声援，有的本身就是优秀的小说家。

---

① ［韩］国史编纂委员会：《朝鲜王朝实录》第 46 册，国史编纂委员会，1986 年，第 351 页。
② ［韩］国史编纂委员会：《朝鲜王朝实录》第 46 册，国史编纂委员会，1986 年，第 416—417 页。

这样，中国小说的大批传入，推动了朝鲜小说自身的创作发展，促使朝鲜小说成熟繁荣。朝鲜文人的大批介入，小说文学便以强大势头发展起来。正如杨昭全所言，抵制与接受，"这两种态度，贯穿朝鲜历代王朝，尤其是朝鲜。整个朝鲜对中国古代小说贯穿排斥与收容两种不同见解、态度与政策。中国古代小说就是在朝鲜朝野这两种态度、政策中传播的。同样的原因，朝鲜文学中的小说体裁，也是在压抑与发展的两种态度、政策历程中成长与发展起来的"①。今天我们所能见到的数百种有名的、佚名的小说作品，其大部分可能是出自这一时期。

---

① 杨昭全：《中国·朝鲜·韩国文化交流史》Ⅱ，昆仑出版社，2004年，第641页。

第二章　中国小说在朝鲜的传播与接受

仔细梳理中韩古代小说研究的相关成果会发现，中韩两国迄今为止的研究呈现出了两种迥异的研究倾向。中国学者侧重强调中国古代小说与韩国汉文小说的影响关系，而韩国学者则更为注重韩国汉文小说在接受中国古代小说的过程中所呈现出的独立发展面貌。这很正常，是民族主体性的表现之一。当然，韩国汉文小说的形成以及发展离不开中国古代小说的影响，当然也离不开朝鲜民族生活方式和思维方式的影响。具体到每部作品，实际情况又千变万化，主要看研究者能从其中发现和发掘出什么东西来。有人认为韩国本身悠久的说话文学传统是促进韩国汉文小说出现变革的内部因素，也就是前面所说的韩国小说自主的发展脉络。作为外因，中国古代小说对其的影响也是不可小觑的，"古代朝鲜的小说，无论是韩文小说，还是汉文小说，其发生、发展都与中国古代小说的传入和影响有着很大的关系，特别是汉文小说"[①]。目前，已有部分学者投身到这一领域的研究，并取得了一定的成果。近期的研究更是突破了以往单纯研究文本影响关系的局限，将小说文本置于当时的社会背景中，围绕中国古代小说在朝鲜的接受、流通及对韩国小说的影响展开了更为深入、立体的研究。

本文主要依托已有的研究成果，简单梳理中国古代小说在朝鲜的传播与接受情况，期望能够借此还原彼时中国古代小说在域外传播的面貌，从而进一步了解近代以前中韩两国的文化交流情况。

第一节　朝鲜时期中国小说的翻译与出版

2012年，韩国研究者闵宽东先后两次撰文修正了其在此前研究中得出的结论。在当年早些时候发表的《中国古典小说的出版文化研究》中，闵宽东这样写道：

> 朝鲜时期流入国内的中国古典小说究竟有多少呢？2001年在学

---

① 李时人：《中国古代小说在韩国的传播和影响》，《复旦学报》1998年第6期，第96页。

术杂志上发表论文时,笔者曾报告认为共有 280 多种中国古典小说曾流入国内。但到了 2007 年,随着新资料的发掘,这些小说又足足增加了 50 多种,为此为笔者修正报告传入国内的中国古典小说共计 330 多种。然而,最近在经过一轮全面的资料调查后,发现相关小说又增加了 130 多种,共确认有 460 多种。此外,朝鲜时期在国内得到翻译的中国古典小说约为 68 种,同时可以确认在国内得到出版的中国古典小说约有 22 种之多。①

然而,在同年稍晚发表的《翻译本中国古典小说的发掘及其成果》中,闵宽东不得不再次修正此前的观点。在这篇文章中的开头部分,他强调指出:"据确认,截至朝鲜时期流入韩国的中国古典小说大概约为 440 余种。经调查,其中在国内得到出版的小说约为 23 种,得到翻译的小说约为 72 种。"②

由闵宽东的研究历程不难看出,尽管韩国学者在考察中国古代小说东传朝鲜的过程中占据了"先天"的天时地利,但这一研究过程依然并不容易。随着新资料的不断出现与发掘,相关的研究成果也处于不断的修正与订正当中。下面将主要结合闵宽东等韩国学者的研究成果,对朝鲜时期中国古代小说翻译及出版的情况加以简单介绍,以勾勒出中国古代小说东传的大致轮廓。

1. 中国古代小说在朝鲜的译介情况

最初传播到朝鲜的中国古代小说大多是传奇小说。这些传奇小说多以典雅的文言写就。朝鲜时期能熟练掌握汉文的多为男性,与此相对的,韩文的使用者则主要为后宫女性、士大夫阶层女性及平民男性。因此,中国古代小说被翻译成韩文,实质上也就意味着中国古代小说受众范畴的扩大,以及随之而来的中国文化影响力的扩大。

根据闵宽东《翻译本中国古典小说的发掘及其成果》的研究,朝鲜时期共曾有 72 种中国古代小说被译成韩文。其中译自文言小说的主要有 13 种,具体包括《列女传》、《古押衙传奇》(《无双传》)、《太平广记》、《太原志》、《吴越春秋》、《梅妃传》、《红梅记》、《汉成帝赵飞燕合德传》、《唐高宗武后传》、《花影集》、《闲谈消夏录》、《剪灯新话》、《娉娉传》、《花影

---

① [韩]闵宽东:《中国古典小说的出版文化研究——以朝鲜时代出版本与出版文化为中心》,《中国语文论译丛刊》2012 年第 30 辑,第 213—214 页。

② [韩]闵宽东:《翻译本中国古典小说的发掘及其成果》,《中国语文学志》2012 年第 40 辑,第 159 页。

集》等。①其中《红梅记》是2010年新挖掘出来的一篇作品，其原文尚未得到确认，只能依据《太平广记》翻译本中与其相关的记录，判断其为文言小说。②除此外，还有59种小说译自通俗白话小说。如《薛仁贵传》、《水浒传》、《三国演义》、《残唐五代演义》、《大明英烈传》、《武穆王贞忠录》（《大宋中兴通俗演义》）、《西游记》、《列国志》、《包公演义》、《西周演义》（《封神演义》）、《西汉演义》、《东汉演义》、《平妖记》（《三遂平妖传》）、《仙真逸史》、《隋炀帝艳记》、《隋史遗文》、《东度记》、《开辟演义》、《孙庞演义》、《唐晋（秦）演义》（《大唐王词话》）、《南宋演义》（《南宋志传》）、《北宋演义》（《北宋志传》）、《南溪演谈》、《型世言》、《今古奇观》、《后水浒传》、《平山冷燕》（《第四才子书》）、《玉娇梨传》、《乐田演义》、《十二峰记》、《锦香亭记》（《锦香亭》）、《醒风流》、《玉支玑》（《双英记》）、《书图缘》（《花天荷传》）、《好逑传》（《侠义风月传》）、《快心编》（《醒世奇观》）、《隋唐演义》、《女仙外史》、《东渡记》、《双美缘》（《驻春园小史翻案》）、《麟凤韶》（《引凤箫》）、《红楼梦》、《雪月梅传》、《后红楼梦》、《粉妆楼》、《合锦回文传》、《续红楼梦》、《瑶华传》、《红楼复梦》、《白圭志》、《补红楼梦》、《镜花缘》、《红楼梦》、《镜花缘》（《第一奇谚》）、《红楼梦补》、《绿牡丹》、《忠烈侠义传》、《珍珠塔》（弹词）、《再生缘传》（《绣像绘图再生缘》，弹词）、《梁山伯传》）（弹词）、《千里驹》（鼓词）等。③这72种小说包括了明代以前的作品8种、明代作品29种以及清代作品35种，其中还包含了《珍珠塔》、《再生缘传（绣像绘图再生缘）》、《梁山伯传》）等3种弹词作品与词作品《千里驹》1种。

通过闵宽东的研究可知，由最初为了教化女性而翻译的《列女传》，到朝鲜后期被翻译的弹词、鼓词作品，涉及文本的题材与内容都逐渐变得多元起来。不仅如此，据研究在翻译的过程中小说中的淫词秽说以及非教化的内容出现被删除的痕迹。④这在某种程度上反映出作为韩文识字阶层的读物，韩文小说多少被赋予了教化民众的使命。

在中国古代小说翻译接受过程中，最为值得关注的莫过于"翻版"小

---

① ［韩］闵宽东：《翻译本中国古典小说的发掘及其成果》，《中国语文学志》2012年第40辑，第175—181页。
② 详情参见：［韩］金明信、闵宽东：《朝鲜时代中国古典小说的翻译概况研究》，《中国小说论丛》2011年第35辑，第265页；［韩］崔允姬：《〈古杭红梅记〉的接受与美学距离》，《中国小说论丛》2010年第32辑，第109—130页。
③ ［韩］闵宽东：《翻译本中国古典小说的发掘及其成果》，《中国语文学志》2012年第40辑，第175—181页。
④ ［韩］金明信、闵宽东：《朝鲜时代中国古典小说的翻译概况研究》，《中国小说论丛》2011年第35辑，第266页。

说的出现。所谓"翻版",也就是改编。明代瞿佑《剪灯新话》的传入启迪了金时习《金鳌新话》的创作。以此为契机,朝鲜文人对小说有了深刻的认识。历经壬辰倭乱后,战乱和创伤、死亡和痛苦进一步激发了朝鲜文人的创作欲望。但由于创作经验的缺乏和创作技巧的不足,"不少文人乃以当时既有的中国小说为版本,经过模仿、拟作并融合当时的社会现状与自我的意识,将中国小说的故事情节加以改变、扩编、浓缩或删减、变更,然后以新的面貌,新的名称出现,这就是韩国的翻版小说。它可以说是以中国小说的题材、结构、内容、思想与背景为模仿对象的特殊文学作品"①。

在《韩国翻版中国小说的研究——兼以〈杜十娘怒沉百宝箱〉与〈青楼义女传〉为例》中,沈娟镮将朝鲜翻版小说归纳区分为四大类:

第一类:只将中国原作品部分稍加改作,近似于翻译的。如翻版自《三国演义》的《关云长实记》,改编自《西游记》十回至十二回的《唐太宗传》,改编自《今古奇观》中《两县令竞义婚孤女》的《朴文秀传》与《滕大尹鬼断家私》的《行乐图》等。

第二类:以中国原作的故事为基础,添加一些具有韩国味道的情节,改变原作品的结尾。如改编自《警世通言》中《苏知县罗衫再合》的《月峰山记》,改编自梁祝故事的《梁山伯传》,以及改编自《今古奇观》中《王娇鸾百年长恨》的《彩凤感别曲》等。

第三类:虽以中国原作的故事为素材,但大部分为创作,内容若不加对照,则难以识别。如判决楚汉英雄讼事的《梦决楚汉讼》,衍生自《三国演义》的《山阳大战》、《梦决诸葛亮》,改作自《醒世恒言》中《钱秀才错占凤凰俦》的《弄假成真变新郎》,以及衍生自《警世通言》中《杜十娘怒沉百宝箱》的《青楼玉女》等。

第四类:受单一或多数中国原作影响,经融会贯通,部分采取模仿、借用方式,再加上作者创意并配合当时环境写成的小说类型。如深受《三国演义》、《西游记》、《水浒传》等影响的长篇小说《玉楼梦》。②

这种保留原文的内容以及情节,只是将小说中的风俗、人名、地名等按照符合自己国家的标准进行改写的翻版行为,是对新的知识以及新的文

---

① 沈娟镮:《韩国翻版中国小说的研究——兼以〈杜十娘怒沉百宝箱〉与〈青楼义女传〉为例》,中国古典文学研究会主编《域外汉文小说论究》,台湾学生书局,1989年,第68页。
② 沈娟镮:《韩国翻版中国小说的研究——兼以〈杜十娘怒沉百宝箱〉与〈青楼义女传〉为例》,中国古典文学研究会主编《域外汉文小说论究》,台湾学生书局,1989年,第68—70页。

化进行模仿的形式。① 朝鲜时期在接受中国小说的过程中出现了不少的翻版作品。

2. 中国古代小说在朝鲜的出版情况

与翻译相比，出版似乎更能说明中国古代小说在朝鲜的受欢迎情况。朝鲜时期出版的中国古代小说共有23种，具体书目可简单罗列如下：

《列女传》、《新序》、《说苑》、《博物志》、《世说新语补》、《酉阳杂俎》、《训世评话》、《太平广记》、《娇红记》、《剪灯新话》、《剪灯余话》、《文苑楂橘》、《三国演义》、《水浒传》、《西游记》、《楚汉传》、《薛仁贵传》、《钟离葫芦》、《花影集》、《效颦集》、《玉壶冰》、《锦香亭记》、《两山墨谈》。②

中国古代小说在朝鲜的出版的形式较为多样，既有完全按照中国小说原文付梓的情况，代表性的如《世说新语补》、《花影集》、《说苑》等；也有缩减或者只出版其中一部分的情况，如《删补文苑楂橘》、《详节太平广记》；还有注解出版的情况，如《剪灯新话句解》；甚至还有部分翻译成韩文出版的情况，比如当时备受读者欢迎的《三国演义》、《西游记》、《薛仁贵传》等。③

按出版时期来看，朝鲜时期付梓的中国古代小说中，15世纪初到壬辰倭乱时期出版的共有16种，壬辰倭乱之后出版的共有8种，其中《三国演义》属于重复出版的作品。④《三国演义》还曾一度成为朝堂上君臣论争的焦点，而"壬辰后盛行于我东"的《三国演义》到了17世纪中后期已"妇孺皆能诵说"。⑤ 由此可知，《三国演义》不仅在士大夫阶层，在女性以及平民阶层中也都受到了广泛的欢迎。

从出版发行的中国古代小说的文字来看，令人出乎意料的是文言小说占朝鲜时期中国古代小说出版发行总数的绝大部分。如《列女传》、《新

---

① [韩]金明信、闵宽东：《朝鲜时代中国古典小说的翻译概况研究》，《中国小说论丛》2011年第35辑，272页。

② 详情参见：[韩]闵宽东：《中国古典小说的出版文化研究——以朝鲜时代出版本与出版文化为中心》，《中国语文论译丛刊》2012年第30辑，第215页；[韩]闵宽东：《翻译本中国古典小说的发掘及其成果》，《中国语文学志》2012年第40辑，第159页。在《翻译本中国古典小说的发掘及其成果》一文中，闵宽东又补充介绍了《两山墨谈》的存在。

③ [韩]闵宽东：《中国古典小说的出版文化研究——以朝鲜时代出版本与出版文化为中心》，《中国语文论译丛刊》2012年第30辑，第224—225页。

④ [韩]闵宽东：《中国古典小说的出版文化研究——以朝鲜时代出版本与出版文化为中心》，《中国语文论译丛刊》2012年第30辑，第231页。

⑤ [韩]金万重：《西浦漫笔》卷下，通文馆，1971年，第649页。

序》、《说苑》、《博物志》、《世说新语补》、《酉阳杂俎》、《训世评语》、《太平广记》、《娇红记》、《剪灯新话》、《剪灯余话》、《文苑楂橘》、《钟离葫芦》、《花影集》、《效颦集》、《玉壶冰》等。这些小说多集中出版于15世纪到16世纪之间，这也从侧面印证了朝鲜前期书籍出版的活跃程度。① 朝鲜前期中国小说的出版多为汉文原文出版，到了朝鲜后期中国小说的韩文出版逐渐盛行。这在很大程度上是因为朝鲜前期书籍的出版与流通主要由国家承担，而到了后期，随着市场经济的发展，民间商业出版行业逐渐发达，迎合市场需求的出版活动逐渐增多。

朝鲜后期出版的中国古代小说几乎全为明代白话小说，清代小说仅《锦香亭记》一例。《锦香亭记》大致于朝鲜后期传入朝鲜，其韩文翻译本与翻版本分别约于1847—1856年间与1860年刊行。②

至于朝鲜出版的中国古代小说中清朝小说较为稀少的原因可能有四：一是与当时弥漫于朝野的崇明反清情绪有关；二是与小说读者的自主选择有关系，也就是说，崇明反清情绪不但主导政治倾向，而且影响朝鲜读者的审美趣味；三是国文小说已经开始流行；四是可能与朝鲜后期西方文明的传来以及清朝的衰落有着一定的联系。在西方列强的侵略以及西方文物东渐的情况下，曾经号称"天下"中心的清朝，无论是在军事还是在文化、经济上都显露出了颓势。特别是在甲午更张之后，中国对于朝鲜的影响减弱。甲午战争中清的败北，不仅标志着持续了2000多年的朝贡体制瓦解，也意味着中国对于朝鲜半岛的影响力彻底消失。自此，朝鲜被划入了日本的势力范围之下。西学东渐的过程中，受近代国民国家思潮的影响，知识分子之间逐渐滋生出了对于"国文"的认识。这一过程中一直被认为是女性文字的韩文地位飙升，一跃而登上国文的位置。③ 与此同时，曾作为普遍文字存在的汉字，其地位一落千丈，开始沦为来自外国的腐朽文字。受这一认识影响，在朝鲜半岛中国古代小说与汉文小说也随之失去生命力，逐渐为象征新知识的新小说所取代。

---

① ［韩］闵宽东：《中国古典小说的出版文化研究——以朝鲜时代出版本与出版文化为中心》，《中国语文论译丛刊》2012年第30辑，第233页。

② ［韩］闵宽东：《中国古典小说的出版文化研究——以朝鲜时代出版本与出版文化为中心》，《中国语文论译丛刊》2012年第30辑，第224页。

③ ［韩］林荧泽：《近代启蒙期国汉文体的发展与汉文的地位》，《民族文学史研究》1999年第14辑，第13页。

第二节　朝鲜前期中国小说的传播与接受

1. 朝鲜前期《剪灯新话》的传播与接受

朝鲜自开国之初就一直奉行亲明政策，但当时明与朝鲜的关系并不明朗。直至朝鲜建国十年后，即明永乐年间，明与朝鲜间正式建立朝贡关系。朝贡关系的建立，意味着朝鲜与明之间关系的正常化。随着两国关系日益紧密，文化交流也渐趋活跃。

面对高丽末期百废待兴的局面，建国后朝鲜在遵奉性理学为最高治国理念的同时，还效仿明朝建立了一系列的政治、经济以及法律制度。也就是说，建国之初的朝鲜，无论在其思想、学术、语言、教育方面，还是在医学、军事以及历法等诸多方面都需要汉文典籍的指导。在这种情况下，朝鲜对于中国书籍的需求分外迫切。

书籍作为知识传播的媒介，无疑在文化的跨地区传播过程中发挥着重要的作用。朝鲜前期主要通过三种途径从中国输入书籍，即明朝的赐书、明朝官员的赠书以及自主性的购书活动。朝鲜建国之初，中国书籍主要通过派遣到朝鲜的敕使赐书以及赠书的形式流入朝鲜。朝鲜使臣在觐见时，会向明朝请求赐书，偶尔也会收到明朝官员以及文人的赠书。但无论是赐书还是赠书，其决定权均在作为给予方的明朝。所赐或者所赠书籍的数量及其种类往往并不是作为收受方朝鲜所能够决定的。在明朝所赐书籍无法满足需求的情况下，自主购书行为也就成了朝鲜输入中国书籍最为行之有效的方法。与此同时，朝鲜的汉文书籍也会通过明朝使臣这一渠道流入中国。

朝鲜从中国购书兴盛于世宗时期。区别于个人的购书行为，朝鲜前期的购书活动主要由国家主导。因此，也可以称之为国购。负责国购的多是出使明朝的使臣，偶尔也会有专门负责购书的专家同行。这些使臣本身都是由学识渊博、有着极深汉文造诣的高位官僚所构成。尽管明朝对于外国使臣的出入活动有着严格的限制，但朝鲜使臣在这一方面享受到了更多的自由。他们的出入并不受限，可以更为自由地出入于京城。朝鲜使臣的这一特权，不仅促进了他们与中国文人的交友活动，也为其购买中国文物、书籍提供了相当程度上的便利。通过这一途径流入朝鲜的书籍占据了明朝时期流入朝鲜中国书籍的绝大部分。朝鲜本身出版文化落后，书籍稀贵，在这种情况下，从中国购入的书籍也就成了朝鲜知识分子主要的阅读对象。

纵观朝鲜前期朝鲜从中国所购图书会发现，尽管其中多为经、史、佛等书籍，却也不乏为正统儒学所唾弃的"稗官小道"。朝鲜使臣所购"稗官小道"中最早流入朝鲜的小说,当属明朝瞿佑的《剪灯新话》。有关购买《剪灯新话》的记录最早见于1506年,即明正德元年。是年,燕山君下令曰:"《剪灯新话》、《剪灯余话》、《效颦集》、《娇红记》、《西厢记》等,令谢恩使贸来!"之后还有"《剪灯新话》、《余话》等书印进"的相关记录。

根据燕山君在下令购买《剪灯新话》的举动以及之后对于自己命令购买该书缘由的记述可知:《剪灯新话》应该在此之前就已经传入朝鲜,并且已经为燕山君所涉猎。因此,可以推论燕山君最初所读之版本应为遭明廷禁止之前的版本,而朝鲜谢恩使所购之书应该是禁毁令开始松弛之后的版本或其翻刻本。有关《剪灯新话》在明禁毁之前流入朝鲜的过程,至今仍没有证据确凿的研究。目前研究大多认为可以假设该书是朝鲜使臣在出使中国的过程中,受人之托或者因出于个人喜好而个人购买图书的过程中传入朝鲜的。①

朝鲜文人中最早提及《剪灯新话》的是金时习。在他的长诗《题剪灯新话后》中,金时习这样写道:

> 山阳君子弄机杼,手剪灯火录奇语。有文有骚有记事,游戏滑稽有伦序。美如春葩变如云,风流话柄在一举。初若无凭后有味,佳境恰似甘蔗茹。龙战鬼车与雏雉,夫子不删良有以。语关世教怪不妨,事涉感人诞可喜。曾见河间记淫奔,复见毛颖录亡是。濩落大瓠漆园吏,怪诡天问三闾子。又阅此话踵前践,夔冈腾逴鱼龙舞。上驾屈庄轶韩柳,六六巫山走云雨。陶壁飞梭温然犀,橘叟初嗅龙根脯。轮囷肝胆贮造化,澹荡笔下烟烽午。金翠墓前溪山丽,罗赵宅中苔草细。聚景园外荷香馥,秋香亭畔月色白。使人对此心缅邈,幻泡奇踪如在目。独卧山堂春梦醒,飞花数片点床额。眼阅一篇足启齿,荡我平生磊块臆。②

通过这篇具有读后感性质的长诗,可以确定金时习对于《剪灯新话》十分推崇,并在不久之后模仿创作了汉文小说集《金鳌新话》。

在《剪灯新话》横空出世之后二十年间,这本具有传奇色彩的小说集一直在明朝儒生间流传,甚至曾一度风靡于国子监的监生之间。也正是因为如此,《剪灯新话》被冠上了"邪说异端"之名,最终招致禁毁的厄运。

---

① [韩]尹世旬:《16世纪,中国小说的国内流入以及享有样相》,《民族文学史研究》2004年第25辑,第139页。

② [韩]尹世旬:《16世纪,中国小说的国内流入以及享有样相》,《民族文学史研究》2004年第25辑,第137页。

但就在《剪灯新话》受禁毁令的影响,在其母国——中国的传播开始步入低迷并逐渐从市面消失之时,《剪灯新话》却踏上它在东亚地区的跨国之旅,出现在了周边国家的文人中间。

《剪灯新话》传播到朝鲜后,给朝鲜的小说界带来了新鲜的养分和冲击。也正是在这一养分的滋养之下,《金鳌新话》问世了。有关《金鳌新话》以及《剪灯新话》间的影响关系学界早有定论,在此不再赘述。

因敢于直接挑战世祖王权,《金鳌新话》的作者金时习(1435—1493)在其死后相当长的一段岁月里都被视为禁忌。最终,得力于尹春年(1514—1567)对其诗文等的整理收集,以及对《金鳌新话》的发掘,金时习的部分作品才得以传世。尹春年一直都对小说持一种开放的态度,更是认为金实习堪比孔圣人。①

虽然燕山君能够成为中国古代小说忠实的读者这一现象本身属于一个特例,但是根据相关记载不难发现,在16世纪中期《剪灯新话》、《剪灯余话》等"稗官小道"已为朝鲜文人所熟知。1550年沈守庆(1516—1599)在为《五伦全传》忠州本所作跋文中,曾经为提高《五伦全传》的价值,故意对流传于街头巷尾的《剪灯新话》进行批判。他以为"世有《剪灯新话》、《余话》等书,人多传玩,虽铺张文词之可观,皆不过滑稽戏谈耳"②。同时期负责刊刻《剪灯新话句解》的尹春年却对《剪灯新话》的流传有着不同的见解。尹春年在为林芑《剪灯新话句解》所写的跋中指出:"上自儒生,下至胥吏,喜读此书,以为晓解文理之捷径。"③尹春年对于《剪灯新话》实用性的态度,与正统士大夫文人沈守庆对于"剪灯两种"的摒弃姿态形成了鲜明的对比。

但通过同时期两位文人截然相反的态度却相似的证言,④我们能够感受到尽管士大夫文人对于《剪灯新话》在朝鲜的传播毁誉参半,但《剪灯新话》对于朝鲜文人的吸引力是巨大的。不管是出于娱乐的目的,还是出于学习汉字的实用性目的,《剪灯新话》都保有着旺盛的生命力。

---

① [韩]崔溶澈:《中国小说和文化》,《中国小说论丛》,2000年,第49页。
② [韩]毋岳古典小说资料研究会:《韩国古典小说相关资料集》1,太学社,2001年,第107—108页。
③ 孙康宜:《文章憎命达:再议瞿佑及其〈剪灯新话〉的遭遇》,《中山大学学报》2008年第3期第48卷,第22页。
④ 沈守庆以及尹春年对小说的不同立场代表了朝鲜时期正统的儒学者对小说的两种截然不同的看法,但实际上朝鲜朝时期儒学家对小说的认识要复杂得多。金光淳曾对此进行了较为细致的研究,他先将儒学者对小说的态度笼统地区分为肯定与否定两种,在此基础上他又将这两种情况细分为了四种不同的类型,从对当时文人的小说认识加以了细致分析小说形态各异的姿态。具体参考:[韩]金光淳:《朝鲜儒学者的小说观》,《古小说研究》1995年第1辑第1号。

《剪灯新话》的注释工作无疑促进了它在朝鲜的进一步传播。译官林芑所以着手对《剪灯新话》进行注释，主要是受一位名叫宋糞的胥吏所托：

> 近世记诵文字者，必于是焉假途而祈向，然而引用经史语多，咸以无释为恨。岁丁未秋，礼部令史宋糞者，求释于余。余以为稗说不适于实用，何以释为，乃辞。既而思之，《山海经》《博物志》，语涉吊诡，俱有笺疏；佛氏诸典，字本梵书，尚皆凿空而演解。其释是书，不犹愈于释梵书者乎？于是就沧洲大人而谋焉。①

虽然以宋糞的汉文水平已经能够阅读《剪灯新话》的部分内容，但是对其中所引经传及史书的内容仍倍感吃力。有感于宋糞的勤奋好学，同时也是出于对其他读者的关怀之心，林芑遂在百般踌躇之下决定对该书加以注释。

通过这段史实，可以看出到了16世纪中期《剪灯新话》不仅在文人阶层，而且在以宋糞为代表的中人阶层也是拥有大批的读者群的。也就是说，及至16世纪中期，《剪灯新话》的读者群体逐渐由文人阶层扩大到了中人阶层。林芑对该书注释工作的开展，无疑推动了其读者群体的进一步扩大。

尽管在时期上有所间隔，《剪灯新话》无论是在朝鲜、日本，还是在越南，都引起了广泛的反响。然而，像朝鲜这样，不仅产生出《金鳌新话》，还催生了《剪灯新话句解》的情况却是绝无仅有的。②作为林芑与尹春年辛勤付出的结晶，《剪灯新话句解》共收录了70余位文人的诗文以及120余种的经书、诸子书、史书、笔记、小说类。其中的相关注释多是有关于人名、地名以及历史或者文学典故的内容。③尽管仍然存有缺点，但是对当时的读者而言，注释本无疑为他们理解、接受《剪灯新话》提供了诸多的便利。

2. 朝鲜中后期中国古代小说的传播与接收

1）两乱之后中国古代书籍的传播

历经壬辰倭乱及与之相隔不过四十年的丙子之役后，朝鲜全境几乎化为了一片焦土。战乱中大量书籍与印刷工具遭到了毁坏、掠夺，这给朝鲜

---

① ［韩］毋岳古典小说资料研究会：《韩国古典小说相关资料集》1，太学社，2001年，第186页。
② ［韩］申相弼：《〈剪灯新话〉的享有及其深层意义》，《汉文教育研究》2006年第26辑，第552页。
③ ［韩］申相弼：《〈剪灯新话〉的享有及其深层意义》，《汉文教育研究》2006年第26辑，第556页。

原本就不甚发达的出版业带来了致命的打击。为了克服书籍匮乏的困境，朝鲜在国内与国外展开了大规模的书籍搜购活动。

明末文人陈继儒（1558—1639）曾在《太平清话》中记录朝鲜使臣广购中国书籍的情景："朝鲜人最好书，凡使臣入贡，限五六十人，或旧典，或新书，或稗官小说，在彼所缺者，日出市中，各写书目，逢人便问，不惜重值购回，故彼国反有异书藏本。"结合陈继儒的生卒来看，《太平清话》中所言朝鲜使臣广购书籍的情形应该就是历经壬辰倭乱与丙子之役后朝鲜广开图书搜购活动后的情形。

相较前一时期，朝鲜中期经使臣、译官之手输入朝鲜的书籍大幅增多。在这些往返于中国的朝鲜使臣当中，许筠的购书活动是颇为值得引起关注的。许筠搜集中国书籍的路径大致有三：一是在接待明朝使臣的过程中收到的赠书；二是作为使节出使之时购买图书；三则是通过译官等第三者的途径来购买图书。[①] 在这三种方式中，许筠曾利用第二种途径，也就是在趁 1614 年、1615 年至 1616 年两次出使北京之便大量购买中国书籍。在其所作《闲情录》凡例中，许筠详细记载了自己购买中国书籍的过程：

> 余尝恨家乏史籍，所载甚简略，切欲添入遗事，勒为全书，为计久矣，悾偬未暇。甲寅、乙卯瘴年，因事再赴帝都，斥家赀购得书籍几四千余卷。[②]

在许筠购入的 4000 余卷书籍中，光《闲情录》篇首所引用的书籍就达 100 多种，而且绝大部分都是当时还未传播到朝鲜的最新书籍，其中中国小说占据了相当大的比重。也就是说，许筠利用出使中国之便购入了大量私人用书。这与朝鲜前期国家对中国书籍的全权占有相区别，表明朝鲜中期以后除国购外，还有很多中国书籍通过私人的途径流入了朝鲜。

到朝鲜后期，为了购买中国书籍，朝鲜政府曾四次派遣使臣前往中国购书。这四次分别为肃宗四十六年（1720）、英祖八年（1732）、正祖元年（1777）、纯祖元年（1801）。前两次均派遣李宜显，分别从北京购入 52 种 1415 卷、19 种 400 余卷书籍。尔后在正祖元年又派遣徐浩修购入《古今图书集成》1 秩 5002 册。纯祖元年则是为了购入善本朱子书，而特意派遣柳得恭与燕行使臣一起前往北京。朝鲜后期大部分典籍均是经燕行购入，购书地点主要集中在北京的琉璃厂。

[①] 郭美善：《许筠与明代文人的书籍交流考证》，《延边大学学报（社会科学版）》2008 年第 2 期，52 页。

[②] [韩] 许筠：《许筠全集》，亚细亚文化社，1983 年，第 253 页。

除此之外，译官因其跟随使臣滞留中国期间能够与中国文人自由交流，而能够相对便利地接触到更多的中国书籍。许筠就曾通过赴中国的译官购入明朝文人何元郎的《四友丛说》。[①] 不过，与朝鲜中前期不同的是，到了朝鲜后期原本主要充当随行翻译的译官开始逐渐具备了作为中间商人性质的身份。这一身份的转换在很大程度上与明清的交替有着紧密的联系。

1636年丙子之役爆发，1637年朝鲜与清朝签订了《丁丑约条》，同年4月朝鲜派出了第一支谢恩使前往沈阳。虽然朝鲜通过派遣使团的形式间接承认了中朝之间的藩属关系，但高举"尊华攘夷"大旗的朝鲜文人仍然很难从情感与道义上接受清朝政府。这导致在很长的一段时间里，朝鲜使臣不愿与清朝官吏接触，转而将所有事务全权委托于译官。朴趾源（1737—1805）就曾在《热河日记》行在杂录篇中针对这一怪现象进行指责：

> 清兴百四十余年，我东士大夫夷中国而耻之。虽黾勉奉使，而其文书之去来，事情之虚实，一切委之于译官。自渡江入燕京，所经二千里之间，其州县之官、关阨之将，不但未接其面，亦不识其名。由是而通官公行其索略，则我使甘受其操纵，译官遑遑然承奉之不暇，常若有大机关之隐伏于其间者。此使臣妄尊自便之过也。使臣之于任译，太疑则非情，而过信亦不可。如有一朝之虞，则三使者其将默然相视，而徒仰任译之口而已哉？[②]

通过朴趾源对三使与译官的批判，不难发现在燕行之中译官的责任是极其重大的。但由于其处于权力的最末端，译官本身没有政治权限，且职务本身不能得到稳定的保障。因此，为了笼络人心，译官往往被赋予了能够通过私人交易贴补俸禄的特权。如朝鲜后期参与使行的译官往往可以携带一定数量的人参来贴补使行的费用。[③] 尽管政府并不认可译官作为商人存在的面貌本身，但考虑到其重要性也只能对此加以默许。也因此，译官经常会受士大夫阶层的委托从中国购入所需书籍。

在18、19世纪的燕行出使过程中，书籍的买卖主要围绕清朝的序班

---

① 郭美善：《许筠与明代文人的书籍交流考证》，《延边大学学报（社会科学版）》2008年第2期，第53页。
② ［韩］朴趾源：《热河日记》，朱瑞平校点，上海书店出版社，1997年，第192页。
③ ［韩］金廷美：《朝鲜后期对清贸易的展开与贸易收税制的施行》，《韩国史论》1996年第36辑，第159页。

与使行之中的译官展开。这一过程中甚至还经常出现双方互相勾结谋取利益的情况。因译官语言畅通，结交甚广，三使为首的士大夫文人也经常通过译官搜购图书，或者通过译官来搜购亲朋好友所托之书籍。当然，译官也并不仅仅满足于作为中间媒介来为他人搜购图书，① 到了朝鲜后期这些译官还逐渐充当起了新知识的生产者与媒介。

除了通过上述的途径以外，在朝鲜中后期民间书商册侩的出现也加快了同时期朝鲜对中国书籍的接受与传播。在中国书商主要出现于明末清初，而早在 15 世纪后期朝鲜便已依稀可见"卖书人"的身影。如金䜣在其所作诗中就曾写道："尽日掩门来往绝，时时还有卖书人。"由此可见，虽然朝鲜前期书籍流通与买卖并不十分活跃，但已经有私下交换书籍及进行书籍买卖的现象。

到 16 世纪中期，册侩成为一种相对而言比较普遍的现象。16 世纪朝鲜藏书家眉岩柳希春（1513—1577）的藏书中，不仅出现了《稗官杂记》、《稗官杂记续》与《淮南子》，还囊括了当时风靡一时的小说《剪灯新话》。柳希春的《眉岩日记》真实地再现了当时册侩穿梭于文人世家的景象。在日记中，柳希春不仅提到了通过倒卖书籍获得暴利的册侩朴义硕，还记述了自己拜托册侩宋希精帮忙从中国购入《皇华集》、《杜诗》等事情。②

目前还没有确凿的证据能够证明，这些册侩直接参与到了中国小说流入朝鲜的过程中。但考虑到当时明朝商业出版文化的发达及朝鲜读者群体在 17 世纪的扩大，或许可以推断：在小说日益成为一种潜在的营利商品的情况下，以营利为目的充当书籍流通中介的册侩无疑会比其他人更为敏锐地感知和把握市场的走向与发展。

因此，虽然 16 世纪中后期书商对中国小说的流通承担的责任可能还不是很大，但到了读者群体大幅增长的 17 世纪及之后的时期，书商很可能在利益的驱使下投身到中国小说的流通过程中。

在此，仅以 18 世纪发生的一场与中国文人朱璘相关的"明纪辑略事件"为例，大致考察 18 世纪朝鲜内部中国流入朝鲜的路径及其在朝鲜的流通面貌。所谓"明纪辑略事件"，是指因中国文人朱璘所作《纲鉴会纂》中涉及侮辱朝鲜先王的内容，英祖大怒，下令查处朱璘《明纪辑略》等书籍，并对与此相关人物加以严惩的事件。在这一事件过程中，无论是涉案册

---

① ［韩］陈在教：《18、19 世纪东亚与知识、情报的信使、译官》，《韩国汉文学研究》2011 年第 47 辑，第 111 页。

② ［韩］李敏姬：《朝鲜、中国的书籍中介商以及书籍流通文化研究》，《东方学志》2008 年第 141 辑，第 341—345 页。

侩、译官，还是士大夫文人与中人阶层医官，均无一幸免，皆被处罚，其中册侩更是被严令禁止从事中国最新书籍的买卖交易，部分译官也受到了严厉的惩罚。

由对册侩与译官的惩处可知，当时负责朝鲜内部书籍流通的册侩很可能是通过译官参与到了中国书籍的买卖与流通之中。同时，这一事件也说明在18世纪中国书籍的流通网络已经均有了较为广泛的辐射范围。①

要注意的是，虽然历经此事后册侩与译官的活动在一段时间里受到了一定影响，但在事件余波稍平后以册侩与译官为中心的中国书籍购买活动又开始重现生机。不仅如此，由俞晚柱《钦英》的记载内容来看，似乎历经此事后册侩与书籍购买者间的关系较之从前变得更为紧密了："册曹至，议易《童鉴辑览》、《汉魏丛书》。告《明史》终无善本，而《琼山史纲》亦难得云。闻《郑氏全史》为春坊新储，《金氏全书》为徐阁曾有，咸直四万余云。"②

除上述和平年代下书籍东传的情况之外，在中国书籍流入朝鲜的过程中壬辰倭乱与丙子之役也是一个极为重要的契机。这两场发生于16世纪末17世纪初的战争，特别是壬辰倭乱在打破东亚地区固有秩序的同时，也为新的秩序的确立创造了契机。壬辰倭乱中明军的参战援朝前所未有地加强了明朝官员与朝鲜各阶层的直接接触与交流。

根据韩国研究者陈在教的研究，在明军援助朝鲜的过程中明军与朝鲜军民以及在野学者有了较为广泛且深入的交流与接触，在这一过程中书籍交流变得异常活跃。③ 彼时不仅部分朝鲜书籍流入了中国，同时也有不少中国书籍东传进入了朝鲜。在丙子之役及之后的明清交替时期，随着明朝遗民大量流亡朝鲜，明朝的文物制度、文艺动向等新的知识与情报也一并传播到了朝鲜。这一过程中同样伴随着中国书籍的流入。最终，这些新的知识与书籍为朝鲜学界与学人提供了不少新鲜的刺激与养分。

2）朝鲜文人阶层对小说认识的改变

历经16世纪末到17世纪初，东亚社会普遍进入到一个极为动荡的时期。不仅中国面临着明清交替的局面，在位于朝贡体系之下从未经受过大战乱的朝鲜也接连经历了两场战乱的洗礼：一是历时七年的壬辰倭乱，另一个则是财物损失明显较小，却令朝鲜朝野上下受到极大精神创伤的丙子

---

① ［韩］李敏姬：《朝鲜、中国的书籍中介商以及书籍流通文化研究》，《东方学志》2008年第141辑，2008年，第344—348页。
② ［韩］俞晚柱：《钦英》18，1784年1月9日条。
③ ［韩］陈在教：《在东亚书籍的流通以及知识的生成——以壬辰倭乱之后的人际交流与知识生成事例为中心》，《韩国汉文学研究》2008年第41辑，第73—77页。

之役。以两次战乱为契机,朝鲜以往的社会制度与价值观受到了严峻的考验与挑战。

"国家不幸诗家幸,话到沧桑语始工。"在这一家国不幸的动荡时期,朝鲜的小说文学迎来了前所未有的繁荣,呈现出了与两乱之前迥异的面貌。壬辰倭乱之前,伴随《金鳌新话》的出现,朝鲜小说开始蹒跚学步,但这一时期产生的小说多为短篇汉文小说。不过在历经两乱后,朝鲜小说史进入了百花齐放、异彩纷呈的阶段。这一时期许筠《洪吉童传》、金万重《九云梦》、《谢氏南征记》等小说陆续问世,开创了朝鲜小说创作的新篇章。

与此同时,朝鲜对中国古代小说的接受也达到了一个高潮。究其原因,不外乎两点:一是同一时期中国商业出版文化的蓬勃发展提高了明清小说商品化的程度,为小说等出版物的跨地区流通提供了便利;二则是朝鲜内部对中国古代小说具有能动性的接受。这可以说是朝鲜时期中国古代小说所能在朝鲜传播并被接受的最为核心的原因与动力。

文化的传播是一种具有极强主观能动性的选择行为。虽然不排除偶然的存在,但就普遍现象而言,对异域文化的选择往往受限于对应时代的社会要求及其价值取向。作为外部知识的中国古代小说所以能够源源不断地传入并为朝鲜社会所接受,这一现象本身就体现了当时接受者对中国小说的认识、价值取向的变化以及朝鲜社会内部正在萌芽着的"潜力"。当然,一种文化被接受的时候,往往会出现与接受主体间的价值冲突。只有在经历了一系列磨合、选择之后,才能实现在地化的接受,并进而在接受主体的努力下衍生出一系列新的文化。

在性理学被奉为最高政治理念的朝鲜社会,相较文学的娱乐功能,士大夫阶层更为重视文学的教化功能。在他们看来,"所谓文章者,非谓其词翰之藻艳赡而已,必根理道本德行,骊乎中而彪乎外,精华之用,足以黼黻乎邦国,贲饰乎治化,然后谓可贵也。"[①] 整个朝鲜时期士大夫文人对小说的态度始终都是以负面认知为主。但随着时代与社会的发展,在不同的时期朝鲜士大夫文人对小说的态度也逐渐出现了些许细微的变化。韩国学者金光淳在考察朝鲜儒学文人对于小说的认识之后,曾指出在朝鲜前期朝鲜士大夫文人对小说的负面认识与正面认识共存,其中负面认识占据主流地位;但在历经壬辰倭乱与丙子之役后,小说反对论与小说拥护论之间开始冲突并发生摩擦;到了朝鲜后期,小说反对论与拥护论重新回归到共

---

① [韩] 金安国:《二乐亭集序》,《慕斋全集》卷十一,民昌文化社,1994年,第245页。

存的状态，不过这一时期伴随着新的价值观念的浮现，小说拥护论逐渐开始占据上风。① 由金光淳的研究，不难发现在小说反对论、拥护论互相压轧互相共存的过程中壬辰倭乱与丙子之役发生的朝鲜中期小说观念发生了巨大变化。

经历了壬辰倭乱以及丙子之役后，朝鲜社会发生了一系列变化，其中最引人瞩目的变化莫过于朝鲜封建身份制度的动摇。两乱爆发过程中，统治阶级弃城逃亡的行为加剧了民心的涣散。因此，长期积压的社会矛盾被激化，这一时期不仅出现了大规模的奴婢出逃事件，还出现了常人附庸于倭人攻击两班的现象。与此同时，还有部分常人利用战争中的机会通过各种合法或者非法的途径改变自身身份。伴随于此，原本森严的身份制度出现瓦解迹象。身份制度的动摇，再加上当时朝鲜士大夫文人间党争对峙严重，以性理学为核心的价值理念受到严重质疑。两乱之后，尽管两班阶层为巩固自身统治、维护性理学秩序使出了浑身解数，但一些新的价值观念也开始在民间滋生。

如同所有新的政权一样，建国初期面对丽末紊乱的社会风气与动荡的政治局面，朝鲜统治阶层需要提出新的政治理念，建立新的伦理秩序。在这一过程中，朝鲜统治阶层打出了儒学这面大旗。但自建国初期起统治阶层所提出的政治理念就一直面临着来自其内部的挑战。尤其是一直以来伴随着中国小说的流入及其在文人之间的争相传阅，自朝鲜初期起新的价值观念就在不断地萌生。阅读中国古代小说的过程中，文人们自主创作小说的欲望开始蠢蠢欲动。可以说，金时习创作的《金鳌新话》及之后出现的文人创作小说的尝试便是小说观念转变过程中文人创作欲望暗涌的结晶。壬、丙两乱之后，民众的颠沛流离，亲人的生离死别，人间的喜怒哀乐，人生的酸甜苦辣，都需要有表达的宣泄口，这都为小说的自主创作提供了丰富的素材。加上性理学这一价值观念的式微也在一定程度上为思想领域的解放带来了一丝契机，正是在这种新旧不同价值观念的并存和碰撞中，一直以来被认为是社会情绪反映的文学创作得到了机会。原先只是接受外邦输入的现象出现了变化，反映战乱时期现实生活经历的小说作品数目大增，而且小说的篇幅也有了极大增长。在这一过程中，韩国文字训民正音的创立极大地丰富了民众的文字生活。韩文开始在女性中流行，而后在民间扩散。壬、丙两乱前后中国书籍的大规模流入及韩文翻译小说的出现极大地刺激了小说读者群的扩大，这些因素无疑都催生了朝鲜汉文小说创作

---

① ［韩］金光淳：《朝鲜儒学者的小说观》，《古小说研究》1995 年第 1 辑第 1 号。

期的到来。

壬辰倭乱之前，传播到朝鲜的主要是文言小说。在其影响下，朝鲜文人也多创作文辞典雅的汉文小说。两乱之后，以《三国演义》《水浒传》《西游记》以及《金瓶梅》为首的一系列白话通俗小说以及《古今奇观》为首的话本小说也通过各种各样的途径陆续传到了朝鲜。

随着中国古代小说的传入，到了朝鲜中后期朝鲜本土的汉文小说与韩文小说也开始大规模流行起来。明清交替之后，朝鲜内部一时难以接受作为蛮夷存在的清朝取代明朝一统天下这一历史现实，转而自诩为"小中华"以从道义上对抗清朝入主中原。但随着使臣出使清朝，清朝的先进文物、考证学的传统以及西方的科学技术也开始逐渐传入朝鲜。随着对新的知识的关注，作为朝鲜治国之道的经学与性理学呈现出了衰落的迹象。

在这一历史背景之下，正祖（1752—1800）为了振兴以尧、舜、禹、孔子与朱子为正统的儒学，一方面开始规模地推进相关书籍的编撰与出版，另一方面在严厉禁止杂书及小说类等"邪说"流入的同时，又于1795年针对当时紊乱的文风实行了"文体反正"的政策。以好文而著称的正祖对小说有一种近乎病态的反感。但当时小说已然深入人心，在这样极端的情况之下仍然屡禁不止。

在以正祖为首的部分朝鲜文人鼓吹"小中华思想"的同时，以朴趾源、洪大容等为首的北学派文人则立足于"以人视物，人贵而物贱；以物视人，物贵而人贱"的"人物性同论"，主张学习清朝的先进文物，甚至小说文化。[①]这一新思想的提出改变了原本注重礼论与心性论的学风，在形成了进步的实学思想的同时，还推动了朝鲜文人对考古学的接受。这一认识上的变化，不仅带来了世界观的改变，也促进了朝鲜文人文学观的改变。原本为朴趾源、洪大容等少数人所享有的这一认识，到了19世纪中前期开始为李书九（1754—1825）、南公辙（1760—1840）、金正喜（1786—1856）等京华士族所共有。立足于人性相对论的观点，原本被否定的小说也开始得到了肯定。

在这一小说认识变化的过程中，19世纪汉文小说的创作呈现出了勃勃生机。这一时期不仅产生出了《折花奇谈》《布衣交集》《洛东野言》等短篇汉文小说，还出现了为数不少的由士大夫文人阶层所创作的长篇汉文小说。长篇汉文小说的出现不仅意味着小说的地位的上升，同时也意味着立足于性理学秩序的身份制度正在被颠覆。

---

① ［韩］申秉澈:《朝鲜正祖时代文人的中国小说观试探》,《中国小说论丛》2002年第15辑，第292—295页。

3）朝鲜时期小说读者群体的扩大

朝鲜时期中国书籍的购买及输入本身就是一种高度权力化的行为。其行为的主体主要是朝鲜王室以及士大夫阶层。尤其是在朝鲜书籍奇缺的情况，对书籍的享有无疑也是一种权力与身份的象征。朝鲜时期通过使臣东传的中国古代小说主要为以男性为主的少数特权阶层所占有，但朝鲜小说的发展却与士大夫阶层女性读者的存在息息相关。

朝鲜时期无论在受教育权利、内容还是目的上，士大夫阶层女性都与当时的男性有着明显的差别。当庶人以上阶层男性被允许进入国学或乡校接受正规教育的时候，女性却只能被困深闺，师从家中女眷，学习修身之道、孝敬父母（包括公婆）之道、夫妻相处之道、子女教育之法、兄弟相处之道、家政劳动、祭祀所需礼仪以及招待客人的礼节等等与家庭内部生活有着紧密联系的内容。

朝鲜时期女性"清闲贞静，守节整齐，行己有耻，动静有法"[①]的妇德得到了最大限度的宣扬，而学识与文才则普遍受到限制与摒弃。16世纪朝鲜文人鱼叔权（生卒年月未详）就曾在其《稗官杂记》中慨叹："妇人之职，中馈织纴而已，文墨之才非其所宜。吾东之论从古如此，虽有才禀之出人者，亦忌讳而不勉，可叹也。"[②]在鱼叔权生活的朝鲜前期，因婿留妇家婚习俗的残存，以及女性在财产继承权上的相对平等，相比于之后女性的处境尚属相对良好的状态。但通过鱼叔权的叹息，不难发现即使是在朝鲜前期，女性的文字生活同样受到极大的限制。在这样的社会氛围之下，女性在实际生活中能够接触到汉文的机会极其有限。即使有机会，也往往是在家庭氛围相对开明的情况下"从旁窃学"。

1443年12月在朝鲜第四代王世宗李祹（1397—1450）与集贤殿学者创制出了"谚文二十八字"，又称训民正音，即古代韩文。对此，《世宗实录》曾有记述："是月，上亲制谚文二十八字，其字仿古篆，分为初中终声，合之然后乃成字。凡于文字及本国俚语，皆可得而书。字虽简要，转换无穷。是谓训民正音。"[③]"谚文二十八字"字符虽然简单，但变幻无穷，非常便于书写。韩文的出现拉开了朝鲜时代二语并存时代的帷幕，为被隔绝于汉文之外的群体带来了文明的曙光。

根据相关记载来看，在国家层面的大力推动下，基本上到15世纪中

---

① [韩]金钟正：《家范》一，《云溪漫稿》卷三十。
② [韩]洪万宗：《诗话丛林笺注》，赵季、[韩]赵成植笺注，南开大学出版社，2005年，第145页。
③ [韩]国史编纂委员会：《朝鲜王朝实录》第4册，国史编纂委员会，1986年，第533页。

后期这一新创文字已逐渐成为后宫嫔妃、侍女、商人沟通信息、表达意愿的重要手段。如：1449 年有人因河演年迈，执行公务多有纰漏，而"以谚字书壁上曰'河政丞且休忘公事'"①；1453 年"一侍女，以谚文书'阿之安否'送于惠嫔"②；1465 年"有宫人德中，以谚字成书，授宦官崔湖、金仲湖，通于龟城君浚，道达恩恋之意"③；1476 年世祖妃贞熹王后辞谢政务时，"使尚传安仲敬，持谚文一纸，传于院相"④；1485 年户曹判书李德良、参判金升卿二人因与汉城府、平市署商议迁移市肆之事招惹民怨，被"以谚文二张"⑤嘲讽，而侍读官赵之瑞称"市人书谚文辱户曹堂上"⑥，虽然可恶，却是小民间常有之事；1472 年成宗下达禁奢令，"命以谚字反译印出，颁中外，使妇人、小子无不周知"⑦。进入 16 世纪初。蔡寿更是因其《薛公瓒传》被译为韩文在京畿地区传播而经历了一场笔祸风波。洛西居士李沆在其 1531 年写作的《五伦全传》序文中也提到了闾巷间"无识之人，习传谚字"，"日夜讨论，如李石端、翠翠之说，淫亵妄诞"的场景。⑧

韩文在京畿地区贵族女性与市井乡民间的使用与普及，为一直以来由士大夫阶层男性独占的小说所有权的转移与扩散提供了广泛的群众基础。尽管 16 世纪《薛公瓒传》、《剪灯新话》韩文翻译的出现预示着小说正在为越来越多的人所共享，但小说读者群体的真正扩大还要等到壬辰倭乱、丙子之役之后。

在壬辰倭乱后，依托于明末商业出版业的发展以及壬辰倭乱期间明与朝鲜间友善关系的深化，来自中国的白话通俗小说开始以越来越快的速度东传。大体上在 1618 年前后的时期，有着"四大奇书"之称的《三国演义》、《水浒传》、《西游记》、《金瓶梅》以及其他演义类小说已经纷纷传播到了朝鲜。其中《三国演义》更是达到了家喻户晓的程度，宣祖还曾为《精忠录》所动容。演义类小说的盛行带动了中国小说的韩文翻译以及朝鲜国文小说的兴起。吴希文（1539—1613）记录其战时避难生活的《琐尾录》中就曾提到在女儿的恳请下翻译楚汉演义的事："初三日，终日在家，无聊莫甚，因女息之请，解谚《汉楚演义》，使仲女书之。"在仁宣王后（1618—

---

① ［韩］国史编纂委员会：《朝鲜王朝实录》第 5 册，国史编纂委员会，1986 年，第 149 页。
② ［韩］国史编纂委员会：《朝鲜王朝实录》第 6 册，国史编纂委员会，1986 年，第 578 页。
③ ［韩］国史编纂委员会：《朝鲜王朝实录》第 7 册，国史编纂委员会，1986 年，第 702 页。
④ ［韩］国史编纂委员会：《朝鲜王朝实录》第 9 册，国史编纂委员会，1986 年，第 299 页。
⑤ ［韩］国史编纂委员会：《朝鲜王朝实录》第 11 册，国史编纂委员会，1986 年，第 42 页。
⑥ ［韩］国史编纂委员会：《朝鲜王朝实录》第 11 册，国史编纂委员会，1986 年，第 72 页。
⑦ ［韩］国史编纂委员会：《朝鲜王朝实录》第 8 册，国史编纂委员会，1986 年，第 685 页。
⑧ ［韩］柳铎一：《韩国古小说批评资料集成》，亚细亚文化社，1994 年，第 69 页。

1674）写给淑明公主的书信中，也曾提及《绿衣人传》、《河北李将军传》与《水浒传》的韩文翻译。① 除此之外，为满足病中母亲爱听小说的喜好，赵圣期（1638—1689）还曾不遗余力四处搜集小说。这些记录都说明及至彼时中国小说已通过跨语际实践逐渐深入到了士大夫女性闺阁之中。一般认为，17世纪之后随着市场经济的发展，部分家道中落的士大夫阶层与译官为了经济利益开始主动投身到翻译中国古代小说的行列中。然而，联想到彼时士大夫阶层女性已经具备了一定的韩文读写能力，而且其中又不乏才华出众、熟识汉字女性的存在，由此或可推测韩文的创制与使用在一定程度上给朝鲜士大夫阶层女性带去了文明的曙光，而她们的阅读范围随着时间的流逝不仅已经超出了士大夫阶层所规定的妇德、妇功、妇仪的范畴，甚至很可能已经参与了汉文小说的翻译乃至韩文小说的创作中。

"听"小说这一方式，也促进了中国古代小说在朝鲜的传播。特别是士大夫阶层家庭中年迈的女性、年幼的儿童以及闾巷之中的中人阶层，许多是通过"听"的形式来"阅读"小说的。前述赵圣期（1675—1728）的母亲尹氏，便是听小说的忠实爱好者。据赵圣期的侄子赵正纬（1659—1703）在《拙修斋行状》中的记载，尹氏"聪明睿哲，于古今史籍传奇，无不博闻惯识。晚又好卧听小说，以为止睡遣闷之资，而常患无以继之。府君每闻人家有未见之书，必竭力求之，得之而后已。又自依演古说，构出数册以进"②。可见，赵圣期的母亲极其喜爱听小说，甚至还会担心"无以继之"。与此同时，为了满足病中母亲爱听小说的喜好，赵圣期不仅四处搜集小说，而且还亲自操刀创作小说以满足母亲的阅读需求。在这里，"听小说"成为尹氏等年迈女性享有小说的主要形式，而赵圣期们也在尽孝心的名目下投身到了彼时为世人不齿的小说创作当中。③ 要注意的是，异于年迈女性"听"来享有小说的方式，士大夫阶层的年轻女性则多通过"轮读"来达到对小说的共享。

此外，在1531年洛西居士李沆（1474—1533）为《五伦全传》所作的序文中，我们可以看到闾巷中人主要以特定的"读"书人为媒介来"听"小说。在这里，负责"读"小说的人很可能曾是承文院的小吏等曾经有过阅读《剪灯新话》等中国古代小说经历的人。这些人之所以"读"小说，则很

---

① ［韩］金一根：《亲笔谚简总览》，景仁文化社，1974年，第18—25页。
② ［韩］赵圣期：《拙修斋行状》，《拙修宅集》卷十二。
③ 到了李朝中后期，屡有投身于小说创作的士大夫阶层文人，而其中最为著名的莫过于《九云梦》与《谢氏南征记》的作者金万重与《彰善感义录》的作者赵圣期。

可能是出于对小说的喜爱或者是作为消遣的一种方式。① 壬、丙两乱之后的 17 世纪中后期，说书人开始成为一种职业。在朝鲜文人朴斗世（1660—1733）于 1678 年写作的《要路院夜话记》中就出现了一位因擅长诵读韩文小说而成为村中之雄的人物：

> 我里中有金户首者，颇解谚文，坐护首十余年，亦致饶足。为男子，纵不能为真书，学知谚译，亦足以磨炼结卜，诵读古谈册，雄于一村中耳。②

这里的真书，是指汉字。金户首作为男性，虽谈不上熟识汉字，却因识得韩文而成为村中极受欢迎之人。由此，不难发现在 17 世纪中后期的地方乡村，绝大部分的人仍然是目不识丁的文盲。这也说明朝鲜时期城乡差距之大。同时，这一部分的记录在某种程度上预示了人们对于小说的爱好，而这就为职业说书人的出现提供了可能。

到了 18 世纪中后期，朝鲜逐渐出现了一类被称为"传奇叟"的说书人。赵秀三（1762—1849）的《秋斋集》中就记录了一位善于吸引听众注意力并以此为生的职业说书人。这位住在东大门附近的传奇叟，擅于口述《沈清传》、《薛仁贵传》等韩文小说，并总是在高潮迭起时故弄玄虚，"忽默而无声，人欲听其下回，争以钱投之"③。根据已有研究来看，彼时说书人的活动场所并不固定，像射场、药局、客店、烟肆等人群聚集的地方都能成为其说书的现场。④

说书人的出现，为识字率低下的庶民阶层接触小说创造了便利，而此类人群无疑与士大夫阶层女性一样都是作为小说失去话语权的"隐性读者"存在的。考虑这些"隐性读者"的存在，我们可以说大抵到了 17 世纪之后小说在朝鲜已经拥有较之以前要庞大得多的拥护者。此后，随着商品经济的发展，18 世纪书籍租赁业与坊刻本的出现又为小说的流通创造了更为便利的条件。这些条件的改变都在无形中进一步促进了小说读者群体的扩大。

在现存租赁书籍的目录中，演义类小说与《西游记》、《西厢记》、《水浒传》等中国古代小说、剧本与朝鲜国文长篇小说占据了相当大的比重，而租借这些书籍的读者其身份更是囊括了几乎所有的阶层。因为小说的广

---

① ［韩］尹世旬：《17 世纪小说类的流行样相》，《东方汉文学》2006 年第 31 辑，第 416 页。
② ［韩］延世大学本《要路院夜话记》，［韩］毋岳古典小说资料研究会：《韩国古小说关联资料集》1，太学社，2001 年，第 222 页。
③ ［韩］赵秀三：《秋斋集》7，民族文化社，1980 年，第 569 页。
④ ［韩］林荧泽：《18、19 世纪"说书人"与小说的发达》，《韩国学论集》1980 年第 2 辑，1980，第 12 页。

泛传播及小说读者对小说痴迷，在朝鲜后期甚至还出现了不少负面的社会影响，如因沉迷小说而疏于家事乃至散尽家财的闺房女性，以及因为故事情节吸引导致过失杀死说书人的事件，等等。这些负面事件的出现无疑会引起当时正统士大夫阶层的反感与指责，而相关内容在士大夫文人撰写的女性教化类书籍中也是屡有出现。如蔡济恭（1720—1799）就曾在《女四书序》中针对当时妇女"或卖钗钏，或求债铜"而争相租赁小说以至荒废了妇人本职的行为大加指责：

> 近世闺阁之竞以为能事者，惟稗说是崇，日加月增，千百其种。侩家以是净写，凡有借览，辄收其直以为利。妇女无见识，或卖钗钏，或求债铜，争相贳来。①

因过于兴奋而失手杀死说书人的事件，更是曾惊动朝堂上下，成为论争与关注的焦点。这些负面事件的存在从侧面说明，尽管彼时对小说的负面认识仍然存在，但是随着读者群体的扩大，小说文化日益繁盛已经变成一股不可抗拒的历史洪流。到了 19 世纪，长篇汉文小说的问世以及小说所附序言与众多文人对小说的评论，反映出了朝鲜士大夫阶层对小说认识又有了进一步的变化。这也为 20 世纪小说的崛起奠定了基础。

第三节　朝鲜中后期中国小说的传播与接受

自《剪灯新话》等中国小说东传后，也曾出现对《列女传》以及《太平广记》加以翻译的尝试。② 但根据现有记录来看，似乎此后直到《三国演义》东传之前，并没有其他中国古代小说流入朝鲜的痕迹。《三国演义》传入朝鲜的时期，大约为壬辰倭乱之前。尽管对其传入的具体时间众说纷纭，③ 但根据 1569 年（宣祖二年）6 月 20 日的记载来看，《三国演义》至迟在壬辰

---

① ［韩］毋岳古小说资料研究会：《韩国古小说相关资料集》2，太学社，2005 年，第 107 页。
② 根据闵宽东在《国内中国古典小说的翻译样相》研究中收录的朝鲜时代翻译作品目录确定了《太原志》的存在，但是因为《太原志》的中国原本佚失，而且无法确认其翻译状态以及翻译年代，所以目前为止《太原志》可以说是一个变数。［韩］闵宽东：《国内中国古典小说的翻译样相》，《中国语文论译书刊》2009 年第 24 辑，第 611 页。
③ 郑沃根：《中国古代通俗小说在古代朝鲜的传播和影响》，华东师范大学博士学位论文，1997 年，第 26 页。在这篇学位论文中，郑沃根针对以往根据《朝鲜王朝实录·宣祖实录》1569 年 6 月条的记录中"此书出来未久，小臣未见之"部分的记录，从而对《三国演义》传去时间为 1569 年前不久传入韩国的看法以及《三国演义》研究权威李庆善的观点提出了质疑。李庆善认为《三国演义》传入朝鲜的时间早于 1569 年的朝鲜初期。对此，郑沃根提出自己的新观点，认为《三国演义》传入朝鲜的时间应该是明嘉靖元年（1522）到朝鲜明宗二年（1567）。

倭乱之前就已东传:"上御夕讲于文政殿,进讲《近思录》第二卷。奇大升进启曰:'顷日张弼武引见时,传教内'张飞一声走万军'之语,未见正史,闻在《三国志衍义》云。此书出来未久,小臣未见之,而或因朋辈间闻之,则甚多妄诞。如天文地理之书,则或有前隐而后著,史记则初失其传,后难臆度,而敷衍增益,极其怪诞。'"[①] 不过,不管《三国演义》实际传入朝鲜的时间如何,作为同时代传播到朝鲜的中国白话小说中的先行者,《三国演义》的传入拉开了中国白话小说朝鲜之旅的序幕。

壬辰倭乱时,明朝出兵援朝共同抗寇的举动极大加深了朝鲜对明朝的信赖,同时也于无形中推动了中国文化在朝鲜的传播。壬辰倭乱后,白话小说开始大量流入朝鲜,其中尤以演义小说最为繁盛。如许筠(1569—1618)在《西游录跋》中就曾先后提到《三国演义》《隋唐演义》《两汉演义》《齐魏演义》《五代残唐演义》《北宋演义》等数种。及至1762年,完山李氏在其《中国小说绘模本》中更是先后提及《开辟演义》《涿鹿演义》《列国志》《西汉演义》《三国演义》《东晋演义》《隋唐演义》《盛唐演义》《残唐演义》《南宋演义》《樵史演义》等更多的演义小说。[②] 到了正祖时期,这些演义小说经过跨语际实践,还深入进驻到了朝鲜士大夫阶层女性的读书目录中。如根据首尔大学奎章阁收藏的手抄本《玉鸳再合寄缘》的第十四、十五卷对当时流行小说名目的记录,来自中国的演义小说与朝鲜人创作的国文长篇小说各自占据了半壁江山。据韩国学者考证,奎章阁藏手抄本《玉鸳再合寄缘》是由温阳郑氏、郑氏的儿媳潘南朴氏、孙媳妇杞溪俞氏、曾孙子媳妇海平尹氏等人在1786—1790年间共同抄写完成的。[③] 也就是说,及至18世纪,随着小说文化的繁盛,来自中国的历史演义小说与朝鲜国文长篇小说一同成为朝鲜士大夫阶层女性的爱读之物。

历经壬、丙两乱后,朝鲜小说史也发生了巨大的变化。朝鲜前期小说史中起占据主导作用的传奇、梦游录与假传小说在这一时期无论是形式还是内容都呈现出了与以往不同的发展面貌。而且,以《谢氏南征记》《九云梦》等汉文小说与《苏贤圣录》为代表性的朝鲜国文长篇小说等新类型的小说开始出现。伴随于此,这一时期的小说史呈现出百花齐放、姹紫嫣红

---

① [韩]国史编纂委员会:《朝鲜王朝实录》第21册,国史编纂委员会,1986年,第213页。
② [韩]毋岳古小说资料研究会:《韩国古小说相关资料集》2,太学社,2005年,第97页。直至今日,完山李氏的《中国小说绘模本》仍然是研究中国古典小说问题时很多学者都需要参考的重要资料。
③ [韩]沈庆昊:《对乐善斋本小说现行本的一考察》,《精神文化研究》1990年第13辑,第188页。

的繁荣景象。这一景象的出现与两次战乱中民众意识的觉醒以及士大夫阶层女性逐渐成长为小说受众这一历史文化背景密切相关。到了这一时期，以士大夫阶层为读者群体的传奇、梦游录与假传小说无论内容还是审美都不再能够满足新读者群体的需求。与此同时，因其趣味性与通俗性，来自中国的白话小说却恰到好处地满足了新的读者群体对小说的需求。①

另一方面，随着在朝鲜内部新兴阶层对新文化的渴求与中国通俗小说的传播及商业发展等内外因素的综合影响作用下，朝鲜社会内部的作家群体与读者群体都有了长足发展，而这一情况到了 18、19 世纪又有了新的发展。进入 18、19 世纪，朝鲜社会内部小说的受众群体逐渐扩大到了商人与下层民众。这一时期专职作家的出现、小说坊刻与流通方式的变化进一步推动了小说的商品化。这不仅促进了新的小说类型的出现，还促进了已有小说类型的改变。②

中国通俗小说的传播与流行在很大程度上影响了朝鲜小说的发展。虽然现存记录中我们很难找到《三国演义》在 16 世纪就已付梓的记录，但据有关学者考察进入 17 世纪后《三国演义》至少刊行了三到四次。③ 以《三国演义》为源头，中国历史演义小说源源不断地传播到了朝鲜。虽然中国小说进入朝鲜的过程始终伴随士大夫文人的指责，但即便如此，到了 17 世纪中后期《三国演义》小说早已是"妇孺皆知"。李舜臣更是因为在壬辰倭乱的海战中表现勇猛，而被时人赞誉为"朝鲜的诸葛亮"。④ 在《西浦漫笔》中，金万重更是真实地记录下了 17 世纪中后期《三国演义》风行的场景：

> 今所谓《三国志衍义》者，出于元人罗贯中。壬辰后盛行于我东，妇孺皆能诵说，而我国士子多不肯读史，故建安以后数十百年之事，举于此而取信焉。如桃园结义、五关斩将、六出祁山、星坛祭风

---

① 姜祥淳在其论文中指出，朝鲜社会步入 17 世纪，在经济方面有了飞跃性的发展的过程中创造出一批有着充足的时间和经济能力的阶层，而这一新兴阶层无疑在审美取向方面与传统的士大夫阶层有着迥异的差别，因此他们需要一种能够适合自己的新的文化的出现。在这一过程中，小说成为备受瞩目的文本。然而前期的传记、梦游录以及寓言小说等汉文文言短篇小说，因其自身的局限性，并不能完全满足新兴阶层对于新的文化的需求。以《三国演义》为代表的中国通俗白话小说正是在这样一种背景下成为能够满足当时对于新的文化需求的最初的形式，并形成了一股中国小说读书热。参见：[韩]姜祥淳：《有关〈九云梦〉的想象形式与欲望的研究》，高丽大学国语国文学专业博士论文，1999 年，第 64—68 页。

② [韩]金贞女：《朝鲜后期梦游录的展开样相与小说史的位相》，高丽大学大学院博士学位论文，2002 年，第 34 页。

③ [韩]尹世旬：《17 世纪，刊行本叙事类的存在样态》，《民族文学史研究》2008 年第 38 辑，第 143 页。

④ [韩]赵仁福：《李舜臣战史研究》，鸣洋社，1964 年，第 4 页。

之类，往往见引于前辈科文中，转相承袭，真赝杂糅。如吕布射戟、先主失匕、的庐跳檀溪、张飞据水断桥之类，反或疑于不经，甚可笑也。①

金万重的记述不仅生动勾勒出《三国演义》在朝鲜风行的面貌，还细致地记述了当时文人对《三国演义》的接受情况。最终，《三国演义》等历史演义类小说的流行深刻影响并促进了朝鲜文人的汉文小说创作。如《天君演义》的作者郑泰齐（1612—1669）就曾指出："《天君衍义》其目凡三十有一，设辞假称，形其无形，有文字之工，而多浮夸之病。……其法则仿史氏衍义。"②产生于17世纪中后期的《彰善感义录》与《九云梦》普遍采取了章回体的形式，这也是深受《三国演义》等历史演义小说影响的集中体现。

壬辰倭乱期间及之后，随着《水浒传》、《西游记》与《金瓶梅》的流入，《三国演义》一枝独秀的局面被打破。根据许筠（1569—1618）《惺所覆瓿稿》之《西游录跋》来看，《水浒传》以及《西游记》均应早于《惺所覆瓿稿》写成之前就已经传播到了朝鲜：

> 余得戏家说数十种，除《三国》、《隋唐》外，而《两汉》龌，《齐魏》拙，《五代残唐》率，《北宋》略。《水浒》则奸骗机巧，而著于一人手，宜罗氏之三世哑也。有《西游记》，云出于宗藩，即《玄奘取经记》而衍之者，其事盖略见于《释谱》及《神僧传》，在疑信之间，而今其书时假修炼之旨……

《惺所覆瓿稿》大致成书于1611年，由此可以推断《水浒传》与《西游记》等传入朝鲜的大致时间应为1611年左右或之前。《水浒传》与《西游记》传播到朝鲜之后也受到了极大的欢迎，并带动了英雄小说以及神魔小说在朝鲜的流行。完山李氏的《中国小说绘模本》与尹德熙的《小说经览者》③中记录了18世纪中后期备受朝鲜读者喜爱的英雄小说约十数种。④记载在册的英雄小说中，最早流传到朝鲜的要算是宣祖、光海君时期东传的《水浒传》。⑤尽管《水浒传》因其内容主旨呈现出的反社会性与反统治性而

---

① [韩]金万重：《西浦漫笔》卷下，通文馆，1971年，第649页。
② [韩]郑泰齐：《天君演义》序文。
③ 完山李氏的《中国小说绘模本》以及尹德熙的《小说经览者》都完成于1762年。
④ [韩]闵宽东：《对中国古典小说的国内流入与接受的研究》，《中国语文学》2007年第49辑，脚注6。
⑤ [韩]金洪哲、金裕凤：《四大奇书在韩国的传播影响》，《清大学术论集》2004年第3辑，2004年，第93页。

受到了朝鲜士大夫阶层的批判，但又因其文章"写人物态处，文心巧妙，可为小说之魁"①而受到推崇与模仿。如李用休在其《惠寰杂著》中就曾指出："《水浒传》，非惟权谋机变，文章实佳。"②正祖时期文人李晚秀更因偶然览阅金圣叹所批《西游记》与《水浒传》后，诧异于两书深具"文字之变幻"，"由是大变文体"。③实际上，《水浒传》不仅因文字秀丽优美而为朝鲜文人所爱，也因故事性强而成为朝鲜女性爱读的小说文本。朝鲜时期，无论是《水浒传》七十二回本还是一百二十回本都曾被译为古代韩文。另外，如前文所述，早在仁宣王后在与淑明公主的书信中就有提及《水浒传》韩文本的存在。

传入朝鲜的神魔小说主要有《西周演义》、《西游记》、《东游记》、《西洋记》等共十八种，其中《西游记》最为有名。与《水浒传》一样，《西游记》因其融合了儒佛道多重文化，而且文辞优美，而备受朝鲜士大夫文人推崇。与此同时，《西游记》也进一步刺激了朝鲜小说的创作。在《九云梦》、《玉楼梦》、《洪吉童传》等朝鲜小说中，我们均能找寻到《西游记》的踪影。④虽然从主题上来看，这些小说好像更多地受到了《三国演义》与《水浒传》的影响，但在具体的叙事过程中，则更多借鉴了《西游记》的叙事方法。

相较于《三国演义》、《西游记》、《水浒传》，《金瓶梅》在朝鲜之旅可谓是命运多舛。朝鲜时期有关《金瓶梅》最早的记录见于许筠的《闲情录》中。在这里许筠引用了明公安派文人袁宏道（1568—1610）对《水浒传》与《金瓶梅》的点评之语："乐府则董解元、王实甫、马东篱、高则诚，传奇则《水浒传》、《金瓶梅》等为逸典，不熟此典者，保面瓮肠，非饮徒也。"⑤这句对《金瓶梅》与《水浒传》评价颇高的话出自袁宏道《觞政》。考虑到许筠与公安派文人间的交友关系，或可推测很可能这一时期许筠已经通过友人的推荐或者通过读书直接或者间接地对《金瓶梅》有所了解。以此为契机，《金瓶梅》也被介绍到了朝鲜。

然而，很可能这一时期朝鲜士大夫文人对《金瓶梅》的了解仅限于书名，以及对大致内容的了解，还没有得以见到其庐山真面目。当然，也不能排除当时《金瓶梅》已经传入朝鲜，但士大夫阶层因该书有违儒教道德

---

① ［韩］李德懋：《婴处杂稿》卷五。
② ［韩］李用休：《惠寰杂著》，《后水浒后传》册三。
③ ［韩］李裕元：《林下笔记》卷二十七。
④ 游娟镱、吴惠纯：《〈唐太宗传〉与〈西游记〉的比较文学研究》，《东亚人文学》2011年第19辑。
⑤ ［韩］许筠：《惺所覆瓿稿》之《闲情录》凡例，成均馆大东文化研究院，1961年，246页。

伦理而只是私下传阅或对自身的阅读经历缄口不谈。关于《金瓶梅》流入时间，目前中韩学界尚无定论。如韩国学者闵宽东通过《闲情录》中有关《金瓶梅》的记录认为，《金瓶梅》应该早在16世纪至17世纪之间就已经流传到了朝鲜。但中国学者陈大康、漆瑗在经过考证后，认为《金瓶梅》传入朝鲜的时间应该是1720—1775年之间。① 郑沃根则着眼于完山李氏《中国小说绘模本》中所提及的《锦屏梅》，认为这很可能是当时为避讳而对《金瓶梅》进行的一种处理。② 综合上述观点，可以为《金瓶梅》的东传时间框定一个大致范围：《金瓶梅》传入朝鲜的时间，最早应该在1720年，最迟应该在1762年。然而，作为"禁书"，《金瓶梅》流入朝鲜后一直也只能隐姓埋名。

1762年完山李氏在《中国小说绘模本》的序文中列举了当时传播到朝鲜的小说目录，而在所谓"淫谈怪说"的分类中，出现如下的一些作品：《浓情快史》、《昭阳趣史》、《金屏梅》、《陶情百趣》、《玉楼春》、《贪欢报》、《杏花天》、《肉蒲团》、《恋情人》、《巫梦缘》、《灯月缘》、《闹花丛》、《艳史》、《桃与图画》、《百抄》、《河涧传》。③ 此处，《金屏梅》很可能就是对《金瓶梅》的一种避讳。

类似的情况，还出现在实学派文人安鼎福（1712—1791）的《顺庵杂书》中。文中安鼎福抒发了自己对明代四大奇书的感想，他认为"观唐板小说，有四大奇书，一《三国志》也，二《水浒传》，三《西游记》，四《金屏梅》也。试观《三国》一匣，其评论新奇，多可观"，然而，作为第四奇的《金屏梅》"不如《三国》之鼎峙，则宁流之为《水浒》，变幻为《西游》，否则托迹于酒楼歌屏之中而消磨此日月者也，然则其志可悲也耳"。④ 这里的《金屏梅》无疑指的是《金瓶梅》。联想到"看书不可以不慎，看淫戏小说不觉有流荡之意"⑤ 的指摘，不难看出安鼎福对《金瓶梅》的负面认识。在《松泉笔谈》中，沈縡（1722—1784）也表达了与安鼎福类似的观点。他

---

① 陈大康、漆瑗：《〈金瓶梅〉传入朝鲜时间考》，《延边大学学报（社会科学版）》1996年第2期。

② ［韩］郑沃根：《中国古代通俗小说在古代朝鲜的传播和影响》，华东师范大学博士学位论文，1997年，第93页。

③ ［韩］闵宽东：《中国爱情类小说的国内流入与版本研究》，《中国小说论丛》2007年第25辑，第194页，脚注25。

④ ［韩］安鼎福：《顺庵杂书》卷四十二。"余观唐板小说，有四大奇书，一《三国志》也，二《水浒传》，三《西游记》，四《金屏梅》也。试观《三国》一匣，其评论新奇，多可观。……四奇之意，不如《三国》之鼎峙，则宁流之为《水浒》，变幻为《西游》，否则托迹于酒楼歌屏之中，而消磨此日月者也，然则其志可悲也耳。"

⑤ ［韩］安鼎福：《杂著》，《顺庵集》卷十三。

认为"大明人物,浮浪轻佻",其所"著述文字,如《金瓶梅》、《肉蒲团》,无非诲淫之术"①。

通过这些文献,我们能够看出到了 18 世纪,"禁书"《金瓶梅》已经为熟识汉文的士大夫阶层所熟悉,但因其涉及内容的"淫乱性"、"非伦理性"而备受指责,甚至不得不以《金屏梅》等身份来进行掩饰。

根据现存的文献资料可知,② 及至朝鲜中后期,特别是 18 世纪中叶以后,人情小说在朝鲜广泛传播。③ 尤其是作为人情小说的一种,才子佳人小说风靡于 17 世纪的邻国朝鲜。到了 18 世纪,随着越来越多的淫词小说流入,淫词小说也开始进入到了当时士大夫的读书范围之内。

所谓才子佳人小说,主要指的是那些描写才华横溢的才子与才貌兼备的佳人之间爱情故事的小说类型。小说中男女主人公往往在没有媒妁之言的情况下缔结百年好合的契约。在某些方面,这类小说也和淫词小说一样均可被认为是"有伤风雅"的,却在朦胧中被从淫词小说中区分了出来。康熙年间刘廷玑的《在园杂志》在成书时指出:"近日之小说,若《平山冷燕》、《情梦柝》、《风流配》、《春柳莺》、《玉娇梨》等类,佳人才子,慕才慕色,已出于非正,犹不至于大伤风俗。"④ 联想到当时文人将《金瓶梅》视若洪水猛兽的态度,由此不难看出李廷玑有意无意中将《平山冷燕》等作品与《金瓶梅》为首的淫词小说做了一定的区分。

有记载的最早传入朝鲜的才子佳人小说为《玉娇梨》。⑤ 在显宗(1659—1674)给自己女儿明安公主的谚文书函中附带了一张写有小说题目的便

---

① [韩]沈鋅:《松泉笔谈》卷二。

② 据相关研究表明,《中国小说绘模本》中收录了将近 30 本中国禁书。([韩]崔溶澈:《中国国内禁书小说的国内传播与影响》,《东方文学比较研究丛书》第 3 辑,1997 年,560 页。)此外,同类资料还有尹德熙(1685—1766)的《字学岁月》(1744 年)、《小说经览者》(1762 年),俞晚柱(1755—1788)的读书笔记《钦英》(1775—1786),以及笔者未详的《册列名录》等。其中,《字学岁月》记录了约 46 种小说,《小说经览者》约 128 种,《中国小说绘模本》约 74 种,《钦英》约 42 种,被推测完成于 1893 年至 1910 年的《册列名录》收录了大约 197 种。([韩]朴在渊:《朝鲜时代才子佳人小说的传来与接受——以新挖掘的〈白圭志〉为中心》,《中国语文学论集》2008 年第 51 辑,第 466—470 页;[韩]闵宽东:《中国爱情类小说的国内流入与版本研究》,《中国小说论丛》2007 年第 25 辑,第 192 页,脚注 21;[韩]朴桂花:《18 世纪朝鲜文人所见之中国艳情小说——以〈钦英〉为中心》,《大东文化研究》2008 年第 41 辑,第 73 页。)

③ 尹德熙在 1744 年的《字学岁月》中所收录的人情小说篇数共 13 篇,而 1762 年的《小说经览者》中共收录了 40 余种的人情小说。在 18 年间,尹德熙所阅读的人情小说的数量增加了将近两倍。这不仅意味着伴随着 18 世纪中国小说持续传播到朝鲜,而且也意味着在创作于明末清初的人情小说在 18 世纪的朝鲜的受欢迎程度。

④ [清]刘廷玑:《在园杂志》卷二,中华书局,2005 年,第 84—85 页。

⑤ [韩]宋晟旭:《17 世纪中国小说的翻译与我国小说的关系》,《韩国古典研究》2001 年第 7 辑。

签，其中包括《太平广记》、《魏生传》、《王庆龙传》、《还魂传》、《拍案惊奇》和《玉交梨》在内。① 《玉交梨》也便是《玉娇梨》。此外，作为初期才子佳人小说的代表作，《平山冷燕》也在比较早的时期传到了朝鲜。金春泽（1670—1717）在《北轩杂说》中就曾指出："小说无论《广记》之雅丽，《西游》、《水浒》之奇变宏博，《平山冷燕》有何等风致，然终于无益而已。"② 通过这些记录，可以推知《玉娇梨》与《平山冷燕》早在17世纪中后期就已传播到了朝鲜。

在对现存中国古代文学相关文献进行整理之后，朴在渊指出传入朝鲜的才子佳人小说中目前可以确定的文本共为38种，其中大部分小说都是在17世纪中后期传入朝鲜的。③ 传入朝鲜的才子佳人小说中，既包括产生于明末清初的《玉娇梨》、《平山冷燕》、《好逑传》、《金云翘传》、《定情人》、《醒风流》，还包括出自雍正、乾隆年间的《雪月梅传》、《白圭志》。才子佳人小说的传入对17世纪后期创作完成的汉文小说《红白花传》与朝鲜国文长篇小说均产生了一定的影响。

所谓淫词小说，又称艳情小说、淫秽小说，主要指对具体性行为加以露骨描写的爱情小说。在《中国小说史略》中涉及此类小说时，鲁迅强调其为人情小说的末流之作，"则着意所写，专在性交，又越常情，如有狂疾"④。一直以来，《金瓶梅》被看作是这类小说的代表作。在传入朝鲜的淫词小说中，似乎要数《金瓶梅》、《肉蒲团》、《续金瓶梅》最为受欢迎，留存版本较多。

直到18世纪末19世纪初，"禁书"《金瓶梅》才得以结束其隐姓埋名的生活。到了这一时期，《金瓶梅》开始成为士大夫阶层读书目录中的常客，并出现了部分对《金瓶梅》加以认可的评价。朝鲜后期文人俞晚柱（1755—1788）就曾指出："《金瓶》乃一部炎凉书也。故首演财色厉害。"⑤

---

① ［韩］朴在渊：《朝鲜时代中国通俗小说翻译本的研究》，韩国外国语大学博士学位论文，1993年。

② ［韩］金春泽：《囚海录》，《北轩集》卷十六，《韩国文集总刊》185，第228页。

③ ［韩］朴在渊：《朝鲜时代才子佳人小说的传来与接受——以新挖掘的〈白圭志〉为中心》，《中国语文学论集》2008年第51辑，第470页。朝鲜朝时期有文献记载的才子佳人小说主要包括《平山冷燕》、《玉娇梨》、《王翠翘转》、《合浦珠》、《锦香亭》、《引凤箫》、《五凤吟》、《好逑传》、《玉支矶》、《两交婚传》、《定情人》、《赛花铃》、《春柳莺》、《吴江雪》、《飞花艳想》、《十二峰》、《醒风流》、《麟儿报》、《惊梦啼》、《归莲梦》、《快心编》、《巧联珠》、《催晓梦》、《驻春园小史》、《英云梦》、《离合莲子瓶》、《二度梅》、《蝴蝶媒》、《合锦回文传》、《白圭志》、《五美缘》、《梦月楼》、《娉娉传》、《凤啸梅》。

④ 鲁迅：《中国小说史略》，陈平原编，浙江文艺出版社，2000年，第143页。

⑤ ［韩］俞晚柱：《钦英》1，1776年11月15日条。

这肯定了《金瓶梅》对人情世态的书写。与此同时，部分文人还尝试从教化的角度对《金瓶梅》加以解读。在《玉仙梦》中的稗说论就从小说的教化作用出发，针对《金瓶梅》、《楚汉演义》、《剪灯新话》指出"《瓶梅》之书作，而悍妇惩其妒心；演《楚汉》之义，而英雄知历数之有归；倡《剪灯》之话，而荡子知风流之有节"。除此外，李钰则从《金瓶梅》重视男女之情的角度对其进行了积极的评价。他认为不管是人间社会，还是天地万物，在以男女之情来看时恰恰是最为真实的，因此他强调即使是被称为"淫词"的《金瓶梅》与《肉蒲团》等也并非都只能被称为"淫词"。① 无论是俞晚柱对《金瓶梅》关注人情世态的认可，还是《玉仙梦》对《金瓶梅》教化妒妇的理解，或者李钰对《金瓶梅》男女之情描写的解读，从中都可以看出彼时文人对《金瓶梅》的认知已经逐渐有所不同。对《金瓶梅》认识的变化，意味着进入18世纪朝鲜士大夫阶层对小说的认识与评价标准已经在发生变化。

18世纪末俞晚柱、李钰等文人阶层对《金瓶梅》认知的形成，在很大程度上深受晚明袁宏道为首公安派文人文学思想与金圣叹的点评本的影响。18世纪末19世纪初朝鲜文人对《金瓶梅》等淫词小说的涉猎以及对《金瓶梅》的拥护，也间接表明在到了这一时期朝鲜文人对小说的认识已产生了巨大的变化。作为这一变化的结果，朝鲜小说中对男女之间情爱的描写也开始逐渐变得大胆奔放起来。② 继而出现了正面描写男女间情爱或不伦恋的作品，如《折花奇谈》、《布衣交集》等短篇汉文小说与《北厢记》、《百祥楼记》等戏曲作品。

到了19世纪，受当时政治时局与西学东渐文化背景的影响，清末的谴责小说及之后出现的小说似乎并未能顺利传入到朝鲜。根据闵宽东的研究，清朝小说中能确定传入朝鲜的主要有《聊斋志异》、《红楼梦》、《红楼梦补》、《红楼复梦》、《后红楼梦》、《续红楼梦》、《补红楼梦》、《镜花缘》、《玉钏缘全集》等。③ 其中《镜花缘》是现今所有中国古代小说翻译中少有的知道译者及其翻译年代的作品。根据已有研究，洪羲福（1794—1859）从1835年至1848年共计历时13年才最终将《镜花缘》翻译成了韩文小说《第一奇谚》。④

---

① ［韩］李钰：《李钰全集》第2卷，昭明出版社，2001年，第295—296页。
② ［韩］朴桂花：《18世纪朝鲜文人所见之中国艳情小说》，《大东文化研究》2008年第41辑，第95页；［韩］金庚美：《淫词小说的接受和19世纪汉文小说的变化》，《古典文学研究》2004年第25辑，第249—254页。
③ ［韩］闵宽东：《中国古典小说的接受》，《中国小说论丛》2001年第14辑，第250—254页。
④ ［韩］丁奎福：《关于〈第一奇谚〉》，《中国学论丛》1984年第1辑第1期，第79页。

此外,《红楼梦》在朝鲜的传播也值得关注。根据现有文献,有关《红楼梦》传入朝鲜的记录相对较少。现存只有李圭景(1788—1856)《五洲衍文长笺散稿》的《小说辩证说》与赵在三(1808—1866)《松南杂识》卷七《稽古类西厢记》对此有所记录。在《小说辩证说》中,李圭景写道:"有《桃花扇》、《红楼梦》、《续红楼梦》、《续水浒传》、《列国志》、《封神演义》、《东游记》,其他为小说者不可胜记。"①尽管李圭景并未对《红楼梦》等一众小说加以任何点评,但从后面"如此小说,我东人则量浅才短,亦不能领略,闾巷间流行者,只有《九云梦》"的论述不难发现他对中国小说多少是带有好感的。而且,通过他的这一记录不难看出,《红楼梦》在李圭景的《小说辩证说》完成之前就已传入朝鲜。异于李圭景的《红楼梦》的赞许,赵在三则认为:"《金瓶梅》、《红楼浮梦》等小说,不可使新学少年律己君子读也。"由他的评论可知,当时文人很可能将《红楼梦》与《金瓶梅》视为一类,倍加警惕。《五洲衍文长笺散稿》成书年代目前不详。不过,韩国学者崔溶澈结合《五洲书种》创作于1839年的记录,推测《红楼梦》很可能是在1800年至1830年以前便已东传至朝鲜。②

另外,梳理《红楼梦》在朝鲜的传播与接受情况可以发现,尽管作为中国古代小说精华之作《红楼梦》在清中后期刊行的一百二十回本及其续书都被翻译成了韩文,但似乎并没有传播到民间,而主要是被放置在乐善斋中。乐善斋是1847年宪宗为其后宫宠妃金氏建造的居所。乐善斋中集合了18世纪之后朝鲜宫中传阅的小说以及1884年李宗泰等译官遵从王命翻译的中国小说。也就是说,乐善斋的小说多是供王妃等王室女性阅读之用的。③据朴在渊考证,乐善斋中存放着包括《包公演义》、《补红楼梦》、《红楼梦》、《红楼梦补》、《红楼复梦》、《后红楼梦》、《女仙外史》、《续红楼梦》等十余种中国小说的翻译版本,这些小说多应翻译完成于1884年前后。④然而,由于这些并未能够流传到民间,因此也就并未能实际性地真正刺激到当时朝鲜小说的发展。

朝鲜时期恰逢中国出版文化发达、小说迅速步入商品化的明清时期。这一时期也是中国古代小说文化最为繁荣的时期。高度发达的印刷技术为

---

① [韩]李圭景:《五洲衍文长笺散稿》,明文堂,1982年。
② [韩]崔溶澈:《〈红楼梦〉的韩国传入与影响》,《中国语文论丛》1991年第4辑,第159页。
③ [韩]정창권:《朝鲜朝宫中女性的小说文化》,《女性文学研究》2004年第11辑,第312—314页。
④ [韩]朴在渊:《朝鲜时代中国通俗小说翻译本的研究》,韩国外国语大学博士学位论文,1993年;朴在渊:《韩国所见中国通俗小说朝译本书目》,《中国小说绘模本》,1993年,第265—281页。

中国古代小说东传朝鲜提供了巨大的便利。在这一历史文化背景下，明清时期小说大量流入朝鲜，其中的部分还被翻译成韩文刊行。中国古代小说在异域被翻译、模仿以及出版，这无疑意味着这些中国小说已经为当地民众所接受，与当地文化发生奇妙的融合。

　　处于中国文化辐射范畴内的朝鲜与中国文化之间具有一种天然的亲缘性，而朝鲜与明朝的关系又最为亲密，从法律、行政到服饰，都遵从明朝。壬辰倭乱中，明军帮朝鲜击败日军，更被视为"再造之恩"，这些都为提高中国古代小说的本地化程度提供了绝佳的土壤。中国古代小说的流入不仅影响了朝鲜汉文小说的发展，也间接通过中国小说的翻译和初期韩文小说的仿作，推动了朝鲜国文小说的发展。当然，这并不是说朝鲜汉文小说是朝鲜机械接受中国古代小说的成果。在朝鲜汉文小说和韩文小说形成发展的过程中，有其自身艰辛的努力所形成的民族特色，这是毋庸置疑的。

第三章　朝鲜汉文小说流变史

第一节　汉文小说的肇始与兴起

一直以来，文学史家在叙述文学史时，都习惯性地将单个文学作品或文学现象从文学史中割裂出来，对其进行分类组合与叙述。然而，作为一个连续的历史过程，文学史并非由一个一个被割裂出来的独立作品或者形式构成。文学史更多地像是一个近乎没有断点的发展过程。在文学史发展变化的过程中，来自外部的刺激及其内部各个文学形式之间的共存、竞争与融合共同促进了文学史的发展和演变。朝鲜汉文小说自其生发之日起便一直处于中国古代小说的影响辐射之下。在其日益发展壮大的过程中，不仅汉文小说内部各种文学形式间处于不断地交流融合当中，汉文小说与以其民族文字书写的韩文小说间也一直处于竞争与融合之中。因此，对朝鲜汉文小说发展过程的把握，也就是对中国古代小说影响之下汉文小说内部的交流与融合，以及汉文小说与韩文小说间相互影响关系的把握。

在朝鲜小说史上，《金鳌新话》承袭了丽末鲜初的传奇传统，并最终在方外文人金时习的手中绽放结果。这奠定了其作为朝鲜小说始祖的地位。金时习（1435—1493），出身江陵名门望族，族中人才辈出，或为名公巨卿，或为文章硕学。世宗十七年金时习出生于汉阳泮宫北侧（即今明伦洞）。因此，金时习在诗中又称自己"生长京都又北游"[1]。金时习自幼聪颖过人，据传在他出生之前泮宫中人曾目睹孔子降生泮宫金日省家中的奇异景象。金时习出生八个月后便因能识文听话而得"时习"之名。3岁之前，金时习跟随外祖父通读《正俗》、《幼学》、《字说》等童蒙书籍并开始修习《小学》。彼时金时习已留有数千余言的文字。时至5岁，金时习拜高丽后期文人李穑之孙门下修学《中庸》与《大学》，自此始得神童之名。因听闻其神童大名，世宗特命承政院代言司知申事朴以昌对其一试虚实，并向5岁的金时习许下日后必将予以大用的承诺。[2] 此后，金时习再拜大司成金

---

[1] ［韩］金时习：《哦竹笋》，《梅月堂诗集》卷十。
[2] ［韩］尹春年：《梅月堂先生传》，《梅月集》："英庙召之承政院，试之以诗，大加称叹，赐帛五十尺，使之自输。先生遂自缀其端，曳之出。人益奇之。"

泮为师，苦读《孟子》《诗经》《春秋》《书经》等儒家典籍，并向尹祥修习《周易》《礼记》以及诸子百家之说。① 如果世事按照既定顺序运行，可以想见天资聪颖又勤奋好学的金时习必将会拥有不错的未来。然而，一场突发的篡位政变，决定性地改变了金时习人生的既定方向与轨道。

1453 年 10 月，当时还是首阳大君的世祖（1455—1468）发动了针对幼侄端宗的政变，史称"癸酉靖难"。从世宗到文宗，再到端宗，其间的王位继承一直都坚守儒教"有嫡立嫡，无嫡立长"的原则，叔父世祖对侄子端宗王位的篡夺无疑是有失名分的。实际上，也因在名分与正统性上存在巨大瑕疵，世祖执政期间长期面临谋反与流言蜚语的挑战。②

世祖的篡位，不仅给朝鲜王朝的统治带来了巨大冲击，也加剧了朝鲜文人内部的分裂。根据"癸酉靖难"中个人选择的不同，这些文人可被区分为两大类：一类是被称为"勋旧派"的群体，主要指的是在端宗初年至成宗初年近 30 年间历经多次政局变化先后被赐封为"靖难功臣"（1453）、"佐翼功臣"（1455）、"敌忾功臣"（1467）、"翊戴功臣"（1465）、"佐理功臣"（1465）并因此掌握政坛实权的那批大臣，具有代表性的有韩明浍、郑麟趾、申叔舟、具致宽、崔恒、曹锡文、洪允成等；另一类则是与"勋旧派"相区别的被当时及后世的朝鲜儒生尊奉为节义典范的"死六臣"与"生六臣"，其中"死六臣"主要是朴彭年、成三问、李垲、柳诚源、俞应孚、河纬地等因密谋端宗复位失败而"死而全节者"③；作为与"死六臣"相呼应的概念，"生六臣"则指的是金时习、元昊、南孝温、成聃寿、李孟专、赵旅等以隐居不仕来对抗现实的"生而守义者"④。

在世祖篡位之后，金时习过上了四处流浪的生活，动荡中他将对现实的愤懑全盘寄托在了诗歌与小说中。据金安老《龙泉谈寂记》记载，最初在写下《金鳌新话》后，金时习并未将其收录《梅月堂集》中，而是将其放置在了石室之内，期待后人能够发现。⑤ 此后曾有朝鲜文人提及《金鳌新话》的存在，但自赵光延（1552—1638）给尤庵宋时烈（1607—1689）去信言明"《金鳌新话》，弟家本无，兄之所闻，或差也耶"⑥，《金鳌新话》便如人间蒸发般消失在了朝鲜文人的视域中。等其再次出现，已是近代初期。彼

---

① ［韩］郑鉒东：《金时习与〈金鳌新话〉研究序说》，《语文论丛》1962 年第 1 辑，第 7—18 页。
② ［韩］최승희：《世祖时期王位的脆弱性与王权强化政策》，《朝鲜时代史学报》1997 年第 1 辑，第 19—21 页。
③ ［韩］国史编纂委员会：《朝鲜王朝实录》第 40 册，国史编纂委员会，1986 年，第 51 页。
④ ［韩］国史编纂委员会：《朝鲜王朝实录》第 40 册，国史编纂委员会，1986 年，第 51 页。
⑤ ［韩］金安老：《龙泉谈寂记》，《希乐堂文稿》卷八："入金鳌山，著书藏石室，曰后世必有知岑者。"
⑥ ［韩］赵光延：《答尤庵书》，《尤庵集》："金鳌新话，第家本无，兄之所闻，或差也耶？"

时崔南善在日本发现了 1884 年于东京翻刻的大冢本《金鳌新话》，遂于 1927 年在《启明》第 19 号发表了题为《金鳌新话解题》的文章将其存在介绍给了本国人。①

以此为契机，《金鳌新话》重新为韩国国内知晓。之后，李家源对其进行了简单的注释，② 由此《金鳌新话》开始成为研究者的关注对象。截至 20 世纪 60 年代之前，学界对《金鳌新话》的研究主要围绕版本、创作时期及《金鳌新话》与《剪灯新话》间的关系展开。版本研究的主要研究者包括金台俊、金基东、郑鉒东等。③ 这些学者围绕《金鳌新话》的创作时间进行讨论，并最终确定《金鳌新话》大致创作于金时习 31 岁至 36 岁，即 1465 年到 1479 年间。这一时期有关《金鳌新话》的比较研究也开始起步，出现了将《金鳌新话》与《剪灯新话》加以比较的研究成果。④ 其中尤以郑鉒东《梅月堂金时习研究》最具有代表性，可以说是这一时期的扛鼎之作。在这一研究中郑鉒东对金时习的一生进行了翔实的考证。⑤

到了 20 世纪 60、70 年代，对《金鳌新话》的研究有了更进一步的推进。相关研究开始从外部（时代、社会背景）与内部（作者的内心世界）两方面探讨小说的成因。⑥ 同时，还出现了对此前研究加以批判的新的研究倾向。⑦ 这些新的研究成果尖锐地批判了以往研究中对《金鳌新话》与《剪灯新话》间模仿与被模仿关系的界定。也正是在这一时期，赵东一决心克服既有主要从比较角度考察《金鳌新话》的局限。他指出，比较研究并不能揭示事实的真相。以此为基础，他首次着眼于小说对自我与世界间的对抗关系的书写，提出了《金鳌新话》是朝鲜小说始祖的观点。⑧ 异于以往对《金鳌新话》为最初的小说这一论断的无条件接受，赵东一对《金鳌新话》的这一新的研究决定性地奠定了《金鳌新话》在朝鲜小说史上的地位。

20 世纪 70 年代末 80 年代初，学界对《金鳌新话》的研究得到了进一

---

① ［韩］崔南善：《金鳌新话解题》，《启明》第 19 号，启明俱乐部，1927 年。
② ［韩］李家源：《金鳌新话》，现代社，1953 年。
③ ［韩］金台俊：《朝鲜小说史》，朝鲜语文学会，1933 年；［韩］金基东：《韩国古代小说概论》，大昌文化社，1956 年；［韩］郑鉒东：《有关〈金鳌新话〉的几点疑问》，《国语国文学》1963 年第 26 辑。
④ ［韩］郑鉒东：《梅月堂金时习研究》，新亚社，1962 年；［韩］朴晟义：《比较文学的角度看〈金鳌新话〉与〈剪灯新话〉》，《文理论辑》1958 年第 3 辑，高丽大学；等等。
⑤ ［韩］郑鉒东：《梅月堂金时习研究》，新亚社，1962，第 5 页；［韩］金光淳：《〈金鳌新话〉研究史考察及其争论点》，《语文论丛》1999 年第 33 号。
⑥ ［韩］李载浩，《〈金鳌新话〉考——以作者金时习的反抗精神为中心》，《论文集》1972 年第 14 辑；［韩］林荧泽，《现实主义世界观与〈金鳌新话〉》，《国文学研究》1971 年第 13 辑。
⑦ ［韩］张德顺：《韩国文学社》，同和出版社，1975 年。
⑧ ［韩］赵东一：《小说的成立与初期小说的流行特性》，《韩国学论辑》1975 年第 3 辑。

步的发展。相关研究围绕作品的形成、构造、小说中鬼神的意义、小说背景以及插入诗等多个方面展开了讨论。① 同时，这一时期对《金鳌新话》与《剪灯新话》之间关系的考察也得到了进一步推进。相关研究者提出了《金鳌新话》并非《剪灯新话》仿作的主张。② 大部分研究者认为，虽然《金鳌新话》不可避免地借鉴了《剪灯新话》，但这一借鉴中也有独创性。

在前期研究的基础上，20世纪80年代末90年代初期的研究开始对《金鳌新华》进行更综合的研究与评价。这一时期《金鳌新话》在小说史中的位置得到了重新调整。实际上，早在70年代学界便开始出现了这样一种主张，即认为高丽假传与《殊异传》系列小说为韩国的最初的小说作品。到了这一时期，这一发端于70年代的主张占据上风。③ 随之《金鳌新话》的小说史地位开始被调整。虽然《金鳌新话》在小说史上的地位因这一论断的提出而有所下降，但同时对《剪灯新话》模仿说的超越却又从美学的角度提升了《金鳌新话》的地位。④ 此后的研究也多注重从审美角度考察《金鳌新话》的价值。至此，对《金鳌新话》的比较研究开始克服《金鳌新话》是否为《剪灯新话》仿作这一话题，开始对两者关系进行更为客观的定位与讨论。

在这一背景下，相关研究开始挖掘、肯定《金鳌新话》的独创性。由此，逐渐出现了新的研究倾向。这类研究多立足东亚文学的视角对《金鳌新话》进行比较研究，希望能够以此探寻到古代东亚文学的共性与差异。如2000年之后出现的比较研究中开始引入越南最初的小说《传奇漫录》，从而拓宽了比较的范畴，为更全面地理解《金鳌新话》提供了新的视角。⑤ 不仅如此，还有部分研究者开始从女性学的角度对《金鳌新话》中的爱情与女

---

① ［韩］薛重焕：《〈金鳌新话〉的插入辞研究试论》，《论文集》1980年第1辑；［韩］姜俊哲：《〈金鳌新话〉的文法》，《语文学教育》1982年第5辑；［韩］金美兰：《〈金鳌新话〉中出现的女鬼》，《延世语文学》1977年第9辑；［韩］薛重焕：《〈金鳌新话〉的化身》，《语文论集》1982年第23辑。

② ［韩］林荧泽：《韩国文学史的视角》，创作与批评社，1984年；［韩］赵东一：《韩国小说的理论》，知识产业社，1977年。

③ ［韩］张德顺：《〈金鳌新话〉不是我国最初的小说》，《大邱每日申报》1972年2月12日；［韩］林荧泽，《丽末鲜初的传奇文学》，《韩国汉文学研究》1981年第5辑；［韩］朴熙炳：《传奇小说的题材习惯——〈金鳌新话〉》，《民族文学社研究》1995年第8辑。

④ ［韩］尹采根：《〈企斋记异〉：寓意的小说美学》，《韩国汉文学研究》1999年第24辑；［韩］金宝贤：《〈企斋记异〉的思想基础与美学意识》，《韩国古典研究》2004年第10辑。

⑤ ［韩］金永昊：《〈剪灯新话〉的传来与东亚：日本、朝鲜、越南的翻案与禁忌的克服》，《日本文化研究》2011年第38辑；［韩］全惠卿：《〈金鳌新话〉（韩）、〈剪灯新话〉（中）与〈传奇漫录〉（越）艳情类、神鬼类作品群的比较研究》，《东南亚研究》2000年第9辑。

性叙事加以分析。① 同时,《金鳌新话》与此后其他文学形式的关系也开始受到关注。② 在秉承前期研究成果的基础上,这类研究重新确立了金时习《金鳌新话》承上启下的划时代位置。

在《金鳌新话》之后,值得引起关注的当属《企斋记异》。作为上承《金鳌新话》,下启许筠、林悌、权韠创作的重要作品,《企斋记异》出自申光汉之手。申光汉(1484—1555),字汉之、时晦,号企斋、骆峰、青城洞主,谥文简。申光汉于朝鲜成宗十五年出生于庆尚南道高灵,并在历经燕山君、中宗、仁祖等三代君主后于明宗十年辞世。在其一生中,申光汉先后经历了己卯士祸、乙巳士祸等多次政治斗争,留下了文集《企斋集》与传奇小说集《企斋记异》。有关申光汉的文学史记录,最早见于许筠《惺叟诗话》中对其汉诗的评价。许筠认为申光汉的诗,"虽雄奇不逮湖老,而清邕过之"。此后,金台俊在《朝鲜汉文学史》中将其与成俔、朴祥与黄廷或一起并称为"诗中四杰"。③

作为传奇小说集,《企斋记异》共包括《安凭梦游录》、《书斋夜会录》、《崔生遇真记》、《何生奇遇传》等多篇文章。根据《安凭梦游录》中申濩所写跋文来看,《企斋记异》曾于嘉靖三十二年也就是明宗八年(1553)刊行。④ 相较于诗歌,对于申光汉小说的研究起步相对较晚。大约自1986年苏在英对《企斋记异》加以挖掘与介绍之后,韩国学界才开始关注申光汉的传奇小说。⑤ 继苏在英之后,对《企斋记异》研究较为具有代表性的当属柳奇玉的研究。柳奇玉在认同苏在英见解的基础上,认为《企斋记异》继承此前传奇叙事传统的同时,呈现出了新的发展面貌。⑥ 由此,申光汉介于金时习与许筠之间的文学地位得到巩固。

由于《企斋记异》异本较少,对它的研究主要集中在作品论上。初期的研究或针对小说的叙事结构母题进行论述,或将其与《金鳌新话》进行比较。在此基础上,进入20世纪90年代末21世纪初,对《企斋记异》特

---

① [韩] 정규식:《〈金鳌新话〉中的三个女性及其叙事特点》,《韩国文学论丛》2011 年第 59 辑;[韩] 金秀妍:《〈金鳌新话〉与〈剪灯余话〉爱情传奇比较研究》,《语文研究》2008 年第 32 辑;[韩] 정유진:《韩国、中国与越南爱情传奇中的女性与爱情:〈金鳌新话〉、〈剪灯新话〉与〈传奇漫录〉》,《女性文学研究》2002 年第 8 辑。

② [韩] 郑出宪:《从模仿的角度看古典小说的"千篇一律"——以〈金鳌新话〉与〈乌有兰传〉为中心》,《国际语文》第 38 辑;[韩] 김창윤:《企斋申光汉与文学沟通——以〈企斋记异〉的〈书斋夜会录〉为中心》,《沟通与人文学》2012 年第 14 辑。

③ [韩] 金台俊,《朝鲜汉文学史》,朝鲜语文学会,1931 年,第 129—130 页。

④ [韩] 晚松文库本《企斋记异》跋:"时嘉靖纪元之三十二年孟秋望后三日。"

⑤ [韩] 苏在英:《申光汉的〈企斋记异〉》,《崇实语文》1986 年第 3 辑。

⑥ [韩] 柳奇玉:《申光汉的〈企斋记异〉研究》,全北大学博士学位论文,1989 年。

性的研究有所推进。如李智瑛在对《企斋记异》与《金鳌新话》中"异界"的功能加以比较后，发现《企斋记异》中申光汉肯定的是现实社会，而《金鳌新话》中金时习对"异界"的肯定与否定认识交织。通过这样的考察，李智瑛揭示了《企斋记异》与《金鳌新话》相异的独特面貌。此后的研究则在对申光汉的个人经历加以分析的基础上，对《企斋记异》的特性予以了积极评价。相关研究立足小说史的流变，着眼于《企斋记异》对前期文学传统的变用与对后代文学的影响，从文本叙事结构与主题等多个层面对《企斋记异》进行了考察。[①]

进入 21 世纪，还有研究者对苏在英之后将《企斋记异》看作小说尤其是传奇小说的现状加以了批判。在对朝鲜王朝实录与个人文集进行翔实的考察后，该研究指出现有研究使用的小说与传奇概念存在不妥。在此基础上，该研究从体裁论的角度对朝鲜传奇进行了新的界定。此外，该研究还指出韩国叙事文学，并不是由说话直接转化为小说的，而是以深受中国影响的韩国传奇为媒介的，且这一过渡阶段持续了较长一段时间。最后，文章指出《企斋记异》在丽末鲜初韩国传奇与 17 世纪小说间发挥了重要的桥梁作用。[②] 这一论断在很大程度上打破了以往将《金鳌新话》视为小说，进而先入为主地将《企斋记异》也视为小说的传统看法。

第二节　朝鲜时期的文字环境与小说文化

在进入讨论之前，首先有必要了解朝鲜时期语言文字的使用情况与小说的享有状况。在古代东亚文化圈，中国文化因其早熟的特性，成为周边各国效仿学习的对象。作为这一普世价值的表述手段，汉字也随之成为一种普世的文字，拥有着绝对的文化权力。在日本、琉球、越南等众多周边国家中，作为与中国有着唇亡齿寒关系的地区，朝鲜半岛无论从典章制度，还是民俗民风，再或思想学术，抑或文学艺术等方面，都深受中国汉字文化的影响。

---

① ［韩］尹采根：《小说主体及其诞生与转变——韩国传奇小说史》，月印，1999 年；［韩］尹采根：《〈企斋记异〉：寓意的小说美学》，《韩国汉文学研究》1999 年第 24 辑，1999；［韩］권도경：《16 世纪〈企斋记异〉的传奇小说史意义的研究——以现实性的扩大与主体意志的强化为中心》，《韩国古典研究》2000 年第 6 辑；［韩］최재우：《〈企斋记异〉的和谐指向人物关系的形象》，《东方古典文学研究》2000 年第 2 辑；［韩］郑尚均：《申光汉〈企斋记异〉研究》，《国语教育》2001 年第 105 辑；［韩］柳正一，《〈企斋记异〉的传奇小说特性研究》，东国大学博士学位论文，2002 年；［韩］申相弼：《〈企斋记异〉的性格与地位》，《民族文学史研究》2004 年第 24 辑；等等。

② ［韩］유정일：《〈企斋记异〉的传奇小说史的特性研究》，东国大学国语国文学专业博士学位论文，2002 年。

早在公元前4世纪之前，汉字便已传入朝鲜。随着高丽时期科举制度的确立，熟习汉文诗词成为文人必备的基本素养。朝鲜将性理学尊奉为建国理念，汉文的文化权力也得到进一步巩固。作为通用的沟通手段，汉文为士大夫阶层男性独占，是他们对外获得认同，对内确保权力的重要条件，而其他阶层则始终处于有语言却无文字的状态。这种情况一直延续到15世纪中叶。彼时朝鲜第四代王世宗率领集贤殿学者参考中国声韵学创造出了朝鲜自己的民族文字——训民正音。

训民正音，又被称为谚文，即今天我们所说的韩文。韩文的出现，极大地丰富了当时被孤立于汉文之外的阶层的文字生活。然而，要注意的是，韩文自诞生之日起，便被置于一种为汉文主导的性别化的文化权力关系中。在这样的文化权关系中，韩文又被称为"母文"或"内简"。这里的"母文"与"内简"都是对韩文的贬低之词。"母文"得名于韩文的主要使用阶层，"内简"则来源于韩文的使用范围与内容。在韩文创制之初，为加快人们对韩文的接受，世宗及其后继者曾采取多种举措，其对象广泛涉及世宗自己、朝臣、世子与王世孙。如举措一，世宗曾命大臣以韩文创制《龙飞御天歌》十卷；[1] 举措二，1448年亲自以前一年首阳大君李瑈为昭宪王后创作的《释谱详节》为基础用韩文创作了《月印千江之曲》；举措三，着眼有识阶层普遍使用韩文且鲜初佛教盛行的社会现实，世宗时"置谚文厅"[2]，世祖时"设刊经都监"[3]、校正厅，组织士大夫文人用韩文翻译《韵会》、四书等汉文书籍与佛经；举措四，规定此后吏科、吏典取才以"训民正音，并令试取"[4]；举措五，将"谚文医书"[5] 纳入王世子经筵讲读之中，并在王世孙到时御所幕次时令朴彭年等"以国韵进讲"[6]《小学》；等等。但遗憾的是，随着时间的流逝，韩文逐渐成了朝鲜后宫嫔妃与士大夫阶层女性的专属文字。其主要使用范围也主要集中在私人空间，用于日常的交流与沟通。[7] 随之，韩文在朝鲜文人的心目中也逐渐沦为了"唯妇女常贱用之"[8] 的"低俗"文字。

实际上，准确来讲，这里的"女人"还包括当时与女性一起被视为教化

---

[1] ［韩］国史编纂委员会：《朝鲜王朝实录》第4册，国史编纂委员会，1986年，第402页。
[2] ［韩］国史编纂委员会：《朝鲜王朝实录》第4册，国史编纂委员会，1986年，第711页。
[3] ［韩］国史编纂委员会：《朝鲜王朝实录》第7册，国史编纂委员会，1986年，第469页。
[4] ［韩］国史编纂委员会：《朝鲜王朝实录》第4册，国史编纂委员会，1986年，第716页。
[5] ［韩］国史编纂委员会：《朝鲜王朝实录》第5册，国史编纂委员会，1986年，第43页。
[6] ［韩］国史编纂委员会：《朝鲜王朝实录》第5册，国史编纂委员会，1986年，第99页。
[7] ［韩］박두헌：《朝鲜时代女性的文字生活研究》，《震檀学报》2004年第7辑，第150—64页；［韩］金武植：《朝鲜朝女性的文字生活与韩文信件——韩文信函中所反映出的朝鲜朝女性意识与文化（1）》，《人文论丛》2009年第4卷第2号，第4—5页。
[8] ［韩］林基中：《燕行录全集》93，东国大学出版部，2001年，第226页。

对象的底层男性，如农民、商民以及贱民。①作为教化对象，这些底层男性也主要使用韩文。当然，对韩文的这一认知并不影响士大夫阶层熟识韩文。只不过，于他们而言，汉字是正式的官方文字，是对外的，象征身份与地位；韩文则是私人文字，是与愚夫愚妇沟通，并对其加以教化的工具与手段。最终，使用人群在身份与性别上的区别，决定了两种文字间支配与被支配的地位与关系。而这一性别化的关系，直至西学东渐的近代方得以逆转。在这期间的数百年间，汉文与韩文成为朝鲜最为重要的两种文字，②由此也产生出了两种使用不同文字创作的小说：汉文小说与韩文小说。

朝鲜时期流通的小说，按其国籍可区分为中国古代小说与朝鲜小说。按照书写文字的不同，朝鲜小说又可分为汉文小说与韩文小说两大类。若再细分，汉文小说又可细分为两类：一是由朝鲜文人自主创作的汉文创作小说；二是由韩文创作小说翻译而来的汉文翻译小说，不过后者出现的时间要晚得多。韩文小说可分为三类：一是中国古代小说的韩文翻译小说；二是由汉文小说翻译而来的韩文翻译小说；三是由朝鲜人自主创作的韩文创作小说。总体来讲，韩文小说的体量远超汉文小说，而其中绝大部分为韩文创作小说。其次，为中国古代小说的韩文翻译。③韩文小说的汉文翻译数目最少。

朝鲜时期士大夫阶层信奉"文以载道"的文学观念，对小说始终持一种排斥与摒弃的态度。然而，在壬辰倭乱、丙子之役后，随着中国古代小说的不断涌入以及社会内部平民意识的日益高涨，拥护小说的势力大举抬头，并在朝鲜末期一跃成为时代的主流。这一过程中原本为少数文人阶层独占的汉文小说渐趋通俗，韩文小说日益繁盛。韩文小说的兴盛，离不开韩文识字阶层的崛起。在朝鲜中后期，极少数熟识汉文、韩文两种文字的贵族阶层女性（如后宫嫔妃、公主与少数士大夫阶层女性）、绝大多数熟识韩文的士大夫阶层女性、中人女性与底层男性通过直接阅读或者"听"的形式陆续参与了韩文小说的流通中。尤其是18世纪坊刻本、租书铺以及说书人的出现，极大促进了小说的流通与生产。由此，小说的享有呈现出了一种自上而下，从京城到地方，渐次由中心向外围扩散的面貌。

针对朝鲜小说汉文与韩文并存，中国古代小说与朝鲜小说同时流通

---

① ［韩］기영미：《谚文的名称问题与社会意义》，《东亚文化与艺术》2009年第6辑，第145—147页。

② 朝鲜时期及其以前，吏读在百姓的日常生活中也占据着重要的作用。但吏读的适用范围主要集中在有关财产继承、买卖、请愿等与官府相关文书的撰写之中，与日常的文字生活并无太大关联，因此在本文中将不再对其进行深入考察。

③ ［韩］李胤锡：《古代小说的标记》，《古小说研究》2011年第32辑，第378页。

的特点，下文将分别使用中国古代小说、汉文小说、韩文小说对其加以区分。在涉及具体的小说文字以及作品性质时，则将分别使用汉文创作小说、汉文翻译小说与韩文创作小说、韩文翻译小说来加以区别。

第三节　中国小说东传与朝鲜小说的生发

唐传奇是古代东亚文化圈最早成熟的小说。唐传奇萌生于唐朝"行卷"、"温卷"的风气之中。是时唐朝诗词唱和盛极一时，对外文化政策开明，有不少来自高丽或者新罗、日本的留学生与留学僧负笈前往求学。在唐留学期间，这些留学生不仅努力与唐朝文人建立良好的交友关系，还积极参加唐朝的"宾贡进士"科举考试。实际上，也确实有部分人曾在唐朝出任官职。然而，无论是求学，还是为官，无疑都需要留学生要有深厚的汉文功底，并且要熟悉唐朝文人的诗词唱和与"行卷"、"温卷"风气。也便是在旅居唐朝的若干年间，这些来唐的留学生逐渐熟识了唐朝的诗文与传奇。此后，伴随着这些留学生的归国，又有大量汉文旧典与新书传入朝鲜半岛，深刻影响了朝鲜半岛政治、经济与文化的发展。如高丽忠烈王十五年，也就是 1289 年，朱熹《四书集注》东传，由此始开朱子学在朝鲜半岛传播的序幕。[①]

在文学方面，唐传奇与志怪文学的东传对朝鲜叙事文学的发展产生了巨大的影响。如唐朝武后时期就已有《游仙窟》为新罗、日本人所争相购买的记载，[②]《崔致远》模仿《游仙窟》，借用《陈朗婢》、《任氏传》等传奇小说。[③] 这些史实都在告诉我们：《崔致远》成文当时，已有相当部分传奇小说流入朝鲜半岛，为罗末丽初文人争相阅读效仿。只不过，这一阶段的朝鲜文学仍停留在对中国传奇小说重要作品及创作技巧的"适当借用"阶段。因此，彼时产生的叙事文学大多与中国古代小说的发展脉络同轨。

朝鲜小说的真正成型始于《金鳌新话》。金时习在读过《剪灯新话》后备受触动，遂萌生出了书写小说的念头，并在成书后将其藏入石洞，而只留下了"后世必有知岑者"的千年誓约。[④] 虽然后世对金时习石室藏书的记载充满了神秘虚幻的色彩，但由其《书甲集后》一诗不难发现他对自身作

[①] 李时人：《中国古代小说在朝鲜的传播与影响》，《复旦学报》1998 年第 6 期，第 92 页。
[②] 欧阳修、宋祁：《新唐书·张荐传》，中华书局，1975 年，第 4980 页。
[③] ［韩］郑出宪：《前近代东亚叙事学的水平与韩国古典小说的地位》，《东洋汉文学研究》2010 年第 31 辑，第 347 页。
[④] ［韩］金安老：《龙泉谈寂记》，《希乐堂文稿》卷八："东峰金时习，自髫龄已有能诗声。……入金鳌山，著书藏石室，曰后世必有知岑者。其书大抵述异寓意，效《剪灯新话》等作也。"

品的创新性与唯一性颇为自负、自足与自得。在诗中，他这样写道：

> 矮屋青毡暖有余，满窗梅影月明初。挑灯永夜焚香坐，闲著人间不见书。

"著"字的使用，恰到好处地点出金时习对自己著书立说这一创造行为有着清晰的认知。在东亚文化圈，正统的儒家文人往往崇尚"述而不作，信而好古"，但在诗中金时习却大胆表露出了创作的欲望。凭借"闲著人间不见书"的自觉，他广泛借鉴、吸收了《剪灯新话》与《太平广记》的养分，在此基础上创作出了"人间不见书"——《金鳌新话》。

在收录于《金鳌新话》的小说中，无论是南原，还是松都、庆州等故事展开的背景，给《金鳌新话》打上了鲜明的朝鲜印记。小说中的人物，无论是《万福寺樗蒲记》中的梁生、《李生窥墙传》的李生，抑或《醉游浮碧亭记》中的洪生、《南炎浮州志》中的朴生，以及《龙宫赴宴记》中的韩生，亦无不是金时习的化身。金时习通过这些人物的言行抒发了自身对时代的不满。在《南炎浮州志》中，金时习更是直抒胸臆，借朴生之口针对当时世祖篡位的史实进行了尖锐的鞭挞和批判。通过金时习的努力，我们能看到虽然朝鲜前期的小说不可避免地受到了中国古代小说的影响，但当时的文人已开始摆脱对中国古代小说无意识、无条件接受的初期阶段，开始进行批判性地接受与选择。这一点突出表现在朝鲜文人对《太平广记》的接受上。

《太平广记》成书于977年，之后因其"言者以为非学者所及，收墨板藏太清楼"，以致直至嘉靖年间所见者甚少。但《太平广记》却在1100年到1200年之间的某一时期悄然东传到了朝鲜半岛。朝鲜世宗六年，也就是1460年，成任抄录刊行了《太平广记详节》。《太平广记详节》实为《太平广记》的缩略版，其中主要收录了《太平广记》中为世人所瞩目的作品，如《聂隐娘》、《红线传》、《虬髯客传》、《昆仑奴》、《霍小玉传》、《莺莺传》等。《太平广记详节》产生后，《太平广记》成为朝鲜士大夫阶层必修之书。[①]《太平广记》不仅促进了朝鲜半岛说话文学的发展，还对朝鲜文学产生了重要影响。韩国学者郑出宪就曾指出，收录于《太平广记》之中的《霍小玉传》、《莺莺传》中的霍小玉与莺莺深深影响了《周生传》中作者对徘桃与仙花形象的塑造。[②]

---

① ［韩］郑出宪：《前近代东亚叙事学的水平与韩国古典小说的地位》，《东洋汉文学研究》2000年第31辑。

② ［韩］苏仁镐：《韩国传奇文学的唐风古韵》，刘虹、焦艳译，民族出版社，2007年，第133页。

在《剪灯新话》、《剪灯余话》等明初文言小说与戏曲《西厢记》东传之后，中国古代小说的东传之旅似乎在相当长的一段时间里陷入了停滞。壬辰倭乱之后，高度成熟的商业印刷技术大大提高了书籍流通的速度，扩大了书籍传播的空间范围。以《三国演义》的传入为起点，在历经两乱之后，《西游记》、《水浒传》、《金瓶梅》等明朝"四大奇书"与《玉娇梨》、《平山冷燕》、《好逑传》等明末清初才子佳人小说以及为数众多的淫词小说陆续东传朝鲜。

外来的中国古代小说为朝鲜小说的发展注入了新的生机与养分，朝鲜小说史进入了百家争鸣的新的发展阶段。其中"四大奇书"的传入不仅对朝鲜长篇小说章回体形式的出现产生了深刻的影响，还从叙事内容上对朝鲜小说产生了重要作用。两乱之后，战争的创伤以及《三国演义》为首的演义类小说的流行，催生了朝鲜中后期《壬辰录》、《林庆业传》、《九云梦》等战争书写的出现与风靡；神魔小说《西游记》与《水浒传》的东传，则为许筠《洪吉童传》的创作提供了灵感与基础。到了17世纪，以爱情为题材的《玉娇梨》、《平山冷燕》等的才子佳人小说与《金瓶梅》等描摹家庭生活的人情小说的传入，则激发了《红白花传》、《白云仙玩春结缘录》、《凭子虚访花录》等"朝鲜才子佳人"小说与《谢氏南征记》、《彰善感义录》等家庭小说的出现。到了18世纪，伴随着《肉蒲团》、《浓情快史》、《玉楼春》等淫词小说的隐秘传播，朝鲜也逐渐出现了一批诸如《折花奇谈》、《布衣交集》、《乌有兰传》、《钟玉传》等对两性关系描写颇为露骨直白的中短篇汉文小说。上述所有的叙事形式与内容，最终都为19世纪以《玉楼梦》为首的汉文长篇小说的出现提供了重要基础。此前小说中的叙事内容与要素在19世纪出现的汉文长篇小说中以一种杂糅且复杂的形式呈现。

所谓小说，既是作者想象力的产物，同时也是时代的产物。一篇优秀小说的产生，很难脱离时代而独存。恰恰是凭借这样的一种自觉，金时习开启了朝鲜小说时代的序幕。也因此，虽然在两乱之后的爱情传奇小说、梦游录小说、以弘扬家门意识为主旨的朝鲜国文长篇小说与其他众多产生于18、19世纪的朝鲜小说大多以广袤的中国大地作为叙事的空间，但细考其所叙之情、所言之事，却无一不与朝鲜的社会现实相关。借中国的朝代与地理空间诉朝鲜之事，虽难免有效仿之嫌，但我们也不能否认之中蕴含着朝鲜魂。回避中国对朝鲜文学的影响是不科学的，同样彻底否认其民族特性也是不合理的。准确来讲，朝鲜小说的发展得益于中国古代小说的外部刺激及其内部各类型小说间的相互竞争、融合与交流。自《金鳌新话》之后，小说中所呈现出的朝鲜特色，从某种程度上意味着朝鲜时期的小说在中国古代小说的影响之下正在沿着其自身的轨道发展。

第四节　汉文小说的发展与变迁

进入 16 世纪，蔡寿（1449—1515）的《薛公瓒传》、申光汉（1484—1555）的短篇小说集《企斋纪异》、林悌（1549—1587）的《元生梦游录》、《花史》、《愁城志》以及金宇颙（1540—1603）的《天君传》等汉文短篇小说在《金鳌新话》之后相继问世。其中曾经引发朝鲜史上最大笔祸事件的《薛公瓒传》，因内容涉及"轮回因果"等内容，而被研究者称为"佛教传奇小说"[1]，或称为"宣扬佛法的小说"[2]。在朝鲜前期士林派与勋旧派激烈的对决当中，作者蔡寿也因政治的原因而差点遭受绞首之刑。

申光汉的《企斋记异》一共收录了四篇传奇小说，分别为《安冯梦游录》、《书斋夜会录》、《崔生遇真记》与《何生奇遇录》。在这四篇小说中，《安冯梦游录》是首个开始以"梦游录"命名的梦游录小说；《书斋夜会录》继承了高丽时期的假传传统，是一篇寓言小说；《崔生遇真记》则深受金时习《龙宫赴宴录》影响；《何生奇遇录》被认为继承了《崔致远》与《金鳌新话》中爱情传奇的传统。[3]

作为对心与身体器官进行拟人化书写的假传小说，林悌的《愁城志》与《天君传》一同开创了天君系列假传小说的先河。相较于此，《元生梦游录》则意味着梦游录小说形式的真正形成。[4] 自此，汉文小说作为一种文学题材开始逐步扩展自身的疆域版图。

15 世纪至 17 世纪前期创作的汉文小说均是由士大夫阶层创作的正统文言小说，文辞典雅秀丽。其读者群主要集中在熟习汉文的士大夫阶层。不过，这一时期部分中国古代小说以及朝鲜文人自主创作的汉文小说也通过跨语际实践为非汉文使用阶层所共享。1531 年洛西居士李沆（1474—1533）在其所作《五伦全传》的序文中，曾提及其听闻间巷间"无识之人，习传谚字"，"日夜讨论，如李石端、翠翠之说，淫亵妄诞"。[5] 不难发现，此处所言"翠翠之说"正是指《剪灯新话》中的《翠翠传》。通过"无识之人，习传谚字"，"日夜讨论"等内容，可知早在 16 世纪中叶，《翠翠传》

---

[1] ［韩］김승호：《佛教传奇小说的类型设定及其展开面貌》，《古小说研究》2004 年第 17 辑。
[2] 金宽雄、金晶银：《韩国古代汉文小说史略》，北京大学出版社，2011 年，第 88 页。
[3] 金宽雄、金晶银：《韩国古代汉文小说史略》，北京大学出版社，2011 年，第 92—93 页。
[4] 孙慧欣：《冥梦世界中的奇幻叙事——朝鲜朝梦游录小说及其与中国文化的关联》，北京大学出版社，2009 年，第 72 页。
[5] ［韩］柳铎一：《韩国古小说批评资料集成》，亚细亚文化社，1994 年，第 69 页。

等部分汉文小说已经被翻译成韩文，成为底层民众学习韩文的读本。

随着韩文在民间接受与传播的持续发展，16世纪初叶韩文与小说间发生了首次关联，并由此引发了朝鲜历史上首次也是最大的一次笔祸事件。1511年（中宗六年）9月2日，宪府上疏希望中宗能够差人将蔡寿（1449—1515）所作《薛公瓒传》"行移收取"①。起初中宗并不以为意，认为"《薛公瓒传》，事涉妖诞"，理应禁戢，但不必立法。②但在短短的三天时间里，中宗的立场发生了巨大的转变，他先于9月5日"命烧《薛公瓒传》，其隐匿不出者，依妖书隐藏之律，治罪"③，尔后又于9月18日下令"命罢仁川君蔡寿职，以其撰《薛公瓒传》"④。也就是说，在短短两周多内，蔡寿便因为《薛公瓒传》一篇文章遭受不轻的惩戒。在蔡寿因"左道乱正，煽惑人民"的罪名几欲被处于绞首极刑的同时，这篇小说也在这场笔祸中遭到焚禁，从而一直缺席朝鲜小说史。直到得益于韩国学者不断地挖掘与整理，《薛公瓒传》韩文本的一部分与《王十朋传》、《周生传》等韩文本一同被发现于《默斋日记》的背面。

《薛公瓒传》大体上创作于1508年至1511年之间。⑤小说以淳昌为背景，主要讲述了薛公瓒死后借薛公琛的身体还生并以见证人身份叙述在阴间所遇所见所闻的故事。⑥根据宪府来看，所以要蔡寿加以严惩，是因为《薛公瓒传》满目皆是轮回、祸福之说，存在"中外惑信，或翻以文字，或译以谚语，传播惑众"⑦之嫌疑。实际上，虽然鬼神在树立儒家秩序的过程中一直都被视为需要解决的问题，⑧"子不语怪力乱神"在表面上也已经成为众人的金科玉律，但在现实生活中朝鲜前期文人对神异世界与冥府始终充满关注。如李文楗（1494—1567）的《默斋日记》、柳希春的《眉岩日记》等当时文人的日记以及金时习的小说当中均有丰富体现。⑨自15世纪金时习《金鳌新话》问世以来，神异叙事已自成潮流，而《薛公瓒传》无疑正处

---

① ［韩］国史编纂委员会：《朝鲜王朝实录》第14册，国史编纂委员会，1986年，第530页。
② ［韩］国史编纂委员会：《朝鲜王朝实录》第14册，国史编纂委员会，1986年，第530页。
③ ［韩］国史编纂委员会：《朝鲜王朝实录》第14册，国史编纂委员会，1986年，第531页。
④ ［韩］国史编纂委员会：《朝鲜王朝实录》第14册，国史编纂委员会，1986年，第531页。
⑤ ［韩］李福奎：《〈薛公瓒传〉研究》，박이정，第75页。
⑥ ［韩］李福奎：《最古韩文标记小说〈薛公瓒传〉国文本的解题与原文》，《史学研究》1997年第1辑，第227页。
⑦ ［韩］国史编纂委员会：《朝鲜王朝实录》第14册，国史编纂委员会，1986年，第530页。
⑧ ［韩］赵显昊：《朝鲜传奇鬼神故事中神异认识的意义》，《古典文学研究》2003年第23辑，第155页。
⑨ ［韩］赵显昊：《16世纪日记文学中反映出的士大夫的神异话语与小说史的关系》，《韩国语文学研究》第51辑。在这篇论文中，作者通过16世纪的《默斋日记》以及《眉岩日记》还原了当时士大夫阶层在实际生活中对怪力乱神的关注情况。

于这一潮流之中。小说中出现的冥府体验，不仅见诸蔡寿之前金时习《金鳌新话》中的《南炎浮州志》，亦可见于蔡寿之后金安老《龙泉谈寂记》中。由此来看，冥府体验应非当时之禁忌，真正的禁忌由于国文本的残缺，小说原貌难寻，难下定论。

但结合前后的历史脉络来看，蔡寿的《薛公瓒传》所以会引发一场笔祸，不仅在于小说中薛公瓒死后还魂并讲述阴间见闻的故事与性理学理念相背离，还在于其被"翻以文字，或译以谚语"①之时适逢中宗初期当权者意欲清算燕山君时秕政的时候。②《薛公瓒传》笔祸事件爆发不久前的1511年（中宗六年）8月中宗便曾传令："近来风俗不美，《三纲行实》多印颁布中外，使闾巷小民无不周知。国初以来，烈女、孝子之不及与者，亦令撰集图写，并述诗赞，刊以行之，俾民易知。"③同年8月29日，检讨官孔瑞麟上疏称："近来士习不美，可谓寒心。有道之世，则以台谏入侍经筵，莫不以为荣幸。闻近来人皆有言：'宁为左迁，而愿勿为台谏。'"④

类似的内容在《薛公瓒传》笔祸事件发生之前的1511年（中宗六年）9月之前一直不间断地出现在朝堂之上。在如此强烈企盼复兴儒家文化的社会氛围中，《薛公瓒传》的创作无疑显得格外不合时宜。尤其是随着《薛公瓒传》被"翻以文字"、"译以谚语"，从士大夫阶层内部流传、扩散到了京畿地区的民间。这才引发了朝鲜历史上一次最大的笔祸事件。

作为发生于16世纪初的一次笔祸事件，《薛公瓒传》引发的风波不仅给作者蔡寿个人带来了不小的冲击，也深刻影响了后世小说的发展与走向。前有金时习试图通过对性理学鬼神论的理论阐述来对抗当时社会上蔓延的迷信思想，并在《南炎浮州志》中对"佛者之徒"口中的天堂、地狱、冥府十王、迁度斋等进行了批判，⑤但在《万福寺樗蒲记》、《李生窥墙传》中均出现了儒生与女鬼结缘后选择远离现实社会的结尾。如《万福寺樗蒲记》中梁生不复婚嫁，"入智异山采药，不知所终"⑥，《李生窥墙传》也写崔氏亡故后，"生拾骨附葬于亲墓傍。既葬，生亦以追念之故得病，数月而

---

① ［韩］国史编纂委员会：《朝鲜王朝实录》第14册，国史编纂委员会，1986年，第530页。
② ［韩］国史编纂委员会：《朝鲜王朝实录》第14册，国史编纂委员会，1986年，第536页。
③ ［韩］国史编纂委员会：《朝鲜王朝实录》第14册，国史编纂委员会，1986年，第530页。
④ ［韩］国史编纂委员会：《朝鲜王朝实录》第14册，国史编纂委员会，1986年，第530页。
⑤ 金时习：《南炎浮州志》，《梅月堂外集》卷一："仆尝闻于为佛者之徒，有曰天上有天堂快乐处，地下有地狱苦楚处，列冥府十王，鞫十八地狱，有诸？且人死七日之后，供佛设斋以荐其魂，祀王烧钱以赎其罪，奸暴之人，王可宽宥否？王惊愕曰：是非吾所闻。古人云：一阴一阳之谓道，一阖一闢之谓变。生生之谓易，无妄之谓诚。夫如是，则岂有乾坤之外复有乾坤，天地之外更有天地乎？"
⑥ 金时习：《金鳌新话》，［韩］权锡焕、陈蒲清译，岳麓书社，2009，第13页。

卒"①。《薛公瓒传》笔祸风波后,申光汉(1484—1555)创作的《何生奇遇传》同样描写了书生与女鬼相恋的故事,但小说中背离儒家的情绪明显减弱,教化思想明显增强。《企斋记异》中何生不仅没有因与女鬼结缘而远离现实社会,反而救助其重返人间后与之结合,并"初仕宝文阁,后至尚书令,与女为夫妇,凡四十余年,生二男,长曰积善,次曰余庆,皆显于世"。换言之,《何生奇遇录》中与女鬼的相遇不仅无碍何生实现儒生出仕之梦,反而成了矫正其卜问吉凶祸福这一背离儒家行为并实现儒家出仕梦想的重要契机。②

也因此,有别于时人对《薛公瓒传》"有妨治道"③的认知,收录了《何生奇遇录》的《企斋记异》受到高度评价,被认为"使人喜,使人愕,有可以范世,有可以惊世,其所以扶树民彝,有功于名教者不一"④。可见,与前期的传奇中所表现出的强烈的脱离儒家倾向相比,申光汉的《何生奇遇录》中反儒家的情绪有所减弱,而儒家的教化思想却有所增强,何生与寺中之女最终成为现有秩序有力的拥护者,而非叛逃之人。

无独有偶,这一理念上的变化还突出表现在与申光汉同时代的金安老的杂录《龙泉谈寂记》中。金安老作为蔡寿的女婿,在《薛公瓒传》风波之后,却未曾回避有关冥府的传奇文学。他在《朴生》一文中叙述了与《南炎浮州志》以及《薛公瓒传》如出一辙的冥府体验。但无论在金安老对冥界的认识、朴生的态度及朴生对冥界与现实世界的认识方面都与金时习的《南炎浮州志》有着迥异的差别。《南炎浮州志》中作者金时习将冥界作为实现自身政治抱负的理想世界。因此,小说设定了朴生在梦中与阎罗王探讨鬼神之说、轮回之语,以及对于现实政治的看法,深得阎罗王赏识并被册立为储君的情节。朴生对于阎罗王的决定并无任何反感,几乎是欣然接受。朴生对于现实社会毫无迷恋的情节设定,可以说是作者对于现实社会秩序的一种完全而彻底的否定。然而,《朴生》中的主人公朴生却与《南炎浮州志》中的朴生完全相反,怀着对现实社会的强烈迷恋,他为了能够逃离冥府使出了浑身解数,并最终在前朝君主的帮助之下成功逃离冥界。⑤《朴

---

① 金时习:《金鳌新话》,[韩]权锡焕、陈蒲清译,岳麓书社,2009,第 44 页。
② [韩]赵显卨:《朝鲜传奇鬼神故事中神异认识的意义》,《古典文学研究》2003 年第 23 辑,第 167—177 页。
③ [韩]国史编纂委员会:《朝鲜王朝实录》第 14 册,国史编纂委员会,1986 年,第 532 页。
④ 申濩:《企斋记异跋文》,[韩]毋岳古典小说资料研究会:《韩国古典小说相关资料集》1,太学社,2001 年,第 113 页。
⑤ [韩]苏仁镐:《韩国传奇文学的唐风古韵》,刘虹、焦艳译,民族出版社,2007 年,第 84 页。

生》中朴生对于回归现实世界的渴望意味着其内心深处对于现实社会秩序的认同与接受。小说中登场人物塑造上的不同，一方面表明与前代方外文人金时习以及勋旧派文人蔡寿相比，到了16世纪之后，即使勋旧派文人金安老与申光汉也已经开始向士林派倾倒，其思想上以及学术上的差异日益消除，表现出了某种被同化的迹象，而这一切变化都预示着新的时代的到来。

16世纪的朝鲜是一个为理念所掌控的时空区域。这一时期的性理学观念得到了空前的强化。在这一时期，不管是传奇文学，还是传入朝鲜的中国古代小说，抑或是时调，都成为士大夫阶层宣传和勾画理想世界的工具。① 正统儒学文人对小说的认可也只建立在小说的教化作用之上。

发轫于16世纪天君系列小说在朝鲜时期绵延存在三百余年，以独一无二的姿态对性理学的理念加以演绎与阐释。天君小说，又称心性寓言，这类小说将正统士大夫文人推崇的性理学理念幻化成更易为读者理解、接受的治国方略，化抽象为具体，通过对君主、群臣以及敌对势力之间关系的刻画，生动而形象地对心、身、情三者的关系加以了阐释。16世纪最有代表性的天君小说莫过于金宇颙（1540—1603）的《天君传》。《天君传》通过对太宰敬与百揆义辅佐之下歌舞升平的景象，天君好微行受奸臣公子懈与公孙傲挑拨驱逐太宰敬之后遭外敌华督来袭的窘迫，以及在太宰敬、百揆义、将军克己以及公子志、公子良的辅佐下天君好微行重振朝纲过程的书写，强调了敬与义对于心性修养的重要性。为了启发后学，当时士大夫文人盛行以图画来演绎性理学理念。《天君传》便是作者受命对其师南冥《神明舍图》加以演绎的作品。② 小说强调的敬与义正是南冥学派心性论的核心。16世纪当时天君小说的创作者，究其身份都是正统儒家文人，而其创作本身也是为了传播和巩固性理学理念。这也是天君小说在16世纪及其之后能够得到正统儒家文人认可的根源之所在。

此外，进入16世纪，朝鲜文人还留意到了韩文小说对传播性理学理念的重要性。洛西居士李沆（1474—1533）在"润色"、"厘正"、"谚字翻译"明人丘濬《五伦全备记》的过程中便注意到了小说的教化功能及女性通过韩文小说接受教化的可能性：

> 余观闾巷无识之人，习传谚字，誊写古老相传之语，日夜谈论，

---

① ［韩］郑出宪：《16世纪士林派文人的文学社会学认识水平与文学生成空间的研究》，《东洋汉文学研究》2007年第24辑，第153页。

② ［韩］金宇颙：《东冈集》卷八《东冈先生年谱》："嘉靖四十五年丙寅，先生二十七岁，作《天君传》。南冥先生尝撰《神明舍图》，命先生作是传。"

如李石端翠翠之说，淫亵妄诞，固不足取，独五伦全兄弟事，为子而克孝，为臣而克忠，夫与妇有礼，兄与弟甚顺，又能与朋友信而有恩，读之令人凛然恻怛，岂非本然之性有所感欤？……又以谚字翻译，虽不识字如妇人辈，寓目而无不洞晓。①

尽管由统治阶层主导的韩文的创制与汉文小说的翻译多是出于教化民众的需求，但颇具讽刺意味的是，这种教化行为却在一定程度上催生了韩文小说的出现。自《金鳌新话》到《薛公瓒传》韩文翻译本的出现，两者间的时空距离不过短短四五十年。这说明汉文小说很可能在其创作初期就已经通过语言的转化实现了某种程度上的资源共享，而这一时期韩文翻译小说的出现也正预示着后世韩文创作小说的出现与风靡。

第五节　汉文小说与韩文小说的邂逅

17世纪被认为是开启朝鲜小说时代的重要时期。这一世纪在战乱与理念叙事的浸淫与浇灌之下，汉文小说继续繁荣，韩文小说骤然绽放。这一时期初期传奇小说、梦游录小说以及假传小说等汉文短篇小说三足鼎立的局面被打破，取而代之的是，爱情传奇小说、梦游录小说、假传小说、传记小说以及家庭小说等汉文小说与家门小说、英雄小说等韩文创作小说共存、汉韩争辉的繁荣景象。17世纪中后期到18世纪末，被认为是汉文小说与韩汉小说的相互交融期。

17世前期，壬辰倭乱与丙子之役的发生加剧了朝鲜内部矛盾的进一步激化。战乱激发了平民意识的生发，同时战乱的经历与伤痕也催生了一系列以战乱为背景小说的创作高潮。②与15、16世纪的小说相比，这一时期的爱情传奇小说、梦游录小说、假传小说受战争实录文学的影响表现出了强烈的现实性与批判性。同时，传统的历史书写形式也逐渐呈现出了小说的特性，在与爱情传奇小说竞争、交流与影响的过程中逐渐继承了传奇小说现实批判的特质。爱情传奇小说在与传记小说融合、交流的过程中，逐渐到达了自身发展的顶峰，并逐渐式微，而其最直接的结果是为爱情传奇

---

① ［韩］毋岳古小说资料研究会：《韩国古小说相关资料集》1，太学社，2001年，第103页。
② 17世纪前期属于爱情传奇小说的作品主要有《周生传》、《韦生传》、《云英传》、《相思洞记》、《崔陟传》、《洞仙记》等。其中，尽管《周生传》的创作时期为1593年，也就是16世纪末，但是因其所表现出的特征与17世纪前期爱情传奇小说相类似，因此在文学史研究中，多将其归类入"17世纪前期"。参见：［韩］郑焕局：《17世纪爱情类汉文小说研究》，成均馆大学大学院汉文学系博士论文，1999年，第4页。

小说、梦游录小说以及寓言小说所独占的汉文小说，因 17 世纪中后期传记小说、家庭小说的出现呈现出了更为多元的发展面貌。

创作于 17 世纪前期的爱情传奇小说，目前可知的共七篇，包括《周生传》、《韦敬天传》、《崔陟传》、《王庆龙传》、《云英传》、《英英传》（又名《相思洞记》）以及《洞仙记》。与权韠（1569—1612）的《周生传》极其类似，《韦敬天传》在《古谈要览》中《韦敬天传》题目之下标有"权石洲制"的字样。虽然尚存疑问，但《韦敬天传》多被认为是权韠另外的一篇传奇小说。此外，除《崔陟传》的作者赵纬韩（1567—1649）外，《王庆龙传》、《云英传》、《英英传》、《洞仙记》的作者均未详。这些爱情传奇小说秉承前期爱情传奇小说特点，同时受到战乱时期笔记文学（纪实文学）的影响，呈现出与此前传奇小说迥异的面貌。

这一时期的爱情传奇小说继承了前期传奇小说关注内部世界的特点，但开始摆脱传奇小说的封闭性与非现实性，进而呈现出一种意欲超越传奇小说叙事框架的征兆。

首先，这一时期《万福寺樗蒲记》、《李生窥墙传》等传奇小说中类似人鬼交欢等非现实的叙事不复存在，取而代之的是，现实世界中更为具体的事件。小说中人物间矛盾的展开，也更多依附现实。小说或以壬辰倭乱为背景，或直描战乱中所发生的故事。这与《金鳌新话》、《企斋纪异》主写怀才不遇的书生与女鬼两厢厮守、聚散离合的叙事传统有着根本的差异。同时，这一时期小说中登场的女主人公也从女鬼、女仙出落成为了现实中的女人。不管是钟情金氏书生的宫女云英、英英，抑或令周生深陷三角恋的徘桃、仙花，再或因战乱与家人离散却靠顽强的意志与家人重聚的玉英都不再是非人的女鬼、女仙，而是一个个鲜活的女性。

其次，小说中冥婚、人鬼交媾描写消失，现实的姻缘结合坎坷描写加强，以及小说人物直面现实面貌的呈现，都意味着 17 世纪前期的爱情传奇小说突破了传奇小说故步自封的局限，开始关注现实生活及现实生活中的人与物。不仅如此，作者关注的焦点也有所扩大。关注的对象，不再局限于作家所处的阶层，而开始关注更为广泛阶层的生活。如《云英传》、《英英传》开始描写宫女与书生间的爱情。《云英传》中对与云英同居西宫的紫鸾、银蟾、翡翠、玉女表达了深切同情与关注。除此外，《周生传》的徘桃以及《崔陟传》的玉英及其家人，无不是初次出现在传奇小说中的普通民众。

再次，关注普通民众生活的同时，小说篇幅也有所增加。《崔陟传》、《云英传》以及《洞仙记》较之前期传奇，不仅篇幅增加，小说人物与情节也变得愈加复杂，从而突破了以往的固定叙事格局，呈现出了新的发展面貌。如《崔陟传》对崔陟幼年到成年将近20年的时光进行了简单介绍，同时对崔陟与其他人物间关系表现出关注。这表明此时的小说开始对主人公整个生平有所关注。[①]

随着17世纪前期传奇小说中冥婚叙事的减少以及现实叙事的增加，与男女主人公有关的周边人物比重增加，登场人物性格进一步复杂化。这意味着爱情传奇小说不再仅关注爱情男女双方，也开始关注周边人物的命运，注重刻画更为复杂的人际关系。在这一过程中，爱情传奇小说呈现出了长篇化的趋势，为以《谢氏南征记》为首的家庭小说的出现创造了条件。[②] 如《崔陟传》对家庭成员，尤其是对其后代的描写，某种程度上预示着家门小说的出现。《英英传》、《崔陟传》、《洞仙记》及《王庆龙传》中大团圆结尾的处理，与同时代《周生传》、《韦敬天传》、《王庆龙传》、《云英传》相异，这预示传奇小说逐渐呈现通俗化的倾向。其中《崔陟传》、《洞仙记》与《王庆龙传》中女性贞洁与隐忍品德的强调与颂扬与17世纪中后期创作的家庭小说、家门小说一脉相通。如上，为努力迎合时代发展，传奇小说做出了万般努力，因此它迎来了发展的全盛时期，却也因自身难以克服的缺陷而不得不步下"神坛"。

在这一过程中，传记小说作为一种全新的文学体裁登场。与传奇小说交流、融合过程中，传记小说的出现给汉文小说及朝鲜小说史的发展带来量和质的飞跃。传是一种对历史人物加以褒贬评价的体裁，相较传奇小说的"传奇性"，传注重对"事实"的记录。然而，17世纪前期创作完成的李恒福（1556—1618）《柳渊传》、许筠（1556—1618）的《张山人传》、《南宫先生传》、《蒋生传》等已脱离传统意义上传的叙事框架与特性，呈现出了小说的特点。

在论述传与传奇小说关系之前，首先应注意到传与传奇小说作者间的友人关系。如《周生传》的作者权韠与《崔陟传》的作者赵纬韩及许筠为至交好友，[③] 赵纬韩又与《柳渊传》的作者李恒福交情深厚，[④] 同时，许筠又创作了韩文小说《洪吉童传》。也就是说，这是一个以权韠、赵纬韩为纽带的

---

① ［韩］李顺雨：《对初期家门小说中出现的丈夫形象的研究》，梨花女子大学博士论文，1997年，第5—8页。
② ［韩］李顺雨：《对初期家门小说中出现的丈夫形象的研究》，梨花女子大学博士论文，1997年，第5—8页。
③ ［韩］郑珉：《石洲权韠年谱》，《韩国学论集》第20辑，汉阳大学韩国研究所，1992年；［韩］苏仁镐：《韩国传奇文学的唐风古韵》，刘虹、焦艳译，民族出版社，2007年，第112页。
④ ［韩］申海镇：《权侙与汉文小说》，宝库社，2008年，第63—66页。

类似同人团体的小团体。这一同人团体对小说有着某种共同的默契与认识，且处于相互影响之中，其成员内部的交流也反映在了传与传奇小说的创作上。这一时期的传，打破王侯将相方可入传的传统，开始关注普通人的行迹与命运。这与同时期爱情传奇小说关注底层民众生存状态有着异曲同工之妙。而且，彼时的传不再局限于对人物生平的评价与写实性的记述，开始添加更多细节描写与虚构成分。如李恒福《柳渊传》根据1564年柳渊柱死事件创作而成。在事实的基础上，《柳渊传》对柳渊及其家人，特别是对白氏图谋家财的诬蔑和陷害行为进行了详细记述。类似描写已超越传对个人品行加以褒贬评价的范畴，具备了小说的叙事特性。因此，《柳渊传》也被认为是传向小说过渡的代表作。[①] 许筠《蒋生传》、《张山人传》及《南宫先生传》中虚构情节与想象力的运用也都在一定程度上呈现出了小说的特点。

传奇小说在影响传的同时，传的某些特性也逐渐为17世纪前期的传奇小说吸收。如《周生传》、《崔陟传》采取了围绕入传人物行踪展开叙事的传的一代记的构成形式。随着以人物行踪为中心叙事结构的展开，周边人物不断增多，故事情节愈加复杂，小说篇幅逐渐增长。随着故事情节的展开，《崔陟传》中不仅崔陟、玉英，崔陟家人的行踪也逐渐出现在了小说中。

传记小说的出现，不仅促进了汉文小说的发展，还为17世纪中后期国文长篇小说的出现提供了丰富的创作素材。《柳渊传》、《崔陟传》的家族叙事，在《谢氏南征记》、《彰善感义录》这类家庭小说及之后的《苏贤圣录》等家门小说中有了更为丰富的呈现；《柳渊传》中柳渊一家围绕家产继承展开的阴谋算计到了《谢氏南征记》中更有乔氏与董青、冷振及雪梅、蜡梅、李十娘狼狈为奸陷害谢氏，及刘翰林为乔氏与董青、严丞相陷害的一波三折。《谢氏南征记》、《彰善感义录》中的多角关系及妻妾矛盾在《周生传》中已初见端倪，又见于《凭虚子访花录》与《白云仙玩春结缘录》等17世纪后期创作的才子佳人小说中。《周生传》与《王庆龙传》中的妓女人物徘桃、玉檀在《白云仙玩春结缘录》、《九云梦》中化身译官之女月莲、绝色歌女狄惊鸿与娇美歌姬桂蟾月后，又于《玉楼梦》再次化身成了红衣侠妓江南红与温婉佳人碧城仙。

[①] ［韩］李尚九：《17—19世纪汉文小说的展开样相》，《古小说研究》2006年第21辑，第38页。

第六节　韩文创作小说的出现与盛行

在以汉字写就的汉文小说蓬勃发展之时，韩文小说也正在积聚力量。自《薛公瓒传》之后，汉文小说与国文小说之间通过翻译的转换持续不断。这一时期汉文小说以及中国古代小说的韩文翻译较之 16 世纪更为频繁、迅速且范围更为广泛。目前，除了前文中提到过发现于《默斋日记》之中的《周生传》与《韦敬天传》的国文手抄本，以及既是权鞸侄子又是李恒福女婿的权铁所作《姜虏传》等汉文创作小说，部分韩文翻译小说还见诸朝鲜后宫贵族女性之间的书函之中。

在韩文翻译小说初期阶段，只有极少数的汉文小说以及中国古代小说被翻译成了韩文传诵于京畿地区的士大夫阶层的闺阁以及闾巷之间。这些韩文翻译小说在某种程度上来讲为日后出现的韩文创作小说提供了源源不断的养分和素材。17 世纪前期的韩文小说《洪吉童传》由号称天才文人的许筠以英雄小说[①]的形式创作出来，可谓横空出世。[②]《洪吉童传》的出现打破了自训民正音创立以来所形成的汉文小说、中国古代小说以及韩文翻译小说三足鼎立的局面。以此为起点，韩文创作小说依靠 17 世纪中后期《淑香传》、《九云梦》、《谢氏南征记》、《彰善感议录》、《韩康贤录》、《苏

[①]　本文中所使用的英雄小说的概念并非指称特定叙事题材的概念，而是作为梳理朝鲜小说史流向的动态且广义的概念而存在，因此包括一般情况中被称为历史军谈小说、创作军谈小说或者是历史英雄小说、创作英雄小说以及女性英雄小说等。

[②]　现存《洪吉童传》是否为许筠所作以及《洪吉童传》是否为一篇韩文创作小说一直都是学界争论的焦点。之所以存疑颇多，主要因为《洪吉童传》的原本至今无处可见，而现存的《洪吉童传》的韩文版本均为 19 世纪后半期的版本。而且，仅根据泽堂李植（1584—1647）所言"筠又作《洪吉童传》以拟《水浒》"，虽可证明许筠曾作名为《洪吉童传》的小说，却很难由此判定现存《洪吉童传》为许筠之作，也难以由此判定《洪吉童传》最初成书之时为韩文版本。对此，韩国学者张孝铉通过对泽堂李植所言"世作传《水浒传》人三代聋哑，受其报应，为盗贼尊其书也。许筠、朴烨等好其书，以其贼将别名各占为号以相谑。筠又作《洪吉童传》以拟《水浒》。其徒徐羊甲、沈友英等躬蹈其行，一村虀粉，筠亦叛诛。此其甚于聋哑之报也"中所提及内容以及许筠徒友之行迹，进而推断现存《洪吉童传》尽管历经后世润色与添加，但其最初的确应为许筠所作抨击当时嫡庶关系的小说。此外，张孝铉又在现有研究成果的基础上，结合《朝鲜王朝实录》中有关洪吉同的相关记录，指出许筠所作小说《洪吉童传》本应是以燕山君时期大盗洪吉同的事迹创作而成，而后又经过民间根据世宗年间"洪尚直有一嫡子"的历史记录，进而误认为小说中所言为洪尚直的庶子洪吉童，并经过口口相传最终演化成现存的《洪吉童传》。张孝铉又结合 16 世纪已然存在韩文翻译小说且广为流传，且许筠的师父梅希春（1513—1577）曾经参与经书的口诀谚解以及曾积极参与谚文普及当中的事实，以及许筠爱读之中国古典小说均为白话文，又中国国家图书馆馆藏《朝鲜诗选》中许筠所作《送吴参军子鱼大兄还》一诗全文均为韩文标记、唯每句之下均有小写汉字标记等史料，指出最初许筠所作《洪吉同传》极有可能为韩文小说。参见：[韩]张孝铉：《洪吉童传的生成与流传》，《国语国文学》2001 年第 129 辑。

《圣贤录》①等家庭、家门小说的暴风成长以迅雷不及掩耳之势快速取代传奇小说的主导地位，并最终以通俗英雄小说以及家门三代录的形式风靡于18世纪的闺帷间巷以及街头巷尾，一跃成为朝鲜小说史上规模最为宏大的文学脉络。伴随着韩文小说的成长，为士大夫阶层所独占小说的所有权也逐渐开始向更广泛的阶层移转，而朝鲜小说史呈现出了汉文小说、中国古代小说、韩文翻译小说与韩文创作小说同时发展、相互交融、并驾齐驱的壮丽景象。

17世纪在汉韩小说相互交融的过程中，最为引人瞩目的无疑还要算是韩文创作英雄小说《洪吉童传》以及出现于17世纪中后期的家庭、家门小说。《洪吉童传》采取了传记的形式，描写了庶出英雄洪吉童因不满自身因庶出这一身份而受到的种种限制与迫害，继而离家出走，偶遇盗贼，因一身本领而成为盗贼之首，成立活贫党，名震朝鲜八道，在得到父亲洪氏以及朝廷认可之后决意远走他乡，并在最后举兵征服了沃野千里的岛国，自立为国王。尽管现存韩文本《洪吉童传》很可能并非许筠最初创作的版本，但结合现存各版本中对庶出身份给洪吉童带来影响的强调，②以及实际的历史中自身因庶出身份所受差别的强调，以及在历史上许筠及其周边人物确曾提出废除嫡庶差别的主张，甚至徐羊甲、沈友英等都是史称"七庶之狱"的主人公的史实来看，《洪吉童传》所针对和批判的无疑是当时社会弊端之一的嫡庶差别。这与许筠所作五传中对于不为主流意识形态所容纳的人物的人文关怀一脉相通。然而，小说中尽管洪吉童对自身庶出身份所受到的差别对待深恶痛绝，却对君权和父权表现出了忠和孝，并未将君权与父权视为最终需要推翻的目标。这样的叙事使得《洪吉童传》在表现出了突出的改革精神的同时，却停留在了洪吉童个人得到认可的层面，进而呈现出了一定的局限性。

许筠的这篇《洪吉童传》深受中国古代小说《水浒传》等英雄小说以及《西游记》等神魔小说的影响。这部英雄小说在反映和批判了当时社会的弊端的同时，也满足了壬辰倭乱之后饱受精神与肉体上折磨的朝鲜民众对于拥有超凡能力的英雄的渴望。这种渴望在再次历经丙子之役的耻辱之后几乎达到了顶点。以《洪吉童传》为契机，历经两乱之后朝鲜小说史上出现

---

① ［韩］최기숙：《17世纪长篇小说研究》，延世大学国语国文系博士学位论文，1998年，第7页。作者根据以往的研究成果，最终推断以上的5篇小说最晚创作完成于17世纪中后期，并在这一时期已经为读者所共有。

② ［韩］金庚美，《他者的叙事，他者化的叙事，〈洪吉童传〉》，《古小说研究》2010年第30辑，第189—194页。

了英雄叙事的热潮。然而，在理念强有力掌控之中的时代，与最终因与主流意识形态相左而被禁毁的《洪吉童传》不同的是，在无论是创作于17世纪中后期的《九云梦》，还是17世纪末18世纪创作完成的《壬辰录》、《朴氏夫人传》、《林庆业传》等英雄小说，抑或18世纪至19世纪创作形成的被称为创作英雄小说或者是创作军谈小说的英雄小说，在与家门小说相互融合的过程中较前期英雄小说有了显著的不同。有关英雄小说与家门小说相互融合的问题后文将详述，在此不赘述。创作英雄小说基本上都呈现出了一种家门畅达的倾向，而其叙事过程中则又深受初期英雄小说以及家门小说的影响，呈现出了英雄小说与家庭、家门小说相融合的面貌，而这一面貌在18世纪出现的汉文通俗小说以及19世纪的汉文长篇小说中都有部分的继承和反映。

17世纪中后期，《淑香传》、《九云梦》、《谢氏南征记》、《彰善感议录》、《韩康贤录》、《苏贤圣录》等新类型的长篇小说取代前期爱情传奇小说的主流地位，对后世小说史产生了极为深远的影响。[①] 这些长篇小说创作完成的时期，恰好是中国人情小说大规模传入朝鲜的时期。这些创作于17世纪中后期的长篇小说，在从人情小说中汲取大量创作灵感的同时，无论在结构上，还是在主题上，抑或在审美上，都与前期的小说有了截然不同的特点。这些小说普遍采用了章回体的结构，却又呈现出了朝鲜小说自身独特的风貌。这也再次说明朝鲜小说在其发展的过程中，随着自身价值观念的树立，更多地开始关注朝鲜内部。虽然中国颇具异域风情的地理环境赋予其更为广阔的想象空间，但小说中出现的人物却明显异于人情小说。与才华横溢、个性鲜明的人物形象相比，这一时期的小说更倾向于品格高洁的君子型人物以及贤良淑德、端庄有礼的贤妇型女性，而这与当时家门意识的强化以及国文长篇小说的教化目的有着极深的渊源。壬辰倭乱、丙子之役之后，为了巩固其既有特权，士大夫阶层展开了一系列的内部斗争与分裂。在这一过程中，以父系血缘关系为中心的家门意识在士大夫阶层内部逐渐形成。随着礼论观念的强化以及党争的频繁发生，士大夫阶层之间以特定党派、学承以及家门为中心的联合进一步加强。

在这一社会背景之下，国文长篇小说的产生，正是为了将家门意识灌输到闺房女性之中而采取的一种叙事策略。《谢氏南征记》的作者金万重（1637—1692）在17世纪中后期共创作完成了两篇具有划时代意义的长篇

---

① ［韩］田成芸：《长篇国文小说的变貌与英雄小说的形成》，高丽大学博士学位论文，2000年；［韩］田成芸：《九云梦的创作与明末清初艳情小说》，《古小说研究》2001年第12辑；［韩］梁承敏：《通过〈金瓶梅〉看〈谢氏南征记〉》，《古小说研究》2002年第13辑。

小说。一篇是《九云梦》，另一篇则是《谢氏南征记》。其中描写年轻书生杨少游与八位女子恋爱结合经历的《九云梦》，经判定应为汉文本，后翻译为韩文。与此相反，侧重于描写贵族家庭内部妻妾矛盾以及嫡庶纠纷的《谢氏南征记》最初用韩文创作完成，而后被金万重的从孙金春泽翻译成汉文小说《翻谚南征记》。尽管围绕《洪吉童传》、《九云梦》以及《彰善感议录》等小说的版本问题，目前学界仍然存有争议，但17世纪中后期《谢氏南征记》、《韩康贤录》、《苏贤圣录》的出现无疑昭示着韩文创作小说时代的到来。

作为身份显赫的士大夫阶层，金万重所以舍弃汉文而作韩文小说《谢氏南征记》，也是"欲使闾巷妇女，皆得以讽诵观感"[①]。《谢氏南征记》属于朝鲜时期极少数经历了多次跨语际的小说之一。目前共有汉文本39种，国文本35种。1907年金春泽所作的《翻谚南征记》也是目前所存《谢氏南征记》诸多版本中的年代最早的版本。在《翻谚南征记》的序文中，金春泽就其之所以汉译《谢氏南征记》作了交代。他指出"言语文字以教人"实际上"自六经然尔"，然而随着岁月的流逝，圣人的远离，文章"少醇多疵"，以至于"至稗官小说，非荒诞则浮靡，其可以敦民彝裨世教者，唯《南征记》"。对当世文章"少醇多疵"，"稗官小说，非荒诞则浮靡"的批判，与《谢氏南征记》"可以敦民彝裨世教"的评价可知，金春泽对金万重的《谢氏南征记》推崇备至：

> 西浦颇多以俗谚为小说，其中所谓《南征记》者，有非等闲之比。余故翻以文字，而其引辞曰：言语文字以教人，自六经然尔。圣人既远，作者间出，少醇多疵。至稗官小记，非荒诞则浮靡，其可以敦民彝裨世教者，惟《南征记》乎！《记》本我西浦先生所作，而其事则以入夫妇妻妾之间。然读之者，无不咨嗟涕泣。……然先生之作之以谚，盖欲使闾巷妇女皆得以讽诵观感，固亦非偶然者，而顾无以列于诸子，愚尝病焉。会谪居无事，以文字翻出一通，又不自揆，颇增删而整厘之。[①]

在金春泽看来，尽管《谢氏南征记》可与《楚辞》、《诗经》相映生辉，却存在着一个致命的弱点，即金万重的《谢氏南征记》是用"女人的语言"写就而成的。在汉文与韩文有着严格等级区分的历史背景之下，《谢氏南征记》自然"无以列于诸子"。金春泽对此一直难以释怀，因适逢"谪居无

[①] [韩]柳铎一：《韩国古小说批评资料集成》，亚细亚文化社，1994年，第100页。

事，以文字翻出一通"。

通过金春泽的剖白，不难发现他之所以要汉译《谢氏南征记》，是为了提升《谢氏南征记》的格调。从其剖白中能深刻体会到，其为了弥补《谢氏南征记》在书写文字与书写内容上的致命弱点，作出了种种努力与辩解。

金春泽选择汉译《谢氏南征记》，也意味着他是将熟识汉文的士大夫阶层作为读者群体。若让崇尚"文以载道"的文人接受"以入夫妇妻妾之间"为事的小说，首先需要赋予其符合士大夫文人审美的特征。为此，他强调《谢氏南征记》延续了自六经"语言文字以教人"的传统。然而，即便如此，《谢氏南征记》所写之内容在传统士大夫阶层看来未免过于胸无大志。于是，他又进一步赋予了《谢氏南征记》可与《楚辞》、《诗经》相媲美的感化力。为此，他引用朱熹对《楚辞》与《诗经》评论，强调金万重的《谢氏南征记》，虽事涉夫妇妻妾之间矛盾琐事，却有能够使"所谓放臣怨妻与所天者，天性民彝，交有所发，则如《楚辞》；所谓感发人之善心，惩创人之逸志，则又庶几乎《诗》"的力量。所谓"所天者"实指"放臣"之君主、"怨妻"之夫君。

在金春泽看来，《谢氏南征记》叙述的绝非家庭内部妻妾矛盾之事。扩展开来，其中教化人心的力量，能够感化"放臣"、"怨妻"及"放臣"之君主、"怨妻"之夫君，从而发"天性民彝之善"，"增夫三纲五典之重"的。在此，金春泽将夫妻之道与君臣之礼相连接，将《谢氏南征记》由教化"闾巷妇女"的层面提升到了"治国"的高度。这一论断的提出，迎合了士大夫文人"文以载道"的文学观念。现存汉文本都多为金春泽汉译版本或深受其影响的论断，[①] 也从侧面说明金春泽将小说与"修身、齐家、治国、平天下"联系的思维模式深受当时及后世士大夫文人拥戴。如高丽大学藏《谢氏南征记》汉文本跋文中，手抄者就强调认为《谢氏南征记》中蕴含着"君子出处"与"夫妻居室"的道理，小至"一身荣辱"，大至"国家治乱"。[②]

由金春泽所言，我们还能看出当时士大夫文人心目中存在的汉文情结。这是一种普遍存在的情结，这也使得之后文人对金万重《谢氏南征记》的接受更多依赖于《翻谚南征记》，而非韩文版的《谢氏南征记》本身。当时士大夫文人对于韩文以及用韩文写就的《谢氏南征记》的认识，折射出了当时汉文与韩文之间存在的性别化的权力关系。这一关系也突出反映在了当时接受与普及《谢氏南征记》的过程中。如上所述，士大夫阶层对于

---

① [韩]Daniel Bouchez：《〈南征记〉汉文本考》，《白影郑炳昱先生还甲纪念论丛》，新丘，1982年，第666页。

② 高丽大学图书所藏汉文本《谢氏南征记》跋文。

《谢氏南征记》的接受多立足于"修身、齐家、治国、平天下"的高度。在面向闺房女性进行普及与宣传之时,却更多的是将其局限于家庭内部,寄希望于闾巷中的"愚妇愚氓"能够仿效谢氏的德行。这与金万重本身的创作意图是相符的。《谢氏南征记》中谢氏在历经乔氏百般刁难与陷害,被丈夫扫地出门,甚至遭受母子分别之至痛之后,重相逢之时仍心心念念"三千之刑,无后为大",力荐品德出众之林处女为妾以续香火,并最终因此因祸得福重见麟儿。小说中谢氏其心诚,其行端,无异于是儒家妇德典范。

以往研究者注意到了士大夫阶层为教化女性与民众将部分汉文小说翻译成韩文的史实,却忽略了 17 世纪中后期以及之后汉文小说与韩文小说之间的跨语际交流。尽管韩文小说被翻译成汉文的事例极为稀少且偶然,但韩文小说被翻译成汉文后,特别是为使用汉文的阶层所接受,并对后世小说史产生一定的影响本身,却是值得关注的。这不仅意味着韩文小说通过跨语际实践进入到士大夫阶层的视野中,还意味着韩文小说开始影响汉文识字阶层的小说创作与审美。在这一过程中,汉文小说与韩文小说相互交流与影响,形成了朝鲜小说特有的叙事传统与脉络。

《谢氏南征记》呈现出的家庭内部矛盾,真实再现了朝鲜社会由多妻制转为蓄妾制后所引发的嫡庶差别。这是前期汉文小说中所不曾涉及过的叙事内容。《谢氏南征记》则通过《翻谚南征记》为后世汉文小说,提供了丰富的创作素材。在李庭绰(1678—1758)的《玉麟梦》中,谢氏与乔氏摇身一变成为柳氏与吕氏。然而,与《谢氏南征记》不同的是,作为恶人形象出现的吕氏,不再是为了延续香火而迎娶进门的侍妾,而是一个拥有尊贵身份,经由君主赐婚下嫁的贵族小姐。虽然,这位贵族小姐本身并不受身份地位局限,但因其嫉妒而引发的一系列妻妾矛盾贯穿小说的始末。类似的矛盾还见于之后李颐淳(1754—1832)所作汉文小说《一乐亭记》以及 19 世纪南永鲁(1810—1857)《玉楼梦》中。《一乐亭记》中徐梦祥与两位妻子谪降人间的情节以及《玉楼梦》中文昌星杨昌曲与诸位仙女谪降结缘的情节,似乎都与《九云梦》如出一辙。但《一乐亭记》中魏氏为除掉权氏、郑氏所采取的诸般手段、魏氏与门客相勾结的剧情,却都与《谢氏南征记》中乔氏、《彰善感义录》中赵氏的行径相雷同。被称为朝鲜的《红楼梦》的《玉楼梦》,虽然深受《九云梦》的影响,但小说中黄氏屡屡迫害碧城仙的情节设定无疑是深受《谢氏南征记》、《彰善感义录》等家庭小说的影响,而其中黄氏的身份以及其对于才色出众的碧城仙的嫉妒,却与《玉麟梦》类似。此外,与《谢氏南征记》不同的是,小说中黄氏在得到应得的报应之后，幡然悔悟。这一剧情的设计与《彰善感义录》中沈氏的悔改行为脉络相通。《谢氏南征记》作为韩文创作小说经过汉译之后，能够为汉文识字阶层所接受并对后世的汉文小说产生一定的影响，这直接印证了朝鲜时期汉文小说与韩文小说之间的关系并非完全割裂的，而是处于不断地相互交流、影响之中。

《谢氏南征记》不仅为后世的汉文小说提供了丰富的素材，同时也对18世纪出现的创作英雄小说产生了巨大的影响。小说中刘延寿父子与奸臣严嵩之间的矛盾成为18世纪的英雄必须要克服的困难的同时，这为大部分英雄小说提供了基本的叙事框架。与17世纪《谢氏南征记》中谢氏与乔氏之间矛盾的导入早于朝廷中刘延寿与严嵩矛盾爆发的情节安排相比，18世纪的英雄小说中，妻妾之间矛盾的爆发成为建功立业之后英雄急需解决的家庭内部矛盾之一。

第七节　家门小说与英雄小说的融合

17世纪韩文创作小说的出现，打破了自训民正音创立以来汉文小说、中国古代小说与韩文翻译小说三足鼎立的局面。韩文小说依托于17世纪中后期《谢氏南征记》、《韩康贤录》、《苏贤圣录》等家庭、家门小说的暴风成长，以迅雷不及掩耳之势取代了传奇小说的主导地位，并于18世纪以创作英雄小说、家门小说的形式风靡朝鲜的闺帏间巷、街头巷尾，一跃成为朝鲜小说史上规模最为宏大的文学脉络。伴随着韩文小说的成长，为士大夫阶层所独占的小说的所有权也逐渐开始向更广泛的阶层移转，呈现出了一种从京城到地方、由上而下的扩散形式。

受中国白话小说《水浒传》与《西游记》的影响，许筠写下《洪吉童传》，在揭露和反映了当时社会弊端的同时，也在很大程度上满足了壬辰倭乱之后饱受肉体与精神折磨的朝鲜民众对于英雄的渴望。这一渴望在历经丙子之役之后，达到了制高点。以《洪吉童传》为契机，两乱之后朝鲜文学史上出现了一场英雄叙事的热潮。然而，与最终遭到禁毁命运的《洪吉童传》不同的是，无论是创作于17世纪中后期的《九云梦》、《淑香传》，还是17世纪末18世纪创作完成的《壬辰录》、《朴氏夫人传》、《林庆业传》，抑或是风行于18世纪至19世纪的创作英雄小说都受到理念强有力的掌控，呈现出一种向主流意识形态倾斜的特征。

与《壬辰录》、《朴氏夫人传》、《林庆业传》等不同的是，风靡于18世纪的创作英雄小说，在很大程度上已经脱离了史实，更多地反映的是普通民众对于英雄以及身份上升的一种渴望。这类小说多为韩文创作小说，且其主要读者群体集中在了商人、农民等处于社会底层的男性。[①] 特别是在权力与财富都为京华士族所垄断，身份上升变得遥不可及的情况之下，阅读成为他们获得代理满足的途径。这类小说因其与众不同的叙事特点，又被称为"军功小说"。从韦旭升对其"军功小说"的称呼中不难看出，这类小说往往都离不开英雄建功立业的情节。其区别于《壬辰录》、《朴氏夫人传》、《林庆业传》等小说最大的特点在于，这类小说中英雄建功立业往往与其家庭乃至家族的兴盛有着紧密的联系。[②] 而这一类似情节的设定，似乎可以追溯到17世纪中《九云梦》、《淑香传》以及《彰善感义录》。

身处士大夫贵族阶层的作者金万重、赵圣期等撰写的《九云梦》、《谢氏南征记》、《彰善感义录》乃至《淑香传》中，不仅隐约发现于《洪吉童传》中对现实秩序的反抗意识消失不见，小说中人物的言行与存在无一不是为了体现士大夫贵族阶层的价值观念。《九云梦》中杨少游一生荣华富贵的传奇无不是读书人一生所期望的愿景，尽管小说的结尾处伴随着性真梦醒的结局，作者也得到了荣华富贵皆是梦的感悟，但又有谁能说梦境中所描述的杨少游建功立业、娇妻美妾左拥右抱、儿女出众卓绝不是每个仕人的梦想呢？而这一情景也恰好为之后形成的英雄小说提供了可供参考的叙事结构。尽管金万重的《九云梦》算不上是典型的家庭小说或者是家族小说，但其叙事结构中却隐含着家族叙事发生的可能。小说中对于杨少游与八位佳丽之间所生子女的描写，寓意着杨少游时期所取得的功名利禄必将福泽后代。这一思想与《谢氏南征记》、《彰善感义录》、《苏贤圣录》以及之后大肆流行的家门小说在最终的主旨上形成了某种暗合。《谢氏南征记》主要以两条复线展开，一个是谢氏与乔氏之间的妻妾矛盾，而一个则是朝廷中忠臣与奸臣之间的矛盾，即刘延寿父辈以及刘延寿与严嵩之的矛盾。两者看似毫无关系，然而却在暗中有着某种关联，最终小说中刘氏家门的振兴不仅来自家庭内部以谢氏为主的女性的贤良淑德，还来源于朝廷中矛盾的解决，而朝廷中矛盾的解决恰恰是解决内部矛盾、光耀门楣的保证。《彰善感义录》也采取了类似的叙事方式，花珍因沈氏母子的阴谋算计而被流放，然而在流放的途中花珍因缘巧合习得兵法而最终得以打败入侵的海贼，并因此重新得到朝廷的重用。在这里，尽管花珍因家庭内部矛盾而遭

---

① ［韩］柳浚景：《英雄小说的体裁习惯与女性英雄小说》，《古小说研究》2001年第12辑，第13页。
② 韦旭升：《历史发展与文化交流的交叉——关于朝鲜"军谈小说"》，《北京大学学报（哲学社会科学版）》1992年第5期，第56页。

遇难关，但最终他通过立军功的方式重新得以回归，并最终振兴家族。虽然这一情节的设定与大部分英雄小说中有关家庭的部分相异，但通过立军功的形式重振家门的情节设定与英雄小说极为相似。

韩国学者徐大锡在对英雄小说中创作军谈小说（即创作英雄小说）的出现时间进行考察后，曾把创作英雄小说区分为三个不同的发展阶段。第一阶段主要包括创作完成于1794年之前的《苏大成传》《张风云传》等，而第二阶段的作品主要包括伴随小说商品化的发展，以坊刻本形式付梓刊行并大规模流传的《刘忠烈传》、《张雄传》、《李大凤传》、《黄云传》、《金铃传》等，而属于第三阶段的作品主要包括《洪桂月传》、《女将军传》（又名《郑秀贞传》）、《张国振传》、《金振玉传》、《谢角传》、《鱼龙传》、《柳文星传》等。[①] 其中第一阶段最具有代表性的小说是《张风云传》，第二阶段的小说为《刘忠烈传》，而第三阶段小说中的《洪桂月传》无疑是女性英雄小说中的代表。这些英雄小说中都会出现家庭（家族）叙事与国家叙事，小说开头出现的家庭叙事为后期小说主人公的地位上升提供了一种铺垫。《张风云传》中张风云因战乱而与父母分离，为李允桢所发现并带到刘府养育，并与李琼贝结为夫妻，却与李小姐一起饱受胡氏虐待，最终被迫离家混迹于倡优之中。《刘忠烈传》中刘忠烈因奸臣的谋害而与父母分离之后，虽为人所救，却又再次分离，最终沦落白龙寺。《洪桂月传》中的洪桂月在因奸臣叛乱与父亲分离之后，再次遇到水贼被投入水中，最终为吕公所救，与吕公之子辅国一起学艺。小说开头主人公与父母的生离死别，不仅意味着主人公苦难历程的开始，同时也意味着主人公身份地位的没落。这一困境所必需的解决方案便是通过荣立军功重新恢复家族的荣耀。《张风云传》中张风云在金榜题名之后，以大元帅的身份声讨西蕃、金狄，权倾朝野。在四处征战的过程中，张风云也得以与失散的家人重逢。在《刘忠烈传》中奸臣叛乱来袭，在众人束手无策之际，刘忠烈主动请缨救出身处险境之中的太子，又再次深入胡国救出被俘虏的皇太后一行，并在避难途中巧遇亲人。《洪桂月传》中洪桂月男装状元及第之后，适逢外敌入侵，以大元帅之身声讨并取得胜利后，并重逢失散多年的父亲，归国之后又被册封为魏国公。这虽与《谢氏南征记》中刘延寿重回朝廷的契机有所不同，却与《彰善感义录》中花珍被诬陷之后的情形存在某种类似。由此可见，18、19世纪的创作英雄小说多受17世纪中后期家庭小说中英雄叙事的影响。

---

① ［韩］徐大锡：《军谈小说的结构与背景》，梨花女子大学出版部，1985年，第268—274页。

然而，两者之间又存在着一定的区别。《彰善感义录》中花珍是在状元及第之后遭到诬陷被罢免，而后曲折归位，属于复位型的英雄叙事。小说主要表达的是士大夫阶层的审美态度与视角。创作英雄小说主要描写没落两班沦落于民间，通过建立功勋而光耀门楣，实现身份上升，更多的是为了满足处于底层民众的审美需求与渴望。尽管在所反映的审美情趣上有着迥异的差别，但在最终的价值取向与意识形态上两者却达成了高度的一致。创作英雄小说在底层民众中的流通，也间接证明朝鲜中后期统治阶层的理念已经普及到了社会底层。然而，在权力与财富都为京华士族所垄断的社会背景之下，小说中主人公通过荣立军功实现身份上升的剧情在现实中根本不可能实现。创作英雄小说通过这一虚构的情节的设定满足了处于底层的民众渴望身份上升的愿望，这也反映出了创作英雄小说的高度商业化。英雄小说主人公在军功之后，其家族也因其所荣立战功而备受圣恩，尽享荣华。如《张风云传》中在张风云荣立战功之后，不仅张风云受到了册封，而且其父也因此被册封为魏王。在张风云的儿子荣封西凉王之后，张风云再次被册封为魏国公魏王。其他的英雄小说中，一人得道、一荣俱荣的情节设定也反复出现。如在《玉楼梦》中因杨昌曲与狄惊鸿在战场的丰功伟业，不仅杨昌曲一代人得以尽享荣华富贵，就连杨昌曲与狄惊鸿后代的荣华富贵也得到了保证。尽管这里并没有像典型的家门小说《苏贤圣录》等小说一样，对后代之间所发生之事进行深入描写，但就作者在结尾处的设定以及小说字里行间，不难得知其后代的命运。

第八节　汉文短篇的创作与长篇的面世

18世纪可以说是朝鲜的封建统治的绝对性受到严重质疑的时期。到了英祖（1725—1776）、正祖（1777—1800）年间，壬辰倭乱、丙子之役带给朝鲜社会的物质以及精神上的创伤已经基本得到治愈和复原。这一时期，朝鲜迎来了政治、文化上的中兴期。然而，这一时期的朝鲜社会正以势不可挡的速度发生着巨大的变化。大同法以及钱纳制度的推行促进了手工业和商业的发展。伴随着部分富农以及富商的出现，越来越多的两班阶层丧失了其应有的尊严以及权力，日益走向没落。在这一社会变革过程中，朝鲜首都汉阳与地方社会的差距日益拉大，士大夫阶层内部分化加剧，生活在汉阳以及京畿地区的部分士大夫阶层逐渐发展成为京华阀阅，以汉阳及京畿道为中心逐渐形成了与前期士大夫阶层以及同时代在地两班不同的京华文化空间。① 出任清要职的便利,为他们接触中国文化与文物提供了良好的条件。利用燕行出使中国的机会,他们往往都会购买大量的中国书籍回国。《洪吉童传》的作者便是其中最为有名的事例。② 到了仁祖二十三年(1645)之后,伴随着燕行的重新开始,大量的书籍通过书侩以及译官、燕行使流入了汉阳,使得当时的首都汉阳刮起了一股唐学之风。明清小品、小说,自西洋传入清的天文、数学等科学知识,以及中国的古董、饰品、衣物等日常生活用品风靡汉阳。③ 其中明清小品、小说在京华世族之间的盛行带来了文体上的一大变革,同时也招致了正祖"文体反正"的镇压。④

当时很多文人都尝试在写作中进行新的文体的尝试,其中最有代表性的文人当属朴趾源和李钰。在文体反正中,以朴趾源为中心的北学派受到了来自以正祖为首士大夫阶层的批判,其中朴趾源的今文更是被指认为稗官小品体而受到指名批判。与对朴趾源等形式上的"处罚"相比,庶孽出身的李钰受到了充军流放的处罚,并因此断送了登科出仕之路。这实际上是一种新与旧之间的斗争。语言与文字既是人与人之间沟通与交流的工具,同时也是新的文化与文明的载体,所使用语言文字的变化往往意味着新的文化的形成。

在北京琉璃厂经历过中国文明洗礼和冲击的北学派针对当时传承了数千年的文以载道的文学观念、语言文字,指出"书籍愈古愈失其真"⑤,强调"即事有真趣,何必远古担。汉唐非今世,风谣异诸夏"⑥,认为应该在现实中寻求其真实面目,而反对仿古。对于语言文字的这一认识,也集中体现在北学派对于朝鲜现实的认识以及用朝鲜自己的语言来表现朝鲜的主张上。朴趾源为李德懋诗集所作《婴处稿序》指出"今懋官,朝鲜人也,山川风气,地异中华,言语谣俗,世非汉唐,若乃效法于中华,袭体于汉唐,

---

① [韩]江慧仙:《正祖的文体反正与京华文化》,《韩国实学研究》2012年第23辑,第93页。
② 以壬辰倭乱为契机,朝鲜人对中国书籍的关注程度明显增强。到了这一时期,之前主要由国家主导的国购行为发生了变化,个人购买以及民间购买也开始出现。在这样的历史背景之下,许筠(1569—1618)利用两次出使之所购中国书籍多达4000余卷,而其中为前期士大夫阶层所唾弃和不容的小说以及笔记类作品占了相当比重。参见:[韩]姜明官:《朝鲜后期书籍的输入、流通与藏书家的出现—18、19世纪京华世族文化的一个侧面》,《民族文学史研究》1996年第9辑,第174页。
③ [韩]江慧仙:《正祖的文体反正与京华文化》,《韩国实学研究》2012年第23辑,第93页。
④ [韩]江慧仙:《正祖的文体反正与京华文化》,《韩国实学研究》2012年第23辑,第97—99页。
⑤ [韩]朴齐家:《有旨书进屏风一事柳寮为作长歌和其意时壬寅四月二十日也》,《贞蕤阁文集》卷二。
⑥ [韩]朴趾源:《赠左苏山人》,《燕岩集》第一集卷四。

则吾徒见其法益高而意实卑，体益似而言益伪耳。左海虽僻，国亦千乘，罗丽虽俭，民多美俗，则字其方言，韵其民谣，自然成章，真机发现，不事沿袭，无相假贷，从容现在，即事森罗"，并在此基础上提出了"朝鲜之风"的观点。① 这篇序文强调朝鲜与中国从地域上而言完全相异，身为朝鲜人，应该创作与朝鲜现实相应的文学，如果只是单纯的模仿，则"体益似而言益伪"。朴趾源的朝鲜风认识一方面意味着文学素材的扩大，另一方面则意味着主体性的觉醒与显现。这一时期作为朝鲜人的自觉开始觉醒，与古相对应的是今、与中国相对应的是朝鲜的相对主义世界观逐步确立。②

北学派文人在前期经学派"经世致用"的基础上，针对当时朝鲜社会的现状，从社会、政治、经济、文化等各个方面提出了相关的改革要求的同时，还积极投身到了小说的文化创作之中。作为实学派中北学派的代表，朴趾源在发展性地继承了实学派实事求是的现实主义精神的同时，立足于"即事有真趣"的观点提出了以反映朝鲜现实为核心内容的"朝鲜之风"这一自主性的文学观点。朴趾源的这些观点也突出表现在了他的文学创作之中。在朴趾源的短篇小说中，他所关注的焦点是他所生活着的 18 世纪后期商品货币经济之下的朝鲜的人情世故。这也便是他所谓的"即事有真趣"，即事也就是眼前的事物、景色以及生活的面貌。朴趾源的文学作品多以当时的现实生活为素材，采用传统的传的形式的同时，又对这一形式进行了创新和发展。在朴趾源的传中登场的人物不再只是传统意义上的英雄和伟人，为正统文学所遗忘的市井乡民开始走进其中，成为朴趾源批判当时社会现状的有力武器。为儒学正统所唾弃鄙夷的小说这一文学体裁，成了朴趾源批判社会现实、寻求解决方案的手段。③ 这恰恰也是他与在文体反正中受到更大冲击的李钰不同之处。18 世纪伴随着商品积极的发展，身份制度进一步动摇。作为统治阶层的士大夫阶层进一步分化，其中部分贵族两班阶层急剧沦落为社会的底层，过着朝不保夕的生活。在这一过程中，部分处于社会底层的民众在工农业以及商业发展的浪潮中依靠自身财富的积累以及身份上升的努力终于走上了历史的舞台。朴趾源立足于人物性同论的观点，将乞丐、闾巷人以及役夫等社会底层庶民阶层与自诩为统治阶级的士置于同一空间之内，通过对庶民阶层的肯定，④ 对当时表面

---

① ［韩］朴趾源：《婴处稿序》，《燕岩集》卷七。
② ［韩］朴寿密：《燕岩朴趾源的文艺美学研究》，汉阳大学大学院文学博士学位论文，2000 年，第 69 页。
③ Emanuel Pastreich：《燕岩朴趾源与他的短篇——朝鲜后期社会中知识分子的作用》，《韩国汉文学研究》2005 年第 36 辑，第 97 页。
④ ［韩］金明昊：《朴趾源文学研究》，成均馆大学大东文化研究院，2001 年，第 59 页。

上满口仁义道德，实则趋炎附势、虚伪无能的士大夫阶层进行了尖锐的批判。朴趾源通过对当时社会的批判性关注，表现出了实学派文人所具有的社会责任感。

比朴趾源晚22年出生的李钰（1760—1812），因其稗官小品体的文风在正祖的文体反正的大氛围下屡次碰壁，最终仕途受阻，以一介布衣而终老。在当时提倡纯正古文的历史情境下，李钰发出了"吾今世人也，吾自为吾诗吾文，何关乎先秦两汉"①的呼声，认为每个时代、每个国家都有其不同的风俗以及反映其自身特点的诗歌，表达了和北学派文人类似的时文观。同时，李钰还在《俚谚引》的《一难》中强调了作为生活在18世纪后期朝鲜汉阳的人应该用俚谚去反映汉阳的风俗人情。李钰所说的俚语，也就是日常生活用语。李钰强调使用被当时的士大夫阶层认为低俗的日常用语的事例屡屡见诸字面。他在《三难》中列举太守命令衙役购买"法油"，而衙役不知"法油"便是卖油郎口中所言"灯油"，以致空手而归的事例，以及京口人宴客却因为"清泡"与"默"说法上的区别而导致不欢而散的故事，披露了当时文人不懂乡音俚语的社会现实，进一步强调了在写作时使用日常用语的重要性。同时，也表达了自己在作谚文诗时必然会使用俚谚的决心。李钰运用俚语写作诗歌的实践，与当时风行一时的"朝鲜风"运动有着千丝万缕的联系。尽管李钰和提出"朝鲜风"的朴趾源一样并没有使用韩文，也并没有留下韩文的小说，但是李钰以及朴趾源对于自身语言的关注，体现出了他们自主意识的萌芽，是对当时民众以及庶民文化的一种尊重的进步姿态。

朴趾源提出朝鲜风，并用具有朝鲜风格的汉文创作了汉文短篇小说的同时，还将方言以及民谣用汉字标示运用到了自己的文章当中。朴趾源更曾经在给族孙的书信中对于自己不识国文表现出了相当的懊恼与悔恨，他说："吾之平生，不识一个谚字，五十年偕老，竟无一字相寄，至今为遗恨耳。"② 燕行时在中国所见所闻所感让以朴趾源为首的北学派深深感觉到了朝鲜文言不一致的弊端。然而，不管是朴趾源，还是朴齐家，都不主张用朝鲜自己的语言来代替汉文，都认为谚文不能与汉文同日而语。李钰也同前代人朴趾源等一样都未能彻底摆脱以汉文为中心的思维方式，但是在他这里却又有了更进一步的发展。李钰不仅在其写作的过程中积极运用日常用语，而且还对国文文学的价值比较出了极大的兴趣。在他的戏曲作品《东厢记》创作的文体实验中，有意识地去用汉字对日常用语进行借字表

---

① ［韩］李钰：《题墨吐香草本卷后》，《李钰全集》第3卷，第261页。
② ［韩］朴趾源：《答族孙弘寿书》，《燕岩集》第3卷。

记，还模仿当时流行的讲唱脚本文体，大量吸收和运用当时的淫词秽语以及俗语。① 在朝鲜后期知识分子用国文进行文学创作受时代局限的情况之下，朴趾源以及李钰的努力尽管都受到时代以及个人认识的局限，却无疑代表了时代发展的大方向。

因个人经历以及取向的不同，李钰在小说创作上表现出了与北学派文学不同的倾向。以朴趾源为首的实学派的文人最终的着眼点在于揭露并且改变朝鲜后期的时代弊端，他们在文学作品的主要目的是弘扬作为一代"士"所应该肩负起的社会责任感和具有时代责任感的读书人的形象。② 因此，他们在肯定庶民阶层的同时，更注重批判作为统治阶级的士大夫阶层的丑恶嘴脸。李钰作为一个被主流政坛所排斥、最终只能布衣终老的文人，他所关注的焦点主要集中在日常生活中的市井民情。与实学派文人一样，李钰也注重文学的"真"，但他更注重"真情"。他认为人世间最真的莫过于"男女之情"，然而他的"真情"却又不仅仅局限于男女之情。李钰的"真情"与社会风俗以及国家的治乱有着紧密的联系，也就是说他的"真情"更多指的是天地万物以及市井民生中的一种自然流露的感情。

李钰共写了25篇传，其中有关于市井庶民生的共有11篇，涉及了娼妓、乞丐、下棋人、哑巴、歌者、两班、骗子、小偷以及衙役等形形色色出没于市井之中的人物。18世纪随着商业的发展与货币商品经济的发展，汉阳逐渐发展成为繁荣的贸易之都，金钱逐渐成为日常生活的主宰。③ 李钰敏锐地捕捉到了市井民风的变化并将其记录在册的同时，没有像朴趾源那样表现出批判以及讽刺的意味，更多的像是对于当时社会百态的一种记录与呈现。在对自身所目睹的市井百态进行记录性呈现的同时，李钰还在《侠娼纪闻》、《张福先传》中对市井中的侠义之人的侠义行为进行了呈现。由此可知，尽管李钰对于自身所见的市井百态并未流露出过多的感情，但是通过对当时侠义之人的再现，我们还是可以读出李钰对于当时社会的批判心态。④

相对主义世界观最早产生于洪大容（1731—1783）与朴趾源（1737—

---

① ［韩］郑荣秀：《〈东厢记〉的性质以及朝鲜后期白话文体》，《汉文学报》2008年第18辑；［韩］赵万镐，《〈东厢记〉考（1）——以表现形式为中心》，《陶南学报》1997年第18辑。

② Emanuel Pastreich：《燕岩朴趾源与他的短篇—朝鲜后期社会中知识分子的作用》，《韩国汉文学研究》2005年第36辑，第98—99页；［韩］郑尧一：《燕岩小说〈两班传〉与〈秽德先生传〉中所表现出的书生精神》，《汉文教育研究》2002年第19辑。

③ 在其题为《七切》的文章中，李钰就曾生动地指出当时金钱万能的社会现状："危可使安，死可使活，贵可使贱，生可使杀。"

④ ［韩］权纯肯：《李钰传的市井世态描写与讽刺》，《汉文教育研究》2004年第23辑。

1805），到了19世纪前期盛行于京华世族之间。①世界观的变化给当时的文化风土和社会氛围带来了一大改变，朝鲜特有的风土人情以及语言文化受到关注。在绘画方面，真景山水画以及风俗画得到了很大的发展；在文学方面，文以载道的传统观念被破除，人的性情与个性得到了肯定，作者的个性得以自由发挥，男女之情、喜怒哀乐、悲欢离合等人情世态都被认为是文学的本质而为士大夫阶层所接受。与此同时，上下、古今、雅俗、文字的区分被削弱。②在这一文化社会背景之下，士大夫阶层对于小说的认识发生的巨大改变，一部分士大夫阶层本身也开始投身于小说的创作。也正是在这一大背景的影响之下，19世纪中叶长篇汉文小说集中出现。

在这一背景及同时期短篇韩文创作英雄小说的影响下，还出现了短篇汉文英雄小说。这些汉文短篇小说，不仅受到同时期文人的轻视，甚至在今天仍然被研究者视为汉文小说的亚流之作，并未受到多少关注。创作于18世纪的《金铨传》，糅合了多篇英雄小说的叙事情节。金铨之父因多年无子息而去寺庙求拜、南蛮入侵天子急诏其出征以及金铨随母避难中途偶遇强盗的情节安排，与《张风云传》中张风云的身世极为类似。金铨被魏宰相所救并与宰相家小姐婚配，并深受继母薛氏的压迫的情节，几乎就是汉文版《张风云传》。然而，之后的情节安排却又与《淑香传》中淑香之父在江边以50两的价格从渔夫手中救下巨龟的情节一样，《金铨传》中金铨同样是救下一只巨龟，并在之后过江之时得巨龟相助。几乎相同的情节设定，可以说《金铨传》就是《淑香传》的前传。精通汉文阶层的阅读范围已经为韩文小说所拓宽，并且这些韩文小说在一定程度上已经深深地开始影响汉文小说的创作，而这一现象还同时出现在了19世纪创作完成的汉文短篇英雄小说《蓬莱新话》与《云香传》中。③《蓬莱新话》中谪降的设定，无疑深受《九云梦》等谪降英雄小说的影响，而小说中房云的父亲因受奸臣陷害而告老还乡的情节、房云与父母四散分离沦落为孤儿的遭遇以及其为人所救并与其女采鸾成婚的情节，都与同时期的韩文英雄小说相仿佛。这说明这一时期韩文英雄小说的创作情节等已然成为孕育汉文英雄小说的温床。以女性为主人公的《云香传》属于创作时期相对较晚的女性英雄小说，小说呈现出了同时受英雄小说与家庭小说影响的痕迹。如上所

---

① ［韩］金庚美，《朝鲜后期小说论研究》，梨花女子大学文学博士论文，1993年，第13页。

② ［韩］金庚美，《朝鲜后期小说论研究》，梨花女子大学文学博士论文，1993年，第14—15页。

③ 《金铨传》、《蓬莱新话》与《云香传》中对于京城的称呼，也表明三篇小说虽然同为汉文英雄小说，但其创作时期之间存在着一定的差异。《金铨传》中为京都，而《蓬莱新话》与《云香传》中则均为京城。这表明后两者应该均为同一时期创作的作品。

述,在大多数的英雄小说中,尽管叙事的过程会多少有所差异,但大凡都是主人公在经历了并不平凡的诞生过程之后,往往都会因为父母的死亡或者流放而经历人生当中的第一次苦难。之后,主人公又会为人所救,并与救助之人的子女结下姻缘。在救助者死亡或者流放之后,主人公往往又会经历第二次的苦难,并在苦难之中再次为甚为年迈的老僧所救助,并在其指导之下习得一身了不得的武艺,并在恰好发生的国难中发挥其作用,建立军功。在战斗的过程中,主人公往往会与父母亲人团聚,并顺利除去对立者,从而复原家庭,振兴门楣,福泽后世。作为汉文女性英雄小说出现的《云香传》,主人公云香的经历极其类似于男性英雄。小说中云香作为潮州权氏的独生女,在父母陆续逝世之后四处漂泊,最后为河间李丞相所救,并与卿云结为夫妇。然而李丞相死后,卿云金榜题名,卿云之母钱氏开始虐待儿媳云香,并在下毒后将其抛弃野外。观音托梦于女僧又喜,方将云香救出。后在外敌来侵,卿云被任命为大元帅之时,观音再次托梦云香,令其出征。云香呼风唤雨,一举击退外敌。天子感念云香之功,特设庆科。云香之子玉石高中状元,被封为翰林学士。天子亲自赐婚玉石,卿云父子衣锦还乡,共享天伦。小说因云香女性的身份特为其设定了家庭内部婆媳矛盾的情节,除去这一情节之外,云香的经历与其他男性英雄别无二致。这一女性英雄的形象在《玉楼梦》中江南红的身上有了更为立体和多维的体现。

第九节 汉文长篇的产生动因及其发展

到了19世纪英雄小说、家门小说等韩文小说因叙事内容的千篇一律造成了一种审美疲劳,从而呈现出了一副萎靡不振的景象。[①] 与韩文小说的衰落相对应的,汉文小说的创作却呈现出了勃勃的生机。大量的汉文小说集中出现,让人仿佛有种文艺复兴的感觉。这一时期不仅产生了《折花奇谈》、《布衣交集》、《广寒楼记》等短篇爱情传奇小说,还产生了《王会传》、《锦山梦游录》、《谩翁梦游录》等与以往的梦游录相比更侧重于个人叙事的梦游录系列的小说,讽刺当时士族阶层的《乌有兰传》、《钟玉传》以及英雄小说《蓬莱新说》、《云香传》等。19世纪最为令人瞩目的风景,还在于《三韩拾遗》、《六美堂记》、《玉楼梦》以及《玉莲梦》、《玉树记》、《鸾鹤梦》等汉文长篇小说的出现。其中《布衣交集》、《折花奇谈》算得上

---

① [韩]金庚美:《19世纪小说史的争论焦点及其展望》,《韩国古典研究》2011年第23辑,第333页。

是真实地反映了 19 世纪首尔人情世态变化的作品。这两篇小说以 19 世纪的首尔为背景，描绘了已婚男女之间的"不伦"之恋。小说中对于已婚男女间"不伦"恋情的描写可谓是惊世骇俗的。

然而，与此相对应的，产生于乡村士族之手的《一夕话》、《李花实录》则呈现出了另外一幅完全不同的景象。这两篇作品中突出地强调了女性贞洁的重要性，而《片玉奇遇记》、《韩赵忠孝录》则强调了传统的忠孝思想。19 世纪的朝鲜面临着来自内部和外部风起云涌的变化。这一时期势道政治专权，民间起义频发，反抗与镇压激化，大规模的民间起义撼动以往的统治秩序，而统治阶层为了强化自身的统治大力镇压。在内部的封建秩序急剧瓦解的过程中，西学东渐，东西方文化发生了巨大的碰撞，各类知识大量涌入朝鲜，而产生于这一时期的文学面貌也恰当地反映出了 19 世纪这一时期各种思想与知识的碰撞，各种欲望的喷发。19 世纪各种思想以及知识相互冲突，这一时期的小说中也呈现出了相互冲突的价值观念的矛盾。

正如《红楼梦》来源于曹雪芹对泛滥一时的才子佳人小说的反感，19 世纪汉文长篇小说的出现首先也是基于小说作者对千篇一律的韩文小说的一种警戒与克服的意识。在此意图之下，徐有英创作了《六美堂记》，郑泰运创作了《鸳鹤梦》，宕翁创作了《玉仙梦》，而金绍行则创作了《三韩拾遗》。无独有偶，《镜花缘》的翻译者洪羲福（1794—1895）在表明自身的翻译意图之时，也表现出了对当时肆意泛滥的韩文翻译小说、国文长篇小说以及英雄小说内容雷同的不满。他认为这些都不过是为妇人以及无识贱流所作的街巷鄙语。作为克服这一现象的途径，长篇小说的作者选择了自己创作新的小说，而洪羲福则选择了翻译同时期的中国才学小说《镜花缘》。《镜花缘》之所以能够吸引洪羲福，恰恰得益于《镜花缘》的作者刘汝珍的博学多才以及小说内容中出现的有关天文、地理、医药、占卜、杂技以及方术等百家知识的杂陈，① 而创作于 19 世纪的汉文长篇小说最大的特点也是各色知识杂陈。

当时金绍行（1765—1859）的《三韩拾遗》、徐有英（1801—1874）的《六美堂记》、南永鲁（1810—1858）的《玉楼梦》以及《玉莲梦》、沈能淑（1782—1840）的《玉树记》等汉文长篇大作开创了汉文小说前所未有的"盛世"。同时，这一时期的小说也是各种各样知识的"盛宴"。这与 18 世纪末期伴随着清考证学的引进在朝鲜学界所掀起的一股考证学热潮有着不可分割的联系。最初风靡于京华士族的考证学，很快波及周边的京畿士族

---

① ［韩］丁揆福：《关于〈第一奇谚〉》，《韩中文学比较研究》，高丽出版部，1987 年，第 84 页。

与对新的思潮有着敏锐嗅觉的地方士族。在这一社会氛围之下，博学多识变成了士大夫阶层所应该具备的教养。

在19世纪社会整体对于小说认识明显改善的背景之下，博学多识的特点也突出表现在朝鲜朝后期汉文长篇小说的创作之中。在作家匠心独具的安排之下，《三韩拾遗》中有关心性论、鬼神论、阴阳之说以及历史人物的各类知识巧妙地被融合进了小说之中。《玉仙梦》也大量引用典籍，例如万物形成、人体构成、自然生态以及儒佛道之间的论证，乃至诉状、上书文等公式文书以及科文、饮食和游戏等各种知识杂陈，显示出了作者广泛的教养。[①]

然而，我们还应注意到徐有英对韩文小说的态度。他认为尽管流传于妇孺之间的稗官谚书大同小异，皆"架虚构空，支离烦琐，固无足取"，但因其善于描摹人情世态而流传于世。在这里，徐有英并未一味地否定和批判韩文小说的价值。这一方面反映了19世纪韩文小说已经为朝鲜士大夫阶层以及部分熟识韩文的闺阁女性以及间巷中人所广泛阅读，也突出反映了这一时期士大夫文人对于小说乃至于"低人一等"的韩文小说的认识有了翻天覆地的变化，而这一变化还突出地表现在几乎每一篇创作于19世纪的汉文小说都附带有他人或者作者的自序。通过撰写序言来强调自身对于小说的所有权，这是之前绝无仅有的事情。纵观整个朝鲜时代，尽管小说的"星星之火"愈燃愈旺，但正统儒家文人对于小说排斥的声音也是不绝于耳。因此，朝鲜时期创作的大多数的汉文小说以及几乎全部的韩文小说都处于作者未详、创作时期未详的状态。在这一历史脉络之下观望19世纪长篇小说作序署名的现象实属例外。这意味着19世纪小说作者的作家意识已经开始萌芽。

这一时期对于本民族语言小说的肯定认识的出现，在一定程度上与朝鲜朝中后期文人对本民族语言的肯定一脉相通。这一意识的变化最初来自17世纪。在民族意识空前强化的17世纪，在部分士大夫文人中萌生出了一种进步的小说观与语言观。不管是许筠，还是金万重，或者是赵圣期，都通过自身的创作努力改变当时士大夫阶层对于小说的认识，尤其是许筠以及金万重的韩文小说创作更是预示着朝鲜中后期士大夫阶层自我意识以及民族意识的觉醒。除却《洪吉童传》之外，许筠还曾创作过一篇韩文诗歌。这篇韩文诗歌收录于《朝鲜诗选》，诗歌的题目为《送吴参军子鱼大兄还》，其主旨是送别壬辰倭乱时期随明援军入朝的吴明济。吴明济曾分别

[①] ［韩］徐京希：《〈玉仙梦〉研究：19世纪小说的正体性与小说论的方向》，梨花女子大学博士文学论文，2003年，第26—35页。

于 1597 年与 1598 年两次使朝。在朝鲜期间其热衷于搜集朝鲜诗歌,而在搜集的过程中曾寄宿于许家,在其搜集朝鲜诗歌的过程中得到许筠的大力相助,并结下深厚感情。[①] 在自身汉文造诣颇深且朝鲜士大夫阶层习惯于用汉文书写表达的情况下,许筠另辟蹊径,采取了用韩文标记诗歌正文而在其下用小一号的字体用汉文标示的方式。这一方式的选取,很可能是为了迎合吴明济喜好收集朝鲜诗歌的爱好,而另一方面又明确地表明汉文与韩文的意识已经深深植根于许筠心中。

另一个证据确凿曾经创作过韩文小说的个案则是金万重。金万重前后为朝鲜文学史留下来一汉一韩两部重量级小说,而其对于自己民族特有文字的认识恐怕也只能让后世文人自叹弗如。金万重在《西浦漫笔》中指出"松江关东别曲"、"前后思美人歌"等为朝鲜之离骚的同时,进一步指出"四方之言虽不同",而"皆能动天地通鬼神"。紧接着,他针对朝鲜诗文惯用汉文的现象,指出这不过是"鹦鹉学舌",而失去其"真"。虽然"闾巷樵童"与"汲妇"所用之语鄙俚,但与"学士大夫所谓诗赋者"比,却不失其"真"。[②] 金万重在这里所言的"真",与 18 世纪朴趾源、李钰所言之"真"有着相同的内涵,而金万重也通过韩文创作活动将其思想落实到了实处。从此,朝鲜文人对于本民族语言的认识有了前所未有的提升。朴趾源等北学派文人所倡导的"朝鲜风"运动以及李钰等文人的亲身实践,都对 19 世纪文人对于韩文小说认识的改变起到了重要的作用。

19 世纪的长篇汉文小说作者在小说创作中也积极吸收韩文小说的精华,呈现出了对前期汉文小说与韩文小说兼收并蓄的面貌。其对于韩文小说的继承突出表现在对前期小说中女性意识的继承与对女性的关注中。女性叙事比重的增大早在 17 世纪传奇小说阶段就已初见端倪。17 世纪前期的爱情传奇小说中出现的女性突破了 15、16 世纪鬼神存在的模式,幻化成一个有活生生的女性。相对于男性人物的身份的单一以及前期传奇小说而言,这一时期的女性人物的身份变得更为多样化。然而,这一女性人物比重的进一步加强以及能动性的增加还要等 18 世纪女性英雄小说的出现。

萌芽于 17 世纪中后期的家庭小说,又称初期家门小说。这类小说所描写的主要是朝鲜一夫多妻制的历史背景之下发生于士大夫阶层家庭内部的妻妾矛盾、继母与继子女以及婆媳之间的矛盾。初期家门小说的创作多立足于教化,却因其与当时女性所处现实联系颇为紧密而深受女性阶层的

---

① 吴明济:《朝鲜诗选序》,吴明济编、祁庆富校注《朝鲜诗选校注》,辽宁民族出版社,1999。

② [韩]金万重:《西浦漫笔》,《西浦集》,通文馆,1971 年,第 652—653 页。

喜爱。尔后原本描写一户一代人家庭生活的小说，到了18世纪受市场经济以及读者的追捧，竟至发展成为描写一户或者多户人家两代乃至三代人生活的长篇巨著。这一类小说又因其鲜明的特性而被后世研究者称为家门小说。几乎所有的家门小说均为韩文长篇小说，而其最广泛的读者也均为女性。伴随着货币商品经济的发展，其涉及的内容也由最初的以教化为主，逐渐转变为一种以趣味为主的写法和风格。这类小说几乎融合了前期所出现的朝鲜小说的几乎所有的叙事要素与结构，在家庭小说妻妾矛盾与继母、继子女矛盾以及婆媳矛盾的基础上又部分添加了英雄小说中的战争题材以及爱情题材。

与家门小说同期或者稍晚出现于18世纪的创作英雄小说，继承了英雄小说中战争叙事特点，同时深受家庭、家门小说的影响，进而也逐渐呈现出了家庭、爱情以及战争题材相融合的倾向。如果说家门小说多流传于士大夫阶层的闺阁之内，英雄小说则多通过坊刻本流通于市井之中的话，那么可以说到了18世纪末19世纪初，分属于上下两个阶层的小说文本之间已经发生了某种融合，而两者在形式上止步于长篇与短篇。家庭小说、家门小说与英雄小说最为鲜明的特点恐怕还在于小说中家庭、家族以及战争叙事比重的多寡。与家庭小说往往汉韩文本兼具、汉文本先行的特点相异，盛行于18世纪的家门小说与英雄小说往往韩文本先行，偶尔会出现汉文版本的译作。如18世纪中叶盛行于士大夫阶层韩文英雄小说《薛斋涛》被玉所权燮（1671—1759）翻译成汉文小说《翻薛卿传》以及19世纪汉文译本《苏大成传》的出现，便是其中具有代表性的例子。

伴随着商品经济发展，小说也逐渐成为商品，作家、作品以及读者之间往往会形成着一种微妙的相互影响关系。处于这样一种张力关系网之内的小说以及小说的作者自然或者不自然地都会去迎合读者的需求。尽管最初韩文是作为一种教化的工具创造于1443年，然而之后的现实却违背了缔造这一语言的初衷。在朝鲜朝之前，尽管韩国社会从国家层面来看属于男权社会，但在实际生活中婿留妇家婚俗的延续以及财产继承权等诸多方面女性的权益都得到了一定的保证。

壬辰倭乱、丙子之役之后，伴随着朱子学理念的强化，以父系血统为核心的家族制度逐渐形成。其结果导致在家产继承上的均分制度逐渐转化为嫡长子优待、男女有别的分配制度，而原本一直延续到朝鲜中前期的婿留妇家婚俗也逐渐转变为妇居夫处。礼学制度的强化以及频发的党争也使得士大夫阶层的家门意识有了前所未有的巩固和加强，原本国家层面上的男权中心的制度逐渐深入到了实际的家族社会内部。在这一历史背景之下，17世纪中叶之后，女性沦为男性的辅助性存在，被禁锢在以父权或者夫权为中心的家庭内部，而阅读小说也就自然而然地成了这些被禁锢女性的精神寄托。无论是有关当时后宫嫔妃的记录，还是有关当时士大夫阶层年长女性抄写或者听小说的记录，都间接地说明在朝鲜朝时期为传统士大夫所不齿的中国古代小说以及汉文小说以极其隐秘的方式流传于贵族阶层的闺闱之中，甚至还通过阅读小说形成了一种文化的共同体。这样的一群女性逐渐通过阅读、传抄、听取、翻译以及创作的形式积极参与了朝鲜小说发展的历史脉络当中，这些积极的行为也在一定程度上影响了朝鲜小说发展的流向。尽管家门小说往往是被作为闺房女性陶冶情操、修身养性的读物或者是教养读本而为士大夫阶层所广泛传诵，而其性质也多为被男权所控制的家门意识形态的建立而服务。但随着时间的流逝，小说中开始逐渐出现一些不为意识形态所控制的女性意识觉醒的征兆。

18世纪全州李永淳的妻子温阳郑（1725—1799）于1786—1790年间抄写《玉鸳再合奇缘》及其续篇《玉鸳残骸》。在《玉鸳再合奇缘》的卷十四、十五中记录了流行于当时的小说目录。其中主要以家门小说和中国传入朝鲜的古代小说为主，此外还包括《九云梦》、《谢氏南征记》等士大夫阶层所创作的英雄或者家庭小说。其中属于家门小说的主要有《苏贤圣录》、《刘孝公善行录》、《玩月会盟宴》、《玄氏两雄双麟记》、《明珠奇逢》、《玉麟梦》、《刘氏三代录》等长篇家门小说。①

再结合玉所权燮之母龙仁李氏（1652—1712）曾抄写过长篇国文小说《苏贤圣录》等记录来看，② 长篇家门小说在17世纪后半出现并在18世纪风行一时。18世纪的长篇家门小说中，尽管女性人物以其颇具女性美的外貌和妇德虔诚地实践着男权社会对于女性贤妻良母的要求，但与17世纪后半期的小说中女性人物忍辱负重、虔诚地履行三从四德的妇德而毫无半句怨言的模范面貌不同的是，这一时期的国文长篇小说中登场的女性开始对自身所处的现实进行反思，不再一味秉承"未嫁从父，出嫁从夫"的行为规范。如《玉鸳再合奇缘》中李贤英未嫁之时，不仅向父亲隐瞒了出嫁的信息，以至于在其大婚之日，其父虽远见，却不知新娘为自家女儿。出嫁后，贤英孝敬公婆，与丈夫相敬如宾，努力改变丈夫对自己父亲的负面认识。但面对于自己的苦心故作不知且将岳父当成不共戴天之敌的丈夫之时，李贤英对此作出了强烈的反驳，指责丈夫不能理解自身对于父亲的孝

---

① ［韩］宋镇韩：《对朝鲜朝演义小说的盛读背景的历史心理学考察》，《开新语文研究》1996年第13辑，第187页。

② ［韩］毋岳古小说资料研究会：《韩国古小说相关资料集》2，太学社，2005年，第129页。

心，继而愤然离家出走。①然而，按照朝鲜时期宗法制度的规定，女性在出嫁之后自然而然地成为"出嫁外人"，不再为娘家父母承担任何尽孝的责任。这时对于女性孝道的要求只是对于婆家父母而言，很显然这是立足于男权制度的。但李贤英所要求的是一种人格上的平等，而不是成为丈夫的附属品，没有家人和自我。

这样的贤英明显区别于《谢氏南征记》中的谢氏。谢氏在父亲病危之时方才知道实情，且在经过丈夫同意之后方才得以回家，并在丧礼办完之后，急忙赶回刘家。在《玉鸳再合奇缘》中，李贤英并不认同立足于男权思想的孝道，她所追求的是一种建立在平等基础之上的对夫家以及自家父母的孝道。这也意味着她自我意识的觉醒，同时还意味着发源于士大夫阶层的家门意识正处于瓦解之中。此外，女性对于家族制度现状的反抗以及女性意识的觉醒，还表现在其对于妻妾矛盾的处理之上。妻妾矛盾源于两个或者多个女人对于同一个男人的占有欲，而这也是朝鲜朝时期一夫多妻制或者蓄妾制的弊端的集中反映。

在另外一篇长篇家门小说《昌兰好缘录》中，围绕同一个男人却没有出现妻与妾之间的矛盾，作为妻子的李小姐与妾侍杨小姐之间更多的是一种相互体谅。其矛盾并非存在于妻妾之间，而是存在于妻子与丈夫之间。小说中丈夫张宇（音译）在辗转流浪的途中，为李小姐的父亲所收留。在与李小姐结婚之后，张宇对于妓女杨小姐的相思之情影响了两人的关系。虽然张宇屡次想要修复感情，但均遭到李小姐的拒绝。小说中的李小姐不再是谢贞玉一般贤良淑德的女性，而是一个有着强烈的个人意识以及女性意识的存在。她不能容忍丈夫的行为，却并未曾将怨恨发泄到杨小姐的身上。在对待杨小姐方面，一直都是满怀感恩，礼让有加。杨小姐也未曾恃宠而骄，自始至终都是一副谨小慎微的样子。如上所述，李贤英以及李小姐身上所表现出的强烈的自我意识以及女性意识，是之前的家庭小说（初期家门小说）所没有的。长篇家门小说中的女性在遵守当时家族制度赋予女性的职责的同时，也正在不断地自我成长着。

对大多数被禁锢于闺阁之中的女性而言，女扮男装是她们能够进入为男性所掌控的权力空间，享有和男性同等的权力的唯一途径。在朝鲜朝小说中，女扮男装的叙事情节已经出现于17世纪前期的爱情传奇小说《崔陟传》以及17世纪中后期的初期家门小说《彰善感义录》，然而这一时期的

---

① ［韩］李芝夏：《18、19世纪女性中心主义小说与女性认识的多重面貌》，《古小说研究》2011年第31辑，第119页。

女性还没有被赋予成为英雄的可能。她们之所以选择男装来掩饰自身的身份，更多是为了保全自身清白的一种手段，是一种迫不得已的选择。然而伴随着同时期英雄小说的泛滥以及女性意识的提高，女着男装的女性英雄开始逐渐出现。① 其始祖似乎可以追寻到最初为士大夫阶层所喜爱的女性英雄小说《薛小姐传》与《李贤卿传》。

根据玉所权燮《翻薛卿传》产生于1724年的研究成果，可以大致推断《薛小姐传》最晚产生于18世纪30年代。这意味着女性英雄小说盛行的时期很可能与家门小说相重叠。在这篇小说中，薛斋涛女扮男装参加科举考试夺得状元。尽管小说中未曾出现有关战争的叙事，但作为一名闺阁女性薛斋涛通过自身的努力进入了一直以来为男性所掌控的空间，相对于前期小说的女扮男装而言，其行为表现出了其能动性的一面。这也为之后英雄小说中男装女英雄的出现提供了某种可能。这一小说汉译本的出现再次证实在朝鲜小说发展的漫长过程之中，汉文小说与韩文小说之间并非处于绝缘状态，而是处于持续的交流与交融以及影响关系之中的。

除《薛小姐传》之外，《李贤卿传》也被证明产生于18世纪之前。② 小说中李贤卿自幼胸怀大志，主动选择男装。李贤卿10岁失去父母，15岁金榜题名，而后受命征讨叛军，与幼时同伴张学士同被封为兵部尚书。尽管父亲李侍郎屡次托梦劝其脱下男装，重着红妆，但李贤卿都置若罔闻。即使是在乳母将其为女儿身之事告知于张学士之后，李贤卿仍然矢口否认。从上述的故事情节来看，不得不说《李贤卿传》中所表现出的女性主体意识不仅强于《薛小姐传》，而且也强于出现于后期的一干女性英雄小说。后期出现的男装女性英雄小说中，女性人物通过男装进入了公共空间，并通过荣立军功的行为，证明了自身的能力并得到了公众的认可。这可以说是对于社会现实中男主外女主内这一行为规范的一种挑战。

与《李贤卿传》有所不同的是，《洪桂月传》、《李大凤传》与《郑秀贞传》等中的女性英雄对于脱下戎装，恢复女儿身，并无半点反抗，反而诚惶诚恐，视为自身所犯为滔天大罪。李贤卿却在上书请罪，得到天子赦免

---

① 韩国学者郑炳说在其论文中将女性英雄小说划分为广义和狭义两种。其中广义的女性英雄小说是指：(1) 女性主人公的登场；(2) 女性主人公利用自身的力量进行外部活动。狭义的女性英雄小说则是指：(1) 女性主人公的英雄一生；(2) 女性主人公男装出征展现自身的能力；(3) 以前两部分作为小说的核心要素的小说类型。本文中的女性英雄小说，作为一个广义概念，主要指的是小说中女性主人公通过自身的能力进行外部活动的类型，而其中在本文中将集中考察女扮男装出征的女性英雄小说的类型。参见：[韩] 郑炳说：《女性英雄小说的展开与〈传张两门录〉》，《古典文学研究》2001年第19辑，第221页。

② [韩] 郑炳说：《女性英雄小说的展开与〈传张两门录〉》，《古典文学研究》2001年第19辑，第213页。

之后，辞去兵部尚书一职，杜门不出，并屡次回绝张学士的提亲。尽管在迫于王命与其成婚之后，却又因自尊心而导致夫妻关系一度陷入僵局。《薛小姐传》、《李贤卿传》与之后女性英雄小说之间女性叙事差异的产生，很大的程度上可能与其读者群体有着紧密的联系。《薛小姐传》、《李贤卿传》与盛行于18世纪的家门小说一样都为士大夫阶层女性的专属读物。《洪桂月传》、《李大凤传》、《郑秀贞传》等通过坊刻本流通的女性英雄小说的受众则主要集中处于社会底层的农民以及商人等底层男性。[①] 这里女性形象的加强与关注，一方面是顺应了社会发展过程中女性意识觉醒这一历史潮流，而另一方面则更多是为了增加故事的趣味性，满足读者猎奇的心理。与同时期的家门小说以及《薛小姐传》、《李贤卿传》等女性意识的觉醒相比，这类表面上显露出了进步的女性认识以及意识的女性英雄小说，归根结底还是未能摆脱其保守的特性。尽管女性英雄小说被赋予了与男性同等甚至远远超过男性的能力，但这能力却最终转变成了家门意识最为忠诚的守护者。这些女性英雄也不过是一群被剥夺了社会性别的女性，可以说是女性意识觉醒以及封建制度强化之下产生的二元悖论的现象。

这一现象的产生很可能与两种小说读者群体的分类有着紧密的联系，而这种现象的产生在很大程度上是因为家门小说以及《翻薛卿传》、《李贤卿传》都为士大夫阶层女性的专属读物。通过坊刻本流通的短篇英雄小说，其主要受众则主要集中处于社会底层的农民以及商人等底层男性。17世纪中叶之后，在家门制度这一范围之内，女性沦为男性的辅助性的存在。随着时光的流逝，这一观念逐渐由士大夫阶层传播到了底层社会。这一方面说明家门小说与英雄小说之间发生了某种程度上的融合与交流，同时也意味着朝鲜朝时期家门意识的瓦解。家门小说在高举制度维护的大旗的同时，却又流露出了鲜明的反抗意识。英雄小说更多的是底层读者的小说，既反映了作者也反映了读者渴望身份上升的愿望。

类似的二重性也同样出现在19世纪的汉文长篇小说中。只不过，与短篇韩文创作英雄小说相比，这一时期汉文长篇小说的审美与价值倾向更

[①] 对1890年以前识字人群的考察后发现，朝鲜朝时期女性识字率极其低下，仅为6%，而男性的识字率却高达45%。其中识字阶层的女性几乎均为士大夫阶层女性，而男性识字阶层则不仅集中在了士大夫阶层，还包括部分农民以及商人。在对1915年以前出生的士大夫阶层女性读书情况的调查中显示，这些士大夫阶层女性读书范围主要集中在了家门小说等"录册类"小说上，而对于英雄小说流的"传字类"小说的关注仅《张雄传》一例。与此相反的是，大部分识字的农民以及商人等庶民阶层男性更热衷于英雄小说。详情参见：[韩]柳浚景：《英雄小说的体裁习惯与女性英雄小说》，《古小说研究》2001年第12辑，第13页；[韩]李源周：《古典小说读者的性向》，《韩国学论集》1975年第3辑。

多的是属于士大夫阶层的。这一时期的小说也集中国古代小说以及朝鲜传奇小说、梦游录小说、英雄小说、家庭小说等多种小说形式于一身，塑造了形形色色个性突出的人物形象。其中对于女性人物的勾画与关注尤为突出。这一时期小说中对女性的同情与关注最为突出地表现在金绍行（1765—1859）的《三韩拾遗》中。《三韩拾遗》中的香娘取材自肃宗二十八年（1702）发生于庆尚道善山附近的香娘故事。香娘在备受丈夫虐待被驱逐出夫门且无处依存的情况之下，为保贞节之身选择了自绝之路。1704年李畲（1645—1718）上书请求表彰香娘的节操以固风化。在这一请求之下，肃宗特地对其善山烈女进行了表彰。①

历经壬辰倭乱与丙子之役，为了重新树立其统治秩序，朝鲜统治阶层大力推行性理学理念传播的同时，还积极挖掘并褒奖战乱中出现的忠臣、孝子与烈女。在这样一种社会氛围下，节烈成为衡量女性品德的重要标准。只不过，对节烈的要求大部分仍然集中在士大夫阶层女性。作为贫贱之女，香娘能受到烈女的表彰，这自然引得众多文人吟诗作传对其加以歌咏。然而，金绍性《三韩拾遗》中塑造的香娘形象却完全颠覆了以往人们对于香娘的认识。尽管小说的前半部分深受香娘故事的影响，但在后半部分作者却选择了让香娘以及同样被称为节妇烈女的郑氏起死回生，并让香娘在经历了众多历史人物评判之后得以还生，与爱慕自己之人结为夫妻。这一与历史相异的情节设定，反映出了作者对香娘的深深同情。这一同情并不是建立在节烈观基础之上的，而是建立在对人性关怀的角度。然而，小说后半部分的情境设定却更多地依托女性英雄小说的叙事框架。小说中香娘变身成为救世济国的女英雄，在多次击败百济、高句丽入侵后，成就了三国统一的伟业。本为现实秩序中节烈观念牺牲品的香娘最终成了现实秩序最为有力的拥护者。

再看《玉楼梦》的情况。《玉楼梦》的作者最初所作的作品，并非《玉楼梦》，而是名为《玉莲梦》的小说。也就是说，《玉楼梦》改写自《玉莲梦》。小说中作为杨昌曲的妻妾而登场的人物共五位，其中包括贤妻良母型的典范尹氏，妒妇悔改型的黄氏，异域风情的一枝莲，以及才貌出众的奇女子江南红与碧城仙。在对《玉莲梦》进行改写的过程中，作者不仅删除了对贤妻良母尹氏持家情节的描写，同时还删除了对异域女子一枝莲颇具神秘色彩的描写，却独独赋予了江南红19世纪士大夫文人所认为的理想的女性形象。仔细研读江南红部分的描写不难发现，江南红无论是在能

---

① ［韩］国史编纂委员会：《朝鲜王朝实录》第40册，国史编纂委员会，1986年，第89页。

力还是在姿色上都是令人惊艳的，能力已经远远凌驾于男主人公杨昌曲之上。不仅如此，她在《玉楼梦》中也逐渐取代了主母尹氏的地位，在处理家庭问题上也独占鳌头。按照朝鲜时期嫡庶有别的观念，江南红的行为无疑是一种越俎代庖的行为，已经严重地威胁到了主母尹氏的威信。但小说中尹氏对此并未曾表现出半点反感，反而是一副贤淑忍让的态度。这尽管与作者对于尹氏贤母良妻角色的设定有关，却也反映出了作者对于江南红这一女性角色的偏爱。小说中作者对于江南红的偏爱很可能与"慰妾说"有着一定的关联。小说对于三位侍妾的描写颇为出彩，且所塑造的形象都是才情出众，惹人怜爱。然而，在塑造江南红这一女性形象的过程中，却也流露出了作者对女性双重的认识。小说中的江南红，无论对内对外都有着超群的智慧与能力。她在女性身份暴露之后，并没有像其他女性英雄小说中的女英雄一样受限于自身的女性身份，转而充当贤内助。小说中的江南红仍然驰骋沙场。然而，江南红继续驰骋沙场的行为并不是为了实现个人价值，更多的是为了维护杨昌曲的利益。也就是说，在小说中以一代枭雄形象出现的女英雄江南红女扮男装的最终目的，不过是为了维护男性的利益以及男权社会的秩序。尽管江南红能够依靠自身的努力和能力得到社会认可并凌驾于嫡庶关系之上，而其作用与存在的价值也只有在这一前提之下才具有意义。

对女性人物塑造的二重性，也同样体现在郑泰运的《鸳鹤梦》中。《鸳鹤梦》的题目取自鸳善与鹤善之名。正如题目中鸳善排在鹤善之前，小说中鸳善的比重也远远大于双胞胎弟弟鹤善。在父亲韩言汎因反对王安石青苗法实行被押在狱期间，鸳善女换男装三次进京上书陈情，最终以其一片孝心感动君主，最终使得父亲被重新发落。尽管鸳善并没有像其他女性英雄小说中的人物一样出征杀敌，但从其男装上书救父的智谋来看也不愧为一位女中豪杰。小说中鸳善所以能够做出普通女性所不敢为之事，就其根本而言，在于其孝心。小说作者郑泰运创作小说之初，便有意针对当时功利之辈颇多的现状，重振三纲五常的伦理秩序。[①] 创作小说过程中，作者也秉承自身对女性以及三纲五常的认识。小说中作者尽管赋予了鸳善以勇敢而智慧的头脑，但这一长处的发挥都是体现在顺从三纲五常的情节之中。面对弟媳惹怒父亲而受责罚的情景，鸳善并未如替父申冤之时般勇敢

---

① "父之于子，君之于臣，夫之于妻，曰三纲；父子之亲，君臣之义，夫妇之别，长幼之序，朋友之言，是曰五常，所以与天地相为始终而不可易者也。是故爱其亲而悌其长，敬其兄而忠其君，居广居，行大道，义之所在，则捐身而成仁者，丈夫之事也；柔顺其德，端庄其仪态，孝事舅姑，敬事君子，以宜一家之人，然后虽遭悖戾不幸之变，静一而从义者，妇人之道也。"

辩驳，皆因其孝心不允许自身忤逆父亲的意愿。

如上所述，在19世纪汉文长篇小说中，虽然作者继承并发扬了女性英雄小说中对于女性的关注，却最终未能克服自身保守的观念，继而表现出了女性认识的二重性。这与19世纪短篇汉文小说中所表现出的女性意识的二重性一致，都可以说是"中世的末期在儒家思想强化的同时，伴随着平等意识的传播中女性的主体意识也逐渐强化和扩大"这一社会面貌的体现。①

随着世宗时期训民正音的制定与普及，汉文与韩文构成了朝鲜小说创作的双语环境。在这一语言文字环境当中，汉文小说与韩文小说因所用文字的不同而创造出了的两种在权力关系上有着泾渭分明的两种不同的读者群体。汉文小说因其标示文字所拥有的文化权力，其读者群体也主要集中在君主以及士大夫阶层男性，而韩文小说的读者群体主要集中在了士大夫阶层的女性以及底层男性。士大夫贵族阶层因其所拥有的文化权力，往往具备了自由游走于汉文小说与韩文小说之间的能力。因此，他们既是汉文小说的读者与作者的同时，还是韩文小说的读者与作者。与女性读者与底层男性读者往往需要依赖跨语际实践来"间接"接触汉文小说不同的是，对这些精通两种语言的士大夫阶层的男性而言，他们在吸收和接受另一种语言文化的时候，往往并不需要经过翻译的过程，更多的是一种双重创作的过程。因这样一个特殊群体的存在，使得朝鲜时期汉文小说与韩文小说之间的交流不仅仅体现在语言的翻译，还体现在汉文小说与韩文小说内部相关要素以及叙事结构的借用。针对朝鲜时期的这一特殊现象，可以使用跨语际交流这一词语。

前文中笔者立足于跨语际交流这一现象，对朝鲜时期汉文小说与韩文小说的交流与融合的情况进行了简单的考察。通过有限的考察，不难发现在朝鲜小说发展过程中汉文与韩文、汉文小说与韩文小说相互影响、相互促进，共同推动了朝鲜小说史的发展。在精英文化的汉文小说通俗化与韩文小说不断吸收汉文小说养分的过程中，汉文小说对韩文小说的单向影响关系在17世纪中后期出现了逆转，出现了韩文小说逆向影响汉文小说的现象。最终两种小说于相互影响中在19世纪找到了恰当的结合点，共同催生了汉文小说的成熟。只不过，遗憾的是，19世纪汉文小说姗姗来迟的卓然绽放很快便在西学东渐浪潮的冲击下走向了凋零。20世纪初期在近代民族主义的影响下，韩文被提升到了"国文"的位置，并且在言文一致运

---

① ［韩］韩义崇：《19世纪汉文中短篇小说研究》，庆北大学文学博士论文，2011年，第26—90页。

动后成为象征近代精神的小说文字，小说也成了近代精神的象征。与此同时，在西学东渐的过程中，随着清朝的没落，曾象征文明的汉文则开始被认为是导致朝鲜落后腐朽的根源遭到排斥。如今，韩国具备汉文解读能力的人才日益稀少，曾代表精英文化的汉文、汉文小说也正面临着淡出人们关注视野的危机。

第四章　朝鲜的思想文化与小说文学

第一节　朝鲜的思想文化

1392年（朝鲜太祖元年），朝鲜建立。直至1910年为日本灭亡，李氏王朝历时近500年。与通过长期战乱改朝换代不同，朝鲜王朝开国君主李成桂，作为高丽朝的武将，拥兵夺权，社会过渡基本平稳。朝鲜的经济和文化，也就承袭了前朝高丽的发展成果。高丽王朝多处学习借鉴中国王朝的统治方略，已使朝鲜半岛进入封建社会的兴盛时期。李氏王朝建立后，进一步加强封建中央集权制度的建设。设立议政府，辅佐国王掌管各种政法事务。下辖吏曹、户曹、礼曹、兵曹、刑曹、工曹等六曹，分别处理国家不同重要事务。此外尚有司谏院、弘文馆、司宪府。将全国划为忠清、全罗、庆尚、黄海、江原、平安、咸镜等7个道，道下辖州、府、郡、县。对高丽末期的土地制度进行全面改革，颁布科田法，为恢复生产力，加强国力发挥重要作用。同时，采取减租减税，奖励垦荒，普及良种等一系列措施，使农业得到很大发展。人民安居乐业，市场繁荣，纺织、造纸、采矿、冶炼、制陶、造船诸业也兴旺发达起来。在农业、手工业发展的基础上，朝鲜的国内商业、对外贸易得到很大发展。国内商业出现汉城的京商、开城的松商、平壤的柳商、义州的湾商等富商大贾。随着商品的流通，各地出现集市。朝鲜的对外贸易也发展起来，主要与中国和日本以官贸方式进行。社会经济的发展，政治制度的巩固与发展，为朝鲜前期的文化发展奠定坚实的物质基础。

早在高丽王朝建立初期，统治阶层就懂得儒学作为统治术的重要。像高丽开国君主王建，虽然将佛教奉为国教，但实际上是佛儒兼学，佛儒并立。统治集团始终是儒、佛、道三教兼用并重的，而一般学者也是兼通三教的。所谓以佛治心，以道治身，以儒治世即是。

> 儒教与佛教，在（高丽）前期和中期，别无冲突之事，却为表里，以资于一代文运。苟以当时一般人的观念言之，儒与佛，俱为切实乎

人间之教学。而儒则置重于人间之外的生活（即实际生活），以之整齐国家；佛则着眼于人间之内的生活（即精神生活），以之慰安之心。换而言之，前者是齐家理国之学，即政治经济之学；而后者是修身治己、安心立命之教，即有关于来世生活之教理。……当时儒佛两教实因此而并立，而又互为表里，其关系较为密切。①

按照李丙焘的说法，儒教是治国的"表"，而佛教是修身的"里"，表里相依。这种互为表里的儒佛关系，最明晰地反映在高丽建国君王太祖王建的《十训要》之中。《十训要》是太祖为使后代君王避免安逸与情欲，严守纲纪，早晚必须思想的十条训诫。公元943年4月，太祖在死前一个月，以遗言的口气传达了有关国体、国事、大经、大法等十项训要，要求后世君王遵行。其中（一）、（二）、（五）、（六）、（八）等五项训要是有关阴阳浮屠即佛教、道教的内容，而（三）、（四）、（七）、（九）等四项训要与儒学有直接的关系。《十训要》的内容是儒、释、道的融合，即互为表里。关于这种三教和合，太祖自己也作过说明。当时参谋崔凝对太祖建国之初大兴佛道的行为进行劝谏。太祖并非不赞同他的意思，但指出："然我国山水灵奇介在荒僻土性，好佛神欲资福利。方今兵革未息，安危未决，且夕牺惶不知所措，思佛神阴助山水灵应，党有效于姑息耳。岂以此为理国得民之大经也？待定乱居安，正可以移风俗，美教化也。"②

公元958年，高丽光宗（949—975在位）设科举制，部分保留了旧有的世袭荫叙制度，科举成为高丽王朝选拔官吏的主要途径。成宗即位时，崔承老上书治理国家之策，即《时务二十八条》。崔承老为六朝重臣（927—989），12岁即得太祖赏识，历太祖、惠宗、定宗、光宗、景宗、成宗六朝。他上疏指出高丽朝从太祖创立至成宗时，已历六十余年。如今佛教盛行，寺院林立，导致耕地减少，经济衰败，建议成宗少做佛事，光大儒学。他在第20条中说："且三教各有所业，而行之者，不可混而一之也。行释教者，修身之本；行儒教者，理国之源。修身是来生之资；理国乃今日之务。今日至近，来生至远，舍近求远，不亦谬乎？"崔承老从国家的长治久安考虑，认为与佛教的传授相比，儒学宜急务先。"高丽的儒学，一直比较重视经义，理学家们也重视朱子著作的演绎，这与儒家思想是从国外输入的有关。高丽的社会状况却与中国的宋元不同，社会等级更为严格。因此

---

① ［韩］李丙焘：《韩国儒学史略》，亚细亚文化社，1986年，第75页。
② ［韩］崔滋：《补闲集》，《高丽名贤集》第2册，成均馆大学大东文化研究院影印，1973年，第106页。

儒家思想存在的形式和发挥作用的方式就有所变异。高丽输入的儒家思想，基本上是正统一支，维护纲常礼教、等级秩序的作用非常突出。可以说，儒家思想在高丽被改造成了适合于高丽社会的思想武器，在维护高丽的等级制度和社会稳定方面发挥了巨大的作用"。[1]到了高丽末期，排佛扬儒的主张愈发引起学界的共鸣。1390年，高丽恭让王欲迎曹溪僧粲英为师，大司宪成石磷、左常侍尹绍宗等上书谏诤，历数佛教败国之史鉴。成均馆金貂等人上书言辞激烈，激怒恭让王，险惹杀身之祸。在郑梦周等上书劝说之下，金貂等人才幸免于难。1392年，高丽末期的武臣李成桂得以从手中夺取王位，主要是顺应了新兴士大夫阶层的要求。

李氏朝鲜王朝建立后，急需一种维护封建社会秩序、加强专制统治的精神支柱。权近的《入学图说》以图释朱子学之要义，他认为："就人心性上，以明理气善恶之殊，以示学者。……人兽草木千形万状，各正性命者，皆自一太极中流出。故万物各具一理，万理同出一源，一草一木各一太极，而天下无性外之物，故中庸言，能尽其性，则能尽人性，能尽物之性，而可以赞天地之化育，呜呼，至哉！"他把"天人合一"的思想运用于社会伦理道德和社会政治观，为朝鲜的封建秩序创建理论根据，将朝鲜的建立说成是李成桂受天命而创建，并强调国王应遵循理学，实行儒家的王道政治。儒学适应了这种需求，便理所当然地取代了佛教，成为朝鲜王朝的国学。朝鲜王朝设立了国子监儒教大学，选拔官僚的科举制度也更趋完善。朝鲜初期编纂的六卷《经国大典》，体现了以儒学为理论基础的治国法则，成为应用于整个朝鲜时代的主要法典依据。太宗时代，平壤府印制《家礼》150部颁赐各司。科举考试中增加了《家礼》的测试。世宗大王时期，制定了《三纲行实图》和《国朝五礼仪》，从儒学的基本政治理念出发，对家礼、国礼的研究成为朝鲜朝治国持家的主要思想理论。儒学与政治紧密结合，出现了政教合一的儒学政治化现象。

朝鲜王朝的儒学，与中国儒学的一个最大不同是，朱子学一枝独秀。第一次将朱子学著作带到朝鲜半岛的，是高丽忠烈王（1275—1308在位）时期于元朝学成归国的安珦（晦轩，1243—1306）。继安珦之后，白颐正、李齐贤、朴忠佐等人，都热心程朱理学。同时，高丽朝还曾派人到中国江南购入书籍一万八百余卷，元朝也曾将宋的秘阁藏书4371册赐给高丽。这些书籍中，性理学，即朱子学的书籍居多。因此，一般认为中国宋朝性理学于13世纪初叶传到了朝鲜半岛。到朝鲜朝，朱子学更受到上上下下

---

[1] 李岩、徐健顺：《朝鲜文学通史》上，社会科学文献出版社，2010年，第260—261页。

的一致推崇。创立韩国朱子学的首推郑道传（？—1398），他既是高丽末期的高官，又是朝鲜的开国元勋。他从朱子"总天地万物之理，便是太极"的观点出发，认为太极是先行于客观事物而存在的精神实体，阴阳是从太极中派生出的第二性的东西。他说："盖未有天地万物之前，毕竟先有太极，而天地万物之理，已浑然具于其中。故曰：太极生两仪，两仪生四象，千变万化，皆从此出，如水之有源，万派流注，如本之有根，枝叶畅茂"，在韩国最早建立儒教客观唯心主义思想体系。权近为韩国儒学图说之鼻祖，他的《入学图说》是韩国最早的儒学图说书，其影响巨大而深远。其后出现的金泮的《续入学图说》，权采的《作圣图》、《作圣图说》，郑之云的《天命图说》，李滉的《圣学十图》等图说儒学的书籍，皆受权近的书籍《入学图说》的影响。权近在《入学图说》中，首次提到四端（恻隐、羞恶、辞让、是非）与七情（喜、怒、哀、惧、爱、恶、欲）之关系。他认为四端由"理"和"性"所发，纯善无恶；七情由"气"和"心"而成，有善有恶。这是在韩国儒学史上最早提出四端、七情与"理"和"气"关系的。从而导致其后出现韩国儒学史上亘数百年的"四七论辩"。把韩国儒学推上最高峰的，当数李滉（号退溪，1501—1570）和李珥（号栗谷，1536—1584），人称海东儒学之双峰。

　　李滉隐居不仕，从事教育和学术研究，强调"理"是根源性的存在，具有能动性和优先性，对性理学的各个领域开展广泛探讨，编纂了《朱子书节要》，撰写了《启蒙传疑》等著作。68岁那年，他把自己的代表作《圣学十图》献给年幼的国王，这是他晚年以其成熟的学术眼光对整个性理学所做的精要整理和概括。李珥才华出众，科举考试中多次拔得头筹，走上仕途后，曾任吏曹、兵曹判书，担任大司谏、大司宪以及弘文馆、艺文馆大提学等职务，是位于政治核心的士林代表。与李滉认为"理"与"气"不可混同不同，李珥认为"理"与"气"不可分离。李滉认为人心与七情相通，道心与四端相通，把人心与道心进行明确区分，强调的是"敬"；李珥则指出，四端为七情中之善者，把四端包含在了七情之中，认为人心与道心并不对立，人心得其正即为道心，强调的是"诚"。李珥还注意到现实可能随着时间的变化而变化，应"随时变通，依法济民"，也就是说，他并不认为存在着亘古不变的原理，非常重视程子所说的"因时而变即常道"，主张以"气"动为基础的性理学说的经世论原理。所以，他的经世思想追求原理与现实的统一，提醒人们学术不能流于空谈，应追求在实际事务中的真实性和效用性。这可以说开启了朝鲜后期的实学思想潮流。

　　李滉、李珥将朝鲜朱子学发展到顶峰，朝鲜后期，实学得到了很大的发展，丁若镛成为实学思想的集大成者。进一步完善科举制度，官学、私学均得到很大发展。西学的引入和天主教的传入对朝鲜的思想文化产生巨大影响。训民正音的创制，使朝鲜民族终于有了自己本民族文字，为韩国文化史的划时代事件，至此，韩国才出现了与自己的语言相一致的文本，也才有了真正自己的国文文学。

第二节　朝鲜小说史的开端

金时习（1435—1493）创作的《金鳌新话》标志着韩国小说史的开端。从外部来说，15世纪前后，中国明朝的传奇小说开始传入朝鲜，其中瞿佑的《剪灯新话》对金时习的创作产生了直接的影响。从内部来说，随着市镇经济的发展和市民阶层的产生，出现了为数众多的文学消费群体，他们要求能够在更加广泛的范围内，更加具体、细致地反映朝鲜社会生活的叙事文学样式的出现，加上高丽中期以来民间传说、故事等创作素材的积累，共同促成了朝鲜小说的产生。

金时习出身于汉阳一个封建贵族家庭。他5岁能诗，有"神童"之称，并受到过国王世宗的喜爱和赏赐。李珥的《金时习传》记录了金时习幼时的这段终生难忘的经历。他满怀着对世宗大王的感激之情，发奋苦读，来日图报。然而当他21岁时苦读于三角山中等待封官时，发生了一个重大政治事件：世祖篡夺了侄儿端宗的王位。得知此事，他极为愤慨，为抗议世祖的倒行逆施，他放弃了做官的打算，撕毁儒服，焚弃儒经，削发为僧，四处云游。他30岁时定居庆州金鳌山六年，所以他的小说集也以"金鳌"名之。37岁时，成宗即位，他虽应国王之召到京城，但仍无意仕途，后又返回金鳌山。1481年还俗，晚年在江原道雪岳山隐居。

《金鳌新话》现存5篇短篇小说。《万福寺樗蒲记》描写青年男子与女鬼相恋的故事；《李生窥墙传》描写李生与崔姓少女秘密相恋的故事；《醉游浮碧楼记》描写富家子弟洪生与天仙相恋的故事；《龙宫赴宴录》描写松都文人韩生，因擅长诗文，名噪一时，其盛名甚至传至朝廷。某日深夜，忽有穿青衫头上戴幞头的郎官二人，奉龙王之命前来邀请他去龙宫赴宴。韩生应邀入龙宫，为龙女新房写《上梁文》。龙王设宴款待。韩生返回原地后，不再以名利为念，入名山，不知所终。《南炎浮州志》描写儒生朴某梦中与阎罗王交谈，阎罗王钦佩其学识，欲让位给他。朴某醒后得病，不治而死，死后继任阎罗王。朴生不相信佛家宣扬的所谓"天堂地狱之说"、"三世轮回之说"等，即便在阎王面前也直言不讳。作品还借阎王之口来否定佛家之说，如阎王说孔子"以正去邪其言正直"，而释迦"设邪去邪其言荒诞"等，这种借阎王之口来否定佛家之说的叙事策略，较之以他人或自己否定佛家之说，其效果更佳。《南炎浮州志》主人公朴生对儒家持全盘肯定的态度，而对佛家则持全盘否定的态度，虽然并不等于就是金时习的宗教观以及他对儒佛的不同态度，然而，从中还是可以透露很多这方面的信息。金时习在世祖篡夺其幼侄端宗王位的朝鲜朝初期社会语境中，假托梦中的奇异游历并借阎王之口，影射和鞭挞了世祖篡位之丑行及当时朝政之混乱，同时也表现了自己的社会政治理想，就是建立在儒家王道主义与民本主义基础之上的国家观。在作者笔下，阎王仔细倾听了朴生所讲的三韩兴亡史后，就说君主不能以暴力统治臣民，社稷也非君主的囊中之物。"《南炎浮州志》中所表现出来的这种政治理念实际上就是金时习的思想写照。但他没有让朴生直抒胸臆，而是假托阎王来陈述，这或许是作者为求自保而有意采取的叙事策略。总之，《南炎浮州志》是借以了解金时习宗教观与政治理念的最重要的一篇作品。"① 金时习虽曾出家为僧，但骨子里却有着正统的儒家思想，后来的哲学大家李珥以"心儒迹佛"概括了他的一生。他的作品中所表现出来的是尊君爱民的中央集权制思想，强调的是正庶分明的正统儒家观念。作品以倭寇之乱、红巾贼的入侵、世祖的篡权等朝鲜社会特定的历史事实为背景，选择神怪和艳情两方面的题材，在人物塑造上，以才华横溢的书生为主角，身处现世，怀才不遇，只有在鬼神世界才能找到挚友知音。作品不仅表达了作者不满现实追求理想的思想感情，同时也让人依稀可见作者的身世行状。

赵润济在他的《韩国文学史》中曾做过这样的概括："如果说金时习是我国小说文学界的先驱，许筠是其后继者，那么金万重则是继许筠之后的又一后继者，是他把朝鲜小说推向了一个更高的水平。"② 金万重留给后人的有两部长篇小说，一部是《九云梦》，一部是《谢氏南征记》。小说以明朝时期的中国为舞台背景，描写了一个官宦家庭内部因妻妾之争引起的纠纷和由此导致的正盛邪衰的结局，讲述了一个封建大家庭中正妻与后妾之间矛盾争斗的故事。德才兼备的谢氏嫁到刘家九年无孕，劝丈夫刘翰林纳进后妾乔氏，结果生性嫉恶的乔氏一而再再而三地加害谢氏，谋得正室地位，致使谢氏浪迹千里，几处死地，直至乔氏劣迹败露，遭受惩处，谢氏与刘翰林夫妻团圆，白头偕老。

家庭是社会的最基本单位，儒家思想中家族血缘是人际关系的中心，

---

① 金宽雄、金晶银：《韩国古代汉文小说史略》，北京大学出版社，2011年，第184页。
② ［韩］赵润济：《韩国文学史》，社会科学文献出版社，1998年，第255页。

所以，儒教中历来就保持着忠孝一体化的伦理体系。忠是对君主或国家的服从和奉献；孝是维系家族内部人际关系秩序的道德伦理。"国家"和"家国"也便具有了同样的意义。金万重（1637—1692）的《谢氏南征记》，可以说成为诠释儒家家庭人伦关系的教科书。金万重大力倡导使用本民族语言文字进行文学创作，《谢氏南征记》便是他的国文长篇小说。后来，是他的堂孙金春泽将这两篇小说译为汉文。

《谢氏南征记》是一部具有现实主义倾向的小说，是作者在南海孤岛过流配生活时写成的。在儒家的理想结构中，"齐家"与"治国"互为因果。所以，理顺家庭关系被提高到至关重要的地位。特别是对那些封建士大夫来说，"修身"、"齐家"、"治国"是其意识、行为的准则和座右铭。作者创作《谢氏南征记》的目的，是想通过小说唤回肃宗的圣心，惩治邪恶与奸佞，以维护封建王朝和封建贵族家庭的正统秩序。作为封建士大夫文人，金万重一生都在追求儒家的理想社会。小说最后所描绘出的妻妾和平共处的和谐的封建家庭模式，同时也是作者所向往的理想的封建社会的象征。可以说，《谢氏南征记》的创作，是作者为实现自己的政治理想而作的最后的努力。

《谢氏南征记》线索头绪少，主要以谢氏与乔氏之间矛盾纠葛为主，引人入胜的是双方及其协同力量相互之间的争斗而激起的波澜起伏。正是在这个正室遭受后妾加害，颠沛流离，几欲自杀，最终善有善报恶有恶报的故事里，作者深谙"文似看山喜不平"的叙事要求，在后妾乔氏加害正室谢氏的过程中，布设了三大波折：一害，乔氏与李十娘等合谋，反诬谢氏压沮乔氏及乔氏幼子；二害，乔氏与奸仆董青合谋，偷出家传玉环伪造谢氏偷情证物；三害，董青与腊梅合谋，压杀乔氏之子掌珠诬陷谢氏。至此，已被乔氏等人施以障蔽术的刘翰林忍无可忍，把谢氏罚出祠堂逐出家门，扶乔氏为正室。谢氏被逐出家门后，作者再布设三逼三波折，一而再、再而三，让乔氏直欲置谢氏于死地。一逼，谢氏寄宿刘家祖墓旁，乔氏与董青合谋，遣恶人劫持谢氏欲败其名节，谢氏惊梦逃脱；二逼，谢氏赴长沙投奔杜夫人，及至长沙才知杜夫人已随子迁去成都，陷入举目无亲的境地；三逼，谢氏所陷走投无路之地，正是屈原含冤沉江之处，此巧合令谢氏认为死于此乃天意使然，决心投江自绝。作者偏有把人置之死地而后生的本领，让娥皇、女英托梦谢氏，遣妙喜尼僧救谢氏出绝境。以上三害和三逼，基本上为串珠连接式，一事件为因导出一事件之果，前一事件之果又作后一事件之因，因果相连，环环相扣，步步进逼，极尽摇曳。

全书中心人物谢贞玉，成为儒家思想最完美的体现者，作者通过她自幼熟读儒家经典,"妇德、妇言、妇容、妇功"样样具备;择夫标准贵德而贱色,对丈夫刘延寿极为忠顺;当刘延寿惑于乔彩鸾谗言,将她无理废黜,使之蒙受奇冤大辱之时,她丝毫不作辩解,反以"罪人"自处;被丈夫无理废黜、逐出家门之后,拒绝了弟弟请她回娘家的建议,甘愿到刘家祖坟所在地租间茅屋艰难度日;当她在历尽千辛万苦、九死一生之后,与丈夫久别重逢时,竟无一句怨语,反倒自责感悔;为了使夫家不绝后嗣,曾再三力劝丈夫娶妾,希望夫家不至断后……向读者展现出一个百分之百合乎儒家之妇道懿范的理想人物。

《谢氏南征记》以"劝善惩恶"的家庭问题小说而称著于世,实际上,正如一些资料所揭示的,它是一部具有明确政治目的的、侧面反映王室内部问题的作品。朝鲜王朝肃宗王(1674—1720在位)受美貌的张嬉嫔之惑,初而疏远忠厚善良的仁显王后,继而将之废黜,立张嬉嫔为正。金万重以其对王室的忠诚进谏,却被罢官流配。他于谪所岭海以妾惑丈夫陷害正妻为题材写成《谢氏南征记》。据说肃宗后见此书,深为后悔,废张而复立原王后。由此可见,这部通俗小说对王朝的最高统治者起了较大的政治作用。不仅在作者的创作动机和作品效果上如此,而且作品本身从头至尾的故事情节、思想内容,也都具有浓厚的政治色彩与因素。主人公刘延寿的家庭风波,他的荣辱祸福,都与朝廷、官场上的政治斗争息息相关。作者通过人物的刻画,情节的进展,表现了他鲜明的是非观念与褒贬态度,而其是非褒贬所依据的准绳,正是传统的儒家思想。[1]

如果说《九云梦》的佳妙在于极写八位美女而又尽显其不同之美,那么,《谢氏南征记》独擅的胜场则是极写数个恶人而又劣迹不同。谢氏是作品的主角,她的对象当然是乔氏;并且,这对矛盾关系又可以反过来看,即在事件的发展中,乔氏又往往是主动采取行动的支使者,而谢氏则成为逆来顺受的承受者。杜夫人、妙喜、包括娥皇、女英和观世音菩萨等等,都在角色模式中充当助手功能,协助谢氏逃离困境;而董青、李十娘、腊梅、雪梅、冷振等人,都在角色模式中充当对头功能,为虎作伥,伙同乔氏作践谢氏。作品中谢氏的丈夫刘翰林角色分工较为复杂,为了使刘翰林这样天资聪颖的人物终至落到如此昏愦的地步,作者也特地安排李十娘使巫术障蔽刘翰林的神明。他一会儿充当支使者,一会儿充当承受者,一会儿充当助手,一会儿充当对象,从叙事艺术来讲,是个较为现代的角色。另外,该作品也是韩国第一部把对象和对头等代表对立力量的人物刻画得

---

[1] 韦旭升:《韦旭升文集》第四卷,中央编译出版社,2000年,第103页。

最为成功的作品。尽管，此后的韩国古代小说，有的作品人物更多，关系更为复杂，但可以说，都基本上在这一叙事角色模式的框架之内。

当然，作者为了达到他理想美化谢氏的目的，在谢氏的性格发展上还是留下了一些败笔。如为突出谢氏聪慧，第一回写刘家媒婆上门求婚，只因说到刘家慕其美色，又夸刘家富贵，谢氏便以"君子贵德而贱色"和疑媒婆"不能善传少师意"为由拒之；然而第二回谢氏主动为丈夫择妾，有媒婆介绍乔氏自谓"与其为寒士妻，宁为宰相妾"，不惜以身贪求富贵的丑态原已毕露无遗，何以竟未能引起谢氏半点警觉，反而欢喜异常，催促丈夫纳进乔氏，这便显得矛盾。但相对全书而言，应是白璧微瑕而已。

广袤的空间地域设置，在两部作品中都很重要，负载起接踵而至的事件，提供了人物活动的舞台。特别是《谢氏南征记》，为人物性格变化和命运转捩提供了不可缺少的前提条件。这同时也为作者的下笔行文预设了难度，作者以其集散为聚收乱于整的笔力，驾驶主人公流徙数千里，并让环境的历史意蕴与人物的心理感情达到高度统一，不能不称作一奇。当作者写到谢氏快到长沙，由湖广而入楚地，"风顺舟疾，从洞庭口出岳阳楼下，此地即古战国时楚地也。虞舜南巡，崩于苍梧之野，二妃娥皇、女英不能从焉，泣于湘水之滨，泪化为血，洒于竹林，此所谓潇湘斑竹也。其后楚之贤臣屈原，事怀王尽忠于国，为小人所谗，著《离骚》径投水而死。汉之贾生，洛阳之子，恶于其时大臣，放之长沙，至此而投书以吊屈原。此四人者遗迹尚存，每云起于九嶷之岫，潇湘夜雨，洞庭月明，黄陵庙杜鹃哀鸣，无故之人，莫不凄然而下泪，喟然而兴叹，真所谓千古断肠地也。谢天人修身洁行以事君子，困于谗言，一身漂泊而至此，仰吊古人，俯念身世，宁不悲哉！终夜耿耿，不能成寐"。这段情景交融的文字，虽不能说是生灵活现的实地描摹，但在古代小说中，如此意识强烈地以景寄情或以情出景，确属难得，为后文谢氏走投无路，欲效屈原在此投江自尽做好了情绪铺垫。像这样的空间转移，不仅容纳了人物的命运变化和事件的发生发展，而且特意把某些空间的特定人文内容与情节的发展以及人物的情感变化天衣无缝地结合起来。这在古代小说中是很罕见的。

有人认为："认识韩国的儒学思想史，就像了解一条流淌在我们面前的河流，探寻它的源头，探测它的深度。探索韩国儒学思想史，就是寻找韩民族的精神家园，从一个潜在的深度认识韩民族的现状；同时，它也是探寻韩民族历史发展的动力，解读在不同的时代韩民族如何运用智慧和勇气作出判断和决定，解决当时的种种问题。探索韩国的儒学思想史，也是整理一份在漫长的历史进程中积累下来的遗产目录"①。

第三节　儒教文化在小说中的集中体现

在韩国的小说创作史上，有一种最集中也最长久地肇因于朱子性理学思想的创作现象，那就是天君小说。不能不说，韩国天君系列小说是一种奇怪的文学现象。其奇一：作者各异的十多部小说都围绕同一个主人公"天君"展开，而且故事情节也大体相仿，并且，这一创作过程前后相衔承续了三个多世纪。其奇二：作品内容并非如通常小说那样状摹世态人情，而是演绎某种学说理念，这种学说理念还来自外国，具体来说就是中国儒学中的程朱理学，并且，在程朱理学的母国——中国文坛上却找不到这类天君小说的半点痕迹。像这样的现象不要说在韩国文学史上没有二例，即使在世界文学史上，也是绝无仅有的。

韩国"天君系列小说"以林悌（1549—1587）的《愁城志》为发端，到郭钟锡（1854—1919）的《天君颂》为止，这中间有金宇颙（1540—1603）的《天君传》，黄中允（1577—1648）的《天君纪》，郑泰齐（1612—1669）的《天君演义》，林泳（1649—1696）的《义胜记》，李钰（1760—1812）的《南灵传》、郑琦和（1786—1840）的《天君本纪》，也称《心史》，柳致球（1783—1854）的《天君实录》，金道和（1825—1912）的《天君说》等。天君小说的嚆矢之作为林悌的《愁城志》。他虽 38 岁即英年早逝，但其气象高迈的诗文则对后世影响颇大。有说他"放浪不羁，无荣利之心，文章豪宕，能于诗，好兵法，有宝剑名马，日行千里。"② 更有说他："豪气无拘检，病将死，诸子悲号。林曰：'四海诸国，未有不称帝者，独我邦从古不能，生于若此鄙邦，其死何足惜。'命勿哭。又尝戏言：'若使吾值五代之朝，亦当为轮递天子。'一世传笑。"③ 他的《愁城志》就是在继承了高丽朝的《麴先生传》、《竹夫人传》等拟人假传体小说。当然，这类小说就其写法上的特点当可上溯到中国韩愈的《毛颖传》、《下邳侯革华传》，苏轼的《万石君罗文传》等。在韩国，拟人假传体小说的滥觞是薛聪的《花王戒》，这篇寓言式文章以花王、丈夫白头翁、佳人蔷薇之间的对话形式，讽喻一国之君应当亲贤人、远奸佞的道理，这位 8 世纪初的新罗贤士的文学创作对林悌产生了直接的影响。

---

① ［韩］琴章泰著，韩梅译：《韩国儒学思想史》序言。
② ［韩］《朝鲜人物号谱》罗州林氏条。
③ ［韩］李瀷：《人事门》，《星湖僿说》。

《愁城志》把人的心性进行拟人化处理，方寸之间，幻化为天地世界，而形体百骸之主宰，即为天君。作品述说天君即位之初，仁、义、礼、智各充其端，喜、怒、哀、乐发皆中节，视、听、言、动俱统于体，日理五官七情，以达中和。一日，七情之一哀公上朝奏曰奏：哀怨之气掩袭天地，不知何因。天君闻之不乐。此时有二人渡海而来，乞讨尺寸之地筑城容身，天君恩准此事。想不到筑成的则是一座愁城，让人不得安宁。天君欲克此城却牢不可破。后有主人翁荐举奇人麴襄，天君拜他为三州大都督驱愁大将军，终于攻克愁城，扫荡愁云。从林悌的这篇作品可以看出，在对心性的理解上，完全来自性理学。但在情节的展开方面，则与性理学的结合尚不甚明显。率军攻城的"麴襄"也好，"雍（瓦）、并（瓶）、罍（罍）三州大都督"也好，都曲指"酒"，而以酒攻愁显然是非儒家的。

金宇颙的《天君传》，其故事内容已初具性理学的完整意义：天君重用太宰"敬"治国，国泰民安。但天君好出游，受两佞臣"懈"和"傲"挑唆，逐"敬"，结果群盗蜂起，天君失国。后召回"敬"重为太宰，用"克己"为前锋，立"志"为元帅，终于歼敌制胜。黄中允的《天君纪》，在人物设置和情节安排上都已比较完备，已经具有后来天君小说的基本结构，作为辅佐天君的重臣已有了惺惺翁、主一翁和诚意伯，而作为敌对势力的首领，也已有了越白（色）和欢白（酒）。

"天君"类小说中最具规模又最有艺术感染力的，当数郑泰齐的《天君衍义》。当然，这部作品到底是否郑泰齐所作，学界尚存争议。该书原本作者佚名，卷首所附郑泰齐序言中有"不知何人所作也"[1]句。然而卷末朴义会的跋文，则引用郑泰齐五代孙郑教义语称："此吾五世祖讳泰齐之所作，而但序文中'不知何人所作'者，盖自韬也。"于是朴义会写道："今始知其人矣，菊堂自号也。"[2] 可见朴义会已认定该作撰者为郑泰齐无疑。

《天君衍义》是以拟人化的写法，讲述了人的心性理智和五官肢体与七情六欲之间的复杂关系，焦点集中于天理与人欲之间的斗争。全书共三十一章，回目标题一律采用七言诗句格式。"朝鲜小说采用章回体，这篇小说大概是其嚆矢，故此值得注意。"[3] 作品把人心喻写为天君，他居方寸之地，笼天下万物，即位后志得意满，不听老臣惺惺翁的谏劝，宠幸五利将军欲氏所荐举的佞臣欲生，沉溺于酒色娱玩，终至于贼寇越白（色）与欢伯（酒）竞相杀入，目官、鼻官、口官、耳官以及喜氏、怒氏、爱

---

[1] 奎章阁藏《天君衍义、愁城志》合本，《天君衍义·序》。
[2] 奎章阁藏《天君衍义、愁城志》合本，《天君衍义·跋》。
[3] ［韩］赵润济：《韩国文学史》，社会科学文献出版社，1998年，第253页。

氏、哀氏、恶氏、乐氏、欲氏等臣下们逃的逃、降的降，天君落得个孤家寡人、去国亡命的地步。在有悔氏、惺惺翁的辅佐下，天君亲顾茅庐，拜主一翁为大将，又请惺惺翁为军师、擢诚意伯为丞相。誓师出征，击退欢伯、大破越白、擒斩欲生，终于复国还都。

其他天君作品尽管各有特点，但其核心内容都是把人心拟人化地塑造为天君这样个人物，把人的心理意识世界幻化为天君所治理的王国，让人的感觉器官接触外界事物而生出种种欲念成为反派角色，展开的是人欲与天理之间的种种争斗。几乎一无例外的，这些作品都是哲理小说，究其实即儒家程朱理学的形象图解。

汉文文学在高丽时代达到了繁荣，但到丽末转入颓势，朝鲜朝初期虽然未能短期内振兴，却在为下一波汉文文学的兴起养精蓄锐。只不过与高丽时代的汉文学在体裁上会有所不同，如果说高丽时代的汉文学以诗、赋、论、策、序、记、跋为主的话，那么，朝鲜朝得到兴起的汉文学则主要为汉文小说。在这个准备阶段，超润济指出汉文文学面临着几项重大任务，其中第一项任务就是纯儒教文学的确立。新罗以来儒佛混合，致使文学沾满佛气，高丽时代以佛教为国教，国民信仰一统于佛，当时的汉学者们都以儒家身份学佛。而朝鲜朝在开国之时，确立斥佛崇儒为国是，当时的文章大家如郑道传、权近、卞季良、申叔舟、徐居正等，都是斥佛崇儒并握有文坛权柄的朝廷重臣，在他们的身体力行和大力倡导下，"朝鲜时代的汉文文学一扫过去高丽时代儒佛混合之状态，树立起以经学为本、性情纯真的儒教文学。"[1]。天君系列小说就是这种文学中相当重要的一脉。

纵观这些"天君"作品，它们与性理学的关系，我觉得主要表现在这样三个方面：

1) 以儒家宇宙观理念构筑其天君世界模式

中国早期儒学即已形成了具有较为完整意义的心范畴，把心作为一种直觉和思维器官及其所具有的机能，心是身的主宰等。最早有意识地注重心范畴的当数孟子，他最先把心与感官相对提出："耳目之官不思，而蔽于物。物交物，则引之而已矣。心之官则思，思则得之，不思则不得也。此天之所与我者。"[2] 比孟子稍后的荀子对孟子既有继承又有立异，除了一个主张性善，一个主张性恶之外，荀子还突出了心的知觉功能："天职既立，天功既成，形具而神生。……耳、目、鼻、口、形，能各有接而不相能也，

---

[1] ［韩］超润济：《韩国文学史》，社会科学文献出版社，1998年，第162页。
[2] 《孟子·告子上》。

夫是之为天官。心居中虚，以治五官，夫是之为天君。"①他把感觉和知觉看作心的基本功能，因此他认为心的本质是"虚"，"人何以知道？曰：心。心何以知？曰：虚壹而静。"②天君小说世界模式的基本构架即由此出。到了宋明理学，心的机能就不止于此了，儒家吸收了道家和释家的有关思想，在对心的常识认识的基础上，极力夸大了心的机能，把心作为一种超越感官、超越现实、主宰人生、主宰万物的东西。朱熹虽然没有把"心"作为最高范畴，而是强调"理"的至高地位，但他还是认为帝王之心是统治天下、治理国家的根本："盖天下之大本者，陛下之心也。……臣之辄以陛下之心，为天下之大本者，何也？天下之事，千变万化，其端无穷，而无一不本于人主之心者，此自然之理也。"③。作为心学开创者的陆九渊，更是把心放到了一个与宇宙等量齐观的地步，"四方上下曰宇，往古来今曰宙。宇宙便是吾心，吾心即是宇宙"④"万物森然与方寸之间，满心而发，充塞宇宙，无非此理。"⑤正是基于这种宇宙论的心的本体观念，天君小说的作者们把作品的主人公——天君——也进行了这样的缩之方寸之间、扩之天地宇宙式的描摹：郑昌翼的《天君实录》是这样形容天君的："内具众理，理理悉举；外应万事，事事时叙，以至上天下地之宇，古往今来之宙，百千万亿，许多酬酢，无不由此而出。"⑥。或如郑泰齐的笔下："天君姓朱名明，字明之，扃县人也。……初朱明所居，不过方寸之地，而能牢笼天下万物，人皆称其虚灵，且曰：'有天德者，便可语王道，则朱明既有天德，当语王道，既能语王道，则必不久而立天下之正位也。至是果即位，以受天明命，故曰'天君'"。⑦。

2）以朱子学范畴体系建构其人物关系体系

因朱子学是此前的儒学理论的集大成学说，其范畴体系当然是非常庞大复杂的。有人认为它"以'道体'和'性'为核心，以'穷理'为精髓，以'主静'、'居敬'的'存养'为工夫，以'齐家'、'治国'、'平天下'为实质，以'为圣'为目的。"⑧在韩国，朱熹的理气之论得到了突出的继承与

---

① 《荀子·天论》。
② 《荀子·解蔽》。
③ 朱熹：《朱文公文集》卷十一《戊申封事》。
④ 陆九渊：《象山先生全集》卷二十二《杂说》。
⑤ 陆九渊：《象山先生全集》卷三十四《语录》。
⑥ ［韩］郑昌翼：《天君实录》，《韩国汉文小说全集》第6卷，中国文化学院，1980年，第169—170页。
⑦ ［韩］郑泰齐：《天君衍义》，《韩国汉文小说全集》第6卷，中国文化学院，1980年，第194页。
⑧ 张立文：《宋明理学研究》，中国人民大学出版社，1985年，第19页。

发展。特别是经过李退溪与奇明彦的长达八年的"四端七情"之辨,更是使关于理与气、道心与人心、人心与人欲等范畴及其关系的认识,超过了中国本土儒学的深度。应该承认,即使在朱子学固有范围之内,朝鲜学者们以其特殊的思想能力确实继承并予以独立性地发展了传统儒学;韩国大儒李退溪等人关于"四端七情论"的辨析,就在重申朱子旧说的同时,较之朱子更高层次上论述了朱子所未曾提出的独创理论。"如此凭借朱子说表现朝鲜朝性理学者的各种学说,使朝鲜朝性理学具有隐然中较之中国更侧重于心性论的特征,在心性论层面上实际上超过了当时中国性理学的水平。……朝鲜朝诸学派之围绕着心性论而形成的事实,正是最好的证据。"[①]也就是说,心性论在韩国儒学中的地位,较之在中国儒学中更为突出显要。这也成了天君小说创造最主要的题材。

天君小说在其人物关系体系的建构上,就其基本面来说,可区分为三组:本体组、敌对组、功夫组。

(1)**本体组**:以天君为首,人体固有的眼、耳、鼻、口、形等五官自然是最基本的成员,这些被拟人化处理的作品人物,也就是现实人的实有感觉能力的抽象式的形象化。接着就是仁、义、理、智四端,这是人的虚化本质的抽象化,孟子称之为:"人之有是四端也,犹其有四体也"。[②] 而四端,孟子辨义为:"恻隐之心,人皆有之;羞恶之心,人皆有之;恭敬之心,人皆有之;是非之心,人皆有之。恻隐之心,仁也;羞恶之心,义也;恭敬之心,礼也;是非之心,智也。仁义礼智,非由外铄我也,我固有之也。"[③]。还有就是与"四端"可谓二而一又一而二的"七情"。朱熹在《中庸章句》中说:"喜怒哀乐,情也。其未发,则性也。"

(2)**敌对组**:在朱子学中,比起其他儒学派别来,已经强调了天理与人欲之间的对立冲突。但在朝鲜朝的儒学中,则比朱子学还要重视天理与人欲之间的斗争和解决办法。与四端七情相关联的便是道心与人心,李退溪认为"人心为七情,道心为四端"[④]。道心与天理相联系,人心与人欲相联系。那么,人心与人欲又是什么关系呢? 退溪又说:"人心者,人欲之本。人欲者,人心之流。夫生于形气之心,圣人亦不能无。故只可谓人心而未遽为人欲也。然而人欲之作,实由于此,固曰人欲之本,陷于物欲之

---

① [韩]尹丝淳:《韩国儒学研究》,新华出版社,1998年,第5—6页。
② 《孟子·公孙丑上》。
③ 《孟子·告子上》。
④ [韩]李退溪:《答李平叔》,《增补退溪全书》卷二。

心。"①。基于这样的认识，人欲便成为所有天君小说中的内奸，而敌寇之首便是诱使天君堕落的物质利益或外部条件，在不同作品中虽有所不同，但不外乎酒、肉、声、色、亵玩等而已。

（3）功夫组：尽管对天理与人欲的关系儒家各派有不同见解，但在需要存天理灭人欲这一问题上，各派的意见还是基本一致的。然而怎样才能存天理灭人欲呢？各派的做法又显出了各自的不同：有主"敬"的，有主"诚"的，有主"志"的，有主"气"的，有主"仁"的……这往往表明了作者所认为的矫正人心、疗救时弊的治世方略。依各派的不同主张，又依作者的不同归属，在作品中起关键作用的人物也就各有不同了，在《天君传》中是太宰敬；在《天君演义》中是诚意伯；在《天君本纪》是志帅；在《义胜记》中是浩然之气等。

3）以朱子学天理人欲冲突的基本矛盾演绎为其情节发展的框架模式

朱熹认为心统性情，"此心之灵，其觉于理者，道心也。其觉于欲者，人心也。……人心是此身有知觉有嗜欲者，感于物而动，此岂能无，但为物欲而至于陷溺，则为害耳。故圣人以为此人心有知觉嗜欲，然无所主宰，则流而忘反，不可据以为安，故曰危。道心则是义理之心，可以为人心之主宰，而人心据已为准者也。故当使人心每听道心之区处方可。……然此又非有两心也，只是义理与人欲之辨尔。"②。朱熹认为心尽管只是一个，但源于性命则正，生于形气则私。当人的精神活动、道德修养遵循义理，保存天赋的善性，便是道心；如果从感情欲望出发，追逐物质享乐以至丧失善性，那就是为人欲所陷，危害灾祸便随之而来了。

同为儒学，而陆九渊则另有一解。他认为"心即理"，只有一个，可合内外而兼动静，反对朱熹天理人欲之分以及人心道心之说。"若天是理，人是欲，则是天人不同矣。此其原盖出于老氏。《乐记》曰'人生而静，天之性也；感于物而动，性之欲也。物至知之，而后好恶形焉。不能反躬，天理灭矣。'天理人欲之言盖出于此。《乐记》之言亦根于老氏。且如专言静是天性，则动独不是天性也？……《书》云：'人心惟危，道心惟微。'解者多指人心为人欲，道心为天理，此说非是。心一也，人安有二心？"③

从天君小说的共通情节来看，在韩国儒学界，几乎都是采纳朱子一说，而非陆九渊之说。这些作品写到天君登基之始，都能秉承天赋善性，为政清明。然而，几无例外的，天君又都是由于经不起外界的各种诱惑才

---

① 张立文：《退溪书节要》，中国人民大学出版社，1989年，第35页。
② 《朱子语类》卷六十二。
③ 陆九渊：《象山先生全集》卷三十四《语录》。

昏愦堕落，以至丧权误国的。这分明是朱子的关于天理与人欲之矛盾关系说的翻版。那么，如何才能做到存天理而遏人欲呢？也就是说，天君如何才能由乱达到治呢？这个辅佐天君的人物，尽管根据作者的识见不同而在作品中有不同的表现，如在有的作品中是主一翁，有的是敬一翁，或是惺惺翁，还有的是志帅、气帅等，但都指的是朱子所提的持敬功夫，也就是要做到心常惺惺，如履薄冰。惺惺：机警、警觉。刘基在《醒斋铭》中说："昭昭生于惺惺，而愦愦出于冥冥。"

比如《天君衍义》写天君在最危难之时，有三个关键人物帮助天君战胜强敌，夺位复国，那便是惺惺翁、主一翁和诚意伯。在天君宠幸欲生等佞臣，渐露亡国之兆时，是惺惺翁挺身而出据理力谏，但遭群邪交谗，天君怒斥惺惺翁，迫使惺惺翁辞职隐退。当天君众叛亲离之际，又是惺惺翁冒死护驾，力荐主一翁出任大元帅。主一翁果然不负众望，挽狂澜于既倒，使天君出死地而后生。当然，在主一翁受命之际，主一翁又特别提出必须拜诚意伯为相辅佐方能领命，这诚意伯果然精诚合作，携手共成光复大业。

这惺惺翁、主一翁和诚意伯三个人物，其实都是儒家理想的化身。李退溪在他64岁时所写的《答金而精》这封信中说："今公欲做持敬功夫，而必欲求对病之药，则是于三先生之说，欲拣取其尤切己者行之。此则不须如此也。譬之治病，敬是百病之药，非对一症而下一剂之比，何必要求对病之方耶？……但今求下手用功处，当以程夫子整齐严肃为先，久而不懈，则所谓心便一，而无非僻之干者，可验其不我欺矣！外严肃而中心一，则所谓主一无适，所谓其心收敛、不容一物，所谓常惺惺者，皆在其中，不待各条别做一段功夫也。……主一之'一'，乃不二不杂之'一'，亦专一之'一'，非指诚而言。但能一，则诚矣。故《中庸》以一言诚耳。"[①]

在李退溪的这段论述中，小说中的这三个关键人物都已被提到："敬是百病之药"的"敬"，其实所讲的就是个"诚意"，也就是要真实；"则所谓主一无适"句，所要求的就是要"主一"，也就是要专精；"所谓常惺惺者"，亦即"惺惺"，也就是要清醒。这"诚意"也好，"主一"也好，"惺惺"也好，实质上只是从三个不同的角度谈论同一桩事物，都要求身心的集中，不使它放纵散逸到各处去。这是一个人要成就一件事所必须具备的主观条件，无论是大到治国平天下还是小到修身养性。所以，在小说中，作者也特别说到，这三个人的祖先就是莫逆之交，形影不离，他们本人也

---

① 张立文：《退溪书节要》，中国人民大学出版社，1989年，第444—445页。

是最好的朋友，相互荐举，天君便是靠他们的辅佐才能由破而立，达到天下大治。

作为这三个人物的对立面，也就是天君的死敌，那便是欲氏、欲生、越白和欢伯。当天君被欲氏和欲生诱引得昏聩迷醉时，越白和欢伯便乘虚而入，直把天君驱赶得断无藏身之地，最后只能避难于酣眠国，遭受魔党的百般攻击，真可谓虎落平阳被犬欺。值得注意的是，作者并不把这几个敌人等同视之，而是把越白和欢伯看作外敌，把欲氏和欲生看作内奸。主一翁在向天君陈述破敌之计时说："越白内怀奸术，外示柔态，见人分食饮，言语呴呴；此所谓妇人之仁也。欢伯壮猛酷烈，千人自废，然不量其器，徒欲折冲樽俎，是自速其满招损耳。然二贼之乱，本欲氏、欲生等酿成，而喜氏、乐氏、爱氏等从而和之故也，不斩伯嚭，难以防越；不戮秦桧，无以却金。今若先擒欲氏与欲生而诛之，则何惧乎越白之乳臭？何忧乎欢伯之弄瓮？"这就是儒家所认为的内忧外患的根源所在。此作品则把这一儒家理论加以形象性地发挥，也就是外界的种种诱惑，根源于人性的种种弱点，"人心惟危，人欲也"，人欲植于人心，非常危险，是祸害罪恶的根源，所以中韩儒家都把去人欲、存天理作为奋斗目标。要达到这一目标，这就不能不讲究修炼的"功夫"，这是使人性修养达到理想境界的必需手段。

朱熹讲究"持敬"。"大凡学者，须先理会敬字。敬是立脚去处。"① "伊川朱子之学，'居静'为先。敬则彻动静而一于仁矣。此以心之应接事物时名动，物感不交时名静。静只是心不散乱，动时尽自澄明，泛应曲当，静时炯然，毋有昏昧。动静一于敬，即动静皆不违仁体。《论语》及六经，大都言敬。此是孔门心法，与禅家习静功夫迥别。"② "静者，直探本原；敬者，功夫，实则一也。"③ 金宇颙在《天君传》皆为假托太史公之口这样说："予观天君之为君也，其赖太宰敬之辅乎！其治也以相敬，其乱也以去敬，其还也以复敬，其配上帝也以敬，其统万邦也以敬。一则太宰，二则太宰。呜呼！得一相而兴，失一相而亡，人君可不慎所相与？"④

---

① 《朱子语类》卷十二。
② 熊十力：《论汉学与宋学及宋明理学史》，《熊十力学术文化随笔》，中国青年出版社，1999年，第200页。
③ 康有为：《主静出倪养心不动》，《康有为学术文化随笔》，中国青年出版社，1999年，第110页。
④ ［韩］金宇颙：《杂著》，《东冈文集》卷十六。

第四节 天君小说的产生条件

程朱理学的原产国并非韩国而是中国,为什么天君小说不出现在中国而出现在韩国?究其原因有以下一些:

首先,促使这么多的文人以一个固定的人物为主人公,以一个大致相仿的理念为创作主题,并沿袭一个大同小异的叙事框架,这就必须有一个时代社会所共同瞩目普遍认可的主导理论,"众所周知,当时的儒学是引导民族生活的意识形态。特别是随着朝鲜朝的建立,性理学的理念取代佛教引导着民族的生活,儒学或儒教处于思想的支柱地位。"[①]。譬如从高丽时代起,《朱子家礼》就被朝野付诸实施,在恭让王时代,便达到一切祭礼均据其举行的地步。到朝鲜朝,性理学处于国教的地位,"太祖素重儒术,虽在军旅,每投戈之隙,引儒士刘敬等,商榷经史,尤乐观真德秀《大学衍义》,或至夜分不寐,慨然有挽回世道之志"[②]。太祖时代根据《经济六典》实施了五服制,根据《朱子家礼》确立了三年丧及家庙制;太宗时对即将入仕者和虽已入仕但官居七品以下者均实施《家礼》考试,两班中如有不举行家庙祭祀者则予以严惩;世宗时制定和实行了训民教化的《三纲行实图》;世祖时完成了《国朝五礼仪》。这些都说明了心性学在当时的朝鲜半岛所享有的至高地位。而中国的心性学自产生之日起,就一直处在各种思潮学派的相互争斗论辩之中,不但外有佛道两大教派,与儒学呈三足鼎立之势,即使在儒学内部,比如与朱熹同时对峙而立的就有陆九渊。"而在朝鲜只有程朱学一家,他学毕废"。"朝鲜朝的儒学始终以朱子学为正宗,而朱子学则以性理学为其核心。所谓性理学就是有关性命与理气的学问,它贯穿于整个朝鲜朝,或成为统治理念,或成为教育理念和解释人的理论根据,不断得到深入和发展。"[③]这就造成了韩国的理学虽来自中国,却比中国本土更为周密、更为正统。"在中国,反对朱子之学的明代阳明学派和泰州学派及清代的汉学从未允许朱熹的体系像它在韩国那样拥有这种文化上的垄断权。"[④]

其次,对韩国来说,不但程朱理学是外来文化,而且承载这些外来文化的汉字又是外来文字,这两者都得通过专门的教育才能获得。李退溪就

---

① [韩]尹丝淳:《韩国儒学研究》,新华出版社,1989年,第12页。
② [韩]国史编纂委员会:《朝鲜王朝实录》第1册,国史编纂委员会,1986年,第11页。
③ [韩]崔根德:《韩国儒学思想研究》,学苑出版社,1998年,第23页。
④ [韩]黄秉泰:《儒学与现代化——中韩日儒学比较研究》,社会科学文献出版社,1995年,第463页。

曾耗费半生精力编纂《朱子书节要》，目的是"止为两家子弟辈谋之"，也就是只用于教授弟子的教科书而已。后来之所以有那么多的文人雅士不断加入"天君系列小说"的创作行列，很大程度也都是采用通俗娱人的方式引导人们学习儒学，以此达到教矫世态人心之目的。并且，作为社会现实需要，读书人那么热衷于儒学教习，还在于朝鲜半岛历史上曾有近千年之久沿袭着与中国一样的科举制度。这种以考试成绩高下为主要标准的入仕之途，诱使天下无数读书人穷其一生相与竞争，考试内容又都以儒家经典为主。高丽朝仁宗十七年（1139），仿宋朝范仲淹在庆历新政的改革，规定初场试经义，中场试论策，三场试诗赋；毅宗八年（1154）改为：初场试论策，中场试经义，终场试诗赋；忠穆王即位之年（1344），又改为：初场试六经义、《四书》，中场古赋，终场策问。① 从此内容安排可见，其取舍为愈来愈重视经义和论策。到朝鲜朝，科举考试内容更为注重对儒学经典的把握和理解。"科举考试之内容，以儒学为主，禁用老庄之说，如宣祖三十三年（1600），以李涵用庄语，特命削科。"② 朝鲜"建国初期，通过刊行各种典章阐明各种文物制度和统治大纲，这无疑是为通过易姓革命而建立的新国家的存续和繁荣而做出的政策性努力。问题在于这种制度和统治是根据何种思维制定和设计的？毋庸置疑，《朝鲜经国典》等所体现的《六典》的背景思想是儒学。根据儒学的价值观和思维方式制定和设计了官制和科举及各种仪式。儒学之以官僚主义为象征的现实的合理主义的统治规范，在展望这个新生国家的现在和未来的同时，也巩固了其基础。儒学的机能在此获得了发挥。……政治愈是真正以儒学规范的政治为目标，愈需要国民对儒学的一般规范有所认识。因为国民对儒学规范的认识愈高，愈能获得国民自发的响应，统治愈是容易。"③ 于是，从高丽末期就开始的对儒学的社会普及教育活动，到了李氏朝鲜更是从两班到民间大规模地开展起来，而天君小说系列不过是这个应运而生的大合唱中较为特殊的一个声部而已。

第三，如仅有前两项还不够，还不足以说明韩国人为什么要尝试以这样的特殊方式——艺术的方式——来教习传播儒学。我们应注意到一个现象：韩国的文人们很擅长于使用图解手法来阐释某些哪怕是很深奥复杂的哲理，就是以图的形式把儒学的入道之门简明易懂地显示出来。这种以

---

① ［韩］郑麟趾：《高丽史》卷七十三《选举志（一）》，影印本中册第二，第589—594页；金宗瑞《高丽史节要》卷二十五，忠惠王后五年秋八月条，影印本，第655页。
② 蔡茂松：《韩国近世思想文化史》，东大图书公司，1995年，第227页。
③ ［韩］尹丝淳：《韩国儒学研究》，新华出版社，1998年，第33—34页。

图解的形式来通俗易懂地向社会推介性理学的做法，肇始于权近，他在高丽末期和朝鲜初期的 1389 到 1393 年间，于流放、坐牢和闲居的在野生活中，完成了著名的《入学图说》。这本从《中庸》和《大学》出发而为初学者撰述的性理学入门书，把数十个自古以来儒学者必须学习的问题作图，如"天人心性合一之图"、"天人心性分释之图"、"大学指掌之图"、"中庸首章分释之图"、"中庸分节辨议"、"语孟大旨"、"五经体用合一之图"、"五经分体用之图"等，对儒家学说进行阐释和说明，这一别开生面的儒学教授方法，不但在朝鲜半岛而且在日本列岛也产生了深远的影响。且不说比权近稍前已有郑道传的《学者指南图》问世，在权近之后，便有大量图说涌现，如金泮的《续入学图说》、权采的《作圣图》和《作圣图说》、郑之云的《天命图说》等，到学界巨擘李退溪在宣祖元年所呈现的《圣学十图》，则达到了登峰造极的地步。尽管这十图中有几图是采用前人已有的，但以系列图谱的方式来讲解宋明理学，对该学理论体系包容规模之宏大，熔铸精髓之深厚，逻辑结构之严密，不能不首推退溪为第一。可以这样说，以图说的形式来讲解儒学要义，尽管不是朝鲜学者的独创，在此之前中国早有了周敦颐的《太极图说》、朱熹的《中庸章句》作图，但似这般参与作者如此之众、图说数量如此之多、释解经典如此之全、社会影响如此之广，该当首推朝鲜，这是一点也不为过的。很自然地，对儒学要义，以图说的形式进行线条的图解，与以天君小说的形式进行文字的图解，只不过是异曲同工而已。

最后须指出的是，前面三种原因还只能解释会有天君小说在韩国产生的理由，但还无法解释为什么会有那么多的天君小说在韩国出现的理由。应该看到，自林悌的《愁城志》之后，以三百年之久、十数人之手参与了天君小说的创作。这与中国的曹雪芹写了《红楼梦》后，紧跟着便有郎环山樵的《增补红楼梦》、逍遥子的《后红楼梦》、秦子忱的《续红楼梦》、归锄子的《红楼梦补》、梦梦先生的《红楼圆梦》，以及什么《红楼复梦》、《红楼绮梦》、《红楼演梦》、《红楼重梦》、《红楼后梦》、《红楼再梦》等，还很不一样。中国的红楼梦系列或其他系列，绝大多数都是对原典的补充而不是重写，而韩国的天君小说系列，则每一部都是重写。所以，由《红楼梦》引发的众多续书，没有一部能够超越原典的，而天君小说系列，各作品尽管也有高下优劣之分，但不存在着这种因母体与子胎的关系而带来的明显优劣区别，应该说是各呈特色。

天君小说以其寓言象征的性质，小而言之，通过心、身与情的纠葛关系，寄喻的是一个人修身处世的道理；大而言之，展示天君、群臣与敌寇的矛盾冲突，宣扬的是一个国家治国平天下的方略。这也就是儒家所谓的"内圣外王"之术。就个人而言，黄中允在《天君纪·序》中说得非常明白："余少志于读书，而不知门户。自抠于寒冈大庵两先生之门，虽知有门户，而质钝才鲁未免醉梦。且为名缰缚束，役役风埃，遂至于肉走尸行者今六十年。噫！初不知门户则已，既知有户，而反不知所入，惩既往之大失，痛将来之莫及，而备述其从前迷误于此编寓言之中。如此而其所以终能恢复云者，未敢自谓能然也，盖欲其从此自警自勉，而不远于旧门户云尔。"① 而就国家而言，李退溪说得更为决绝："一国之体，犹一人之身也。人之一身，元首居上而统临，腹心承中而干任，耳目旁达而卫喻，然后身得安焉。人主者，一国之元首也。而大臣，其腹心也。台谏，其耳目也。三者相待而相成，实有国不易之常势，而天下古今之所共知也。古之人君，有不信任大臣，不听用台谏者，譬如人自决其腹心，自涂其耳目，固无元首独成人之理。其或有信任大臣，而不由其道。其求之也。不求且能匡济辅弼之贤，而惟求其阿谀顺旨者，以某遂其私。是其所得者，非奸邪乱政之人，则必凶贼擅权之夫。君以此人为济欲之腹心，臣以此君为济欲之元首。上下相蒙，缔结牢固，人莫能间。而一有鲠直之士，触犯其锋，则必加之窜谪诛戮，为齑为粉而后已焉。由是忠贤尽逐，国内空虚，而耳目之司皆为当路之私人矣。则所谓耳目者，非元首之耳目也，乃当路之耳目也。于是凭耳目而鼓势煽焰，以党助权臣之恶，由腹心而积戾稔祸，以蓄成闇主之愿，侈然自以为各得所欲，而不知元首之鸩毒发于腹心，腹心之蛇蝎起于耳目也。此古今一辙，前者既覆，后不知戒，响寻而未已，诚可痛也。"像李退溪这样在《戊辰六条疏》② 中倾吐的扼腕痛心之言，实可借表多数天君小说之主旨。而中国小说对儒家思想的吸收，从精神实质来说，主要是内化为忠、孝、节、义等具体内容；假如触及"天理"与"人欲"之矛盾，中国作品往往表现为：要么在"天理"与"人欲"之间摇摆；要么干脆让"人欲"战胜"天理"。并且，越是有才华、越是思想进步的作家的作品，越是如此。与林悌同时的明代著名作家李贽就公然反对"咸以孔子之是非为是非"，猛烈抨击程朱理学，倡导抒写人的自然性情，这对后世产生了深远的影响。③

正因为此，到后期的天君小说所宣扬的已不再是儒家思想，如李钰的《南灵传》就是。能给天君排忧解难的已不再是敬、志、气、仁等儒家

---

① ［韩］车溶柱：《韩国汉文小说史》，亚细亚文化社，1989年，第257页。
② 张立文：《退溪书节要》，中国人民大学出版社，1989年，第146—147页。
③ 朱红星等：《朝鲜哲学思想史》，延边人民出版社，1989年，第237页。

大法，而是烟和酒。这显然是非儒家甚至反儒家的。从林悌《愁城志》的酒——靠酒来救助天君；到李钰的《南灵传》的烟——靠烟来救助天君，天君小说正好走完了一个圆圈。这正从一个角度印证了儒学在朝鲜半岛上由同释、道二教并列到唯我独尊，到一统而为朱子学，再到朱子学衰落而被实学代替的过程。

在朝鲜半岛，从高丽末年到朝鲜末年的六百四十余年间虽然只有朱子学一枝独秀，退溪、栗谷等哲人学者无不沉溺其中，这是事实，但同时也应看到几个变数：

第一个变数是，即使在朱子学内部，由于各自的不同理解，对于如何修身治国，如何内圣外王，还是有着不同的谋策方略。如孔子主仁、朱子主理、陆子主志、李滉主敬、李珥主诚、金时习主气等。

第二个变数是，即使在儒学内部，尽管朱子学在韩国处于正统地位凌驾于其他儒学势力之上，但并不等于与其他学派可以彻底绝缘，中国儒学中与朱子学双峰对峙的陆氏心学，还有后来在中国取代了程朱理学而勃兴的阳明学，在朝鲜朝虽然遭受排挤未能繁荣昌盛，但隐然中还是发挥着相当的影响力。"在这段独尊程朱学期间，仍有部分朝鲜学者们在暗地里研读阳明学，他们以阳明学来批判现实政治、社会种种之非理及矛盾的现象，而主张以阳明学的思想来改革社会、政治方面之弊端。"①

第三个变数是，即使在唯儒独尊的时期，反朱子学甚至反儒学的暗流也从来没有停息过。17世纪初，尹镌率先反对朱子学的绝对权威，指出并非只有朱子独知义理，结果被无情处死。李晬光、柳馨远不满朱子学的空谈，力主实学。18世纪，李瀷、洪大容、朴趾源等人的活动振兴了实学，到19世纪，丁若镛、崔汉绮等都用实证的方法探索实用的强国之路。这种实学思潮"讲求实效、实理，反对朱子学的空谈性理，主张经世致用，改革时弊。这个派别的思想家们在哲学上大都坚持'气一元论'，并借助当时自然科学、技术的成就，对很多自然和社会现象作了比较正确的解释。"②但面对正统朱子学"一字致疑"便"扣上'斯文乱贼'的大帽进行残酷镇压的严酷现实，实学派思想家吸取汉学派尹镌等被镇压的教训，批判朱子学时往往打着儒家的旗号，是通过对汉唐儒家经典的考证来阐述自己的实学思想的。"这些都或多或少地影响到文学的创作和传播。

这也就是说，即使在朝鲜王朝这样封闭的社会条件下，非朱子学甚至反朱子学的思想意识不但存在，而且也影响着文学创作。许筠（1569—

---

① 郑德熙：《阳明学对韩国的影响》，文史哲出版社，1986年，第2页。
② 《东方著名哲学家评传·韩国卷》，山东人民出版社，2000年，第15页。

1618）就是对儒家思想的束缚表现出强烈不满的作家，通过小说《洪吉童传》，批判朝鲜王朝的封建身份等级制度，向现存封建社会秩序提出挑战。主人公洪吉童为农民起义军头领，他犯上作乱，实际上是劫富济贫，深受百姓喜爱。许筠出身于官宦家庭，天资聪慧，颇得文名。由于性格豪放、耿直，不见容于当时的统治者，遭到贬谪甚至流放。为了推翻腐败的朝鲜王朝，他与朴应犀、徐羊甲等一批庶子出身的人一起组织秘密团体，筹划起义，但事泄被捕，以谋反罪被处死，终年50岁。许筠以谋反罪被处死以后，他的《洪吉童传》便被列为禁书。洪吉童的庶出身份，让他从小备受歧视和虐待，自此埋下了叛逆的种子。作品对不合理的封建家庭制度及嫡庶差别制度的揭露和批判是相当深刻的。洪吉童对这种毫无人道的嫡庶差别制度感到非常失望，选择离家出走，成为这种社会制度的叛逆者。"程朱理学从根本上否定了人的性情，主张'存天理，灭人欲'，许筠则以这种任情的姿态，充分肯定了人的性情胜于'天理'。许筠对人的性情的充分肯定，与他接受西方的先进思想也有一定的关系。仕途的坎坷和政治上的失意，使他逐渐怀疑陈腐的程朱理学的思想体系，而对佛教、基督教等所谓的'异端邪说'则采取宽容的接受态度。"①

针对儒教思想，以对立的态度利用文学创作进行批判的，毕竟是少数，更多的情况是，容纳甚至融汇其他思想文化并行共存，成为朝鲜时代思想文化的基本景观。尽管儒教成为国教，几次抑佛崇儒政令的推行，极大地打击了佛教思想的扩展传播，但是，佛教的宗教团体和社会影响从来没有中断过。儒、佛、道三教并流，成为朝鲜时代500年思想文化的常态。

"在中国，儒家、道家、佛家各自属于不同的思想体系，尽管也有些矛盾（如韩愈的《原道》中对佛、老的排斥等等），但它们并不总是水火不相容，彼此视如仇敌的，更没有为此兵刃相向、进行战争。相反，倒常常是'和平共处'，甚至相互提携配合的。魏晋时期，王弼、何晏曾有以老庄思想解释儒经的玄学，佛学传入之后，有的学者甚至用老庄诠释佛典。在宋明时期，还产生了兼取佛、道思想的程朱派与陆王派理学。援佛入儒、儒表禅里等等屡见不鲜。由此可见，儒家学说在理论上具有必要借助于他家学说以求完善其体系的内在原因。在汉武帝接受董仲舒意见，罢黜百家，独崇儒术以后，儒家登上了统治地位。道家、佛家则以宗教的形式常常和儒家相融合，在现实生活与民俗中成为儒家的帮手，或互为帮手。"②这种情形也存在于朝鲜半岛。

---

① 李岩、池水涌：《朝鲜文学通史》中，社会科学文献出版社，2010年，第834页。
② 韦旭升：《韦旭升文集》第四卷，中央编译出版社，2000年，第112页。

第五节　实学思想的文学反映

作为北学派的旗手，燕岩朴趾源不仅是实学思想的集大成者，也留下了诸如《热河日记》等众多不朽的作品，装点了略显单调与贫瘠的18世纪汉文小说史。人们对燕岩的关注最早始于《热河日记》这部长篇巨著。1932年随着《燕岩集》付梓刊行，朴趾源成为研究者关注的焦点。对燕岩小说的研究也同时拉开序幕。在《朝鲜小说史》中，金台俊对朴趾源予以了高度评价，认为朴趾源是文章家与小说家。在此基础上，他对朴趾源《热河日记》中《虎叱》、《许生员传》等两篇小说，以及《燕岩外传》中的《闵翁传》、《金神仙》、《两班传》、《广文传》与《虞裳传》等共十篇小说加以了简单的介绍。[①]

在20世纪40年代后期到50年代初期的这段时间，对燕岩小说的研究主要集中在对其原文的翻译与校注上。50年代中后期对朴趾源的研究则主要集中在他的实学思想上。到了50年代中后期，燕岩文学研究进入了一个崭新的阶段。在这一阶段燕岩朴趾源的生涯、社会背景及稗官文学的影响、实学派的启蒙思想等等都得到了一定程度的考察。李佑成在对燕岩的实学思想以及文学，特别是小说作品进行分析之后提出了"实学派文学"的概念。他认为朴趾源的文学是一种士意识与庶民意识相互交错的文学，而朴趾源的庶民意识主要体现在他的讽刺、戏谑、对于权威主义的挑战以及对于人性的肯定上。[②]

在此类研究的基础上，60年代对于朴趾源小说的研究进入了对个别作品以及作家的思想进行研究的阶段。这一时期李家源表现出了旺盛的研究生命力，发表了《燕岩小说研究》、《燕岩小说与实学思想——两班传为中心》、《两班传研究》等一系列研究成果，并于1965年出版了首部针对燕岩小说进行深入研究的专著《燕岩小说研究》。李家源《燕岩小说研究》的出现为之后的朴趾源研究打下了深厚的基础。在这本书中，李家源对朴趾源的十二篇小说（包括已经失传的两篇）、朴趾源的生平、思想以及作品的时代背景及其与后世小说的关系等几乎涉及燕岩小说的所有情况都进行了广泛的考察。这一研究成果为之后的朴趾源文学研究以及朴趾源研究提供了极为重要的文献资料。[③]在这一研究成果中，李家源在对前期研究成果

[①]　［韩］金台俊：《朝鲜小说史》，学艺社，1939年，第172页。
[②]　［韩］李佑成：《实学派文学》，《国语国文学》1957年第16辑。
[③]　［韩］李炫植：《对〈燕岩小说研究〉的已有研究影响的考察》，《东方学志》2007年第137辑。

进行批判性继承的同时，还创造性地通过历史传奇的方式对文本进行了分析。在分析过程中，他尤为关注韩国本民族自身固有的要素的挖掘。与此同时，他还通过对实学思想的关注以及对阶级意识以及封建价值的批判，表现出了其对于近代性的特殊关注。与此同时，有关于《虎叱》的研究也有了进一步的发展。李佑成在其《虎叱的作者与主题》的文章中针对《虎叱》的素材以及主题进行了深入的考察。① 这被认为是60年代后期的又一大成果。

到了70年代，传统解释方法的局限性日益显露出来。在这一背景之下，韩国研究者开始摸索新的研究方法。黄浿江从文学象征体系的角度对《虎叱》与《两班传》的深层结构进行了剖析。② 金永琪则从对朱子学的反抗精神以及批判的角度对燕岩的作家意识进行了考察。③ 金学成在《许生传所反映出的作家意识》一文中，认为《许生传》所反映的是名分与实利之间的矛盾关系，进而从保守势力与利用厚生派的对立关系中对朴趾源的作家意识进行了探索。④

80年代之后，对于朴趾源的研究扩展到了对朴趾源诗文的研究以及《热河日记》的研究之上。在姜东烨在对80年代之后研究的展望以及对以往研究史的回顾过程中，对作家论、文体、比较文学研究、诗以及热河日记的表现手法等研究进行了爬梳。在此基础上，他指出80年代之后应该将研究的焦点集中在燕岩小说本身之上，对其的艺术价值进行定位。⑤

在2000年之后的研究中，对于燕岩小说的研究呈现出了多种姿态。金洙贤针对朴趾源小说主要反映庶民生活的特点，通过从民俗学的角度对朴趾源小说的语言以及对风俗的描写深入挖掘了作者对于风俗的认识，并在此基础上对作者的作家精神进行了深层的剖析。⑥ Emanuel Pastreich 针对知识分子或者说书生的社会作用，对朴趾源初期的汉文短篇小说进行了深入考察。Emanuel Pastreich 通过对朴趾源的家庭背景、对文学的贡献，以及所处时代背景、小说的文体等进行考察之后，在知识分子的作用部分指出"对于朴趾源的具有现代性的解读与对他所处时代以及我们所处时代

---

① ［韩］李佑成：《〈虎叱〉的作者与主题》，《创作与批评》1968年第11辑。
② ［韩］黄浿江：《〈虎叱〉研究》，《韩国小说文学的探求》，一潮阁，1978年；［韩］黄浿江：《〈两班传〉研究》，《韩国学报》1978年第13辑。
③ ［韩］金永琪：《否定与生成——燕岩朴趾源论》，《现代文学》1975年第241辑。
④ ［韩］金学成：《许生传中所表现出的作家意识》，《国语国文学研究》，圆光大学校论文集，1978年。
⑤ ［韩］姜东烨：《1980年代以后燕岩文学研究的方向及其展望》，《韩国汉文学》1988年第11辑。
⑥ ［韩］金洙贤：《对燕岩小说民俗性质的考察》，《人文学研究》2010年第39辑。

社会中知识分子的作用的思考之间存在着不可分割的联系。"，并进一步指出研究者应该关注朴趾源在面对与我们相同问题时候所呈现出的知识分子的姿态。[1] 郑尧一则通过对《两班传》与《秽德先生传》中所反映的儒生精神进行了研究，对朴趾源的创作意图进行了考察。他指出朴趾源之所以创作这两篇小说是为了能够重新树立起在朝鲜后期商业化的浪潮中逐渐失落的儒生精神与君子精神。[2] 许元基通过对朴趾源的自然观、人性观以及世界观三个层面，对人物性同论与燕岩小说的关联进行了研究。所谓"人物性同论"也就是认为人与动物并无区别。通过考察许元基指出洪大容与朴趾源均深受人物性同论的影响，而人物性同论反映在朴趾源的小说上集中体现为朴趾源对于不同阶层人物，如没落两班、庶孽、下层以及市井民众以及女性的人文关照。[3] 全寅初以及许庚寅则分别从比较文学的角度对朴趾源文学与中国文学的关系进行了考察。全寅初在对燕岩与中国的关系以及《虎叱》《许生传》对中国文学的接受情况进行考察之后，指出朴趾源的这两篇小说深受中国的《庄子》《史记》《虬髯客传》的影响。这也从侧面反映了中国文学对于中国古代男性文学对韩国古代文学的影响。[4] 许庚寅则以引起中国学界对于韩国"汉文学"的关注为目的，分别对朴趾源《热河日记》中所表现出的实学思想、短篇小说与中国寓言小说的异同，以及《许生传》《两班传》与《虎叱》中的主题思想进行了由浅而深的考察。[5]

第六节　佛道因素的辅助

即使如《谢氏南征记》这样一部大力宣扬儒家政治与伦理观念的通俗文学作品中，也广泛深入地掺杂了神道成分，从而形成了一种以儒家思想为主、以佛、道两教作用为辅的"三结合"现象。"这一现象与其说是与金万重个人的出身、所受教育、社会地位等有关，还不如说是与东亚特有的意识形态有关，它是古代、中古时期广泛而持久地存在于社会现实生活中的文化、宗教意识在小说创作中的一种反映，一个具体表现。"[6]

---

[1]　[韩]Emanuel Pastreich：《燕岩朴趾源及其短篇》，《韩国汉文学研究》2005年第36辑。

[2]　[韩]郑尧一：《燕岩小说〈两班传〉与〈秽德先生传〉中所反映的儒生精神》，《汉文教育研究》2002年第19辑。

[3]　[韩]许元基：《人物性同论与燕岩小说》，《古小说研究》2008年第25辑。

[4]　[韩]全寅初：《东方文学研究：燕岩小说中接受中国文学的样相》，《东方文学比较研究丛书》1997年第3辑。

[5]　[韩]许庚寅：《朴趾源小说研究——以韩中比较文学的角度为中心》，《中国语文学论集》2003年第24辑。

[6]　韦旭升：《韦旭升文集》第四卷，中央编译出版社，2000年，第112—113页。

而在金万重另一部代表作《九云梦》中，儒、佛、道三教在作品中的主次关系，恰好与《谢氏南征记》中的来了个颠倒。《九云梦》描写的是一个韩国版仙女下凡的故事。六观大师的弟子性真路遇卫夫人的八位仙女，逗笑中不意犯条获罪发配人间的故事。性真投胎人世成为杨少游，八位仙女分别成为八位佳丽，先后婚配给杨少游，展开了八女与一男的爱情纠葛。其中述说了杨少游考场夺魁、疆场建功、情场得意、官场腾达，与八女享尽了人间的荣华富贵，最后经僧人点悟，杨少游与八位夫人一同皈依佛门。

在金万重之前，韩国小说多为短篇。金时习的《金鳌新话》为朝鲜第一部真正意义的短篇小说集，林悌的《愁城志》、《花史》、《鼠狱说》则传统理论讲人物性格，现代叙事学讲角色功能。A·J·格雷玛斯归纳出叙事作品的六种角色：主角与对象、支使者与承受者、助手与对头。从抽象意义来讲，从最简单的一个神话故事到最复杂的多卷本巨著，都可以套入这六种角色的叙事模式。我们尽管不能说金万重笔下的这些登场人物都性格鲜明，但他的高明之处在于：像他的《九云梦》那样，把属于同一类对象角色的八位仙女刻画得各具个性，或像他的《谢氏南征记》那样，塑造了那么一批恶人，且又各有各的恶法，并且，这些恶人在叙事中还有不同的角色分工，如乔氏充当对象，其他几个恶人如董青、李十娘、腊梅、雪梅、冷振等则充当对头。能在17世纪的韩国小说创作中这样处理人物角色问题，确实前无古人难能可贵。

金圣叹在《读第五才子书法》里，说《水浒传》只是写人的粗鲁处，便有许多写法："如鲁达粗鲁是性急，史进粗鲁是少年任气，李逵粗鲁是蛮，武松粗鲁是豪杰不受羁靮，阮小七粗鲁是悲愤无说处，焦挺粗鲁是气质不好。"① 金万重应该也是深知其妙的，不然他不可能把八位钟情于杨少游的女子都写得那么年轻、美貌、聪明、贤惠，而又各有各的声口脾性。华州秦御史之女彩凤，与杨少游一见钟情私订终身，然留宿杨少游却能不乱方寸保全少女身；洛阳名妓桂蟾月，与杨少游有一夕之欢，便许诺终身为妾，从此自绞青丝，称有恶疾，杜门拒客，为意中人守节；江北名妓狄惊鸿，为择如意郎君，嫌身处僻壤耳目不广，竟自卖为娼，以期良缘，终得遇杨少游；京师郑司徒之女琼贝，因杨少游男扮女装，以琴相挑，于深闺得窥芳颜，心生愤懑，遂于杨少游求婚之际，指使婢女春云装神弄鬼，戏耍报复；另外皇妹兰阳公主、吐蕃刺客沈袅烟、龙女白凌波等，都各与杨少游结一段奇缘，联一段奇情，从中显露一种又一种奇特个性。

---

① 金圣叹：《读第五才子书法》，《第五才子书施耐庵水浒传》卷一，中华书局，1975年。

由于人物关系接近现实生活，头绪线索也由简趋繁，这势必使得结构的重要性突出出来。这样，种种结构技巧也便应运而生。在古代小说创作中，叙事方式问题更多地被归结为结构技巧。金万重的这两部作品给韩国小说艺术提供了两种全然不同的结构方式。

如《九云梦》般拥有众多人物，在韩国古小说中已属鲜见，而尽叙八位女子与一位男子的恋情，这恐怕不仅在韩国古小说史中，即使在世界古小说史中也不多见，且能在如此有限篇幅中，每一女子尽得其妙，行文用笔极尽其奇其巧，毫无雷同烦琐之疵，主要得力于结构上的相互引带和以事出人之法。单说杨少游要与八位女子相见，如果作者一一铺叙，那只能做成竹节文字，平直无奇而烦冗累赘。然而作者推出这八位女子时，巧妙地让甲带出乙，又让乙带出丙。如狄惊鸿和郑琼贝便先由桂蟾月口中道出，一个是"见之者无不爱其才、奇其志，顾今闺阁之中，岂独无其人乎"，一个是"窈窕之色，幽闲之德，为当今女子中第一"。后来，桂蟾月干脆让狄惊鸿暗替自己陪侍杨少游过夜。杨少游最早结识并私订终身的是华州秦彩凤，后因秦父降贼被诛，秦彩凤遭此剧变而音讯杳然，后国王欲帮御妹择婿，召杨少游于蓬莱殿让太后暗睹其丰采，恰好秦彩凤陪侍太后左右，至此秦彩凤和兰阳公主可谓相互引带而出。八美人之一的春云则由郑琼贝引带而出，她以侍婢的身份帮郑小姐实施其报复计划，结果先行做了杨少游的侍妾。除了相互引带，以事出人的办法也很重要，刺客沈袅烟、龙女白凌波，一个是乘杨少游率军征吐蕃之际，佯作刺客，终成琴瑟和鸣；一个是趁杨少游困陷盘蛇谷之时，涤清水质，救官兵于干渴邪毒，结为秦晋之好。这都省却了许多介绍交代之苦。

更为难能可贵的是，金万重还为韩国文学首创了"套中套"结构。纵观全篇，杨少游从生为人子，自幼聪慧，早捷状元，翰苑为官，出将三军，上疏乞退，与两公主六娘子对酒当歌，此皆性真小和尚一场春梦而已。"而自顾其身，则独在小庵中蒲团上，火消香炉，月在西峰，自抚其头，则头发新剃，余根松松，一百八颗念珠，已垂项前。真是小和尚形模，非复大丞相威仪，神情惚惚，胸膈憧憧矣。既久忽觉，其身是莲花道场性真小和尚也。"① 这与开篇性真小和尚路遇八位仙女动情乱性遭受处罚相呼应，形成匣套，而杨少游一生遭际便成了匣套中物了。像这种匣套式梦字类小说自《九云梦》后，在韩国小说史上形成了一种创作范式，如后出的《玉楼梦》、《玉麟梦》等，则是其中的上乘之作。当然，这种梦字类作品的叙事方式，最早的源头当可上溯至中国唐传奇中的《枕中记》、《南

---

① ［韩］金万重：《九云梦》，北岳文艺出版社，1989年。

柯太守传》等，但金万重还在《九云梦》中使用了"梦中梦"，即多重匣套式叙事方式，这不能不叫今人叹服。第九回《白龙潭杨郎破阴兵，洞庭湖龙君宴娇客》一回文字，叙杨少游兵困盘蛇谷，龙女白凌波邀相会面，却遭情敌南海龙王太子讨伐，杨少游生擒南海太子，又受洞庭龙王设宴答谢解救父女之恩，都巧妙地置于梦中，跌足惊醒，此身尚在军营，东方欲晓，众将士皆言同此一梦，往视白龙潭，碎鳞铺地，血流成河，毒泉变为清泉，破敌大胜。这就把杨少游一生变成小和尚性真之梦，又把白龙潭一役变成杨少游之梦。梦里梦外所述之事，既相互连接又相互映照。相互连接扩大了作品的叙事范围，把原本难以纳入之事轻松纳入；相互映照增强了作品的蕴含容量，让人能从中读出许多字面上没有的东西。

  金万重在叙事艺术方面的成就，应该说得益于多方面的条件。首先，中国小说的大量传入，为韩国小说创作提供了宝贵的经验。许筠在其《西游记跋》中曾说："余得戏家说数十种，除《三国》、《隋唐》外，而《两汉》龊，《齐魏》拙，《五代残唐》率，《北宋》略。《水浒》则奸骗机巧，……有《西游记》，云出于宗藩，即《玄奘取经记》而衍之者，其事盖略见于《释谱》及《神僧传》。"[①]

  据韩国学者闵宽东博士在《中国古代小说流传韩国之研究》统计："另据本人搜集在韩国现存中国古典小说的版本目录中可见，朝鲜时代已传入的中国小说有数百种之多。"到金万重，中国小说影响更盛，有些名著确已达到普及的程度。金万重指出："今所谓《三国志衍（演）义》者，出于元人罗贯中。壬辰后盛行于我东，妇孺皆能诵说。"稍后于金万重的蔡济恭在《女四书序》中说："近世闺阁之竞以为能事者，惟稗说是崇，日加月增，千百其种。"可以这么说，韩国的古典小说家们几乎没有不受中国小说影响的。《六美堂记》的作者金在垿就是因为向邻居借来几本中国小说，阅后觉得"人情物态，善于模写，凡悲欢得失之际，贤愚善恶之分，往往有令人观感处"[②]，而学习创作小说的。

  金万重的个人经历，在促使他成为韩国划时代小说家的过程中起到了不可替代的作用。金万重出生于世代官宦人家，父亲战死疆场时他尚在母腹。其母年轻寡居，生活孤寂，常年与其讲述奇闻轶事的稗史小说，这无疑对金万重的文学思想、创作观念以至写作技巧都产生了重大影响。在视儒教为国教的韩国，传统士大夫的修身齐家治国平天下的人生理想肯定

---

  ① ［韩］许筠：《惺所覆瓿稿》卷十三。
  ② ［韩］金在垿：《六美堂记小序》，《韩国汉文小说全集》卷五，中国文化大学出版部，1980年。

对金万重也在发生影响，但与同时代的文人们不同，他自小在接受正统儒家教育的同时，由于没有父亲的严格管束，兴趣广泛自由发展，"盖自圣经贤传之所载，微而为天人性命，著而为礼乐文物，以及历代兴亡衰盛之迹、人事得失、是非之归，与夫星历算数、山川土地、诸子之学、外国之事皆贯穿包括，至于论文说诗，继以谐谈稗说，无不具备，而率多发前人之所未发者"①。加之仕途坎坷，身属西人老论派，与掌权的南人派势同水火，屡遭贬谪。所以看淡仕途经济，这种政治上的受挫，促使他更贴近民众，体恤下情，丰富了笔下的内容，同时也更能解悟文学真谛。因此，他在自己的《西浦漫笔》中便能引《东坡志林》中的一段话来表达自己对文学情感作用的认识：

"涂巷中小儿薄劣。其家所厌苦。辄与钱，令聚坐听说古话。至说三国事，闻刘玄德败，颦蹙有出涕者，闻曹操败，即喜唱快。此其罗氏演义之权舆乎？今以陈寿史传、温公《通鉴》聚众讲说，人未必出涕者。此通俗小说之所以作也。"②有这认识非常重要，它说明了金万重是韩国文学史上第一个把小说当作小说来写的小说家。这样，他便必然自觉地重视小说创作技巧。这也就是他的叙事艺术能够高出同代作家一筹的重要原因。包括他竭力倡导并身体力行地使用谚文而非汉文进行小说创作，也根源于他对文学的本质认识。"人心之发于口者为言。言之有节奏者，为诗歌文赋。四方之言虽不同，苟有能言者，各因其言而节奏之，则皆是以动天地、通鬼神，不独中华也。"③文学作为语言艺术，在俚言国文中更能焕发自身的生命力。

第三，金万重的创作动机还有其特殊性。他是孝子，为慰母亲独处寂寞，经常收集稗记小说给母亲解闷，相传他写小说，其直接目的便是如此。"稗史有《九云梦》者，即西浦所作，大旨以功名富贵，归之于一场春梦，要以慰释大夫人忧思。其书盛行闺阁间，余儿时惯闻其说，盖以释迦寓言，而中多楚骚遗意云。"④这种创作动机一方面排除了功利目的，另一方面迫使作者不得不努力运用技巧手段去以情动人以理服人，不然何以慰释母亲忧思？正因为这样，即使是有所寄寓，也不能以意害文，而是要在尊重作品中形象逻辑发展的前提下予以隐晦曲折地表现。如《谢氏南征记》写的是一个贵族家庭内部正室与偏房之间的矛盾斗争，而作者身处的则是朝鲜肃宗时正宫与偏妃的矛盾斗争的漩涡，肃宗废黜王后闵氏，欲立张禧嫔，遭到金万重所属的西人派的反对，金万重也为此遭贬流配。此作

---

① ［韩］金昌翕：《西浦漫笔序》。
② ［韩］金万重：《西浦漫笔》。
③ ［韩］金万重：《西浦漫笔》。
④ ［韩］沈宰：《松泉笔谈》。

正成于他谪居岭海期间,其中的讽谏之意不难看出。正因为讽谏之意太过明显,作者故意把故事背景放到中国。金万重的堂孙,也是他两部小说的汉译者金春泽认为:"小说无论《广记》之雅丽,《西游》、《水浒》之奇变宏博,如《平山冷燕》又何等风致,然终于无益而已。西浦颇多以俗谚为小说,其中所谓《南征记》者,有非等闲之比。余故翻以文字而其引辞曰:言语文字以教人,自六经然尔。圣人既远,作者间出,少醇多疵,至稗官小记,非荒诞则浮靡,其可以敦民彝稗世教者,惟《南征记》乎,《记》本我西浦先生所作,而其事则以人夫妇妻妾之间,然读之者无不咨嗟涕泣,岂非感谢氏处难之节,翰林改过之懿,皆根于天具于性而然者。其愤痛裂眦,又岂以乔董之恶哉!不唯如此,推类引义,将无往而非教人者,所谓放臣怨妻与所天者,天性民彝,交有所发,则如楚辞所谓'感发人之善心,惩创人之逸志',则又庶几乎诗,是乌可与他小说同日道哉!然先生之作之以谚,盖欲使闾巷妇女皆得以讽诵观感,固亦非偶然者……"① 据传肃宗看了这部小说,也有所触动,复立闵氏而贬废张氏,可见其影响之大。② 从同时代人物的片言只语可以看出,金万重所创作的小说尚不止这两部,但仅凭这两部,便确定了他在韩国文学史中的地位。他高超的叙事艺术,足称后世典范。

儒、佛、道三教合流,以儒为主,佛道辅助,这是朝鲜王朝思想文化的真实情况,在小说创作中也得到了真实的体现,而这方面表现得最为明确、完整、圆满、深刻的是南永鲁的《玉楼梦》。就哲理性与形象性所达到的高度和特色而言,《玉楼梦》在对儒、佛、道关系的处理方面具有典型意义。

《玉楼梦》是继《谢氏南征记》和《九云梦》后,朝鲜小说史上的又一瑰宝。南永鲁的这部"梦"字作品,其篇幅三倍于金万重的《九云梦》,韦旭升对这部作品中儒佛道三者的关系,进行了深入的分析。一方面,该作对于已为朝鲜时代从上至下广为接受的儒家思想,如三纲五常,置于核心地位,另一方面,佛与道两者又相互融合,共同辅助儒家思想。韦旭升指出,这种辅助表现在作品中可分为:

(1)"助手"作用。从旁协助人物按儒家的思想与规范从事某些行为。佛与道没有自身确定的现实目的,其所做一切都是为儒家思想主导下的种种人间活动服务。如观音菩萨授给杨昌曲天书;文殊菩萨(即白云道士)收留江南红并传授她文韬武略、神法妙艺;在遭到毒水威胁时,白云道士

---

① [韩]金春泽:《北轩居士集》卷十六。
② [韩]车溶柱:《韩国汉文小说史》,亚细亚出版社,1989年,第319页。

以金丹为杨昌曲解毒,又给江南红佛珠抗御邪气等等,都是借助神仙的力量。佛与道都已一脚跨入人间尘土成半"人世"状态了。

(2)"代偿"作用。当人物处于走投无路之际,佛、道还可以起到精神上的"代偿"作用。如碧城仙的生身父亲家破人亡"世念顿绝"之际,只有遁入空门,在佛教的"空无"思想指导下,追求一种摆脱人间烦恼的平静无忧的境界。

(3)"归宿"作用。脱离朝廷和官场,走向清净的田园,恣情于山水,追求没有尘世俗虑的仙境生活,此乃道家和道教的"仙境"。它可以为儒士们提供一个"善终"的结局,从而也就成了儒家道路最后的一种补充或完善,也就是"归宿"。

(4)作品头尾的装饰。《玉楼梦》的开头与末尾都有佛与道的成分,开头是从天上诸仙官动尘念出发,末尾是观音菩萨托梦,预告众主角人物仍将返回天界,复归原职。这场"演出"不过是按照"既定计划",了却"情"与"缘"。

"除儒学外,佛和道是传统文化的重要组成部分,《玉楼梦》生动地表现了佛、道思想在朝鲜的现实意义。儒学是注重现世的,'修身、齐家、治国、平天下'谈的是现世的问题,靠的是人的力量。但是人的力量是有限的,是受制于各种境遇的,于是儒家又主张'穷则独善其身,达则兼济天下',无论穷达,讨论的都是有生之年的问题,提供的也只是现实生活中的人生态度,但是人生是短暂的,死后会如何呢?孔子曰:'未知生,焉知死?'生的事情还搞不明白,怎么能知道死后的事情呢?虽然圣人这样说,但是凡人还是会关注:我们可否长生不老?如果不能,死后会如何?道家与佛学在这个意义上弥补了儒学的不足。佛与道都指向一种超人的力量,道家主张苦心修炼,渴望成仙,以期长生不老,而佛家则讲佛祖、菩萨的慈悲情怀,虔诚求佛,佛会保佑人们愿望成真。佛法的无边和道术的神奇给人以幻想,成为拯救现实苦难的一道灵光。在现实中人们求神拜佛大多是祈福或寻求救助,更深一层的意义在于佛与道提供了人死后的去向,特别是佛教的因缘与轮回的观念,劝导人向善,道与佛给人以死后得以飞升或积善修得一个好的业果的幻想"[①]。

对于为什么在独尊儒学的朝鲜王朝会出现这样的现象,韦旭升的解释是:从孔夫子开始,儒家就没有明确过对待佛、道的态度。对于"鬼神"和"天命",孔子所取的是含糊其词或回避的态度。儒家的这种含糊态度,使得佛与道两教可以乘虚而入。只要不触犯儒家思想,倒也不会遭到反对,

---

① 李宏伟:《〈玉楼梦〉小说艺术研究》,社会科学文献出版社,2011年,第20页。

有时甚至受到容纳乃至欢迎。另一方面也应看到，文学作品中的佛与道因素，"实际上大多是当时民间心目中的佛与道，是神通广大、救苦救难、惩戒恶人、帮助善人的，是通俗性的，也是当时这种通俗文学——小说之读者对佛与道、神鬼寄予厚望或祈求实现的。"这种儒与佛道的因素，除了《玉楼梦》、《谢氏南征记》外，像《沈清传》、《兴夫与乐夫》、《孔菊与潘菊》等都有表现。"《沈清传》宣扬的孝道，《兴夫与乐夫》渲染的仁与悌，《孔菊与潘菊》同情与赞扬的善良，都与儒家观念相关，而这种观念的实现和胜利，也都离不开神鬼等宗教要素的参与、帮助。"①

除了儒、佛、道三教之外，韩国本土花郎道的"花郎"精神也很值得注意。花郎道由新罗真兴王（540—575）创设，它由起初的少女浪漫的审美活动逐渐演变为青少年的人格陶冶之"道"。参选者必须是德行高尚的良家子弟，即不仅要有外形美，还要将门第、品德等内在美也列为选拔标准。所选出的青年男子被称为"花郎"，其本身就是"选士"，为国家选拔人才，所以当时的花郎就成为左右国家未来兴衰成败的关键人物。"花郎"的精神信仰、思想理念、行为规范逐渐演绎为"花郎道"。它成为韩民族的精神内核，它与儒、佛、道三教并行不悖。花郎道将儒教的忠孝观，道教的无为观，佛教的善恶观有机地融合在一起。花郎的行事原则有"花郎五戒"，其基本内容为：事君以忠，事亲以孝，交友以信，临战无退，杀生有择。这"花郎五戒"的忠、孝、信、勇、节制，表面看忠、孝、信似乎与儒教教义相同，节制又与佛教戒律相同，其实，"在这里，忠孝、善恶、无为不仅仅是儒教、佛教、道教的专利，而具备了普遍性。这就是说忠孝、善恶、无为三者会通为一个整体。这个整体以'世俗五戒'的形式表现出来。'世俗五戒'既是儒家的伦理条目、又是佛教的修身戒律、也是道教的处世准则。"②这种具有国家主体精神的三教融合，形成韩民族精神的特色。从《九云梦》中的杨少游，《玉楼梦》中的杨昌曲等作品男主人公身上，都可以看到"花郎"的影子。

---

① 延边大学亚洲研究中心：《朝鲜韩国文学与东亚》，延边大学出版社，2009 年，第 26 页。
② 李甦平：《论韩国的三教和合——以花郎道为中心》，《当代韩国》2001 年冬季号，第 72—74 页。

第五章　朝鲜汉文小说各论

历经新罗末期到高丽初期的历史积淀，朝鲜汉文小说终于在朝鲜初期绽放出了《金鳌新话》这一朵奇葩。之后，壬辰倭乱、丙子之役两次血泪历史催生了汉文小说的进一步发展。在继承和发展了前期传奇小说特点的基础上，17世纪之后的朝鲜汉文小说在内、外部因素的共同作用下呈现出了异彩纷呈的发展姿态。

朝鲜现有汉文小说共计300种，其中的270余种产生于壬辰倭乱、丙子之役之后。这说明进入朝鲜中后期，汉文小说取得了前所未有的发展。这一章将在国内已有分类的基础上，结合韩国最新的研究成果，对朝鲜汉文小说加以重新分类，并简要介绍各个类型小说的特点、发展流变及其主要作家及作品。[①]

本章要讨论的朝鲜时期的汉文小说可大致区分为传奇小说、假传小说（寓言小说或拟人体小说）、梦游录小说、军谈小说（英雄小说）、传记小说、梦幻小说（梦字类小说）、家庭小说、爱情世态小说与汉文长篇小说等几大类。

第一节　传奇小说

所谓传奇小说，指士大夫文人通过书写男女间的离合与奇异事件来抒发自身情怀与抱负的小说类型。这一类型的小说，其最主要的特点在于它

[①] 一直以来朝鲜汉文小说的分类问题都是困扰研究者的问题之一，似乎至今仍然未能就此达成共识。尹在敏在《韩国汉文小说的类型论》中针对金台俊、郑亨容以及2000年韩国古小说学会的机关杂志《古小说研究》第9辑中所登载的《韩国汉文小说目录》所存在的问题提出了新的分类方法。《韩国汉文小说目录》的相关研究者崔溶澈、张孝铉、尹在敏等充分考虑到金台俊以及郑亨容小说分类的标准的基础上，将韩国小说分为传奇小说、寓言小说、传记小说（传系小说）、笔记小说（野谈小说）、梦游录小说、英雄小说、家庭·家门小说、爱情小说、世态小说。在此基础上，尹在敏又按照小说篇幅的长短将小说分为汉文短篇小说、汉文中长篇小说，其中短篇小说包括传奇小说、史传记小说、笔记系小说、寓话小说、传奇系小说、其他等，汉文中长篇小说分为才子佳人小说、爱情世态小说、演义类假文小说、家庭家门小说、英雄小说等五类，长篇小说包括家庭、门小说、英雄小说。（［韩］尹在敏：《韩国汉文小说类型论》，《民族文化研究》2001年第35号，第166页。）在上述研究中，尹在敏的小说分类可以说是至今为止最为细致的分类。

的传奇性。作为朝鲜时期第一部传奇小说集,金时习的《金鳌新话》开创了朝鲜小说史的先河。

金时习(1435—1493),自幼才学惊人,备受当时君主的喜爱。然而,1455年世祖篡位的发生彻底打断了金时习出仕的念头。自此,他焚书削发,过起了云游四方的生活,并最终在59岁于忠清道鸿山无量寺离世。在其坎坷的一生中,金时习留下了《梅月堂文集》、《梅月堂诗四录》、《妙法莲华经别赞》、《十玄谈要解》、《千字联句》、《金鳌新话》等大量著作。一般认为《金鳌新话》是其生活在金鳌山时期所著作品,并据此推断《金鳌新话》应该完成于1465年—1471年。而在当时《龙飞御天歌》(1445—1447)的批注中已经提及《剪灯余话》,[①] 也就是说,早在《金鳌新话》问世之前,《剪灯新话》与《剪灯余话》已经传入到了朝鲜。而且《剪灯新话》对于金时习的触动颇深。在一首题为《题剪灯新话后》的长诗中,金时习不仅将自己初读《剪灯新话》的感受比喻为"初若无凭后有味,佳境恰似甘蔗茹",还屡次提及《剪灯新话》中《翠翠传》、《爱卿传》、《藤穆醉游聚景园记》等爱情题材。

《金鳌新话》中共收录了五篇传奇小说,即《万福寺樗蒲记》、《李生窥墙传》、《醉游浮碧亭记》、《南炎浮州志》以及《龙宫赴宴录》。其中《万福寺樗蒲记》、《李生窥墙传》、《醉游浮碧亭记》均描写了人鬼、人仙相恋的爱情故事。《万福寺樗蒲记》中南原书生梁生与在倭乱之时悲惨丧命的女子所化身的少女相恋;《李生窥墙传》松都书生李生与死去妻子延续爱情;《醉游浮碧亭记》中松都洪生与殷氏后裔仙子交往,这些故事无不充满了传奇的浪漫色彩。《南炎浮州志》与《龙宫赴宴录》属于梦游录小说,这两篇小说均以梦境为素材,抒发了作者在现实世界中难以实现的政治抱负与政治理念。《南炎浮州志》描写了庆州朴生做梦来到地府,受到阎王款待并被任命为阎王王位继承人的故事。《龙宫赴宴录》再现了松都韩生受邀游历龙宫的故事。

《金鳌新话》的五篇文章中,无论是梁生,还是李生,抑或洪生、朴生、韩生,都颇具才华,却无处发挥。最终因他们与鬼魂、仙子、阎王以及龙王的机缘而选择遁世归隐。小说中出现的清一色的书生以及他们无处施展才华的际遇,从某种程度上来讲都与怀才不遇的金时习有着千丝万缕的联系。他们与鬼魂、仙人相遇并以此为契机选择了遁世的情节安排,表现出一种背离儒学理念的倾向。这样的情节安排也与他本身的经历相类

---

① [韩]李治翰:《试探韩中古典小说体制上的共同点》,《世界文学比较研究》2008年第23辑,113页。

似。尽管金时习未曾遭遇过人鬼或者人仙之恋，但世祖篡位的打击最终导致他放弃了作为儒生所应该的齐家、治国、平天下的政治抱负，转而选择了遁入佛门来作为寻求心理解脱的途径。作者通过小说中书生的种种离奇经历来间接抒发了自身长期以来被压抑的政治理想与情怀。小说所表现出的政治色彩也鲜明地表明了金时习的政治观点与立场，其中最为直接和鲜明的莫过于开创了梦游录小说先河的《南炎浮州志》。《南炎浮州志》中，金时习直抒胸臆，对当时的社会现实，特别是当时世祖篡位的事实进行了尖锐的鞭挞和批判，除了强调了儒家所主张的忠君思想之外，还通过阎王之口表达了自己对于王道政治的理想。①

金时习在创作《金鳌新话》时，尽管其文体特征、思想基调等各个方面都深受《剪灯新话》的影响，②但他却将故事发生的背景转移到了朝鲜。五篇小说中出现的书生以及故事发生的场所分别为朝鲜南原、松都、庆州等地。相较于后世作家在模仿中国小说进行创作时多以中国为背景的特点，金时习无疑是一个需要关注的作家。因为这无疑反映出了他高度的民族主体意识。同时，金实习小说中人鬼之恋以及人仙之恋的悲剧结尾，为传奇小说营造出了一种独特的悲剧美。

《金鳌新话》创作完成之后，并没有像《剪灯新话》那样在朝鲜大规模地流传开来。得益于尹春年（1514—1567）对金时习诗文等发掘、整理与收集，金时习的部分作品才得以传世。壬辰倭乱之前，金安老（1481—1537）以及退溪（1501—1570）间或留书提及有关《金鳌新话》的阅读经历，但在壬辰倭乱中《金鳌新话》连同《剪灯新话》等文献一同被掠夺到了日本，以至于朝鲜中后期几乎没有留下任何有关《金鳌新话》的文献记录。

继金时习的《金鳌新话》之后，申光汉（1484—1555）又于16世纪中前期创作了传奇小说集《企斋记异》。《企斋记异》共收录了四篇小说，其中包括《安冯梦游录》、《书斋夜会录》、《崔生遇真记》以及《何生奇遇记》。《安冯梦游录》采取了梦游录小说的结构及拟人化的手法勾画了落榜举子安冯在梦中所见到的情境；《书斋夜会录》是一篇以文房四宝为主人公的假传小说。除去这两篇小说外，《崔生遇真记》与《何生奇遇录》似乎都深受《金鳌新话》的影响。其中被认为代表了取得较高艺术成就的《何生奇遇录》从其故事构成、叙事展开来看，似乎是申光汉在参考、借鉴《万福寺

---

① 林明德：《韩国汉文小说全集》第3卷，中国文化学院，1980年，第169—171页。
② ［韩］崔溶澈：《明清小说在东亚的传播和交流》，《中国学论丛》2000年第13辑，第58页。

樗蒲记》与《李生窥墙传》的基础上创作而成的作品。① 但申光汉（1484—1555）并没有照抄金时习《万福寺樗蒲记》、《李生窥墙传》中描写人鬼爱情叙事的情节，而是对其进行创造性的重组。

《何生奇遇传》大致可以分为前后两部分。小说的前半部主要描写何生通过卜师的帮助与幽人姜氏相识并相恋。这样的情节与《万福寺樗蒲记》中梁生通过佛祖的帮助与女鬼何氏相识相恋的情节雷同。只不过，不同的是何生前往骆驼桥问卜并非为了爱情，而是为了寻找出仕的途径。这就为《何生奇遇传》打下了与金时习爱情传奇截然相反的基调。在后半部分的内容中，何生非但没有因与女鬼的相遇而看破红尘，反而主动帮助女鬼还生。在《何生奇遇传》的后半部分，小说通过对《李生窥墙传》逆向接受，表现出了强烈的亲儒家倾向。《李生窥墙传》中崔氏在遭到红巾军侵犯之时中为了保住贞节而丧命，而李生在妻子幻体还阳期满辞世后相思成疾，最终也选择了撒手人寰。从理念叙事上来看，李生"得病数月而卒"这一追随爱人脱离现实的情节安排，意味着身为儒生的李生以及小说的作者对于社会现实的彻底否定。金时习对现实的否定通常被认为与世祖篡位的影响有关。正祖篡位给金时习带来了致命的打击，最终导致他放弃了作为儒生所应该的齐家、治国、平天下的政治抱负，转而选择了遁入佛门寻求心灵的解脱。然而，在《何生奇遇传》中何生不仅没有因与姜氏的恋情而背离现实社会秩序，原本处于现实秩序之外的姜氏也在他的帮助之下进入了现实秩序当中。小说中姜氏的重生，意味着姜氏与何生对于现实社会秩序的认同与接受。在男女人物的关系当中，何生作为救助者存在，而姜氏则成了被救助之人。两者之间形成了一种启蒙与被启蒙、救助与被救助的关系。因此，相较《金鳌新话》中的两篇爱情传奇小说，《何生奇遇传》表现出了与儒家意识形态更强的亲和性。② 也正是因为如此，《企斋记异》才早在1553年就被当作是理念教化的范本付梓刊行，以单行本的形式流传于世了。③ 作为继《金鳌新话》之后出现的第二却传奇小说集，《企斋记异》在朝鲜汉文学史上具有其特殊的意义。

---

① ［韩］晚松文库本《企斋记异》跋："时嘉靖纪元之三十二年孟秋望后三日，门人校书官别提申灌谨百拜以书。"可知《企斋记异》刊行于1553年。

② ［韩］严泰植：《爱情传奇小说的创作背景以及样式特征》，曙园大学大学院博士学位论文，2010年，第67—80页。

③ 金宽雄、金晶银：《韩国古代汉文小说史略》，北京大学出版社，2011年，第97页。

第二节　假传小说[①]

假传小说，又称寓言小说，是拟人体小说，最早的雏形是拟人传记体散文。所谓拟人传记体散文，也称假传，即假托传记的形式，采用拟人化的手法对动植物以及日常用品等立传的形式。[②] 假传的形式最早见于韩愈的《毛颖传》。而后东传在高丽时期大放异彩，成为当时文人表达抒发情怀的一种题材。这一时期产生了诸如《孔方传》、《清江使者玄夫传》、《竹夫人传》等假传名篇。到了高丽后期，假传作品《丁侍者传》摆脱了传的一般结构，呈现出了向小说转变的迹象。[③] 朝鲜前期申光汉《企斋记异》中的《书斋夜会录》在此基础上有了进一步发展，呈现出了寓言小说的面貌。这篇寓言小说中，申光汉采用假传的形式，通过对文房四宝—笔墨纸砚的拟人化，间接地表达了自身内心世界的想法。申光汉的《书斋夜会录》之后，16世纪相继出现了金宇颙（1540—1603）的《天君传》、林悌（1549—1587）的《愁城记》、《花史》以及《鼠狱说》等寓言小说。

16世纪随着在政治权力的斗争中士林派的胜利，性理学的理念开始逐渐成为朝鲜名副其实的统治理念。士林阶层为了巩固性理学的统治地位也采取了一系列宣传性理学的措施。在这一过程中，小说作为宣传性理学理念的工具而得到瞩目。在这一背景之下，以宣传性理学理念为核心内容的天君类寓言小说得到了士大夫文人的青睐。朝鲜小说中隶属于天君小说的作品主要包括金宇颙（1540—1603）的《天君传》、林悌（1549—1587）的《愁城志》、郑泰齐（1612—1669）的《天君演义》、郑琦和（1786—1840）的《心史》与柳致球（1793—1854）的《天君实录》等。此类小说不仅多以"天君"为题目，而且在叙事手法上也极为类似。这一类型小说的创作自朝鲜初期起一直持续到了19世纪。在此类叙事文学的归类上，一直以来存在小说与假传两种不同的见解。较之于小说，假传的归类似乎占据了主流位置，而具体情况则因作品的不同而有所不同。在此仅对《天君传》、《愁城志》与《天君演义》的具体情况加以简单介绍。

作为天君类寓言的始祖，《天君传》最初是作者金宇颙为了宣传老师

[①] 因近年来拟人体小说的概念已经很少在相关研究中出现，出现更多的是假传小说或寓言小说，也有叫寓话小说的。从严格意义来讲，"寓言"是中韩日三国从古代开始一直使用过的概念与词汇，而"寓话"则在1925年山崎光子在其翻译作品《伊苏普寓话集》中最初开始使用的新造词。（[韩]尹柱弼：《有关寓言小说的样式史考察》，《古小说研究》1998年第5辑，第79页。）

[②] 金宽雄、金晶银：《韩国古代汉文小说史略》，北京大学出版社，2011年，第54页。

[③] [韩]张孝铉：《形成期古典小说的展开与寓言小说》，《古小说研究》2005年第20辑，第369—370页。

南冥曹植的《神明舍图》中的性理学理念而创作的。这是一篇以天君，即心为中心而展开的忠臣（敬、义）与奸臣（懈、傲）之间的对立以及忠臣的胜利的为内容的寓言小说。小说中以理、心为"天君"，"敬"、"义"、"良"、"志"、"克己"为忠臣，"懈"、"傲"为奸臣，通过"敬"胜则国家兴，"懈"胜则国家亡的逻辑来警戒世人，从而达到了宣传性理学理念的目的。小说中忠奸对立中忠臣的胜利也寓意着在现实政治中主张性理学的士林派的胜利。《天君传》的作者金宇颙，号东冈，祖籍义城，是曹植与李滉的门人，于明宗二年（1547）年别试文科乙科及第。《天君传》创作于明宗二十一年（1566），金宇颙时年 27 岁。金光淳在对金宇颙的一生进行简单介绍的同时，又根据"嘉靖四十五年丙寅，先生二十七岁，作天君传，南冥先生尝撰神明舍图，命先生作是传"的记录，① 以及翔实的对比分析指出，《天君传》是东冈奉师命而作，而其《天君传》叙事结构也忠实地反映出了《神明舍图》的基本原理。在此基础上，他指出作为"心性假传"的开篇之作，《天君传》对后世的《愁城志》、《天君演义》等同类型小说产生了深远的影响。②

与《天君传》几乎同时代产生的林悌的《愁城志》中也将人的心性进行了拟人化，称其为天君。但与《天君传》不同的是，《愁城志》中却呈现出了一种与当时主流理念相悖的思想倾向。《愁城志》作者林悌，字子顺，号白湖、枫江等，湖南罗州人氏。林悌"早年失学颇事，侠义游娼楼酒肆浪迹将遍，年垂二十，始志于学而其所学亦不过雕章绘句，务为程文眩有司之目，而图当世之名矣。其后屡屈科场，无适俗之调，忽起远游之志"。③林悌少年无意科举，直至其母病逝，始自着意于科举，并于 28 岁（1576）考取了生员进士，又于 29 岁谒圣文科乙科及第，曾出任礼曹正郎、史局知制教、高山察访等职。

林悌所作《愁城志》叙事结构缜密，辞藻优美。许筠就曾在《鹤山樵谈》中称赞道："所谓愁城志者，结绳以来，别一文字，天地间自欠此文字不得"。有关林悌诗文的研究最早始于 20 世纪 50 年代，现已有一定的积淀。初期成果多关注于对林悌一生的挖掘，以及对其文学作品的概括性研究。自金台俊在其《朝鲜小说史》中称《愁城志》是一篇将自身曲折的处境通过比喻的手法表现出来的作品之后，④ 出现了一系列探索林悌生涯以及

---

① ［韩］《东冈集》卷八，《东冈先生年谱》。
② ［韩］金光淳：《天君小说研究》，萤雪出版社，1986 年。
③ 《白湖集》卷四，《意马篇》。
④ ［韩］金台俊：《朝鲜小说史》，北京：民族出版社，2008 年。

思想的研究。这些研究成果构建出了林悌豪气冲天而又浪漫洒脱的文人形象。① 之后的研究则开始逐渐关注于《愁城志》的体裁分类。这类初期研究主要围绕《愁城志》是否为小说而展开。其中金起东在《愁城志》为最初的拟人小说的前提之下，指出"尽管文章以及表现形式，事件的展开等方面来看（《愁城志》）并不能被看作是小说。但因其使用了在散文与论述中都不会使用的拟人小说的表现手法，因此将其看做小说"。②

在《天君传》中心性最终靠敬与义辅佐得以恢复，而《愁城志》中心性的恢复却是依靠酒带来的豪气冲天而最终实现了愁云消散、重见天日的目的。朝鲜中期士林派在与勋旧派的斗争中一直高举着性理学这面大旗。与《天君传》维护性理学这一统治理念不同的是，《愁城志》却充斥着对于当时社会现实的讽刺。小说中原本天君统领着仁、义、礼、智以及喜、怒、哀、乐，政治清明，一派国泰民安的祥和景象。但是自从愁城建成之后，天君便开始终日闷闷不乐、郁郁寡欢。直到鞠酿（酒）作为驱愁将军讨伐愁城，愁云方才散去。③ 小说里面的愁城是在屈原以及宋玉的请求下修建而成的，而且根据管城子的记录坚守愁城忠义门的是比干、诸葛武侯、关羽、范亚夫以及死六臣等以身殉国之人；坚守壮烈门的是荆轲、项羽等壮志未酬之人，坚守无辜门的是一群被白起活埋的无辜士兵以及楚义帝等无辜枉死之人，而坚守离别门的则是王昭君、绿珠、虞姬等因离别而抱恨终生之人。天君所统治的世界本来是立足于性理学而构成的形而上的世界。但这一平和的内心世界现在因这些历史人物的冤屈而备受困扰，最终导致终日郁郁寡欢，而唯一的解决办法就是让鞠酿将军去攻克愁城。也就是通过鞠酿将军的神力去销毁由上述忠义贤良的历史人物的冤屈所建构的城池。历史上，无论是屈原，还是死六臣无不是忠君爱国之士。但想要攻克天君终日愁苦这一问题却要通过对他们忠贞的践踏才能得以实现。换言之，主张仁义礼智的性理学需要通过牺牲那些在历史上亲身践行过这一伦理道德的人物来实现。在《愁城志》展开的逻辑当中无疑存在着对于当代现实尖锐的讽刺。

其实，林悌在《愁城志》中所要讽刺的正是被士林阶层视为武器的性理学理念，而这一讽刺最终通过小说中屈原的行踪去向得到了进一步深

---

① ［韩］崔根德：《林白湖与他的汉文小说》，《成均》1962 第 16 辑；［韩］郑钷东：《古代小说论》，萤雪出版社，1984 年；［韩］车溶柱：《韩国汉文小说史》，亚细亚文化社，1989 年；［韩］张德顺：《韩国文学史》；［韩］苏在英：《白湖林悌论》，《民族文化研究》1974 年第 8 辑；等等。
② ［韩］金起东：《李朝时代小说论》，精研社，1959 年。
③ 林明德：《韩国汉文小说全集》第 6 卷，中国文化学院，1980 年，第 236—245 页。

化。在小说的结尾,随着鞠酿将军收复愁城,一时满城皆降,愁云消散。看似所有的问题皆已经解决,但最初建议修城的屈原却坚定地选择了拒绝投降。历史上忠君爱国的代表屈原拒绝降服于鞠酿将军,似乎也意味着在现实生活中即使可以借酒化解哀愁,却并不是所有的哀愁都能够通过酒的作用得到排遣。作为士林派与勋旧派政治之争的牺牲品,小说的作者林悌将其对于性理学以及现实政治的批判意识内化于《愁城志》当中,这似乎也并不足为奇。在他对植物进行拟人的编年体寓言小说《花史》中,林悌再次通过花草来暗示明君与昏君、忠臣与奸臣,从而对当时的统治阶级进行了辛辣的揭露与讽刺。在动物拟人的寓言小说《鼠狱说》中,林悌则通过钻进国家仓库,最终导致国库亏空的老鼠来映射当时的贪官,通过疏于值守、缺乏逻辑判断能力的司库神来抨击当时的官吏渎职无能的丑恶嘴脸。老鼠最后狡辩称"承上帝之命"中的上帝,无疑直指当时的最高统治阶级。在林悌的手中,小说并没有成为教化民众的工具,而是一转成为影射整个统治阶层,揭发了统治阶层内部腐败与无能的利器。

历经 16 世纪的《天君传》《愁城志》之后,天君小说到了 17 世纪与 19 世纪又有了新的发展。17 世纪出现了黄允中(1577—1648)的《天君纪》与郑泰齐(1612—1669)的《天君演义》,19 世纪则产生了郑琦和(1786—1840)的《心史》与柳致球(1793—1854)的《天君实录》。与 16 世纪的天君小说相比,17 世纪到 19 世纪创作的天君系列小说的叙事篇幅已经较前期有很大的增加。而且后期的天君系小说的作者一般都会在自己的文章当中附上序文。这也是之后的天君小说与前期作品之间存在的较大的区别。[①]但尽管这些作品在内容与形式上各存差异,但在对心性进行拟人化,进而影射国家盛衰兴亡方面有着其内在的一致性。其中黄允中(1577—1648)的《天君纪》与郑泰齐(1612—1669)的《天君演义》之间仅存在着些许字句的差异。因此《天君演义》通常也被认为是对《天君纪》进行改写之作。[②]两篇小说都将叙事的焦点集中在了人的心性理智与七情六欲间的关系,并试图通过两者之间的斗争来重新找回失去的本性。其中《天君演义》作为章回体小说的鼻祖有着其特殊的意义。如天君小说这样主要以描写人心为中心的天君而展开一系列矛盾的此类小说,并未见于中国、日本,可算是

[①] [韩]康慧圭:《对天君系作品史的考察》,《精神文化研究》2008 年第 31 卷第 1 辑,第 318 页。

[②] [韩]康慧圭:《对天君系作品史的考察》,《精神文化研究》2008 年第 31 卷第 1 辑,第 320 页。

韩国特有的叙事文学类型。①

在之后的研究中，对于《天君传》的关注逐渐脱离了小说本身，而开始从性理学普及的角度进行探讨。其中张庚南从性理学的扩散以及南冥思想传达的手段的角度对《天君传》进行了文学社会学角度的解读。②针对于此类研究中虽论及心性论，却未曾深入剖析心性论形成历史沿革的问题，李基大在其研究中对朝鲜前期心性论展开的历史背景及其与《天君传》创作的关系进行了深入而细致的考察，进而指出"朝鲜初期性理学成为建国理念的同时，朝鲜文人对于心性的认识发生变化的过程中衍生出了《天君传》"，"而《天君传》不同于以往只是对心性进行考察的叙事文本，而更多地开始从当时的历史背景出发，强调了心性的丧失与恢复这一变化与实践的过程"。③

天君系列叙事文学研究的大家金光淳则将有关天君的七篇文学作品《天君传》、《愁城志》以及《天君演义》、《南灵传》等统称为"天君小说"。部分学者则提出了与之相反的见解，试图将《愁城志》归为假传之中。正如前文所述，有关体裁分类的问题，是天君系列叙事文学研究的共同特点。除此外，还存在着部分对《愁城志》作品本身的研究。这类结合当时心性论展开的研究又大致可以分为两类：一类主张《愁城志》是对儒家心性论的诠释；另一类则认为《愁城志》反映了心性论的局限。前一类研究具有代表性的研究者主要有黄浿江、安秉卨等，④而后一类研究中具有代表性的研究者是林荧泽。他在对朝鲜前期士大夫文人叙事文学进行详细考察之后，关注于林悌作为方外人的身份，并认为在《愁城志》中性理学理念最终未能成为恢复世间清明的良方。⑤吴相泰认为《愁城志》是通过迂回的手法针对当时士祸频发的社会现状进行了辛辣的批判。⑥除此之外，还存在着通过考察《愁城志》与其他叙事文学之间的关系，进而对其进行文学史定位的研究。这类研究主要从素材、体裁，以及叙事结构等层面将《愁城

---

① 金健人：《天君小说与心性学》，《中韩人文科学研究》2002年第8辑，第130页；[韩]朴熙丙：《儒教与韩国文学体裁》，石枕，2008年，第52—53页。

② [韩]张庚男：《〈天君传〉来看16世纪小说史的倾向》，《民族文学社研究》2004年第25辑，105—107页。

③ [韩]李基大：《心性论的历史沿革与金宇颙的〈天君传〉》，《韩国学研究》2009年第30辑，第103—129页。

④ [韩]黄浿江：《愁城志与元生梦游录》，《朝鲜王朝小说研究》，檀君大学出版社，1976年；[韩]安秉卨：《心性假传的展开及其性格》，《韩国论丛》1978年第1辑。

⑤ [韩]林荧泽：《朝鲜传奇文人类型与方外人文学》，《韩国文学研究入门》，知识产业社，1982年。

⑥ [韩]吴相泰：《愁城志研究》，《外国语教育研究》1994年第9辑。

志》与《麴醇传》、《孔方传》、《天君传》之间的传承关系及其对后代心性拟人小说的直接与间接的影响关系进行了考察。①

一直以来，有关《天君演义》的研究均围绕着作者的问题，以及《天君演义》本身所具有的意义而展开。有关《天君演义》作者的研究最早源于张志渊。张志渊在1917年在为翰南书林刊行的《天君演义》所作的序文中，写道"乃取郑菊堂所著《天君演义》一书"②，而在该序文中却并未就此进行深层的论证。自此之后，有关《天君演义》作者的论争拉开帷幕。而金台俊在《朝鲜小说史》中也毫无疑问地认定《天君演义》的作者为郑泰齐。③崔南善在《朝鲜常识问答（续编）》（1947年）"朝鲜的小说史怎么发达起来的"的条目下面也认定郑泰齐是《天君演义》的作者。④然而，1949年赵润济在其《国文学史》中针对《天君演义》作者是否为郑泰齐的问题提出了疑问，但一直没有研究者针对于此进行深入考察。直至，金光淳《〈天君演义〉的作者是非与创作意图》一文的问世，才出现对《天君演义》作者进行论证的最初的论文。在这篇论文金光淳通过翔实的论证确认《天君演义》的作者为郑泰齐。⑤不过，到了1989年车溶柱又通过对《天君纪》的比较研究指出，《天君演义》成文先于《天君纪》，与此同时否定了《天君演义》作者为郑泰齐的学说。⑥尽管，批判性的研究时有出现，但在确凿的证据尚未出现之前，《天君演义》的作者为郑泰齐的学说已经逐渐成为韩国学界的通说。

与此同时，对于《天君演义》本身意义的研究成果，一方面集中在《天君演义》在天君系列小说中所占据的特殊地位上，⑦另一方面则主要从《天君演义》与其他小说类型之间的关系着手，对其在小说史中所占据的位置进行定位。⑧但这类研究仍然更多地侧重于共性研究，而未能够对《天君演

---

① ［韩］安秉卨:《心性假传的展开及其性格》,《韩国学论丛》1978年第1辑,1978;［韩］金光淳,《天君小说研究》,萤雪出版社,1980年;［韩］尹在天、金铉龙:《李朝天君系小说的研究》,《祥明大学校师范大学论文集》,1975年;［韩］金起东,《李朝前期小说研究》,《韩国学研究》1976年第1辑;等等。
② ［韩］白斗镛:《悬吐天君演义》,翰南书林,1917年,第1页。
③ ［韩］金台俊:《朝鲜小说史》,情进书馆,1933年,第76—77页。
④ ［韩］崔南善:《朝鲜常识问答（续编）》,东明社,1947年,第251页。
⑤ ［韩］金光淳:《天君演义的作者是非与创作意图》,《渊民李家源博士六秩头寿几年论丛》,1977年,第169—189页。
⑥ ［韩］车溶柱:《韩国汉文小说史》,阿亚细亚文化社,1989年,第26—263页。
⑦ ［韩］金光淳:《天君小说研究》,萤雪出版社,1980年,第129—141页。
⑧ ［韩］安秉卨:《汉文小说的接受样相与天君演义》,《韩国学论丛》1980年第3辑,第245—273页;［韩］田成芸:《〈天君演义〉与演义小说的相关性》,《韩国语言文学》2004年第53辑,第309—334页。

义》本身的特性进行更为深入的研究。针对于此，崔千集在对以往研究的继承与深化的基础上，从文学社会学的角度出发，在对郑泰齐的生平进行考察之后，指出《天君演义》是其在人生旅程中应对现实挫折的产物。① 也就是说，《天君演义》是郑泰齐借以影射社会现实的产物。

到了18世纪，随着货币商品经济的发展，社会阶层分化加剧。在这一历史变化过程中，一批具有批判精神的士大夫阶层通过寓言小说的形式对当时社会的现实进行了尖锐的批判。这一时期出现的寓言小说主要有柳本学的《乌圆传》、李钰（1760—1812）的《南灵记》、《却老先生传》以及安鼎福（1712—1791）的《女容国传》以及作者未详的《蛙蛇狱案》与《鹊与鸟相讼文》等。其中表现出尖锐的现实批判精神的包括朴趾源的《虎叱》、作者未详的《鼠大州传》。

朴趾源的《虎叱》同他的其他小说一样，对当时虚伪丑恶的封建阶层以及封建制度进行了尖锐的批判。小说中讽刺接连不断，叙议结合，极为泼辣尖锐。在《虎叱》中被称为"硕德之儒"的北郭先生与出名的"节妇"暗通款曲，并被寡妇的五位儿子联合扫地出门。这可以说是第一个讽刺的高潮。作者通过对北郭先生与寡妇名不副实的言行的描写，揭露出了当时士大夫阶层虚伪的嘴脸。同时，又通过所谓的"节妇"并不贞节的行为间接讽刺当时的封建道德规范的虚伪。在北郭先生被东里子的儿子们追赶落荒而逃之时，巧遇等候在一旁的老虎。一心想品尝"硕德之儒"人肉滋味的老虎竟然嫌弃掉进粪坑的北郭先生浑身臭气熏天。在这一部分小说达到了第二个讽刺的高潮。老虎心中对"硕德之儒"的美妙滋味的想象与北郭先生掉进茅坑之后臭气熏天的形象形成了鲜明对比。作者通过老虎的想象与北郭先生现实之间的落差，进一步揭露了以北郭先生为代表的士大夫阶层虚伪的两面性。之后北郭先生在老虎面前阿谀奉承、摇尾乞怜的样子与其在清晨下田耕作的农夫面前的自命清高、自以为是的嘴脸再次形成了第三次讽刺的高潮。② 作者朴趾源更是在文中借老虎对北郭先生的斥责，直接斥责当时两班士大夫阶层的虚伪狡诈与无耻下流，称其实乃"天下之巨盗，仁义之大贼"。

无名氏的《鼠大州传》作为朝鲜后期动物寓言的代表作，与朝鲜前期林悌的《鼠狱说》类似，都是通过对老鼠的拟人化对社会现实进行了强烈的批判。《鼠大州记》中陇西小兔山下居住着一群老鼠。众鼠之首名曰鼠大

---

① ［韩］崔千集：《〈天君演义〉形成基础与作品的性质》，《语文学》2010年第110辑，第224页。

② 林明德：《韩国汉文小说全集》第6卷，中国文化学院，1980年，第45—48页。

州。一日鼠大州因多年府库亏空，枝族穷遗的现状而决定广泛征集对策。在听闻陇西南岳山中的松鼠携率领族人储存了大量精粟以备过冬之需时，当即命令精壮之老鼠前往偷盗。众老鼠抵达之时，适逢众松鼠伶仃大醉之时。因此一众老鼠将松鼠储存的所有粮食，连带貂裘宝物尽数盗走。在探得所储粮食为众鼠所盗之后，松鼠之首领长书诉状呈递刑吏希望能够重新找回丢失的粮食与衣物。但是本应被判入狱的鼠大州通过贿赂使令和刑吏从而在诉讼中大获全胜，而粮食的主人无辜的松鼠却被以诬告罪惩处。[①] 这一小说通过鼠大州无端占有他人财物并与当值官吏勾结的故事，在间接讽刺朝鲜后期权钱勾结的社会现状的同时，还对士大夫阶层贪得无厌的剥削本质进行了无情的鞭笞。使令和刑吏收受贿赂掩盖事实的行为，也是对当时官吏阶层尸位素餐昏庸无能的讽刺与批判。

第三节　梦游录小说

梦游录小说发轫于朝鲜初期。梦游录小说作为梦游小说的一部分，是在前期传记、寓言以及 15 世纪《金鳌新话》中梦游传奇影响的基础上发展起来的一种通过梦境反映政治和现实问题的特殊的叙事形式。这一小说类型定型于 16 世纪后期，并被认为是适于反映社会现实的形式而在 17 世纪盛行一时，进而确立了自身独特的叙事结构。尽管到了朝鲜后期，梦游录小说开始逐渐脱离社会现实，呈现出了一种式微的状态，但是其生命一直绵延到了 20 世纪初期。[②] 梦游录小说也因其鲜明而独特的"入梦—梦中—梦醒"这一叙事结构，而成为点缀朝鲜小说文学史的一道奇特的风景线。

梦游录小说的出现最直接可以追溯到金时习的《金鳌新话》。金时习的《醉游浮碧亭记》《南炎浮州志》《龙宫赴宴录》可算是最早的梦游录小说。之后，尽管随着时代的变迁，小说内容产生了较大的变化，但其"入梦—梦中（坐定—讨论—诗宴）—梦醒"的叙事结构却几乎没有变化。梦游录小说也更是因其自身独特的叙事结构与叙事内容，而成为朝鲜小说中独特的叙事类型。从梦游录的题目来源来看，朝鲜梦游录小说深受中国古代文学的影响。从郭箴一《中国小说史》中有关《古杭梦游录》的部分可知，在中国宋朝时期已经出现了以梦游录命名的叙事文学，而类似"异闻

---

① 林明德：《韩国汉文小说全集》第 6 卷，中国文化学院，1980 年，第 5—16 页。
② 近代启蒙期，部分具备古典文学中梦游录的叙事结构的文学作品创作完成，如金光洙的《万河梦游录》、安国善的《禽兽会议录》、刘元构的《梦见诸葛亮》等新小说都继承了以往梦游录小说的叙事结构与特点。

录"、"冥梦录"的题目在很大程度上深受《太平广记》的影响。

《金鳌新话》中《南炎浮州志》、《龙宫赴宴录》等三篇小说都以梦境为主线展开。三篇小说不仅已经具备了"入梦—梦中—梦醒"的叙事结构，而且借梦抒怀的特点也是梦游录小说的一个突出特征。到了16世纪末期，梦游录小说基本定型。在当时党派斗争激烈、宫廷政变频繁的情况下，沈义的《大观斋梦游录》、申光汉的《安凭梦游录》都表达了作者对于现实政治的不满，真实地再现了朝鲜前期文人进退维谷的现实处境。然而，尽管这两篇文章承袭了《金鳌新话》时期借梦抒怀，批判现实政治的特点，但是就其属性而言，还处于《醉游浮碧亭记》等梦游传奇小说与梦游录小说之间的过渡阶段。

梦游录小说又可大致区分为两类：一类多采用梦游者的名号作为小说的题目，而另一类则多以梦游地名作为小说的题目。前者的代表作主要有《大观斋记梦》、《元生梦游录》、《安凭梦游录》、《皮生冥梦录》，而以地名为题目的作品主要有《龙门梦游录》、《江都梦游录》、《达川梦游录》、《金华梦游录》、《浮碧梦游录》等。[①] 与《记梦》不同的是，朝鲜时期以梦游者的名号为题的梦游录小说中的梦游者大多为虚构，不过是作者用以抒发真实想法而假托的人物。以地名为题名的梦游录小说也同样具有以上虚构的特点。现今传世的梦游录小说大部分创作于壬辰倭乱与丙子之役前后的时期。朝鲜时期梦游录成为一种对当代社会、政治现实做出敏感反应的叙事文学。

16世纪中后期在党派斗争中士林阶层逐渐占据主导地位，但是在历经1575年的"乙亥分党"之后士林阶层内部斗争激烈。相较前一时期，这一时期的梦游录作者多通过梦境表达自己的政治理想与政治抱负，如林悌的《元生梦游录》、崔晛的《琴生异闻录》以及仁兴君李瑛的《醉隐梦游录》。其中林悌的《元生梦游录》代表着梦游录小说的真正形成。[②]《元生梦游录》描写了仲秋之夕元子虚随月批读途中倦怠入睡，在睡梦中与端宗、六臣以及幅巾者九人一起吟诗作对的情景。林悌充分利用梦境所具有的超现实主义的属性，以梦抒怀，通过梦游者元子虚与端宗等多人吟诗作对的内容间接表达了自身对于世祖篡位的愤慨与无奈。

有关梦游录小说的研究，最早始于金台俊的《朝鲜小说史》。不过，在该书中金台俊仅对梦游录作品的目录进行了简单的介绍，并未对梦游录小

---

① ［韩］梁彦锡：《梦游录小说的特性研究》，《人文学研究》2001年第4辑，第66页。
② ［韩］孙慧欣：《冥梦世界中的奇幻叙事——朝鲜朝梦游录小说及其与中国文化的关联》，北京大学出版社，2009年，第72页。

说进行深入研究。将梦游录视为一种文学形式，对其进行研究始于张德顺。①张德顺以当时挖掘出的梦游录叙事文学作为研究对象，对其进行了简单的论述。这一研究成为之后梦游录小说研究得以展开的基石。

进入20世纪70年代，徐大锡在对前期研究进行反省的基础上，认为梦游录准确来讲实际上属于一种虚构的教述或者叙事性教述。他根据梦游者对于梦游这一活动的参与程度的不同，对作品中的人物进行了分类。②车溶柱则在此基础上根据梦游者所处位置，按照作品的内容进行了较为综合的分类。郑学城则根据梦游录小说的叙事主题将其分为提出理念型、现实批判型，并分别对其特征进行了深入考察。他指出梦游录小说实际上是隶属于士大夫文人的一种独特的叙事样式。③在此基础上，之后的研究逐渐克服以往多倾向于对梦游录小说进行整体研究的倾向，而开始有针对性地对梦游录小说的个别作品进行个别研究。在此，将集中对朝鲜梦游录中较为具有代表性的作品的情况进行简单考察。

《元生梦游录》作为梦游录小说的典范，标志着梦游录小说的形成。④作为朝鲜前期对现实的一种隐喻性的叙事，一直以来《元生梦游录》备受研究者关注。针对《元生梦游录》作者未详的状况，一直以来众说纷纭。起初，金台俊在《朝鲜小说史》中认为《元生梦游录》应为林悌之作，⑤之后的学者则针对此提出了相异的见解。李家源认为该作品的作者应为元昊。⑥自此之后，相关研究逐渐分为林悌说与元昊说两个不同的派别，使得《元生梦游录》作者的问题成为一个悬疑未解的难题。尽管，目前林悌说占据优势，但元昊说却似乎更为具有说服力，不过因现有资料的贫乏而难以作出论断。

近年来的研究逐渐呈现出了克服对其作者进行论证的局限。伴随着重新解读16世纪小说史研究倾向的出现，《元生梦游录》再次成为研究者的新宠。这一阶段的研究中《元生梦游录》被认为是在16世纪叙事文学向17

---

① ［韩］张德顺：《梦游录小考》，《东方学志》1959年第4辑，第6页。
② ［韩］徐大锡：《梦游录的体裁性质与文学史意义》，《韩国学论集》1975年第3辑。
③ ［韩］车溶柱，《梦游录系结构的分析研究》，1979年；［韩］郑学城，《梦游录的历史意识与类型特性》，《冠岳语文研究》1977年第2辑第1号。
④ 孙惠欣：《冥梦世界中的奇幻叙事：朝鲜朝梦游录小说及其与中国文化的关联》，北京大学出版社，2009年，第163页。
⑤ ［韩］金台俊：《增补朝鲜小说史》，学艺社，1939年。
⑥ ［韩］李家源：《梦游录的作者小考》，《国语国文学》1961年第23辑，第569页。

世纪过渡的过程中起到重要作用的文学作品。① 这些研究，除开始关注《元生梦游录》的文学审美层面外，也注意到了《元生梦游录》作为记忆叙事文本其本身所带有的政治性。在其最近的研究中，郑出宪指出以《元生梦游录》为代表的 16 世纪文学舍弃了以往积淀而来的文学性的感动，而开始关注现实政治，并积极介入政治现实当中。②

与 16 世纪末期梦游录小说通过虚幻的梦境来阐述自身对于现实的认识不同的是，壬辰倭乱之后梦游录作品的素材和背景都是建立在当时历史事实的基础之上的。壬辰倭乱与丙子之役的冲击，不仅带来了社会身份地位上的动摇，同时也在一定程度上改变了士大夫文人对于社会现实的认识。以壬辰倭乱为起点，梦游录小说的特点发生了显著的变化。如果说壬辰倭乱前期的梦游录小说中对于社会现实的批判更多的是立足于内心世界的话，那么壬辰倭乱之后的梦游录则更多地开始关注外部现实。战乱所带来的幻灭意识以及对现实的批判意识通过梦游录小说而鲜明地流露出来。这一时期尹继善的（1577—1604）的《达川梦游录》、黄中允（1577—1648）的《达川梦游录》，以及作者至今未详的《皮生冥梦录》等都反映了壬辰倭乱之后朝鲜社会的历史现实。而同样是创作于 17 世纪的《金华寺梦游录》以及《江都梦游录》则以丙子之役为素材，揭露了统治阶级的腐败无能以及战乱给普通民众带来的伤害。在这部分将以尹继善的（1577—1604）的《达川梦游录》以及《江都梦游录》为例进行简单介绍。

《达川梦游录》作者尹继善（1577—1604），字而述，号坡潭。《达川梦游录》写于宣祖三十三年（1600），也就是壬辰倭乱刚刚结束之后。小说中坡潭子某日在蝴蝶的引领下暗行到达湖西达川境地。在达川江边，他看到壬辰倭乱当时众多战死疆场的将士的尸骨无人埋葬而丢弃荒野，不免触景生情。在晚上的睡梦中，他梦到众多肢体残缺惨不忍睹的鬼魂聚在一起诉说冤死的过程。他受到感召加入其中，并与壬辰倭乱之时阵亡的李舜臣、高敬命、赵宪等将军吟诗唱答，相谈甚欢。在小说中作者表达出了强烈的爱憎与是非观念。小说中的坡潭子其实也就是作者本人。尹继善通过梦境这一形式，犀利地鞭挞了壬辰倭乱当时造成众多将士惨死的官员的刚愎自用以及腐败无能。同时，他还热情地赞美了将士们的勇敢与爱国精神。作

---

① ［韩］赵显卨：《16 世纪小说史再认识：形式与意识形态的不和——16 世纪梦游录的生成与展开》，《民族文学史研究》2004 年第 25 辑；［韩］金贤阳（音）：《16 世纪小说史再认识：16 世纪小时史的地形与位相——理念叙事，趣味叙事，欲望叙事》，《民族文学史研究》2004 年第 25 辑。

② ［韩］郑出宪：《古代小说的主人公：〈六臣传〉与〈元生梦游录〉——忠节人物与记忆叙事的政治学》，《古小说研究》2012 年。

者充分利用梦境的非现实性，婉转却又深刻地指出了之所以战败的原因。以梦境道出战败原因不可不谓之巧妙至极。也正是通过这一梦境，尹继善尖锐地抨击了当时统治阶级的胆小怕事与腐败无能。在文章的最后，他又通过众将士对奸臣的唾斥，表达自己对于奸臣的鄙夷和愤恨之情。

作者未详的《江都梦游录》主要以丙子之役为背景，借在丙子之役之中"江都防御战"中以身殉节的14名夫人之口控诉了官僚阶层的腐败无能以及伦理规范的虚伪才是导致国家灭亡的根本原因。小说中寂灭寺的清虚禅师为人仁爱慈悲，为了收敛尸骸渡海来到江都。在燕尾亭休憩之时，他在睡梦中见到十四名殉节女子互相哭诉身世和遭遇。这些妇人依次痛斥了自身丈夫与儿子以及公公在江都防御战中的种种丑行劣迹。小说通过众女子之口抨击当时官吏的腐败无能的同时，又通过最后发言的妓女之口表达了对于战争当时以死殉节女性的敬意。尽管在战争中殉节与当时儒家理念所要求的贞洁观念不无关系，《江都梦游录》中登场的女性的殉节更多是出自对敌人的仇恨与反抗的心理。小说中女性的殉节更多的是宁死不屈的反抗意念的表现。但在小说中，女性悲壮赴死很大程度上是她们的丈夫、儿子乃至公公的胆小无能间接造成的。作者通过对女性悲壮赴死的歌颂，间接批判了当时官吏的不作为与腐败无能。最后，在小说的结尾处作者又通过一名妓女的殉节对当时政权以及男性进行了进一步的批判。妓女不同于其他士大夫阶层的女性，她们本身并没有一定要殉节的义务。这名妓女之所以殉节是因为"顾念人事，贵者节也"。这里的"节"，并不仅仅是女性的贞洁，同时也可以寓意男性的节操。在传统的儒家理念中，女性应该坚守节操保证肉体与灵魂的坚贞与纯洁，但同时男性也应该具备"忠臣不事二主"的节操。男性"忠臣不事二主"的节操与女性"好女不嫁二夫"的节操同等重要。这被认为是作为人所必须具备的操守。然而，在国难深重之时，这些平日满嘴仁义道德的官吏们为了能够苟延残喘，而纷纷失去了节操。战争是检验一个人是否忠贞的最好的契机，然而在战争中与勇敢赴死的女性相比，男性却选择了逃避。"江都陷没，南汉危急，主辱如何，国耻方深，而忠臣节义，万无一人，贞操凛然，惟有妇女，是死荣矣！"这句话中蕴含着作者对于社会现实的辛辣批判。同时，《江都梦游录》中男性的缺失无疑可以看作是对当时男权社会的虚伪最为无情的鞭挞。

进入17世纪中后期，随着小说受众的增加，国文长篇小说的出现等小说内外部环境的变化，梦游录小说也开始呈现出了与之相应的改变。不过尽管如此，实际上梦游录的最高峰还是17世纪。这一时期的梦游录小说也被认为最为鲜明地表现出了梦游录小说在其形式上的特点。① 之后的梦游录，不仅在对社会现实的批判方面远远不及壬辰倭乱与丙子之役之后，而且 17 世纪中后期及其之后的梦游录多呈现出了一种脱离现实的倾向。

对产生于壬辰、丙子两乱前后梦游录的研究，最早始于车溶柱。初期对于《达川梦游录》的研究多考察其与其他作品的关系，并通过这一关系来考察梦游录的特性。申载弘在对两乱时期的梦游录小说进行考察之后，指出这是两乱时期文学对于战乱的一种反映。在此基础上，他又通过对尹继善的《达川梦游录》、黄中允的《达川梦游录》、张经世的《梦金将军记》以及作者未详的《皮生冥梦录》、《江都梦游录》等梦游录的考察，指出两乱时期的梦游录是文人针对当时具有冲击性的历史现实而选择的一种文学样式。这些梦游录小说的作家意欲通过儒家理念来解决自身所面临的现实矛盾。②

两乱相关梦游录小说数量较多。在此仅针对《达川梦游录》以及《江都梦游录》进行考察。《达川梦游录》是朝鲜中期文人尹继善（1577—1604）所作的一篇反映壬辰倭乱当时申砬弹琴台战役的汉文小说。小说记录了坡潭子行至达川地区，在梦中与忠臣勇将欢聚一堂共同讨伐，最终战胜壬辰倭乱中的奸臣贼子的内容。金基铉通过分析作品中登场人物的身份，指出《达川梦游录》是记录壬辰倭乱的梦游录小说中最具有现实性的叙事文本。③

《江都梦游录》作者未详，主要描写了寂灭寺的清虚禅师在燕尾亭中居住期间，偶然梦见丙子之役时惨死于江都的十五名女子的魂魄吐露抑郁心声的情景。而在梦境当中，梦游者清虚禅师只是静坐旁观，而未曾参与讨论当中，也未曾流露出渴望表达的欲望。这样的创作特点与《金华寺梦游录》中成虚以及《浮碧梦游录》中梦游者的面貌类似。这一特点被相关研究者称之为"朝鲜后期梦游录中饶有特色的面貌"。④ 对《江都梦游录》最早的研究始于 1965 年。金基东认为这部小说是当时进行批判性对话的问题小说，与此同时也是"朝鲜小说中对历史事实进行批判的唯一的叙事文本"。

---

① ［韩］金贞女：《朝鲜后期梦游录的展开样相与小说史的位相》，高丽大学大学院博士学位论文，2002 年，第 17 页。
② ［韩］申载弘：《韩国梦游录小说研究》，启明文化社，1994 年，第 113—131 页。
③ ［韩］金基铉：《尹继善的〈达川梦游录〉研究——以登场人物出身分析为中心》，《顺天乡语文论集》1997 年第 3、4 合辑。
④ ［韩］金贞女：《朝鲜后期梦游录的展开与小说史的位相》，高丽大学大学院国语国文系博士学位论文，2002 年，第 47 页。

因此，他主张理应对《江都梦游录》作出高度评价。①

随着近年来对梦游录小说个别作品的关注，《达川梦游录》与《江都梦游录》作为壬辰倭乱与丙子之役的历史记录得到了被重新诠释的机会。这一时期对于梦游录小说的研究中引入了文化记忆、文学地理学的理论。郑出宪在从文化记忆的角度对尹继善与黄中允（1577—1648）同名作品《达川梦游录》进行分析之后，指出两篇文章均是因为作者无法认同世人对于弹琴台战役失败的指责，而试图为其进行辩解而创作的。只不过，尹继善在《达川梦游录》中针对宣宗33年功臣选定这一焦点问题，提出应当包括气概、义理、功绩以及名节等要素的主张。黄中允则在面对着光海君3年如何克服战乱阴影这一难题之时，提出了应该改革军事制度的主张。②

对于《江都梦游录》的研究则更多地开始关注于小说中女性话者的存在，试图通过对女性对丙子之役的记忆以及女性的控诉来考察作者对于理念虚构性的批判。③金贞女则通过对《江都梦游录》韩文本的挖掘，确认了梦游录女性受众的存在，进而指出梦游录并不只是被认知为教述的一种形式，而且还作为娱乐读物而存在。④同时，她还指出女性人物的登场打破了梦游录小说原本的"坐定—讨论—诗宴"的结构，从而构成了朝鲜后期梦游录小说在形式上的一大变化。⑤《江都梦游录》韩文本的出现，在很大程度上意味着以往为士大夫文人所独占的梦游录这一叙事形式到了朝鲜中后期开始逐渐呈现出了大众化与通俗化的特征，而《金华寺梦游录》恰好出现于这一过渡时期。《金华寺梦游录》汉文本与韩文本同时流传于世。汉文本多以"金华寺"为题名，而韩文本则多以"金山寺"为名。有关《金华寺梦游录》创作年代的考证也因其汉文本与韩文本并存，且版本众多而成为争论焦点，大致可以区分为丙子之役之后说与壬辰倭乱之后创作说，两种学说最为具有代表性的人物首推张德顺与车溶柱。其中车溶柱的壬辰倭乱之后创作说似乎俘获了更多人心，但针对于此林治均根据《王会传》跋

---

① [韩]金基东：《江都梦游录考》，《东国大学论文集》1965年第2辑，第125—139页。
② [韩]郑出宪：《对弹琴台战役的记忆与两篇〈达川梦游录〉》，《古小说研究》2010年第29辑，第175页。
③ [韩]金贞女：《丙子之役的责任论证与记忆叙事》，《韩国学研究》2010年第35辑，第205—235页；[韩]张庚男：《丙子之役的文学形象化研究——以女性受难为中心》，《语文论文》2003年第31卷第3号；[韩]赵惠兰：《〈江都梦游录〉研究》，《古小说研究》2001年，第329—356页。
④ [韩]金贞女：《新资料国文本〈江都梦游录〉异本的特性与意义》，《古小说研究》2009年第27辑，第5—37页。
⑤ [韩]金贞女：《朝鲜后期梦游录的展开与小说史的地位》，高丽大学大学院国语国文系博士学位论文，2002年，第57页。

文中《金华寺梦游录》创作于明朝崇祯己卯（1639）年间的记录，指出《金华寺梦游录》成书于1639年。① 这一观点后为郑容秀所证实。郑容秀在其论文中指出《王会传》跋文的作者金济性（1803—1894）对于《金华寺梦游录》的记录并非毫无凭证，而是根据大致成书于17世纪的《史要聚选》有关明太祖部分的内容而来，② 从而间接证实了《金华寺梦游录》成书年代为1639年。《金华寺梦游录》一直以来备受研究者瞩目，而这些研究多侧重于对作品主题的探索，如认为《金华寺梦游录》主要通过梦游录迂回的寓意来表达作者在丙子之役之后对于清的敌对心理，③ 或认为该作品是对强调德治与义气的中华思想的一种凸显，④ 再或者认为这篇文章再现了中国历代以英雄豪杰为理想的王道政治。⑤ 与此同时，进一步探寻金华寺或者是金山寺的意味，⑥ 以及通过《王会传》重新挖掘《金华寺梦游录》发展的历史脉络的研究也渐次出现。⑦

　　随着文学地理学的理论引入，有关《达川梦游录》与《江都梦游录》的研究呈现出了新的倾向，不再专注于梦境中叙事的展开，而开始关注作为真实"场所"或者是现实空间而存在的"达川"与"江都"文学地理学的意义。权纯肯在其研究中通过对尹继善与黄中允《达川梦游录》中"达川"进行文学地理学的考察，指出了尹与黄之间对申砬认识的不同。⑧ 金贞女则在《梦游录的空间与记忆—以"历史空间"为背景的作品为中心》的研究中，指出"梦游录中的空间对于作者而言是作为'记忆的媒体'而发挥作用的'记忆的空间'"。换言之，也就是为了表达出作者的寓意而得到选择的空间。在这一意义之下，这一空间中历史人物与梦游者之间所交谈的内容在很大程度上与被作者认为是当下的问题的某一事件之间存在着一定的关联。⑨ 比如说，《达川梦游录》中战后论功行赏的问题，《江都梦游录》中战

---

① ［韩］林治均：《〈王会传〉研究》，《藏书阁》1999年第2辑，第72—73页。
② ［韩］郑容秀：《〈王会传〉研究》，《东洋汉文学研究》2001年第14辑。
③ ［韩］郑鉒东：《古代小说论》，萤雪出版社，1966年，第279页。
④ ［韩］金台俊：《增补朝鲜小说史》，한길사，1990年；［韩］张德顺：《梦游录小考》，《东方学志》3，136—137页。
⑤ ［韩］申基亨：《韩国小说发达史》，彰文社，1960年，第31—42页；［韩］朴晟义：《韩国古代小说史》，日新社，1964年，第287—288页。
⑥ ［韩］郑容秀：《〈金山寺梦游录〉的历史现场及其背景神话的小说接受》，《汉文教育研究》2006年第26辑。
⑦ ［韩］김현영：《王会传的叙事特征及其意义——通过与〈金华寺梦游录〉的比较》，《古小说研究》2006年第21辑。
⑧ ［韩］权纯肯：《中原地区传统文化的文学地理学考察；中原地区的文学地理及其意义——以达川、清风地区为中心》，《古典文学研究》2008年第33辑。
⑨ ［韩］金贞女：《梦游录的空间与记忆》，《民族语文研究》2011年第41辑，第346页。

败责任的论争,这些作品的产生均是因为当时的舆论与作者本身的见解相悖,作者从而通过梦游录的形式来隐晦地表达自身的寓意。这一时期的梦游录在很大程度上仍然是按照前期梦游录小说的固有形式进行创作,特别是在壬辰倭乱与丙子之役之后,梦游录成为表达作者理念,反映重要史实的一种手段。①

第四节 传记小说

传记小说是从对历史人物进行褒贬评价的传这一散文题材发展变化而来的小说类型。传作为记录人物生平事迹的散文文体,壬辰倭乱、丙子之役之后逐渐呈现出了小说的特征,进而形成了传记小说。不过,在传的基础上发展而来的传记小说也在一定程度上继承了传的特点。传记小说中往往会有对叙述对象进行简单介绍的部分,叙述过程中尽量保持客观而真实的态度,并对主人公的言行进行褒贬评价。②朝鲜时期的传记小说主要包括许筠(1556—1618)、朴趾源(1737—1805)、李钰(1760—1812)等作家的作品,共50余篇。

作为新的尝试,第一篇传记小说要算是李恒福(1556—1618)的《柳渊传》。《柳渊传》打破了以往只有忠臣、孝子、节妇等才能入传的传统,根据1564年被诬蔑杀死亲兄而枉死狱中的柳渊冤死事件写作而成。与以往的传不同的是,作者李恒福在撰写作品时更多地将记述的焦点放在了柳渊与周边人物的利益关系上,并对他们之间的矛盾关系进行了翔实的描写和记录。因此,《柳渊传》被认为是传记向小说转化的先驱之作。③

1618年因"谋反罪"被处以极刑的许筠(1569—1618),除了著有韩文小说《洪吉童传》之外,还给朝鲜小说史留下了五篇汉文传记小说《南宫先生传》、《荪谷先生传》、《严处士传》、《张山人传》、《蒋生传》。与刘恒福的《柳渊传》一样,许筠的传记小说中登场的人物均是一群被排斥在主流社会之外的人。《南宫先生》中的南宫斗出身平民家庭,但性格清高孤傲,尽管满腹经纶且熟习武术,却因自身贫贱的出身而一直怀才不遇,空有一身本领无处施展。④《荪谷山人传》中的荪谷先生李达正是一个深受当时身

---

① 孙惠欣:《冥梦世界中的奇幻叙事:朝鲜朝梦游录小说及其与中国文化的关联》,北京大学出版社,2009年,第166页。
② [韩]朴熙秉:《韩国近代文学史的争论焦点》,创造与批评社,1997年,第37—38页。
③ [韩]李尚九:《17—19世纪汉文小说的展开样相》,《古小说研究》2006年第21辑,第37页。
④ 林明德:《韩国汉文小说全集》九卷,中国文化学院,1980年,第105—112页。

份制度迫害的人物。作为许筠的师父，李达是朝鲜中期著名的诗人。但尽管他才华横溢，却因其为庶子的身份而终生不得志。《严处士》中的严处士是没落的两班阶层。《张山人传》中出现的张山人是中人阶层出身的隐士，一生怀才不遇。《蒋生传》中登场的蒋生是一个身怀绝技与远大抱负的乞丐。许筠通过记述这些不为主流社会所接受的人物的悲惨遭遇与命运，深刻地批判了当时不平等的身份制度，抒发了自身对处于社会底层民众的同情。同时，许筠还通过小说表达了自身希望对当时社会进行改革的进步思想。五篇传记中登场的人物以及事件多为真人真事，但是作者许筠在真实的基础上又进行了一定的虚构。因此，这五篇传记小说可以说更接近于小说，而非带有历史性的散文题材的传记。

17世纪前期传奇小说逐渐出现衰落迹象的过程中，传记小说继承了传奇小说的社会批判这一特性。不过，尽管17世纪传记小说有了一定的发展，但到了18世纪传记小说才真正迎来了前所未有的高潮。在北学派文人朴趾源、因文体问题而终身无缘于仕途的方外文人李钰手中，传记小说的社会批判性得到了进一步的深化与释放。

朴趾源（1737—1805），字仲美，号燕岩，是朝鲜后期实学派中北学派的代表人物。朴趾源展开创作活动的时期朝鲜社会恰好正处于急剧的变化之中。货币商品经济的发展带动了平民阶层的崛起，而士大夫两班阶层却在这一发展变化的过程中日益腐败没落。这一变化直接给封建身份制度带来了强烈的冲击，进而导致社会矛盾日益加剧。进步的实学派文人正是立足于这样的社会现实，积极接受新的思想文化，努力寻求社会改革的方案以及新的发展方向。作为其中的一员，朴趾源表现出了强烈的社会责任与批判意识。在文学上，他反对拟古的文风，发起了主张创作与朝鲜的社会现实相符作品的朝鲜风运动，并在实践中逐渐形成了具有自身鲜明特征的燕岩体。稗官小品文体的广泛流行，引起了当时君主正祖的不满。正祖采取了提倡古文纯正，禁买中国书籍的举措，并对当时社会上流行的稗官小品体进行了严厉的批判和纠正。在这一过程中朴趾源和当时的成均馆儒生李钰均因为文体问题而受到波及。

朴趾源前后共创作了短篇汉文小说10余篇，其中传记小说占了绝大部分。朴趾源创作的传记小说大致如下：《马驵传》、《秽德先生》、《广文者传》、《虞裳传》、《闵翁传》、《金神仙传》、《两班传》、《许生传》、《烈女咸阳朴氏传》以及两篇已经散佚的《易学大盗传》、《凤山学者传》。这些小说按照写作的时期又可以大致分为燕行前与燕行后的作品。20岁左右时，朴趾源深受失眠症的困扰。为了度过一个个不眠之夜，他召集了仆人以及门客，听他们讲述流传于市井之间的奇人怪事。这些故事都成了朴趾源创作短篇汉文小说的灵感源泉。在这一基础上朴趾源创作完成了他最初的九传，即《马驵传》、《秽德先生》、《广文者传》、《虞裳传》、《易学大盗传》、《凤山学者传》、《闵翁传》、《金神仙传》、《两班传》，其中《易学大盗传》、《凤山学者传》两篇已经佚失。

《马驵传》是朴趾源最早的小说。小说按照一般传的构成方式，由序、本、评三部分构成。在本的部分作者先安排了三个与文章题目毫不相关的人物登场，让他们讨论何为君子之交。其实，在本部分登场的三个人物不过是朴趾源为了讽刺君子之交而特意设定的人物。通过这三个人的讨论，朴趾源对所谓的君子之交进行了尖锐的讽刺。三人毁冠撕衣，蓬头垢面结伴在街上高歌的部分，更是将讽刺的意味推向了高潮。直至文章最后，作者才借其中一人之口吐露出自己的心声："忠义者、贫贱者之常事，而非所论于富贵耳！"而与《马驵传》几乎同期作成的《秽德先生传》却只有本传部分。文中朴趾源假借蝉橘子之口赞美粪翁严行首。小说中严行首是一个不怕脏不怕累勤劳能干的人。他每天清晨早早起床到城里将别人视为无用之物的粪便挑回家以灌溉蔬菜。在蔬菜长成之后，再将蔬菜卖到城里。朴趾源通过这篇小说热情歌颂了像严行首一样依靠自身努力白手起家之人，而小说的名字"秽德先生"恰恰反映出了作者的写作主旨。在作者看来，尽管严行首每天所做之事，所穿之衣在别人看来都可谓肮脏至极，但其内心却是一个再高洁不过的人。在这里严行首的形象恰恰与终日锦衣玉食，养尊处优却内心丑恶之人形成了鲜明的对比。因此，朴趾源也不得不尊称其一声先生。

而《广文者传》中的广文是一个外表丑陋无比的乞丐。然而，恰恰是这样一个不起眼，甚至让人反感的乞丐，却有着一颗仗义正直的心。也正是因为这一性格，最终广文不仅冤屈得以昭雪，进而受到众人拥戴，而且还俘获了当时名妓云心的芳心。虽然衣衫褴褛身份卑微却丝毫不见愧色的广文，最终从一群高官贵族中脱颖而出，得到云心的青睐，这部分的描写鲜明地传达出了作者的创作意图。广文尽管外表丑陋，却有着一颗善良、正直而又善解人意的心，这既是他与社会上其他伪学者相区别的地方，也是作者想要强调的主旨所在。朴趾源通过一个面目丑陋、一贫如洗的乞丐对一群道貌岸然的伪君子进行了深刻的讥讽。

《闵翁传》、《金神仙传》以及《虞裳传》也都描写一群不被社会所认可的人物。其中《闵翁传》采取了传统的传的形式。从闵翁幼年写起一直到闵翁故去为止，记录了闵翁的一生。这篇传记大致可以分为三部分。第一部分简单介绍了闵翁自幼的抱负。在这一部分登场的闵翁的妻子成为没落两班家庭女性的典型，承担着揭露社会现实的责任，反复出现在之后的《两班传》以及《许生传》中。第二部分写朴趾源因忧郁症而备受煎熬之时，经他人介绍认识了时年73岁的闵翁。闵翁用他幽默诙谐的语言最终帮助作者摆脱病患。第三部分写闵翁过世后，朴趾源病情加重却无处投医，只好通过书写《闵翁传》聊以自慰。文章中朴趾源对才思敏捷却一生不得志的闵翁抱有深切的同情。《虞裳传》中的虞裳是一名译官，同样也是一生不得志。文章最后作者通过对虞裳家人梦到见到虞裳死后得到重用的情节设定，一方面表达了对于弱者的深切同情，而另一方面对当时的社会现实进行了深刻的讽刺与批判。《金神仙传》写作者在病中遍访金神仙却不得的事情。

如果说《马驵传》、《秽德先生》、《广文者传》、《虞裳传》、《闵翁传》、《金神仙传》主要表达了作者对于当时普通民众的同情与赞许的话，那么《两班传》则反映出了作者对于自身所处两班士大夫阶层的尖锐批判。小说描写了一位家世没落的两班，因无力偿还所借官粮而不得不出卖自身的两班身份给当地的富户的故事。小说中作者对两班的权利与所应履行的义务进行了详细的记录。所谓两班的义务，不过是两班阶层在现实生活中为了维护自身的身份所应该遵守的繁文缛节，而这不过是两班阶层可笑可鄙的姿态的写照。作者通过对"两班百行"的书写，犀利地讽刺了两班阶层的矫揉造作与虚伪可笑。所谓的两班权利，即"两班之利"正是两班阶层欺压乡里、鱼肉百姓，好吃懒做的寄生虫本质的再现。作者通过在小说中揭露权利（两班之利）与义务（两班百行），对两班社会进行了无情的讽刺。小说中两张写满两班阶层的权利与义务的契约，一方面生动诙谐地再现了两班的腐朽可笑，另一方面却又暗示着两班阶层没落的根本原因。

朴趾源44岁时，随堂兄朴明源率燕行使团访问中国。在中国逗留期间，他游历了盛京、北京、热河等地。燕行之后，朴趾源迎来了他的第二个创作期。根据自身的燕行体验，朴趾源写成了长篇纪行文《热河日记》。《热河日记》中详细记载了他在中国的所见、所闻、所感。燕行的经历为他进一步给朝鲜社会带来了新的感悟的同时，也促进了他实学思想的最终形成。与前期创作单纯只是对于社会现实进行批判不同的是，燕行归来之后创作的短篇汉文小说中朴趾源克服了前期小说中无法给出对策的局限，针对当时的社会现实提出了解决问题的具体方案。

在他的长篇纪行文《热河日记》中共收录了两篇短篇小说《虎叱》和《许生传》。不过，朴趾源在文中强调《虎叱》并非自己所作，而是从河北省玉田县朋友家中墙壁上抄录而来的一篇作品。《虎叱》中通过对人称"硕德之儒"北郭先生的虚伪形象的讽刺间接地讽刺了当时两班阶层的虚伪无能以及道德败坏的本质。不管是作者所作，还是作者抄录而来，朴趾源之所以收录该文章都是希望能够"令国人一读"，"以俟中州之清焉"。也就是说，作者希望能够通过《虎叱》这篇动物寓言警醒世人。

与《虎叱》主要用于警醒刺激目的不同的是，在《许生传》中朴趾源则寄托了自己的实学理想。在这篇小说中作者刻画了一个理想人物形象许生，以及一个人人平等，丰衣足食的理想世界。许生是一个酷爱读书的没落两班，但因家境贫寒，只能依靠妻子做针线活来养家糊口。为此，许生毅然辍学经商。在经商获巨款之后，他来到东南海上的无人岛，将自己所赚之钱尽数平分给了当时被称为"边山群盗"的起义农民并叮嘱他们"娶妻树屋、买牛耕田"。众人在"无人岛"用自己的双手"伐树为屋、编竹为篱"，建造出一个树木硕茂的世外桃源。许生继续游历各处。许生尽管曾经腰缠万贯，但在游历过程中他将自身所带余银也都施舍给了贫苦之人，自己仍然过着清贫的生活。文章开头许生妻子面对贫寒家境，指责许生终日读书，"不工不商，何不盗贼"。通过这部分的描写可知，在当时没落两班不过是空有两班的帽子，其地位早已下滑到农工商阶层之下。但许生在小说中所代表的并不是朝鲜后期腐朽无能的没落两班。他的身上肩负着朴趾源希望通过实学来改革现状的理想。通过许生的一系列经历，朴趾源间接指出了在"治国、齐家"之上什么才是最重要的问题。不过作为生活在朝鲜后期的文人，朴趾源的思想也存在其不可避免的局限性，而这一局限性突出地表现在小说中许生重农轻商的心理之上。许生以囤积奇货而致富，但他却对于这一做法表现出了深切的担忧，称之为"贼民之道"，认为后世之人如若效仿必将祸害国家。[①] 许生的这一矛盾心理同时也反映出了作者朴趾源内心的困惑与疑虑。

《烈女咸阳朴氏传》是朴趾源步入仕途之后所做的短篇汉文小说。这篇传记小说由两部分构成，一部分叙述的是一个少时丧夫终身守寡的老妇人的故事，另一部分才是文章所要描写的节妇朴氏的故事。作者通过老妇人痛苦的一生与少妇之惨死，深刻地批判了朝鲜时期吃人的贞操观念。

朴趾源的传记文学尽管篇幅短小，但内容充实丰富，主题明确。作品多采用对比的手法，通过对庶民阶层的赞美，进一步深化了对当时腐败的社会现实以及统治阶层的讽刺，表现出了超越时代的人本精神与批判精

[①] 汪燕岗：《韩国汉文小说研究》，上海古籍出版社，2010年，第168页。

神。朴趾源的传记小说,尽管借用了传的形式,但其目的在于针砭时弊,而并非著书立传,进行褒贬评价。同时,文章中对于朝鲜社会现实的关注,以及对于时俗文的使用也都是北学派代表人物朴趾源传记小说的一大特点。

李钰(1760—1812),字其相,号文无子、梅史、梅庵、梅花外史、花石子、桃花流水馆主人等。李钰一生共写了23篇传记。这23篇传记中大部分均为人物传记,而登场人物包括平凡的民女以及庶民、士族、士大夫家的女性、胥吏、聋哑剑工、匠人、和尚、骗子等,几乎涉及了市井的各色人等。关注于世态人情、市井民生是李钰传记小说最为突出的特点。

李钰的传记已经在相当程度上克服了传的局限性,通过虚构性的创作很好地表达出了作者的思想以及世界观。[①]李钰的传记小说主要可以分为两大类:一是对社会黑暗面以及不良现象的批判;另一个则是克服了身份阶层的局限,表现出对庶民以及烈女的关注,进而传达出一种人人平等的理念。作者对于社会黑暗面的批判也与朴趾源的传记小说呈现出了截然不同的面貌。朴趾源的传记小说中多通过揭露两班阶层的腐朽无能以及虚伪奸诈来揭发朝鲜后期的社会矛盾。而李钰则更多的是通过对市井中的行骗、敲诈(利用尸体行骗)、偷盗以及代替参加科举考试等不良行为来揭露唯利是图的社会面貌。《李泓传》的开头作者在罗列出了种种令人发指的骗术的同时,发出了"古之人朴,后人尚机,机生巧,巧生诈,诈生骗,骗生而世道亦难矣哉"[②]的感叹。《李泓传》中不仅出现了行骗的场景,也出现了盗窃的场景。主人公李泓有一副好皮囊和一副好口才,却专以行骗为营生。小说中共写了他三次行骗的经过。第一次他装扮成巨富商贾骗得安州妓女;第二次则自僧人处骗得钱财;第三次从管理军布的地方邑吏处骗得军布供自己使用。尽管《成进士传》是为当时德行出众的成进士所做的传记,但小说中出现了当时的又一骗术,即利用他人尸首敲诈钱财。《柳光亿传》中的柳光亿是一个专门替别人考试的人。通过李钰对其"卖其心"者的评判,可以看出李钰作为文人自诩清高的一面。李钰通过对如上不良行为的描写,揭露了当时社会的黑暗面。作为其对策,李钰同时还对当时充满侠义情怀的人物进行了刻画。不管是《侠娼纪闻》,还是《张福先传》都属于此类型。李钰通过对侠娼义举的赞扬表现了其人人平等的理念。然而,尽管在小说中作者对各种社会黑暗进行了批判性地描写和再现,但是

---

① [韩]苏仁镐:《李钰传的特性以及作家意识的具体表现样相》,《崇实语文》2000年第16辑,第235页。

② [韩]李钰:《李钰全集》第2卷,昭明出版社,2001年,第267页。

他所要讽刺的就并非这些市井中人,而是希冀通过对市井中发生的种种不良现象讽刺和警戒现实。李泓行骗本身是一件可悲的事情,但李泓的行为不过是小打小闹,不值挂齿,真正值得警戒的是"骗天下者"。李钰所要传达的中心思想应该是骗天下者"君天下,荣其身,润其屋"者更为可恶。①

除揭露社会黑暗的小说以外,还有部分作品表现出了他对于社会底层民众的人文关怀。《捕虎妻传》写的是井邑山下烧炭人之妻孤身一人打死老虎的故事。小说中在丈夫不在的情况下,即将临产的妻子利用智谋成功地击退了老虎。妻子临产,丈夫却不得不外出卖炭的情节设定真实地反映了民众生活的艰辛,而勇敢击退老虎妻子的出现则显示出了底层民众的智慧与勇气。《峡孝妇传》中通过孝妇尽孝赡养瞎眼婆婆的故事歌颂了底层女性的善良。在京城士子与中人阶层少女的爱情悲歌《沈生传》中,李钰不仅肯定了中人阶层少女与京城士子的爱情,同时更是对中人阶层少女为了爱情不顾一切的勇气进行了肯定。这也恰恰印证了其强调真情的文学观。李钰在文学创作中追求真,他认为"天地万物之观,莫大于观人;人之观,莫妙乎观于情;情之观,莫真乎观乎男女之情",而观男女之情,可知人心,可知事情得失,可知风俗奢俭,家族之兴衰,国之治乱。也就是说,李钰并不反对男女之情。他认为这是人世间最真的感情。正是因为站在这一立场之上,他对于小说中少女所抱有的感情并不是鄙夷或者唾弃,而是赞赏。在他看来,士族子弟与少女之间也是平等的,并不存在任何门第或者阶级上的区别。

综上所述,壬辰倭乱、丙子之役之后,传逐渐具备了小说的特征,于是传记文学产生了。传记文学自产生之初便打破了传的传统,将视线投向了庶民、乞丐、侠客、商人以及妓女这样一群在历史上被忽视、被排斥、被遗忘的群体。朝鲜后期的传记小说不仅克服了对入传人物进行褒贬评价的局限,而且还透过入传人物开始关注社会现实,表现出了强烈的社会批判意识。

第五节 爱情传奇小说

韩国爱情传奇小说发轫于罗末丽初,成熟于 15 世纪金时习《金鳌新话》中的短篇爱情传奇小说,而后又历经 16 世纪申光汉《企斋志异》的积淀,最终在经历了壬辰倭乱、丙子之役这两次对朝鲜社会心理产生巨大影

---

① [韩]李钰:《李泓传》,《李钰全集》第 3 卷,昭明出版社,2001 年,第 220 页。

响的动乱之后，在17世纪前期绽放出了耀眼的光芒。这一时期的爱情传奇小说《周生传》、《韦生传》、《云英传》、《相思洞记》、《崔陟传》等在继承了前期爱情传奇小说传统的基础上，呈现出了别样的面貌与发展姿态。到了17世纪中后期，爱情传奇小说逐渐让位于《谢氏南征记》等家庭小说以及国文长篇小说，却也在低迷中为朝鲜后期留下了一系列被研究者冠以不同名目的爱情小说。如17世纪后期18世纪初期的《凭虚子访花录》、《白云仙玩春结缘录》，以及18世纪至19世纪出现的《折花奇谈》、《布衣交集》等。相较于唐传奇的包罗万象，深受唐传奇影响的韩国传奇小说的发展却并没有呈现出多元化的发展倾向，而更多的是爱情传奇，[1]这可算是朝鲜小说的一大特点。

历经壬辰倭乱、丙子之役之后，在17世纪前期的朝鲜传奇小说有了前所未有的发展。这一时期的作品主要有权韠（1569—1612）的《周生传》、赵纬韩（1567—1649）的《崔陟传》、作者未详的《云英传》以及《相思洞传》等。这些小说在继承前代传奇通过男女之间的离合来抒发作家情怀的特点的同时，逐渐呈现出了新的面貌：现实性增强、关注问题更有深度，且小说的篇幅有所增长。[2]

产生于17世纪中前期的爱情传奇小说中，传奇小说原本的玄幻特性被削减，而被注入了更多的现实性的要素。作品的篇幅大幅增加，伴随着出场人数的增加，小说的故事情节与叙事结构愈加复杂。就这一变化的根源，相关研究者或自中国小说与戏曲的影响中探源，[3]或从壬辰倭乱、丙子之役这一历史背景中寻根，[4]再或是通过对小说内容以及叙事结构的分析中指出传奇小说渐趋通俗化的原因。[5]在上述研究的关照之下，韩国爱情传奇小说被认为以17世纪为分水岭，前后呈现出了质的不同。[6]在此，主要针对《周生传》、《云英传》、《崔陟传》进行考察。

---

[1]　[韩]苏仁镐：《韩国传奇文学的唐风古韵》，刘虹、焦艳译，民族出版社，2007年，第13页。
[2]　[韩]李尚九：《17—19世纪汉文小说的展开样相》，《古小说研究》2006年第21辑，第26—27页。
[3]　[韩]金志燕：《从16世纪韩中文学史的发展脉络看〈周生传〉的特点》，《世界韩国语文学》2011年第6辑。
[4]　[韩]李钟弼：《朝鲜中期战乱的小说化样相与17世纪小说史》，高丽大学国语国文博士学位论文，2013年。
[5]　[韩]李钟弼：《"大团圆结尾"的出现与17世纪小说史转换面貌的一个侧面》，《古典与分析》2011年第10辑。
[6]　[韩]严泰植：《爱情小说的创作背景与样式的特征》，曝园大学大学院国语国文专业博士学位论文，2010年，第2页。

《周生传》是一篇以中国为背景的爱情传奇小说。蜀州青年周生弃笔从商,走南闯北重回故里之时,巧遇之前熟识的妓女徘桃。两人情愫暗生订下婚约。然而,不期某日周生尾随徘桃到老丞相府,见到美貌妙龄的大家闺秀仙花并为仙花的美貌所迷,对其一见钟情。自此,徘桃、周生以及仙花陷入了三角恋情之中。徘桃因周生的背叛而郁郁寡欢致死,并在去世之前选择了成全周生与仙花。无奈周生却因壬辰倭乱之故被征调到了朝鲜,最终周生与仙花也未能如愿成婚。[①]

　　根据权鞸在文末所写的创作缘由可知,这篇小说创作于1593年春。权鞸在明军驻地开城遇到当时随明军出征来到朝鲜的中国人周生。在与周生闲谈中,听闻周生与徘桃、仙花的故事,写成了这篇爱情传奇小说。一直以来,《周生传》创作缘由真实与否都是研究者争论的焦点。近来,韩国学者申泰秀通过翔实而周密的考证,指出《周生传》的确创作于1593年仲夏。当时满怀报国之志的权鞸因科举之途受挫,转而弃笔从戎,在江华岛加入义军。权鞸往返于林欢的阵营与明军前线开城之间的那段时间,恰好遇到了小说中"周生"的原型,并创作了这篇小说。权鞸之所以创作这篇小说,是为了激起明军的思乡之情并激励斗志。[②] 不管权鞸的创作意图如何,通过申泰秀的研究,我们都能知道权鞸仕途坎坷,却并非自此意志消沉。他一直都在寻找新的途径去报效国家。申泰秀的研究为我们重新理解《周生传》及其作者权鞸以及17世纪前期文人的创作行为提供了新的视角。

　　另外,我们还应该注意到《周生传》中登场的女性人物徘桃、仙花不再是《万福寺樗蒲记》、《李生窥墙传》以及《何生奇遇记》的女鬼、女仙,而变成了实实在在的女人。这也是17世纪前期爱情传奇小说不同于以往的重要特点之一。在这里爱情传奇小说中出现的女性人物转变成了确确实实的人类,而之前的人鬼恋以及人仙恋都转化成了男女之间的恋情。但是与之前不同的是,之前小说中一对一的恋爱关系开始逐渐出现裂缝,转化成了一男对多女的结构。

　　同样表现出强烈现实性的还有赵纬韩(1567—1649)的《崔陟传》。赵纬韩,字持世,号玄谷,朝鲜中期历任东副承旨、直提学,后官至功曹判书,文武兼备。《崔陟传》创作于1621年。因与柳梦寅(1559—1623)《於于野谈》中所载《红桃记》相类似,因此被认为很可能是根据壬辰倭乱时期发生的真实故事改编而成的小说。[③] 尽管同以壬辰倭乱为背景,但与《周生

[①] 林明德:《韩国汉文小说全集》第七卷,中国文化学院,1980年,第283—330页。
[②] [韩]申泰秀:《〈周生传〉创作背景》,《韩国言语文学》2011年第76辑,第119—141页。
[③] [韩]金宽雄、金晶银:《韩国古代汉文小说史略》,北京大学出版社,2011年,第212页。

传》中周生因壬辰倭乱而不得不来到朝鲜不同的是，《崔陟传》中再现的是崔陟与玉英这对苦命鸳鸯因战火被拆散最后在中国重逢、在战火中再次分别，之后先后回国的故事。小说中出现的有关"壬辰倭乱"以及"萨尔浒之战"战事的描写基本上符合当时的历史史实。这也表明《崔陟传》很可能是在历史史实的基础上创作而成的作品。作者将壬辰倭乱之中真实发生的事情，进行了虚构和加工，最终写成了《崔陟传》这篇小说。

17世纪前期的爱情传奇小说不仅现实性有所增强，而且在小说登场的女性人物身份趋于多元化的同时，女性的比重有所加大。与前期传奇小说中登场的女主人公生前均为大家闺秀相比，这一时期登场的女主人公的身份不仅包括妓女，如《周生传》中的俳桃；还包括宫女，如《云英传》中的云英以及权佺（1583—1651）《相思洞记》中的英英，以及普通的乡下姑娘，如《崔陟传》中的云英。这一时期的小说通过对下层民众的关注，更进一步深刻揭露了处于社会底层民众的悲惨命运。《云英传》中宫女云英虽然与金进士真心相爱，但在恋情暴露后畏于安平大君的暴戾而以罗帕自缢，而金进士在得知云英死讯后也自绝而亡。作者通过云英与金进士的死控诉了当时封建统治之下封建贵族的专横无道的同时，也对追求爱情未果的恋人送上了深深的同情。云英是一个勇敢追爱，个性鲜明，敢爱敢恨的女性，在小说中她为了追求幸福与爱情，明知会触犯暴戾的安平大君仍然义无反顾。与云英类似的，还有《周生传》中的俳桃。尽管最终俳桃因周生的变心抑郁而终，但作品中以妓女身份登场的俳桃相较于喜新厌旧移情别恋的周生无疑是一个正面形象。尽管俳桃因家道中落而沦落妓门，但她的身上仍然保留着作为大家闺秀的端庄。面对爱情，她真诚、坚贞。《崔陟传》中登场的云英也因其坚贞、坚韧而勇敢的性格最终等到了一家团聚的圆满结局。与前期小说相比，这一时期小说中出现的女性人物身上的消极等待的成分明显减弱，更多的是积极主动的女性形象。这一人物塑造上的变化反映出作者对女性认识的变化的同时，也反映出了朝鲜汉文小说的变化发展的方向。

此外，与前期传奇小说相比，这一时期的爱情传奇小说的篇幅普遍有所增长。其中《崔陟传》、《云英传》的篇幅明显超过了短篇小说的水平，达到了中篇小说的水平。篇幅上的变化意味着小说的急剧通俗化。小说的通俗化集中表现在小说大团圆式的结尾上，而这一时期至少出现了两篇大团圆解决结尾的爱情传奇小说。《相思洞记》以及《崔陟传》就是其典型的事例。《相思洞记》中年轻书生与宫女英英，尽管历经三年分别，但最终却得桧山君夫人特许喜结良缘。①《相思洞传》与《云英传》中云英与金进士的爱情悲剧相比，不管是在恋爱的过程还是两人的身份背景都极为类似，但《相思洞传》最终以喜剧结尾。《崔陟传》中云英与崔陟也是历经千辛万苦终于得以阖家团圆。虽然《相思洞传》与《崔陟传》还算不上通俗小说，但是已经呈现出了通俗化的趋势。可以说，作者在构思时，已经充分考虑到了读者的心理需求。②

17世纪前期传奇小说发展到了最高潮的同时，也迎来了逐渐衰落的命运。这一时期出现的爱情传奇小说已经呈现出了逐渐脱离传奇小说范式的倾向，而这一倾向到了后期尤为严重。17世纪后期出现的《凭虚子访花录》与《白云仙玩春结缘录》从相当程度上来讲已经脱离了爱情传奇小说的范畴。对于17世纪末期以及18世纪初出现的通俗爱情小说，韩国研究者金贞淑将其称之为"才子佳人小说"。③ 其中包括《红白花传》、《九云梦》、《洞仙记》、《王庆龙传》、《白云仙玩春结缘录》、《凭子虚访花录》。17世纪后期才子佳人小说的出现与当时士大夫阶层中处于中央权力外围的乡班等中间知识分子阶层的增多，中国才子佳人小说的流入以及17世纪前期爱情传奇小说的通俗化有密不可分的联系。④ 才子佳人小说中登场的人物往往是封建社会最为理想的人物形象——才子与绝色佳人。而才子佳人小说中才子与佳人最终往往都能克服重重障碍与阻力到达圆满的结局。而这与15世纪、16世纪的《金鳌新话》、《企斋记异》以及17世纪前期的爱情传奇小说有着迥异的区别。17世纪前期以前的传奇小说反映的是部分文人的理想，然而17世纪后期的才子佳人小说则反映了当时识字阶层所有人的欲望与理想。与17世纪前期爱情传奇小说相比，才子佳人小说中三角恋爱以及第三者插足的情形更为普遍，而对于两性关系的关注也比17世纪前期的爱情小说要更为强烈。

有关《周生传》最早的研究起源于李明善的《朝鲜文学史》。在该书所附年表中，李明善指出《周生传》的作者为权韠，而其所根据的文献为《古谈要览》，却并未对此进行任何附加说明。⑤ 之后文璇奎沿用权韠说，也并未对《周生传》的作者进行深入考察。对《周生传》进行研究的最初成果

---

① 林明德:《韩国汉文小说全集》第三卷，中国文化学院，1980年，331—348页。
② [韩]金贞淑:《朝鲜后期才子佳人小说研究》，高丽大学大学院博士学位论文，2004年，第2页。
③ [韩]金贞淑:《朝鲜后期才子佳人小说研究》，高丽大学大学院博士学位论文，2004年。
④ [韩]金贞淑:《朝鲜后期才子佳人小说研究》，高丽大学大学院博士学位论文，2004年，第44页。
⑤ [韩]李明善:《朝鲜文学史》，朝鲜文学社，1948年，第135页。

中，文璇奎认为《周生传》是一篇能够与《会真记》相媲美的言情小说的杰作，作者通过周生反映了怀才不遇的境遇与经历。与此同时，他指出《周生传》大致成书于1593年—1611年之间。[①] 在对《周生传》进行考察之后，金起东指出《周生传》反映了真实的现实，克服了传奇小说的偶然性，具有极高的文学史意义。与此同时，他还注意到文中女性的登场，认为《周生传》反映了当时女性甚至妓女所面对的社会问题及其面对爱情的苦恼。[②] 文璇奎与金起东的研究，虽未对《周生传》进行深入研究，却奠定了《周生传》在文学史上的地位，构建了《周生传》研究的基本框架。之后的研究也多按照作家论、作品论、比较文学以及小说的形式等几个方面而展开。在过去的五十年间，有关《周生传》的研究呈现出了异彩纷呈的景象。

然而，近年来针对《周生传》的作者是否为权韠以及创作时期的问题，研究者之间出现了分歧。其中较为具有代表性的研究者为朴逸勇、车溶柱。朴逸勇指出异议的理由如下：一，《周生传》未收录于权韠的文集当中；二，另有作者不明的手抄本《周生传》流传于世；三，并不存在有关作者的明确记录。[③] 车溶柱则认为在《周生传》中出现了多篇词作品，而在权韠的文集中没有收录一篇词。他又根据作者后文所言中国人周生与作者因言语不通而进行笔谈的部分，提出篇幅如此之长的《周生传》能否进行笔谈的质疑。[④] 在研究者各持己见之时，汉文手抄本《花梦集》中的《周生传》推动了对《周生传》作者研究的发展。在《花梦集》所收藏的《周生传》的末尾表明了作品创作的时期与作者。[⑤] 根据"癸巳仲夏无言子权汝章记"的后记，癸巳仲夏应为1593年的五月份，而无言子权汝章正是指权韠。这一后记的出现在很大程度上解决了之前未曾发现《周生传》作者任何记录的问题。但又引来了新的问题，即后记是否属实的问题。这成为之后一段时间里有关《周生传》研究的争论焦点。尽管权韠的号确为汝章，但出于其未曾使用过"无言子"的称号，以及除去《花梦集》之外任何版本中都没有标注出作者为权韠等理由，部分学者认为《周生传》是否为权韠之作仍有待考察。[⑥] 与此同时，有部分研究者通过对《周生传》的词与权韠所作汉诗进行深入分析之后，指出《周生传》中华丽而浓艳的词很可能是权韠的

---

① 《花史外二篇》，[韩]文璇奎译，通文馆，1961年，第20—24页。
② [韩]金起东：《周生传》，《李朝时代小说研究》，善文阁，1973年。
③ [韩]朴逸勇：《周生传》，《韩国古典小说作品论》，集文堂，1990年。
④ [韩]车溶柱：《韩国汉文小说史》，亚细亚文化社，1992年，第212页。
⑤ [韩]朴忠禄：《林悌权韠作品选》，《朝鲜古典文学选集》(8)，北京民族出版社，1987年，第98页。
⑥ [韩]简镐允：《新挖掘的周生传资料及其解释》，博而精，2008年，第35—36页。

作品。① 另一部分研究者则根据17世纪初创作完成的《南宫先生传》以及《崔陟传》都在后记中标注了创作时间,指出《周生传》也应该属于此类型,从而坚持了《周生传》作者为权鞸的主张。②

近来,针对《周生传》最为基本的作者以及创作时期的问题的悬而未决,申泰秀在其博士学位论文中从文学社会学的角度进行了深入的考察,并最终确证《周生传》的作者应为权鞸。他通过对当时的社会背景以及权鞸文集进行分析之后,指出权鞸大致于1593年在江华岛与以吴宗道为首的明军相逢,又根据尹继善为明军将士杨洲所作诗歌,以及权鞸至交李安讷(1571—1637)曾为浙江籍将士作诗两首以慰思乡之情的记录,推断出壬辰倭乱期间赴朝鲜的明军当中有相当数量的士兵都有过被迫与即将结婚的妻子分离两地的经历,而很可能正是在周边人与明军士兵交好的过程中,权鞸恰好遇到与周生有类似经历的士兵,并听到了类似的故事。又根据《石洲集》中记录权鞸与明军交往的诗歌《送胡秀才庆元从吴都司南下》与《送娄凤鸣还杭州钱塘县》以及《周生传》后半部分与《送胡秀才庆元从吴都司南下》中类似的内容,进而通过确凿的史料证明了《周生传》成文时间为1593年,且作者确为权鞸。同时,他针对部分研究者认为《周生传》是权鞸对胡庆元或者娄凤鸣个人经历的记录的观点,申泰秀结合当时明朝所奉行的海禁政策以及权鞸对于中国江南的向往指出,《周生传》是作者权鞸在周生故事的基础上,加入了自身对于中国江南地区想象的产物。③ 申泰秀的研究卓有说服力地论证了《周生传》的创作时期与作者,从而解决了一直以来围绕《周生传》而展开的论争。

在作者与创造时期的问题悬而未决期间,有关《周生传》作品论的研究与比较文学的研究也取得了较大的进展。其中作品论研究中《周生传》所表现出的悲剧性以及浪漫性成为研究者热衷的研究主题,而比较文学的研究则分别围绕《周生传》与《莺莺传》、《霍小玉传》的影响关系,④《李生窥墙记》、《醉游浮碧亭》的相关性,以及《韦生传》、《韦敬天传》的对比研究而开展。⑤ 而对于《周生传》叙事形式的研究则都从传奇小说形式变化的角度对其进行解读。这些研究大致上都认为《周生传》打破了传奇小说的

---

① [韩] 郑珉:《穆陵文坛与权鞸》,太学社,1999年。
② [韩] 朴熙炳:《传奇小说的问题》,《韩国传奇小说的美学》,石枕,1997年,第20—21页。
③ [韩] 申泰秀:《〈周生传〉研究》,韩南大学大学院国语国文科学博士学位论文,2012年。
④ [韩] 柳钟国:《李朝传奇小说的特性研究——以与中国传奇小说的对比为中心》,《国语文学研究》1981年第2辑;[韩] 李尚九:《韩中传奇小说的相关样相及其特征——以17、18世纪的爱情传奇与唐代传奇小说的关系为中心》,《古典文学研究》2002年第21辑。
⑤ [韩] 郑炳浩:《〈周生传〉与〈韦敬天传〉的比较考察》,《古小说研究》1998年第6辑。

叙事形式，实现了对传奇小说体裁的创新。① 近来《周生传》的研究随着文学社会学理论的介入而得到了进一步的深化。相关的较为具有代表性的研究则有朴逸勇以及郑珉。朴逸勇在其论文《周生传的事实倾向性与小说史位相》一文中指出，《周生传》是"站在具有批判意识的知识分子的角度对壬辰倭乱之后浮现的中世体制的矛盾，以及被边缘化的两班阶层以及底层民众被压迫意志的一种形象化"。② 郑珉则从与朴逸勇相反的角度对《周生传》进行解读，他通过对《周生传》与当代现实间严重的差距的分析，指出这是权䵷有意识的忽视。③ 作为对《周生传》最全面深入的研究，申泰秀在对已有研究史深刻的理解的基础上，从文学社会学的角度对《周生传》的作家和创作时期进行了证据确凿的研究，并以此为基础对《周生传》的文学性以及文学史地位进行了新的界定。在其研究中，申泰秀认为《周生传》在朝鲜文学史上占据了独特的地位，具有其特殊的意义。首先，他认为《周生传》是韩国古典小说史上写实小说的开山之作。同时，小说中有关中国南方的叙事也突出反映出了16、17世纪朝鲜文人空间意识的变化，④ 而对《周生传》从地理空间上的解读也与近年来韩国学界从文学地理学的视角对朝鲜小说进行新的诠释的研究倾向相通。

《云英传》在韩国古代小说中被称为杰作。这篇小说因其传奇与梦游录小说相结合的叙事形式、第一人称女性叙述者的登场、周边人物各具个性的面貌与叙事主题的独特性以及独特的悲剧性结尾，一直以来备受研究者瞩目。目前来看，围绕该作品的论争仍然未能给出满意的答案，仍然存在着"柳泳创作说"与作者未详两种不同的观点。不过与作者身份悬而未决相比，作品的创作年代大致有了一个定论，普遍认为该作品创作于17世纪初期。有关《云英传》的研究最早始于1922年安自山的《朝鲜文学史》中，自此以后多部文学史都曾从文学史以及作品解说的层面对其进行概括性的介绍。届时尚未出现针对《云英传》颇具深度的考察。⑤ 对于《云英传》较有深度的研究始于20世纪70年代，这一时期对于作品结构的分析，在

---

① ［韩］金文姬：《朝鲜中期传奇小说形式上的流动性》，《韩国古典研究》2001年第7辑；［韩］金喜卿：《从传奇小说的层面看〈周生传〉研究》，《延世语文学》1995年第27辑；［韩］苏仁镐：《朝鲜中期爱情传奇小说的样式特性研究》，《人文科学论集》2008年第37辑。

② ［韩］朴逸勇：《〈周生传〉的写实倾向性与小说史的地位》，《朝鲜时代的爱情小说》，集文堂，1993年。

③ ［韩］郑珉：《〈周生传〉创作底层与文学性质》，《韩国语言文化》1991年第9辑。

④ ［韩］申泰秀：《〈周生传〉研究》，韩南大学大学院国语国文专业博士学位论文，2012年，第155页。

⑤ ［韩］安自山：《朝鲜文学史》，韩一书店，1922年，第102页；［韩］金台俊，《朝鲜小说史》，学艺社，1931年，第71页。

很大程度上促进了《云英传》研究的发展。目前为止,现在的研究大致可以区分为悲剧性相关研究,原典与版本研究,与相关作品的比较研究,有关作家与创作时期的论证研究,以及作品结构的研究等。其中有关作品悲剧性的研究最早始于安自山。安自山认为韩国古代小说中并不存在纯悲剧性的作品,尽管《云英传》蕴含着悲剧性的要素,却没有到达纯粹悲剧的高度。① 苏在英则在对《云英传》进行考察之后,指出《云英传》的悲剧性是云英的悲剧,饱尝政治失意的安平大君的悲剧,以及战乱所引发的战争悲剧的综合体。② 丁海珠则认为《云英传》是以悲剧性结尾的唯一小说,进而指出《云英传》是一篇在严格的封建体制与价值观中表现人类的自觉与人的发现的反映人的尊严性胜利的作品。③ 此外,还有研究者认为从作品中出场人物欲望未得以实现的角度来看,《云英传》也是一场充满悲剧色彩的小说。④ 有关版本的研究方面,目前来看基本上达成一致,认为《云英传》最初应该为汉文本,但针对最初版本以及最完善版本的问题仍然未能形成定论。⑤ 在比较研究方面,则主要将《云英传》与《九云梦》、《罗密欧与朱丽叶》相比较研究,而有关作家与作者的研究则主要始于金台俊的《朝鲜小说史》。在这部小说史中,金台俊认为《云英传》的作者应该为柳泳。此说在日后的若干年间都被当成是正说,丁奎福、金起东以及成贤庆则认为作中之人"柳泳"并不能成为小说的作者。⑥ 其中丁奎福提出了作者未详说。有关作品创作时间也存在着部分论争,大致可以区分为宣祖末年到仁祖时期与肃宗之后到英祖时期两种观点。⑦ 不过,目前看来这篇小说基本上被认为产生于17世纪初期,而有关于《云英传》叙事结构的研究大致可以区分为梦游结构与还魂结构两种不同的见解。其中尹海玉针对《云英传》中并不存在梦游录固有的梦中世界的特点,提出了还魂主题的主张。在论文中,他指出云英与金进士的还魂并非为了发泄在现实世界中所积压的怨恨,他们所感伤的是平安大君的败北以及使宫殿沦为废墟的岁月。而又根据云英与金进士在文中表明自己是天上人的身份部分,引申指出他们

---

① [韩]安自山:《朝鲜文学史》,韩一书店,1922年,第102页
② [韩]苏在英:《〈云英传〉研究——以命运的悲剧为中心》,《亚细亚研究》1971年通卷41号。
③ [韩]丁海珠:《〈云英传〉的悲剧性结构研究》,《香兰语文》1976年第6辑。
④ [韩]朴箕锡:《云英传》,《韩国古典小说作品论》,集文堂,1990年,第712页。
⑤ [韩]成贤庆:《云英传》,《古典小说研究》,一志社,1993年,第846页。
⑥ [韩]丁奎福:《〈云英传〉的问题》,《古代文化》11,高丽大学,1971年;金起东,《寿圣宫梦游录》,《李朝时代小说论》,二友出版社,1983;[韩]成贤庆:《云英传》,《古典小说研究》,一志社,1993年。
⑦ [日]大谷森繁:《〈云英传〉小考》,《朝鲜学报》1966年第37、38号。

的死是为了偿还在天上所犯下的罪过，因此死亡并非现实生活的终结而是重回天上的一种赎罪行为。① 徐大锡则在承认《云英传》为梦游录的基础上，指出作品在结构上具有双重额子的特性。进而指出《云英传》的首个额子与梦游录存在着差异，具有最终构成小说额子的特点。② 近年来对于《云英传》的关注呈现出了多元的视角，其中不仅出现了从精神分析学、文学治疗学的角度对《云英传》进行研究的新成果，还产生出了部分从女性学以及文学地理学的角度对《云英传》进行重现解读的研究。

姜祥淳在对已有研究进行批判性考察的基础上，提出了"《云英传》人学"的概念。在这一理论框架之下，姜祥淳又通过对贯通于作品当中的人的本性以及生的价值的思考，进而指出了《云英传》的作者是一位生活在中世纪难以舍弃作为文化精英意识而存在的知识分子，然而频繁的政变与残酷的战乱使其丧失了稳定的社会经济基础与理念指向，而这一篇文章恰好是其对自身存在进行怀疑的一篇文学作品。③ 金秀妍则另辟蹊径，希望能够通过对云英自杀心理的剖析为生活在当代的现代人提供些许心理上的安慰。因此，在她的论文中更注重于从文学治疗学的角度对《云英传》进行解读。她指出，云英之所以选择自杀在很大程度上是因为"丧失—孤独—悲伤—犹豫"所引起的极度绝望，为情自杀并非唯一理由，受到极度损伤的自尊心才是其选择自杀的根本原因，而这样的文本能够帮助那些想要自杀的人找到心理上的慰藉。④ 金秀妍的研究在将古代小说与现代生活相结合方面具有重要意义。成贤庆通过对《云英传》中出场的十名女性的考察，指出《云英传》实际上宣扬了平等思想，对男尊女卑或者贵尊贱卑的现实社会秩序进行了辛辣的讽刺。⑤

针对以往研究中对寿圣宫关注不足的特点，严基英从文学地理学出发对寿圣宫的存在意义进行了解读。针对以往研究多将寿圣宫看成是安平大君欲望之所的主张，他指出寿圣宫是在很大程度上使得金进士、云英以及安平大君均认识到自身的局限以及外部世界力量存在的场所。⑥

与同期其他小说及其作者相比，学界对于《崔陟传》及其作者的关注

---

① ［韩］尹海玉，《〈云英传〉的结构考察》，《国语国文学》1980 年第 84 辑。
② ［韩］徐大锡，《梦游录的形式特性与文学史的意义》，《韩国学论集》1975 年第 3 辑。
③ ［韩］姜祥淳：《〈云英传〉的人类学及其精神史意义》，《古典文学研究》2011 年第 39 辑。
④ ［韩］金秀妍：《云英的自杀心理与〈云英传〉的治疗文本的可能性试论》，《韩国古典小说研究》2010 年第 21 辑。
⑤ ［韩］成贤庆：《我国古典小说中的女性——以〈云英传〉为例》，《女性问题研究》1981 年第 10 辑。
⑥ ［韩］严基英：《〈云英传〉寿圣宫的空间性质及其意义》，《韩国语文学国际学术论坛》2011 年第 18 辑。

略显不足。对于此作品最初的研究始于李明善。① 对于其的关注，只局限于作者与作品，而未对其进行更为深入的学术研究。这也反映出了《崔陟传》初期研究的一个显著特点，即更多地关注其作者与作品，而对于作品内容却并未深入涉及。韩国学界真正开始研究《崔陟传》的是金起东。金起东在对《崔陟传》的作者以及创作动机进行综合考察之后，指出该文是一篇反映深受佛教要素影响的男女之间的爱情，并将其归类为佛教系小说。② 在此基础上，金起东又通过对《於于野谈》中收录的一篇《红桃记》进行对比研究之后，指出《崔陟传》是赵纬韩对柳梦寅所作《红桃记》中所记录真实故事的一种小说化的作品。苏在英则针对小说中"被俘"叙事的内容进行考察之后，指出《崔陟传》催生了朝鲜俘虏小说的出现。③ 金梓洙则通过对《崔陟传》小说化过程的考察指出，《崔陟传》是赵纬韩对自己从邻居崔陟处所听故事的一种小说化，属于流传于南原地区的真人真事小说的类型，从而否定了《红桃记》与《崔陟传》的联系。④ 朴逸勇认为《崔陟传》既保留了初期小说对现实矛盾进行写实性描写的特点，同时正在向后期通俗一代记小说过渡。⑤ 朴熙炳立足于壬辰倭乱与丙子之役对于朝鲜、中国以及日本人生活所带来的影响，认为《崔陟传》实际上反映了当时因战乱引发的妻离子散的惨象，以及因骨肉亲情而重逢的过程。他认为《崔陟传》克服了初期小说写实主义的局限，对17世纪小说产生了重要影响。在与《红桃记》进行比较之后，他对《崔陟传》给予了极高的评价，认为《崔陟传》是一篇极为优秀，且在韩国小说史上占据着极为重要的意义。⑥ 梁承敏则依托于新发掘的资料，有理有据地论证了文中崔陟为实际生活在南原的儒生崔陟。⑦ 金文姬在对文中家族叙事进行分析之后，指出《崔陟传》反映了作者家族指向主义以及家族主义的倾向，是一篇真正的家族叙事诗。⑧ 此外，姜东烨还立足东亚的视角对构成《崔陟传》叙事背景的壬辰倭乱的

---

① [韩]李明善:《朝鲜文学史》，朝鲜文学社，1948年，第135页。
② [韩]金起东:《佛教小说〈崔陟传〉小考》，《佛教学报》1974年第11辑。
③ [韩]苏在英:《奇遇录论考》，《圣峰金圣培博士回甲纪念论文集》，萤雪出版社，1977年。
④ [韩]金梓洙:《〈崔陟传〉的小说化过程》，《论文集》1985年第26辑，第125—140页。
⑤ [韩]朴逸勇:《朝鲜后期爱情小说的叙述视角及其叙事世界》，首尔大学博士学位论文，1988年。
⑥ [韩]朴熙炳,《〈崔陟传〉——16、17世纪东亚的战乱与家族离散》，《韩国古典小说作品集》，集文堂，1990年，第83—100页。
⑦ [韩]梁承敏:《〈崔陟传〉的创作动机与沟通过程》，《古小说研究》2000年第9辑。
⑧ [韩]金文姬:《〈崔陟传〉的家族指向性研究》，《韩国古典研究》2000年第6辑，第161—190页。

影响进行了深入分析。[①] 最近有关《崔陟传》的研究开始关注玉英与红桃这类女性人物形象，尝试从女性学的角度进行新的解读。黄润实认为与同期其他作品相比，在《崔陟传》中玉英通过三次战争经历获得了对朝鲜人的身份认同以及作为女性的性别认同，[②] 从而对《崔陟传》给予了较高的评价。

第六节 军谈小说

在目前韩国的小说分类中，军谈小说又称英雄小说。朝鲜时期产生了数量众多的英雄小说。英雄不仅出现于汉文小说中，也出现于韩文小说中。我们认为英雄小说的概念是一个广义的概念，既包括被称为历史军谈的《壬辰录》、《朴氏夫人传》、《林庆业传》，也包括《九云梦》、《玉楼梦》，还包括产生于18世纪的韩文英雄小说以及之后的女性英雄小说。在此讨论对象主要限定于《壬辰录》、《朴氏夫人传》、《林庆业传》这类历史军谈小说作品。

所谓军谈小说，就是描写在战争中出现的英雄群像或者单个英雄形象的小说。因此，尽管这一类型的小说在描写战争方面与俘虏纪实文学或者战乱回忆录等相类似，但是在对战争的叙述以及人物的塑造方面有所不同。军谈小说不仅仅描写战争场景，更重要的是军谈小说侧重于歌颂英雄在战争中的英雄行为与表现。也就是说，军谈文学最看重的是英雄与战争。没有英雄登场的战争小说可以称之为战争小说，却不能被称为军谈小说，而仅有英雄登场，却没有战争作为背景的小说则可以被称为英雄小说，却不能被称为军谈小说。[③] 由此可知，所谓军谈小说必须以一个在战争这一残酷的背景下能够克服战争暴力重新建立新秩序的英雄的存在为前提。横空出世的英雄不仅肩负着实现丰功伟业的重任，而且是不被允许失败的。战争、英雄以及胜利是朝鲜军谈小说最为基本的三个构成要素。[④] 因此，从英雄叙事的角度来讲，军谈小说被称为英雄小说也是情有可原的，但是由于并非所有的英雄小说均可以被称为军谈小说讲，重新恢复军

---

① [韩]姜东烨，《〈崔陟传〉中壬辰倭乱与东亚》，《韩国语文学研究》2001年第38辑。
② [韩]黄润实，《17世纪爱情传奇小说中体现出来的女性主体的欲望发现样相》，汉阳大学博士学位论文，2000年，第99—111页；[韩]현혜경：《〈崔陟传〉与〈玉娘子传〉中对比性的女性人物》，《梨花语文论辑》1996年第4辑。
③ [韩]金道焕：《古典小说中军谈的扩大方式研究》，高丽大学国语国文专业博士论文，2010年，第17—18页。
④ [韩]金道焕：《古典小说中军谈的扩大方式研究》，高丽大学国语国文专业博士论文，2010年，第18页。

谈小说这一概念是有必要的。

对朝鲜上下而言，壬辰倭乱都是一场大的浩劫。在这场浩劫当中，朝鲜不得不承受巨大的物质与精神上的损失。然而，更艰难的是，在壬辰倭乱结束不到半世纪之内，丙子之役再次发生。丙子之役中，朝鲜不得不向一直以来都被自己蔑视的清朝叩首降服。这两次战乱给朝鲜带来的冲击是极其巨大的，混乱中朝鲜人对现实社会的批判及对英雄的渴望空前高涨。

战乱当时与战乱之后，很多文人通过战争实录的形式记录下了战争当时的惨状。这些战争实录文学中不仅对当时朝鲜对敌底下的应对能力提出了辛辣的批判，同时还记录下了当时与敌人勇敢战斗的义兵的英勇面貌。[①]包括阀阅、士大夫、庶孽、中人乃至平民几乎所有的阶层都曾经参与军谈小说的创作之中，[②]由此可知，经历了壬辰倭乱、丙子之役两场惨烈的战争之后，朝鲜上下渴望通过英雄的救赎来平复历史现实带给他们的伤痕。这期间传播到朝鲜境内的中国古代小说，如《三国演义》等以战争题材为内容的演义类小说无疑对军谈小说的产生与创作起到了催化和参考的作用。在这样的背景之下，部分文人收集有关战争胜利的记录，在此基础上进行创作以鼓舞士气。恰恰也是在这一过程中，真实的历史被重构，而被重构的历史在被传承的过程中，给曾经经历过或者未经历过的人们带来了克服的勇气。

朝鲜时期的军谈小说可以分为历史军谈小说和创作军谈小说两类。其中历史军谈小说包括《壬辰录》、《朴氏夫人传》、《林庆业传》等。这些初期军谈小说中描写的战争都为刚刚经历未久的战争。因此，这类军谈小说又被称为历史军谈小说。《壬辰录》描写的主要是壬辰倭乱，《朴氏夫人传》和《林庆业传》主要以丙子之役为其创作背景。下面主要对《壬辰录》以及《林庆业传》进行简单介绍。

《壬辰录》以壬辰倭乱这场历时七年的战争为背景。因其汉文抄本众多且内容出入较大，在此以韦旭升校点本[③]为对象对故事的内容进行简单介绍与分析。宣祖年间，日寇突然发动八十万大军入侵朝鲜。而当时的朝鲜

[①] 有关壬辰倭乱的战争实录，主要有柳成龙的《惩毖录》、郑琢的《龙湾闻见录》、包含有释惟政日记的《奋忠纾难录》以及记录领导南原义兵起义梁大朴事迹的《倡义录》等。此外，还包括战争中李舜臣所写的《乱中日记》以及赵庆南的《乱中杂录》、朴东亮的《寄斋史草》等。有关丙子之役的战争实录，主要有《永阳四难倡议录》、《丙子湖南倡议录》以及记录金长生义兵活动的《丁卯两湖举义录》等。

[②] ［韩］金景南：《韩国古小说战争素材研究》，建国大学大学院国语国文专业博士论文，2000年，第8页。

[③] 韦旭升：《韦旭升文集》第二卷，中央编译出版社，2000年，第491—558页。

对此却毫无防备,且很多参战将领贪生怕死,导致日寇长驱直入,很快便攻陷了朝鲜的首都,开城并占领了平壤。宣祖也逃离王宫等待明朝救援。正在此时,李舜臣在海上勇克敌军,各地爱国义士也纷纷揭竿而起或组织义军或深入敌后痛击敌人。在朝鲜军民与明援军的密切合作之下,日寇连连败退,局势转危为安,不久便收复了平壤。收复平壤后,战事进入和谈阶段。和议破裂,日军再次大举进攻,此时李舜臣却被人陷害关在狱中。在李恒福的建议下,宣祖决定放出李舜臣并再次向明求救。在李舜臣与明将的再次合作之下,终于歼灭了日寇的主力。而李舜臣也不幸在战斗中牺牲。随着日军的撤退,壬辰倭乱落下了帷幕。然而,耐人寻味的是小说最后描写了明与女真的一场大战。在这里尽管女真战败,却为日后清的崛起和明的衰落埋下了伏笔。

《壬辰录》是一篇以壬辰倭乱为题材的历史军谈小说。小说记录了壬辰战争发生始末的过程,尽管文章展开过程中并没有刻意回避一些虚构的因素,[①] 但小说的结构总体来说忠于史实。也正因为如此,汉文本《壬辰录》似乎在趣味性上略逊一筹。但通过阅读这篇小说更有利于了解历史的真相。这篇小说的主旨与其他军谈小说一样都表现了爱国主义情怀。其中最为典型的代表便是李舜臣。李舜臣作为朝鲜的民族英雄,对于他的描写具体而细腻,将他坚毅勇敢而又机智爱国的形象刻画得丝丝入扣。与此同时,反面人物也大量登场。对于反面人物的刻画,一方面深刻揭露了当时统治阶级的腐败无能,另一方面也间接反映出当时统治阶级威信扫地,社会矛盾激化,平民意识增强的战后现实。

《林庆业传》自18世纪后期广泛流传于民间。该小说主要以丙子之役为题材。与《壬辰录》一样,《林庆业传》也主要塑造了林庆业忠君爱国的形象。同时,小说表现出了强烈的崇明反清的倾向。小说中,林庆业曾经在胡国遭到伽靼侵略之时救助过胡国。然而,胡国强大之后不但不顾念旧情,反而恩将仇报意图侵略朝鲜。最终却又为林庆业的忠贞所感动,遣送林庆业以及朝鲜王子回国。然而,林庆业却为奸臣所害。死后林庆业托梦于国王,冤情才得以昭雪。在小说中林庆业对于明朝抱有一种友好态度,这也许是对壬辰倭乱时明朝对朝鲜再造之恩的一种自然反应。小说中的胡国则被塑造成了一个忘恩负义的小人国的形象:受恩于人,却又扰于人。对于胡知恩不报的塑造,似乎也正迎合了华夷观念以文明与野蛮来区分华夷之分的观点,由此可见,朝鲜的小中华意识早已根深蒂固。

随着时间的流逝,到了肃宗时期,战乱给朝鲜带来的伤痛已经基本平

---

① 金宽雄、金晶恩:《韩国古代汉文小说史略》,北京大学出版社,2011年,第166页。

复，社会重现安定局面。对于两乱有着亲身体会的一代人已经消逝，到了这一时期通过间接的途径间接经历过战争的人们开始创作军谈小说，通过想象继续生产英雄。① 与前代的历史军谈小说不同的是，创作军谈小说中所描写的战争逐渐转为虚构，也就是说这些战争并未在历史上真正发生过。

　　历史军谈小说和创作军谈小说，无论是在主题思想，还是在情节模式，以及人物形象等方面都存在着差异。创作军谈小说尽管受到了初期历史军谈小说的影响，但是其创作的基调却有所不同。不仅如此，创作军谈小说无论在作品数量，还是创作风格上都远远超过了初期的历史军谈小说，并逐渐成为军谈小说的生力军。② 有关军谈小说的创作，韩国学者徐大锡将其分为三个阶段。第一阶段即壬辰、丙子两乱之后，有关两乱的战争实录首先创作完成，到了第二个阶段受当时战乱中出现的说话文学的影响，《壬辰录》、《朴氏夫人录》等历史军谈小说作品出现，而创作军谈小说则属于第三个阶段。隶属第三阶段的创作军谈小说多为韩文小说，汉文创作军谈小说极为稀少，其中主要作品为创作完成于 18 世纪后期 19 世纪前期的《云香传》以及《蓬莱新说》。这一时期创作完成的创作军谈小说多结合了韩文创作军谈小说与家庭小说、家门小说的特点，相比较历史军谈而言，创作军谈小说中所强调的忠君爱国思想明显淡化。《云香传》的叙事范围扩展到了家庭小说中的主人公备受踩躏与欺悔的部分，因此更为强调主人公的节烈行为，而并非建功立业的英雄行为。《蓬莱仙说》中对于主人公获得爱情的缘由主要是从天庭秩序的角度来进行描写。因此，可以说是在英雄一代记录的基础上加入了《九云梦》谪降的要素。与历史军谈小说相比，创作于这一时期的汉文创作军谈小说的通俗性、娱乐性明显增强。

　　《壬辰录》、《朴氏夫人传》以及《林庆业传》最初都被金台俊归入到了历史军谈小说的范畴。然而，之后逐渐出现了与此迥异的见解。因为这些小说往往是以真实的历史事件，如壬辰倭乱以及丙子之役作为叙事背景，具有一定的真实性，因此又被部分研究者纳入了历史小说的范畴之内。③

---

　　① ［韩］金景南：《韩国古小说战争素材研究》，建国大学大学院国语国文专业博士论文，2000 年，第 51 页。
　　② 韦旭升：《历史发展与文化交流的交叉—关于朝鲜的"军谈小说"》，《北京大学学报（哲学社会科学版）》1992 年第 5 期，第 56 页。
　　③ ［韩］金章东：《崔陟传朝鲜朝历史小说研究》，二友出版社，1986 年，第 12 页；［韩］郑鉝东：《古代小说论》，萤雪出版社，1966 年，第 292 页；［韩］金起东：《李朝时代小说论》，二友出版社，1980 年，第 227 页；［韩］朴晟义：《韩国古代小说论与史》，集文堂，1986 年；［韩］苏在英：《壬丙两乱与文艺意识》，韩国研究院，1980 年；［韩］权赫来：《朝鲜后期历史小说研究》，延世大学大学院，1998 年；宋河俊，《朝鲜后期历史小说的变化过程及其主题意识》，高丽大学大学院国语国文专业博士学位论文，2005 年。

又因为其主要内容为战争，又被相关研究者划入战争小说的范畴。[①] 由此可知，对于三篇小说的归类至今没有一个定论。除去对《壬辰录》的版本研究以及类型研究之外，对其关注的视角大致可分为三种。一是对《壬辰录》的作者意识的研究，二是对其形成过程的研究，三则是对其人物形象的研究。

对《壬辰录》最初的关注来自金台俊。在当时对《壬辰录》版本的考察尚不完备的情况下，金台俊认为《壬辰录》是一篇在已有历史的基础上添加英雄式夸张虚构润色而成的作品。[②] 针对作品的内容，他还通过与《隐峰野史别录》的比较指出，《壬辰录》是一篇仅记录对本国有利语言的唯一的军谈小说。金台俊的这一主张尽管是在对版本研究欠缺的情况之下提出的，却为初期研究者普遍认同。直至更多的版本被挖掘出来之后，金台俊的主张才逐渐被纠正。之后，李明善首次刊印发行了《壬辰录》，并在其校注本中同时附录了韩文本《壬辰录》。李明善针对汉文本与韩文本之间的差异进行了点评，他认为《壬辰录》汉文本中充斥着事大主义思想，与之相比，韩文本中的事大主义思想则相对较弱。[③] 其做出如此判断的缘由在于，韩文本《壬辰录》中朝鲜将士多依靠自身努力奋勇杀敌，而汉文本中则多处于明朝将领的领导之下。他认为这反映出熟读汉文本的士大夫阶层的事大主义思想要强于普通民众。周王山《朝鲜古代小说史书》沿袭金台俊与李明善见解的同时，认为《壬辰录》是在封建之路崩溃的过程中全民族针对倭寇的一场复仇文学创作，同时也是在现实中败北的民族在精神上取得胜利的一种虚构的文学。[④] 金起东在《朝鲜时代小说论》中也认为，不管是韩文本还是汉文本的《壬辰录》，都是反映了壬辰倭乱之后民众对倭寇愤慨心与报复心的文学。也就是说，他认为《壬辰录》应该被认为是反映了壬辰倭乱之后时代精神的小说。[⑤]

20世纪70年代起对《壬辰录》形成过程以及版本的研究逐渐展开。其中赵东一从作品中登场的众多人物中选取了金德龄，对其形象的形成过程以及作品的主题进行了考察。苏在英与林哲镐则在对《壬辰录》各个不同版本进行考察的基础上，提出《壬辰录》为民众小说的见解。苏在英认为《壬辰录》是民众文学，并认为《壬辰录》作为反映了民众自省与愤怒的说

---

① ［韩］张德顺：《丙子之役前后的战争小说》，《人文科学》1959年第3辑；［韩］苏在英：《韩国战争文学的回顾和展望》，《韩国文学研究》，2004年。
② ［韩］金台俊：《朝鲜小说史》，学艺社，1939年，第69页。
③ ［韩］李明善：《〈壬辰录〉注》，国际文化馆，1948年，第152页。
④ ［韩］周王山：《朝鲜古代小说史》，正音社，1950年，第122—125页。
⑤ ［韩］金起东：《李朝时代小说论》，二友出版社，1983年，第243页。

话文学的大成，其价值理应得到高度评价。^① 同时，他在《壬辰录研究》中对9篇不同版本精神背景进行了深入剖析之后，指出《壬辰录》是精神胜利的文学，反映出了对内深省、对外反思的特性，是民族精神的反映。林哲镐在认同苏在英见解的同时，认为应该进行说话的形成过程的考察。他在对收录于《壬辰录》中的各个故事进行文献考察之后，指出《壬辰录》是以壬辰倭乱与丙子之役为背景的历史小说的同时，也是一种说话的形式。[②]由此可知，有关《壬辰录》形成过程的研究，一般将其与说话文学相联系进行考察。苏在英与林哲镐的研究成为日后将《壬辰录》小说视为民众小说，对其中的民众英雄进行考察的重要基础。

近年来有关《壬辰录》的研究，伴随着记忆理论的引入，呈现出了更为多样的变化。如郑出宪立足于文化记忆的重构性，结合历史上有关壬辰倭乱的记录以及有关壬辰倭乱的文本，如《壬辰录》、《惩毖录》，考察了今天人们对于壬辰倭乱认识的形成过程。并对《壬辰录》与《惩毖录》呈现出不同的英雄形象的原因进行了考察。[③] 他指出两种不同英雄形象的诞生，体现了"中央功臣"以及"地方士族"围绕壬辰倭乱而存在的利害关系的不同。

《朴氏传》因主人公朴氏不同于以往窈窕淑女型的女性形象及其深受喜爱的特性，一直以来受到研究者的广泛瞩目。目前有关《朴氏传》的研究大致可以区分为主题的研究、形成过程的研究、作品结构的研究，以及比较研究等。最近随着女性学理论的引入，从女性学视角对朴氏这一虚构的女性形象进行解读的研究也逐渐出现。整体而言，研究的广度和深度都有所加强。对《朴氏传》最早的研究始于金台俊。金台俊在《朝鲜小说史》中指出，《朴氏传》中"男女一致对外是《苏大成传》、《王将军》、《张国镇传》等流行于当时的将帅传记的共通之处，尽管这可以看作是为了激发对外敌的敌忾之气，激发朝鲜女性固有的节烈精神的人工美"，[④] 但他认为《朴氏夫人传》的出现反映了壬辰倭乱、丙子之役后形成的忠诚与侠义的高涨。接下来，他又针对《朴氏传》的形成问题进行了考察，指出《朴氏传》与《清风记》中朴进士夫人的事迹、金文谷的夫人罗氏说话、鹿足将军说话以及江界女将军夫娘说话等都有着紧密的联系。针对于此，金基铉则认为丑

---

① [韩]苏在英：《壬丙两乱与文学意识》，韩国研究院，1980年，第75—78页。
② [韩]林哲镐：《〈壬辰录〉研究》，正音社，1989年，第408页。
③ [韩]郑出宪：《记忆壬辰倭乱的英雄的两种方式——写实的记忆与记忆的叙事》，《汉文学报》第21辑，第296页。
④ [韩]金台俊，《朝鲜小说史》，学艺社，1939年。

女说话、女将军说话以及义妓说话等与《朴氏传》渊源颇深。[①]

申东一则认为《朴氏传》由祈子、婚姻、朝服、养马得金、状元及第、脱甲以及王世子归还等的说话构成，还在文中提到了《三国史记》中温达故事与薛氏女的故事。[②] 金大琡则认为《朴氏传》的素材来自愚夫贤女的说话。

有关作品结构的研究最早始于成贤庆。他们针对《朴氏传》由前后两部分构成的特点，提出了《朴氏传》是否由两个不同的故事构成的主张。成贤庆认为《朴氏传》的前半部分主要描写的是李时白成长的背景，而后半部分则主要描写朴氏脱胎换骨为国家作战的过程，只有前半部分属于《朴氏传》，而后半部分则深受《林庆业传》的影响。[③] 自成贤庆之后，对于《朴氏传》前后结构不一致的认识成为一种公认的主张。然而，玄吉彦则认为《朴氏传》具有传奇小说的单一叙事结构，自出生、结婚、及第以及死亡所有叙事的焦点主要集中于李时白。[④] 之后金美兰等也都认为《朴氏传》的前后是有机结合的整体。金贤姬指出从解决家庭内部矛盾与解决国家矛盾的层面来看，《朴氏传》实际上是一个完整的有机构成。[⑤]

在叙事内容上，最早金台俊认为朴氏夫人是当时理想的女性形象，这篇小说反映女主人公独特坎坷的出世故事。这一观点也得到了金起东、张德顺等的认可。金美兰则将朴氏夫人的变身作为连接作品前后两个部分的主要因素，认为这一变身的情节就是少女成年式的意义。她认为《朴氏传》中朴氏的变身很大程度上也意味着朝鲜女性对于自卑心理的克服。[⑥] 之后，金章东提出朴氏的变身意味着精神的胜利，是民族优越感的集中体现。李元洙则针对前期研究当中对于朴氏美丑的关注，认为这反映当时对于女性认识的变化以及历史过渡期人们认识的混乱。[⑦]

如果说，《壬辰录》、《朴氏传》等被称为历史军谈的小说，是以朝鲜历史上确实存在过的战争壬辰倭乱与丙子之役为背景进行叙事的小说，那么，在人们对这战乱的记忆已经有些模糊、伤痛已经基本愈合的情况下产生的《九云梦》与《玉楼梦》更多的则是以虚构的战乱或者战争为背景的，所表达的也不再是普通民众对英雄的向往，而更多的是士大夫阶层的理想。

---

① ［韩］金基铉:《〈朴氏传〉研究》，高丽大学国语国文专业硕士论文，1964年。
② ［韩］申东一:《李朝战争小说〈朴氏传〉研究》，《陆军士官学校论文集》6，1968年。
③ ［韩］金大琡:《〈朴氏传〉研究》，《碧史李佑成先生定年退职纪念国语国文学论丛》，丽江出版社，1990年。
④ ［韩］玄吉彦:《〈朴氏传〉的主题研究》，《国语国文学》1981年第20辑。
⑤ ［韩］金美兰:《〈朴氏传〉研究》，延世大学国语国文专业硕士学位论文，1976年；［韩］김현희:《〈朴氏传〉主题研究》，韩国教员大学国语国文专业硕士学位论文，1998年。
⑥ ［韩］金章东:《〈朴氏传〉论考》，《韩国语言文学》1985年第3辑。
⑦ ［韩］李元洙:《〈朴氏传〉中反映的女性观》，《语文学》2000年第71辑。

作为朝鲜小说中的一大杰作,《九云梦》备受研究者瞩目。目前,有关《九云梦》的研究论文已经有300余篇。2003年对《九云梦》研究史进行整理时,李周英指出,虽然《九云梦》研究存在诸多的问题,但确实是一部值得研究的作品。[①]2009年,柳炳环指出《九云梦》研究已经没有什么可以讨论的问题了。[②]尽管柳炳环作出了如是判断,但直至今日有关《九云梦》的研究仍处于进行当中,新的研究视角与研究成果在不断涌现,对《九云梦》的研究也正在变得愈来愈丰富。

第七节 梦幻小说

17世纪末期出现了一种具有长篇小说面貌的梦游作品,此类小说问世后逐渐取代了梦游录在小说史上的主导地位。以17世纪末《九云梦》出现为起点,截至19世纪末期为止,此类梦游作品构成了梦游类小说的主流,[③]在朝鲜小说史上构建出一个又一个华丽的梦境。虽然不同的研究者对此类小说的称呼存在着个体上的差异,但基本上囊括的作品是相同的。[④]一般都认为《九云梦》、《玉楼梦》、《玉莲梦》、《玉仙梦》、《柳花奇梦》等为梦幻小说,或称梦字类小说。其中最有代表性的作品还要算创作于17世纪中后期的《九云梦》以及19世纪前期的《玉楼梦》。

《九云梦》是朝鲜肃宗时期文人西浦金万重(1637—1692)创作的一部小说作品。金万重,字重叔,号西浦,其所在的家族文人辈出。除《九云梦》以外,金万重还留下了《西浦集》、《西浦漫笔》以及另外一篇韩文小说《谢氏南征记》。有关《九云梦》成书原委,一直流传着"慰母说"的主张。金万重的母亲甚为喜欢读书。金万重因自己生而为遗腹子,又深得母亲喜爱,所以对母亲十分孝顺。金万重"娱悦亲意者,殆类古之弄雏儿啼。以夫人好书,聚古史异书,以至稗史杂记,日夜谈说左右,以资一笑"[⑤]。《九云梦》被认为是金万重在流配地宣川因感念母亲思子之情而创作,意在

---

① [韩]李周英:《〈九云梦〉研究的现状与课题》,《国文学研究》2003年第9辑。
② [韩]柳炳环:《〈九云梦〉的结构与小说美学的实相》,《古典文学研究》2009年第35辑。
③ [韩]孙慧欣:《冥梦世界中的奇幻叙事——朝鲜朝梦游录小说及其与中国文化的关联》,北京大学出版社,2009年,第52页。
④ 对于这类小说最初的归类要追溯到金台俊的《朝鲜小说史》。在这本论著中,金台俊首次称其为"梦字类小说"。之后的研究者又陆续按自身的标准对其进行了新的分类和命名,具体情况参见:孙慧欣:《冥梦世界中的奇幻叙事——朝鲜朝梦游录小说及其与中国文化的关联》,北京大学出版社,2009年,第52页。
⑤ [韩]金春泽:《论诗文附杂说》,《北轩集》第十六卷。

"以为一切富贵繁华，都是梦幻"，进而慰藉母亲"广其意，慰其悲"。①

在小说中西域道士六观大师的弟子性真奉使命前往答谢龙王，不承想酒醉返回的路上巧遇衡山仙女卫夫人的八个女弟子。为八仙女美貌所动的性真，在回到禅房后忽觉佛门清净，进而对其自身的价值观以及修道生活产生了质疑。质疑的过程中，性真梦到自己转世投胎为秀州县杨处士之子杨少游。杨少游先后与八仙女托生的八位各怀绝技的佳丽结下姻缘。平定吐蕃班师回朝之后，杨少游被封为丞相，并被赐封为驸马。从此，杨少游与三妻五妾共同享尽人间的富贵荣华，子孙繁盛。晚年的杨少游以及八位妻子决意皈依佛门。在胡僧六观大僧的点悟之下，性真与八仙女皆顿悟，前往极乐世界而去。②

《九云梦》的梦幻结构最早可以追溯到佛典《杂宝藏经》中的《娑罗那比丘为恶生王苦恼缘》。故事中优填王子在被恶生王羞辱之后，带着深重的心结入梦，在性命危在旦夕之时顿然彻悟成为阿罗汉。不同的是故事中的梦境远非《九云梦》般华丽，且是通过惊觉人生之苦痛继而达到顿悟佛法的目的。与此类似的梦境同样见于《调信》，似乎都是为宣扬佛法。

《九云梦》最为核心的部分所描写的主要是性真的梦境。梦境本身是一种超现实的存在。作者金万重在小说中叙说了一个超现实的故事，构建了一个梦中的世界。这个世界既是性真，也是性真的化身年轻的杨少游实现自身梦想的舞台。在这个创造的世界里，杨少游一路顺畅地取得了功名利禄，佳妻美妾，享受到了读书人"学而优则仕"所能获得的所有的荣华富贵与功名利禄。人们对于梦境的运用往往是为了实现在现实社会中不可能实现的理想。在小说中性真或者杨少游的梦想恰好是以作者金万重为首的士大夫阶层理想世界的投影。对于一位在朝鲜中后期一次次的政治斗争中切身体会到振兴家族或者家门重要性的士大夫而言，扬名立万、光耀门楣无疑是一项必须肩负的使命。这也是他们寒窗苦读数十载的根源所在。然而，在小说的最后，性真醒来却发觉这不过是一场梦，所有的一切都不过是他内心对于功名利禄的渴望的幻影。这一渴望随着梦醒变成了虚空。在小说结尾处，随着性真梦醒顿悟，作者似乎也顿悟到功名利禄不过是场梦。金万重一生中曾经历多次贬谪流配，而《九云梦》创作完成于他因谏言而被贬谪宣川之时。③这样的顿悟很可能是作者在政治斗争中仕途失意，

---

① ［韩］金万重：《九月二十五日谪中作》，《西浦集》第六卷。
② 林明德：《韩国汉文小说全集》第三卷，中国文化学院，1980年，第325—449页。
③ ［韩］金炳国：《〈九云梦〉著作时期辨证》，《韩国学报》1988年第14辑2号。在这篇论文中，金炳国通过各种文献资料对《九云梦》的创作时期进行了翔实的论证，最终证明《九云梦》创作完成于金万重被贬谪宣川当时。

屡经挫折之后落寞心情的写照。同时,《九云梦》也表明在当时崇儒抑佛的社会氛围之下,尽管儒教理念已经在士大夫阶层的意识世界中根深蒂固,但在失意彷徨之时佛家的思想是他们寻找心理慰藉的突破口,[①]而这也突出地反映了作者西浦在经历了一连串变故的过程中已经形成了其自身独特的儒佛合一的思想。

《九云梦》创作约两百年之后,朝鲜末期文人南永鲁又创作了另外一篇梦幻小说《玉楼梦》。《玉楼梦》是一部创作于19世纪前期的长篇汉文小说,规模宏大,被称为"朝鲜的《红楼梦》"。该小说与梦幻小说的始祖《九云梦》在诸多方面存在的相同点和不同点:一,小说中登场的杨昌曲以及几位夫人与《九云梦》中杨少游及八位夫人类似;二,来到人间之后,几人都结为夫妻享尽人间荣华之后重回天上的情节设定类似;三,杨昌曲与杨少游拥有惊人才学和武功的同时,诸位夫人也是才艺超群。不过,尽管小说中登场人物的特点类似,但两者之间还存在一定的不同点。首先,从小说的篇幅来讲,《玉楼梦》的篇幅几乎相当于《九云梦》三倍。因此,江南红等诸位仙女的个性要比九云梦中更为鲜明突出。其次,小说中女性的比重进一步增强,仅就江南红出场的部分而言,完全可以将其视为女性英雄小说。再次,小说明显受前期小说影响,增加了妻妾争宠的情节。小说中黄氏对妓女碧城仙的屡次陷害便属于此点。最后,《玉楼梦》的文体属于"汉文悬吐体",且所用汉文半文半白,中间还夹杂大量按照朝鲜语结构书写汉文的现象。

《玉楼梦》的作者南永鲁(1810—1857),字潭樵,属京畿士族。南永鲁的祖父一生无意仕途,而南永鲁虽然曾经参加过科举考试,却因当时腐败的科举制度而连续落榜。作为京畿士族,南永鲁与其他同时代的长篇汉文小说作者一样,虽然离权力中心近在咫尺,却永远也不能进入到权力的中心。在这种情况下,他对当时的社会制度本身是持一种批判态度的,而道教成了他克服现实困境的重要突破口。[②]《玉楼梦》中他的道教思想与对现实的批判意识得到了充分的呈现。

小说中描写了文昌星与多位仙女下凡之后所历诸事。天上的文昌星尘缘未了,于是玉帝让诸位仙子陪其饮酒嬉戏。观世音以及释迦世尊则将其六人送入了人间让其在尘世间结为夫妻。文昌星投生为莲花峰下杨贤之

---

① [韩]崔钟云:《对〈九云梦〉与〈玉楼梦〉结构特征与理念世界的研究——幻梦结构形态理论为基础》,《语文学》2005年第89辑,第220页。
② [韩]崔钟云,《对〈九云梦〉与〈玉楼梦〉结构特征与理念世界的研究——幻梦结构形态理论为基础》,《语文学》2005年第89辑,第222页。

子，名曰杨昌曲。天上的仙女玉女、天妖星、红鸾星、诸天仙女、桃花星纷纷投胎转世成尹小姐、黄小姐、江南妓女江南红、妓女碧城仙以及祝融之女一支莲。

杨昌曲自幼聪颖，在赴京赶考途中，巧遇红鸾星托生的江南艺妓江南红。杨昌曲的诗情引起众人嫉恨，江南红却对杨昌曲芳心暗许。杨昌曲走后，江南红因惨遭迫害而意欲投江自尽，却为尹衡文之女派来的孙三娘所救。在逃亡途中偶遇世外高人，得其真传。

中状元之后的杨昌曲深得皇帝重用。江南红自尽的消息传来，杨昌曲悲痛欲绝，于是遵照江南红所嘱与尹衡文之女成婚。然而，朝廷重臣黄义炳仗势欺人欲强行将女儿许配给杨昌曲，杨不从，被流放江州。在江州，杨昌曲遇到妓女碧城仙并许下婚约。杨昌曲迫于无奈娶黄氏为妻，但黄氏骄横无理，嫉妒碧城仙的才貌，屡次欲置其于死地。杨昌曲南征之时，得已更名为红浑脱的江南红相助，打败哪吒与祝融。杨昌曲与江南红重逢，祝融之女一支莲归顺明军并与杨昌曲结缘。

此时，黄氏因怕自己欺侮碧城仙的劣行败露，意欲杀人灭口，碧城仙被宫人所救。在黄氏想再次行凶之时，碧连城为杨昌曲的两偏将所救，暂时寄居于维摩山的一处道观之中。杨昌曲在江南红的帮助下凯旋归朝，得到皇帝嘉奖，被封为燕王，江南红被封为鸾城侯。然而，朝中奸臣当道，杨昌曲再一次力谏之时，触怒圣威，被放逐于江南。在道观中听闻夫君再次遭贬黜的碧城仙决定赴云南奔夫，途中机缘巧合，遇到因匈奴来犯而逃到花庵的太后。碧城仙急中生智救下的太后，又为之后赶来的一支莲所救。碧城仙的冤情得以昭雪，而黄氏也受到了应有惩罚，之后黄氏改过自新。碧成仙、一支莲先后与杨昌曲完婚，自此妻妾和睦，福泽后代。杨昌曲及其妻妾最终复归天庭，各司其职。[1]

乍看来，《玉楼梦》似乎与《九云梦》一样都反映了儒教理念以及佛教思想，并无太大差别。天上的神仙文昌星降临人世之后，依次与五位佳丽结缘，并在战场上扬名立万，这一故事情节的确可算是反映了儒家的功名观。但在故事展开过程中，夹杂着作家对于社会现实的批判意识。小说大致描写了三方面的矛盾：一，杨昌曲与五位佳丽的爱恨情仇以及家庭内部的矛盾及其化解的方法；二，杨昌曲克敌制胜的问题；三，朝廷内部清党与浊党之间党争的问题。党争是朝鲜时期最为常见，也影响最大的政治斗争。小说中清浊对决过程中出现的朋党以及王霸并用、科举废除等，都反

---

[1] 林明德：《韩国汉文小说全集》第二卷，中国文化学院，1980年。

映出了作者对于当时社会现实的批判。

不过，与《九云梦》不同的是，通过长达64回的篇幅，作者勾画出了一个与《九云梦》完全不同的由道教理念主导的世界。如果说金万重通过梦醒之后的佛学感悟完成了一元论世界观的构建，那么《玉楼梦》中作者立足于道家思想，将"现实—梦境—现实"的幻梦结构建立在了"谪降"与"仙化"之上，而"谪降"与"仙化"意味着天上和地上二元世界观的成立。①除此之外，《玉楼梦》并没有出现《九云梦》中的顿悟情节。小说中呈现出了以"仙化"为路径的原点回归。作品中对于儒家社会的描写以及结尾处的仙化处理，都表明在作者意识中道教思想是优于儒学思想的。特别是，小说结尾部分表明了作者希望能够在道教的神仙思想中寻求到解决儒教现实矛盾的愿望。

此外，与17世纪的《九云梦》相比，南永鲁的《玉楼梦》无疑包含了更多有关19世纪朝鲜的知识与信息。一，小说中多次出现有关19世纪朝鲜的饮食文化、宴会文化、婚葬礼仪以及游船、游山、击球以及钱春宴等场面的详细描写。二，小说对于男欢女爱场面的描写也具有其时代的特性。古人讲究轻情欲重礼教，但到了朝鲜社会末期，随着货币商品经济以及市民意识的增强，士大夫阶层对于人性以及情欲的看法较之前有了很大的改变，而《玉楼梦》中对于男欢女爱场面的大段描写与渲染也都反映了这一时代特征。

此外，《玉楼梦》的故事情节较之前的《九云梦》更为曲折，且登场人物众多，场面恢宏。在人物塑造方面克服了前期小说的局限，人物性格鲜明突出。不管是江南红还是碧城仙，抑或黄氏、尹氏都有其自身鲜明的特点。尽管江南红与碧城仙都出身于妓女，但两人从名字到性格都形成了鲜明的对比。小说中的江南红人如其名，像红色一样，热情奔放、侠骨柔肠，是一个无论在战场还是在朝廷或是在家庭内部都八面玲珑、能力超群的角色。碧成仙则如一潭碧波，安静、柔和、顺从，清清淡淡。这样的人物设定，不仅增加了小说叙事的趣味性，而且克服了善恶对立的俗套，给读者带来了耳目一新的感受。这一特点还表现在《玉楼梦》克服了通常上的忠奸对立的结构。在事件的展开过程中，推动事件展开的并不是两党之间相互对立的立场，而是丝丝入扣的故事情节。

小说中对于江南红、一支莲等女性形象的塑造也反映了作者进步的女性认识。尽管通常来讲在士大夫阶层的文学作品中，被美化的往往都是贤妻

---

① ［韩］崔钟云：《对〈九云梦〉与〈玉楼梦〉结构特征与理念世界的研究——幻梦结构形态理论为基础》，《语文学》2005年第89辑。

良母的典型，如《玉楼梦》中的尹氏。尹氏贤良淑德具备了作为大家闺秀、贤妻良母的潜质，因此在小说中她被江南红推崇为夫人。但小说中作者花费了更多笔墨，倾注更多心血去塑造的并非贤妻良母型人物尹氏，而是江南红、碧城仙以及一支莲三个人物形象。从出身来讲，江南红、碧城仙并不高贵，都是妓女出身。但江南红拥有非凡的能力与胆略、智谋，精通道术与兵法，在战场上屡立奇功，最后官至侯爵。碧城仙虽然不具备出众的武艺，但深懂音律，具有高洁的性格与情操。一支莲身为叛贼之女，也是江南红一样的角色，武艺出众，侠肝义胆。小说中作为一个身份卑贱的妓女，江南红和碧成仙能够通过自身的能力与努力进入了一直以来为男性所占有的空间，并在那里得到认可和尊敬。这样的情节设定，一方面似乎是受当时备受读者喜爱的女性英雄小说的影响，另一方面也反映出了作者不为身份地位所局限的平等观念。杨昌曲娇妻美妾簇拥相伴，以及这些具有传奇色彩的女性在小说中不过是帮助杨昌曲成就功名的辅助性存在的设定，无疑也体现出了作者在思想上的局限性。

  有关《九云梦》的研究最早始于1922年安自山的《朝鲜文学史》，而将其视为古代小说对其进行介绍的研究却是1933年金台俊的《朝鲜小说史》。在经历了20多年的空白期之后，伴随着1955年李家源所作校注本《九云梦》的刊行，《九云梦》研究开始步上正轨。李家源在校注本《九云梦》的末尾处附录了一篇名为《〈九云梦〉评考》的文章。在这一篇论文中他就金万重的生涯、《九云梦》的版本以及比较文学的影响关系等多个方面的问题进行了考察。同年，李明善发表《〈九云梦〉考》对《九云梦》的版本进行了更为深入的考察，并最终确认收藏于首尔大学中央图书馆的韩文本为《九云梦》的原本。郑揆福则于1961年的《〈九云梦〉的异本考》中对李明善的主张进行了辩驳，提出了汉文原版的学说。至今，有关《九云梦》原本的版本问题，仍然是一个悬而未解的问题。相对于此，因有关《九云梦》的作者存在着确凿的文献依据，而根据《西浦年谱》大致能够确定其创作年代。因此，《九云梦》的作者与创作的大致时期已经基本上得到了确定。一般认为《九云梦》的作者为金万重（1637—1692），又根据《西浦年谱》中记录，大致可知《九云梦》创作完成于肃宗十三年到十四年。但在2000年左右郑揆福又提出了《九云梦》很可能创作完成于金万重第三次的流配地南海。① 就目前而言，除去前面所说的创作者以及创作时期的问题之外，有关原本的文字标记问题、作品的主题、背景思想以及创作的原委等的相

---

① ［韩］郑奎福：《〈九云梦〉老尊本的添补作业》，《东方学志》2000年第107辑，第282页。

关研究均未能达到一致。① 因《九云梦》相关研究规模庞大，主要围绕《九云梦》研究中存在的争论焦点以及近来的研究倾向进行简单介绍。

有关《九云梦》思想背景的问题，一直以来都是研究者的关注焦点。其中在认可儒教思想与佛教思想双重影响的基础上更为偏向佛教是当今研究的主要倾向，但是针对《九云梦》到底反映了佛教哪些思想的问题却一直没有定论。尤其是《九云梦》是否与《金刚经》之间存在着部分联系的问题成为研究者争论的焦点，却一直没有一个定论。1967 年郑揆福在对《九云梦》的思想背景进行考察之后，认为这篇小说是以空思想的核心《金刚经》作为思想上的背景的。② 在该观点提出之后，金一烈以及赵东一分别针对这一观点进行了辩驳。他们均认为郑揆福的这一观点是在说《九云梦》是佛教对于现实否定观点的一种体现，人生如梦的醒悟不过是佛教所有的宗派都认可的前提，而这并不能成为《九云梦》与《金刚经》之间存在联系的证明。③ 针对于此，郑揆福在对金与赵两位研究者的批判表示认同的同时，还以小说末尾处六观大师所说的话为据，指出《九云梦》的核心思想正是《金刚经》的空思想。④ 随后，金日烈又针对郑揆福的主张，进行了批判。他认为尽管性真到达了《金刚经》第一阶段的高度，却没能够达到第二和第三阶段的高度，因此只能说《九云梦》反映的是佛教一般的空思想，而不能说是《金刚经》中的空思想。⑤ 由此可知，有关《九云梦》思想背景的研究主要围绕着《金刚经》空思想而展开。

其实，关于《九云梦》主题的研究不能定于一统，正是优秀文学作品的特点，莎士比亚的戏剧，曹雪芹的《红楼梦》，都是如此，恰恰证明了作品内容的丰富性。所以，不管是认为《九云梦》反映了《金刚经》的空思想，还是说《九云梦》的幻梦结构反映了人类最初的还生经验，再或是认为该小说反映了性真实现个人价值的主张，有研究者认为这些不同意见的存在，很大程度上是由作品本身的特性造成的。

安寿昌在研究中指出《九云梦》的幻梦结构导致了内容上的不连续，也就使得小说中应该被否定的杨少游的凡间生活反而更为鲜明地被凸显了

---

① [韩] 李周英：《〈九云梦〉研究的现状与课题》，《国文学研究》2003 年第 9 辑。
② [韩] 郑奎福：《〈九云梦〉的根源思考——以"空"思想为中心》，《亚洲研究》1967 年第 28 辑。
③ [韩] 金一烈：《〈九云梦〉新考》，《韩国古典散文研究》，同和文化社，1981 年；[韩] 赵东一：《〈九云梦〉与〈金刚经〉，究竟何为问题》，《金万重研究》，新文社，1983 年。
④ [韩] 郑奎福，《〈九云梦〉的"空"观是非》，《成耆说博士还甲纪念论丛》，1989。
⑤ [韩] 金一烈，《〈九云梦〉与金刚经关系论证的行踪》，《倍达语文》2000 年。

出来，而因佛教而引发的顿悟的感染力以及说服力都有所削减。①《九云梦》本身这样的叙事特点，也导致在针对《九云梦》叙事主题的研究方面，研究者对杨少游叙事部分关注的比重以及视角的不同，直接影响到其对于小说主题的把握。例如，金硕会、朴逸勇均注意到了杨少游与众佳丽之间的爱情问题，并认为这是基于一种能动性的选择，具有进取性的。郑出宪则认为这不过是杨少游得以扬名立身、光耀门楣的契机。同样不同的研究者之间对于小说中妻妾间的金兰结义也存在着不同的看法与评价。作为朝鲜汉文小说史上的杰作，金台俊为首的初期研究者针对《玉楼梦》的作者以及创作时期展开了深入的研究。《玉楼梦》的作者南永鲁（1810—1858），字林宗，号潭樵。潭樵南永鲁是肃宗时期乐泉南九万的第六代孙，尽管曾经多次参加科举，却都未能如愿。最终，看透了科举制度腐败的南永鲁毅然决然地放弃了进考之路，寄情于诸子百家之中，一生贫寒过活。有关作者以及创作时间的考证取得一定成果，打开了《玉楼梦》研究的新局面。在之后的研究当中，研究者不仅从其与《玉莲梦》的关系，还从其与中国小说的比较视角，以及梦字类小说与军谈小说的比较研究等多方面展开研究。近来，相关研究者又开始关注到小说中音乐以及女性形象化的问题，分别从女性学和文化学的角度对《玉楼梦》进行了新的解读与诠释。

  金台俊在《朝鲜小说史》中首次论及《玉莲梦》与《玉楼梦》。尽管这部分的内容篇幅短小，但在《玉楼梦》研究史上却具有开天辟地的作用。他根据《玉楼梦》与《玉莲梦》的内容大致相同，但《玉莲梦》篇幅更为短小的现象，大胆推测两部小说的作者很可能是同一人。同时又根据《玉楼梦》中收录的南廷懿序文中所言"祖父潭樵公遗稿"，进一步推测《玉楼梦》的作者可能是南永鲁。② 金台俊的这一主张在之后广泛地为《玉楼梦》初期研究者认同。到了20世纪60年代，具资均对此提出异议，认为《玉莲梦》与《玉楼梦》之间的关系并不明朗，很可能是汉文本先行，而后流传到了19世纪为南永鲁翻译成韩文本，其裔孙南廷懿于1913年出版刊行了古小说《玉莲梦》。③ 对此，车溶柱在亲自访问南永鲁后孙之后，得知《玉莲梦》是南永鲁为了慰藉爱妾所作，最初为汉文20卷本，其爱妾对此进行韩文翻译，最后改编成了15卷。车溶柱在此基础上，通过对两篇小说具体叙事内容的考察，提出了《玉莲梦》成书在前的主张。而后又通过对小说的人物、内容以及文体等的考察之后，指出《玉楼梦》也是由南永鲁亲自改

---

① ［韩］安寿昌，《〈九云梦〉中形式与内容的关系》，《岭南语文学》1989年第6辑。
② ［韩］金台俊：《朝鲜小说史》，学艺社，1939。
③ ［韩］具资均：《通过〈玉楼梦〉看小说史存在的问题点》，《民族文化研究》，1964年。

编而成的。① 在此之后，有关《玉楼梦》与《玉莲梦》作者的论证似乎告一段落。相关研究者的研究焦点逐渐转移到了版本研究之上。版本研究中，张孝铉的研究尤为重要。他在对《玉楼梦》三十多个版本以及《玉莲梦》的众多版本进行详细的考察之后厘清了《玉楼梦》与《玉莲梦》之间的先后关系与版本的问题。他认为汉文本《玉莲梦》最先成书，之后出现了韩文版的《玉莲梦》与汉文本《玉楼梦》，而《玉楼梦》又可以分为汉文悬吐本系列、奎章阁本系列，以及甲申本系列。② 张孝铉的研究在很大程度上平息了一直以来围绕《玉楼梦》与《玉莲梦》而展开的论争，为《玉楼梦》研究开拓出了一片新的天地。

尽管今天《玉楼梦》在韩国被认为是朝鲜小说中可以与中国的《红楼梦》相媲美的巨制，但在初期研究中研究者对《玉楼梦》的认识在很大程度上存在着偏颇。作为最初的研究，金台俊认为《玉楼梦》是对《九云梦》的仿作，并将其归入到了梦字类小说之中。金台俊的研究在很大程度上为之后的研究定下了一个基调，在很长的时间里，从《九云梦》与梦游小说的角度对《玉楼梦》进行解读都成为一种传统。与金台俊不同的是，成贤庆认为《玉楼梦》是朝鲜小说史上能够与《九云梦》、《洪吉童传》相媲美的创作小说之一。在承认《九云梦》与《玉楼梦》影响关系的基础上，成贤庆分析指出，《九云梦》是一篇兼具梦游小说与英雄小说要素的作品，也正是因为这样的结构使得其也成为之后军谈小说以及英雄小说的母胎。《玉楼梦》便是在其影响之下产生的作品，只不过在《玉楼梦》中原本属于《九云梦》的二元结构被转化成了一元，《玉楼梦》也因此成为拥有完整结构的英雄小说。成贤庆在对已有学说进行继承的同时，还对其进行了发展，从而指出了《玉楼梦》与作为英雄小说存在的《九云梦》的联系。③ 作为对《玉楼梦》进行全面深入研究的第一人，车溶柱认为，将《玉楼梦》视为梦游小说的研究大多因其视角局限于区分现实与非现实世界之间的梦境这一叙事结构，得出《玉楼梦》只不过是借助了梦这一叙事结构的结论。为了克服这一局限，他在坚持南永鲁为《玉楼梦》作者的同时，从《玉楼梦》与《玉莲梦》的关系，小说中登场人物的塑造，以及小说的思想背景与主题等多个层面对《玉楼梦》进行考察之后，指出《玉楼梦》作为长篇英雄小说分类

---

① ［韩］车溶柱：《〈玉莲梦〉的作者以及创作年代考》，《语文论集》1967 年第 10 辑；［韩］车溶柱：《〈玉楼梦〉研究》，荧雪出版社，1981 年。
② ［韩］张孝铉：《〈玉楼梦〉的文献学研究》，高丽大学国语国文学专业硕士论文，1981 年。
③ ［韩］成贤庆：《李朝梦字类小说研究——以〈九云梦〉与〈玉楼梦〉为中心》，《国语国文学》1971 年第 54 辑。

的可能性，并认为这篇小说主要反映了颇具现实性的功利思想。[①] 通过与《九云梦》以及其他梦字类小说的比较研究，《玉楼梦》本身的独特性得到了凸显。

继车溶柱之后，1990年金钟澈从大众文化的角度进行了新的解读。这一研究也为之后的研究提供了极为重要的灵感。金钟澈认为《玉楼梦》的大众性是其得以在近代之后直至20世纪中旬仍然保有部分读者群的重要原因。但《玉楼梦》的大众性并不是通俗性，其中蕴含着一种真挚性，这是《玉楼梦》能够从较高水平上满足读者欲求的根本原因。在他看来，《玉楼梦》为读者所喜爱的要因包括如下几个方面：一，对《九云梦》幻梦结构的变用；二，幻梦结构内部杨昌曲的英雄一代记叙事；三，对女性英雄小说叙事结构的继承，巾帼英雄江南红一生的精彩叙事；四，碧城仙所经历的妻妾矛盾；五，通过对杨昌曲子孙的描写而留下的开放式结尾等。[②] 同时，小说中的军谈叙事以及小说后半部分登场的娱乐场景的描写也是《玉楼梦》大众性的集中体现。同时，金钟澈在南永鲁画风相关评论进行考察之后，指出南永鲁对于艺术性的重视同样也反映在《玉楼梦》的创作当中。对于小说真挚性的考察部分，他提到南永鲁对于创作的匠人精神以及对于现实的批判意识、对人类本身能力的信任以及现实参与意识、对建立在知己之上的男女恋情的强调以及对进取型女性形象的塑造等。[③] 沈致烈在其博士学位论文中，在将《玉楼梦》看作家庭小说与英雄小说的结合前提下，对小说中出场人物、时空特性以及梦的意味等进行了深入的考察。[④]1995年之后，对《玉楼梦》的研究主要围绕思想层面展开。[⑤] 如韩硕洙通过对小说以及作者南永鲁的考察，指出小说实际上反映了作者对于社会现实、科举制度以及治国方略的一些改革思想。李承洙指出杨昌曲所拥有的政治思想在很大程度上也代表了作者的政治思想，在此基础上他对小说中王霸并用论展开的情况进行了深入考察。

在上述研究推进的同时，通过与《玉莲梦》的比较研究来分析《玉楼

---

① ［韩］车溶柱：《〈玉楼梦〉研究》，荧雪出版社，1981年。
② ［韩］金钟澈：《〈玉楼梦〉的大众性与真挚性》，《韩国学报》1990年第61辑，第24页。
③ ［韩］金钟澈：《〈玉楼梦〉的大众性与真挚性》，《韩国学报》1990年第61辑，第34页
④ ［韩］沈致烈：《〈玉楼梦〉研究》，诚信女子大学国语国文专业博士学位论文，1994年。
⑤ ［韩］赵慧兰：《〈玉楼梦〉的叙事美学及其小说史意义》，《古典文学研究》2002年第22辑；［韩］崔智然：《〈玉楼梦〉中女性人物的形象化及其意义——以江南红、碧城仙、一枝莲为中心》，《韩国古典研究》2004年第10辑；［韩］金丰起：《谭樵南永鲁的生涯及其思想在〈玉楼梦〉中的反映》，《韩国人物研究》2007年第8辑；［韩］韩硕洙：《〈玉楼梦〉的改革思想研究》，《改新语文研究》1996年第13辑；［韩］李承洙：《〈玉楼梦〉中的王霸并用论的历史脉络及其思想内涵》，《东亚文化研究》2001年，第35页。

梦》中人物形象塑造以及主题变化的研究也风生水起。这方面最初的研究始于申载弘。他在对当时已有研究进行考察之后，指出有关于《玉楼梦》改编自《玉莲梦》的研究成果已经成为正说而为人们所接受，但对于具体的改编现象却无人深入研究。在这样一种背景之下，申载弘在对两篇小说主要叙事框架以及人物描写进行详细考察后，指出与倾向于家庭叙事的《玉莲梦》相比，《玉楼梦》的关注焦点更多地集中在政治叙事上，如对当时党争以及科举制度的批判等。申载弘认为这在很大程度上反映出到了19世纪，小说在很大程度上扮演了"理念的发泄口"的功能。与此同时，原本在《玉莲梦》中出现的颇具家庭气息与女性气息的插图，在改编之后也消失不见。

对此，申载弘指出很可能《玉莲梦》主要面向的是女性读者群体，而《玉楼梦》更多地倾向于男性读者。此外，改编的过程中，人物形象趋于英雄化，与其他妻妾相比，江南红的巾帼英雄形象得到了进一步的凸显。[①]在此基础上，刘光洙针对改编之后《玉楼梦》中男性与女性形象叙事的变化进行了详细考察。他指出，改编之后《玉楼梦》中杨昌曲一扫之前《玉莲梦》中相互矛盾的面貌，被赋予了堂堂正正而又悠然自得的性格。正是这一立足于现实，却又超脱于现实的形象才吸引了更多读者的注意。针对小说女性形象叙事的变化，他指出小说中的江南红得到了前所未有的凸显，而与此相比，尹氏以及一枝莲的形象则相对有所弱化。刘光洙认为这在很大程度上衬托出了江南红鲜明的个性，但同时也反映出所塑造的女性形象是男性所渴望的女性形象的弊端，即这些女性形象，在很大程度上反映了封建制度之下男性的欲望。[②]

近来，有关《玉楼梦》的研究呈现出了更为多元的发展面貌，有关作品中游戏的场景、音乐以及女性形象的研究日趋兴盛。[③]

[①] ［韩］申载弘：《古典小说的变貌过程及其现实认识：玉莲梦与玉楼梦的比较考察》，《古典文学研究》1991年第6辑。

[②] ［韩］刘光洙：《从〈玉莲梦〉到〈玉楼梦〉女性人物的改写样相及其意义——以尹夫人、一枝莲、江南红的改写样相为中心》，《古小说研究》2009年第27辑。

[③] ［韩］车充焕：《小说中出现的游戏文学研究》，《公演文化研究》2002年第24辑；［韩］赵慧兰：《〈玉楼梦〉黄小姐的性格变化——恶人型人物的改过过程记述相关》，《韩国古典女性文学研究》第22辑，2011；［韩］㣔괌수：《性爱表现的叙事功能及被隐蔽的暴力性》，《韩国古典女性文学研究》2005年第10辑；［韩］李敏姬：《玉楼梦小考——以江南红人物分析为中心》，《古小说研究》2008年第25辑；［韩］金镇英：《〈碧城仙传〉研究——以〈玉楼梦〉的分化与改写为中心》，《倍达语》，2005；［韩］金镇英：《音乐的叙事功能及其意义——以〈九云梦〉与〈玉楼梦〉为中心》，《国语国文》2003年第29辑。

第八节　家庭小说

所谓家庭小说，是指"主要描写因封建家族制度在结构上的矛盾以及家庭成员之间的相异性引发的家庭内部矛盾的小说"[1]。家庭小说往往只涉及一个家族一代人的内部矛盾。因此，与关注一个家族几代人的家族问题，或者家族与家族之间纠纷的家门小说存在着明显区别。

家庭小说的产生与当时朝鲜社会所实行的婚姻制度、身份制度有着紧密的联系。朝鲜初期的婚姻制度为多妻制，在多妻之外还可以纳妾。而除去身份卑贱的贱妾之外，庶妻、良妾及其子女均享受平等的财产继承权，且可以通过科举获取功名。[2]然而，到了1413年，随着多妻制度逐渐转化为蓄妾制度，妻妾以及嫡庶之间的差别日益严重。1415年禁止任命庶子身份出身的人为官员的政策出台，这使得妻妾矛盾急剧激化。在这种情况下，妾室对于身份上升的欲求被无限地扩大，逐渐成为严重的社会问题。一般而言，蓄妾制只限于两班阶层，而续弦的问题则可以说是一个不受身份地位限制普遍存在的问题。随着继母的加入，前妻子女与继室子女之间的矛盾，可以说是朝鲜时期除去妻妾矛盾之外的又一个大问题。简言之，朝鲜朝蓄妾制度的实行、嫡庶差别的存在导致家庭内部妻妾之间围绕丈夫的争夺战逐渐转化成了身份地位的争夺战。随着因早婚制度造成的前妻死亡事例的增多，前妻与继室子女之间的矛盾逐渐转化成为重要的社会问题。这一社会背景直接影响了家庭小说的产生。最初的家庭小说可以追溯到金万重的《谢氏南征记》以及赵圣期的《彰善感义录》。

作为家庭小说的始祖，金万重的小说《谢氏南征记》主要围绕妻子谢贞玉与妾室乔彩鸾之间的妻妾矛盾展开。[3]明朝嘉靖年间，谢贞玉嫁于宰相刘熙之子刘延寿为妻，结婚多年恪守妇道，却一直未有所出。最终，谢贞玉选择为丈夫纳妾。美貌的乔彩鸾嫁到刘家之后，旋即产下一子。但彩鸾却因忌讳谢氏所生之子，而与刘的门客董青勾结陷害谢氏。在百口莫辩之下，谢氏只得离家南下。谢氏走后刘延寿也被董青陷害，最终发配边疆。在赦免回归的途中又遭董青暗下杀手，幸为谢氏所救。最终刘延寿冤情得雪，合家团聚。董青因勾结奸臣受刑而死，而乔彩鸾也得到了应有的报应。

---

[1] ［韩］李元洙：《家庭小说的矛盾构造及其意味》，庆北大学国语国文专业硕士学位论文，1982年，第6页。

[2] ［韩］李光奎：《韩国家族史研究》，一志社，1978年，第235页。

[3] 《谢氏南征记》最初由金万重用韩文创作而成，该小说后由金万重的堂孙金春泽翻译成了汉文，后金春泽所译汉文小说又再被翻译成韩文。因此，可以说《谢氏南征记》属于多次经历跨语际实践的作品。

作者金万重在小说中浓墨重彩地刻画了两个相对立的角色：恪守儒家道德的贤妇谢氏与犯下滔天恶行的妒妇乔氏。谢氏是一位颇具妇德的女性。但尽管与丈夫刘延寿琴瑟和鸣，恩爱有加，却因为多年来无所出而劝诫丈夫纳妾。正如"不孝有三，无后为大"所说，婚后无出本身是不能为儒家理念所容忍和接受的。特别是，在小说成书的17世纪中后期两班阶层家门意识空前高涨的情况下，直接关系到家族延续的子嗣问题无疑极为重要。因此，谢氏带着深深的负罪心理，劝诫丈夫纳妾以续香火。从谢氏的这一言行中可知谢氏是一个极为重视家族利益的贤妻。以延续香火为目的被迎娶进门的乔彩鸾在小说中被作者刻画成为一个工于心计，一心想要改变自身的妾室的命运的恶妇。小说中她在顺利生下一子之后开始挑战谢氏作为正室的权威，挑拨离间以期能够取而代之。谢氏与乔氏之间的矛盾在谢氏顺利产子之后，进一步激化。在当时重嫡轻庶，只有在没有嫡出之时才会重视庶子的社会背景之下，乔彩鸾为了改变自身的命运以及孩子的命运，暗中策划了一系列的计谋。

　　谢氏的悲剧在于婚后无子，而造成其悲剧进一步扩大的却是以生子为目的进入刘家的乔彩鸾。从小说的结局来看，相较于彩鸾，作者对于谢氏的德行无疑是赞赏和认同的。当谢氏因自己多年无所出而欲劝诫丈夫纳妾之时曾遭到刘延寿的姑妈杜夫人的反对。杜夫人认为"家有姬妾，乱之本也"，而谢氏却认为贤妻不妒，并立志做一名不妒不忌的贤妻。但事情的发展正如杜夫人所言，乔氏进门之后不断祸乱刘家，不仅是谢氏，甚至还祸及刘延寿。值得引起注意的是，即使是在经历了一切风波之后，与刘延寿重逢的谢氏却仍然要为丈夫纳妾，只不过这次所纳之人是贤妇林氏。

　　由杜夫人所言可知，作者对于蓄妾制度的弊害是有着清楚的认识的。然而，小说要批判的并不是造成谢氏悲剧的社会现实和蓄妾制度本身，而是作为恶人的化身存在的乔氏。也可以说，乔氏的恶人本质是作者早就已经设定好的。这在对乔氏的介绍部分就已经显露出来。小说中说乔氏为河间府人，因其美色而闻名。然而，河间本身在柳宗元的《河间传》中被当作淫妇的代名词。对于乔氏淫妇的设定，还可以从她与董青通奸以及后来投身冷振等情节得到确认。[①] 虽然金万重认识到了蓄妾制度的弊端，但是却仍然通过谢氏的所作所为向人们传达了这样一条讯息：贤良美德是可以克服妻妾矛盾的。他的这一观点不仅体现在谢氏立志做贤妻的表白之中，还表现在小说中刘延寿依谢氏之言再纳林氏为妾，并因此意外与失散亲子

---

① 汪燕岗：《韩国汉文小说研究》，上海古籍出版社，2010年，第118页。

骨肉重逢的部分。与恶妇乔彩鸾只能给刘家带来灾难相比，贤妇林氏却带来了家人的团圆。作者通过这样的叙事结构间接强调了在家族当中贤妇的重要性。这也成为《谢氏南征记》在小说被排斥的情况下仍然能够为士大夫阶层所推崇，最终被翻译成汉文的最主要原因。

创作于17世纪末期的《彰善感义录》，又名《倡善感义录》、《彰孝录》、《花氏孝行记》。与《谢氏南征记》一样，《彰善感义录》也受到来自士大夫男性以及女性的肯定。[1] 尽管有关小说作者的论战一直持续不断，但多被认为是赵圣期（1638—1689）所作。与《谢氏南征记》主要通过描写妻妾矛盾来强调贤妇的重要性不同的是，《彰善感义录》主要强调了人伦之中"孝悌"的重要性。

小说以中国为背景，描写了在父母双亡之后，花珍面对来自沈夫人以及同父异母兄长的苛责一直忍辱负重，用孝心和手足之情感动对方，最终实现一家团圆，并获得功名利禄的故事。小说中父亲花郁因花珍聪慧懂事而对其倍加喜爱，却因长子庸劣傲慢的性格以及对其母沈夫人的厌恶，对长子花瑃却比较冷淡和忽视。面对花郁对花珍的偏爱，沈氏和花瑃一直耿耿于怀。在花郁过世后，母子二人开始对花珍百般折磨。甚至在花珍成家之后又开始折磨花珍的妻子尹氏和南氏两人。花珍成为翰林学士后，花瑃因为妒忌弟弟的成就，于是买通奸臣栽赃陷害。在花珍因莫须有的污名而遭流放之时，他的两个妻子也一再受到沈氏母子迫害。最终，在经历千辛万苦之后，花珍荣立军功，得以夫妻团聚。他也用一片孝心和一直以来的忍让感动了沈氏以及异母兄弟花瑃。之后，一家人和和美美，家族兴旺。

与《谢氏南征记》的妻妾矛盾不同的是，《彰善感义录》中主要的矛盾是嫡庶矛盾，而克服这一矛盾唯一的办法就是兄弟之间的友爱。小说中花珍对兄长充满骨肉亲情，对于并非生母的沈氏也充满孝道之心。这样的花珍被认为是善的代表，而与之相反的花瑃母子则是恶的代表。小说中花珍与花瑃之间的对立，既是兄弟之间的对立，嫡庶之间的对立，更是善恶之对立。花珍并非嫡出，却深受父亲花郁厚爱。因此，在花瑃与沈氏的眼中花珍是一个隐患，一个随时可以抢走他们所拥有财富的存在。表面上，花瑃与沈氏对于花珍的厌恶始于花郁对花珍的诗歌加以称赞的事件，而实际上则是因花珍非凡的才能所引起的警戒心理。他们害怕花珍取代花瑃而继承家统。在花郁生前对于花珍的厌恶还有所遮掩，但是在花郁过世，花瑃继承家业的情况之下，他们对于花珍的迫害到达了极点。这可以理解为花

---

[1] ［韩］李源周：《古典小说读者的性格与取向》，《韩国学论辑》1975年第3辑。

瑃母子对于花珍的一种自卑心理的体现。

在朝鲜时期庶子往往被剥夺了所有的权力，他们不可能像嫡子一样享受获得功名利禄的机会。但小说中花珍通过自身的努力改变了庶出的命运。作者对于此的解答是："为善者必昌，为恶者必败，有足可以动人而劝诫。"通过小说故事情节的展开，赵圣期验证了自身的创作意图。通过这一创作意图，我们也能知道他对于当时的嫡庶间不平等的身份制度是持一种否定态度的。

除去妻妾矛盾、嫡庶矛盾之外，朝鲜家庭小说中最经常出现的叙事题材还有前妻与继室子女间的矛盾。这一类型也被称为"继母型"家庭小说。其主要代表作品为《蔷花红莲传》以及《金仁香传》等，其中最为有名的莫过于《蔷花红莲传》。《蔷花红莲传》作者和创作年代不详，现有韩文本和汉文本两种版本。韩文本早于汉文本，因此《蔷花红莲传》又可以称之为韩文小说。故在此仅就其中所表现出的继母型小说的特征以及人物的特点进行简单叙述。《蔷花红莲传》的故事内容大致如下：世宗时期家住平安道铁山郡的座首裴武龙的膝下有两个女儿蔷花与红莲。裴武龙在妻子张氏死后，迎娶许氏为继室。许氏进门之后接连生下三个儿子。儿子的出生并没有能够让裴武龙改变对蔷花与红莲的疼爱。丈夫对于蔷花与红莲，最终招致许氏的妒忌与怨恨。许氏将老鼠的皮剥掉放在蔷花的床上，致使裴武龙误认为女儿做了有辱门楣的事情，而最终将其推入深潭溺死。之后，红莲因不能忍受失去姐姐的痛苦，也选择了投潭自尽。小说的最终，蔷花与红莲的冤屈通过府使得以昭雪，而后投生于许氏腹中，与府使之子最终结下姻缘。

《蔷花红莲传》中继母与继子女的叙事结构在后世的小说中多有出现，后世"继母型"家庭小说的特点大致可以概括如下：一，在小说中登场的继母多数都以恶人的形象登场。为了除掉继子女会用尽所有的机关。二，小说中继母的恶行大致可以区分为杀人型与虐待型两类。三，继母的罪行曝光之后，大致可以分为遭到因果报应的类型，以及改过自新并获得继子女原谅的类型。此类"继母型"家庭小说的叙事母题都多见于朝鲜末期的小说之中。如在19世纪汉文长篇小说《鸳鹤梦》中也有所呈现。

郑泰运（1849—1909）的《鸳鹤梦》创作于19世纪中后期。《鸳鹤梦》可以说是一篇集妻妾矛盾、继母与继子女之间矛盾于一身的家庭小说。尽管，小说的背景设置在了宋朝变法之时，但叙事内容却主要围绕家庭内部矛盾而展开。小说的前半部集中描写了男女主人公的结缘过程，以及继母虐待前妻所生子女的故事。中间部分写了王安石变法过程中出现的矛盾、男主人公在战乱中立功以及解决家庭内部矛盾的过程。最后描写了男主人公与周边人物结缘的过程以及妾谋害原配并被处以刑罚的过程。故事情节展开的过程中，女性从属于男性的传统意识虽然没有大的变化，但小说中女性的形象以及对女性的认识已经有了很大的改变。小说中面对因无所出而欲安排迎娶小妾的夫人，韩言汎推辞并强调家族香火的中断是家族的命运，是男性的不道德所导致的，与女性无关。韩言汎这一认识本身反映出了作者进步的女性认识。小说中韩鸾善以及洪桂香等女性形象被赋予了远超过弟弟的能力与勇气，即在女儿比儿子更有能力的设定中，也可以看出作者对于女性的同情与关注，但作者最终未能克服所谓的"妇人之道"的局限。尽管小说以王安石变法为叙事的主要背景，但很难直接看出作者对于王安石变法的态度。作者通过对于孝道的强调以及对韩鹤善一届文弱书生的关注，更多地传达出了赞同文治的思想，而文治在一定程度上是与王安石的法治相区别的。

有关家庭小说的研究，自近代以来韩国最初的国文学史概念形成以来，便成为韩国研究者的关注焦点。安自山就曾在《朝鲜文学史》中单独区分出"家庭小说"这一类型，并对其性质进行了简单说明。[①] 之后，金台俊在《朝鲜文学史》"《蔷花红莲传》与其他公安类"的章节中，对《蔷花红莲传》的作者以及创作年代进行介绍的同时，单独将其区分为继母型小说，并罗列了一系列与此相关的作品，试图将继母型小说置于家庭小说分类之下。[②]

针对何为家庭小说的问题，仁者见仁，智者见智。但目前为止，主要包括下面几种见解。赵润济认为，所谓家庭小说也就是以家庭内部所发生的事为题材的小说，主要包括继母与前妻所生子女的关系或者是妻妾之间的关系。[③] 金起东则认为，家庭小说固然是指表现家庭生活的作品，但在朝鲜小说中主要指表现家庭生活中产生的矛盾、压轧以及悲剧的作品。他指出，尽管西方社会也存在着众多家庭悲剧，但在东方因其家庭制度以及婚姻制度而产生了许多家庭悲剧，以这些家庭生活中妻妾矛盾为主的作品可以称之为争宠型家庭小说，以继母与前妻所生子女之间压轧与悲剧为主题的作品则可以看作是继母型家庭小说。[④] 禹快济认为家庭小说反映的是

[①] ［韩］安自山：《朝鲜文学史》，韩一书店，1922年，第101页。
[②] ［韩］金台俊：《朝鲜小说史》，学艺社，1939年，第17页。
[③] ［韩］赵润济：《国文学概述》，乙酉文化社，1975年。
[④] ［韩］金起东：《韩国古代小说概论》，大昌文化社，1956年，第285—290页；［韩］金起东：《李朝时代小说论》，精研社，1959年，第302页。

以日常生活的单纯的家庭成员之间的关系，而家门小说所反映的则是数代家族成员之间的关系，进而通过作品所反映的对象与内容对家庭小说与家门小说进行了区别。① 李元洙将"一夫多妻制下家庭成员之间的家庭矛盾成为主要叙事核心的小说"称之为家庭小说。同时，他还指出妻妾矛盾或者继母与前妻子女之间的矛盾实际上是前妻与后妻之间的矛盾，只不过两者间存在着时间上的差异。② 李成权将17世纪开始到20世纪初通过世家或者庶民阶层的家庭内部矛盾来反映家庭的存续及其解体过程的作品定义为家庭小说。③ 由上可知，家庭小说实际上是朝鲜小说史上出现的一系列内容与情节类似的反映一个家庭内部的妻妾矛盾或者是继子女与继母之间矛盾的小说。这类小说往往反映的是朝鲜时期一夫多妻制背景之下普遍存在的社会矛盾。在此，主要针对家庭小说中最为重要的代表作《谢氏南征记》以及《彰善感义录》的研究情况进行考察。

尽管同为金万重的作品，《谢氏南征记》的相关研究却明显少于《九云梦》。初期的研究围绕《谢氏南征记》是否与仁显皇后有关而展开。这一研究倾向一直持续到20世纪70年代中期。《谢氏南征记》作为众人皆知的作品，一直以来都是研究者关注的焦点。在初期的研究中，大部分研究者将其视为目的小说或者是讽刺小说。金台俊在《朝鲜小说史》中指出，他认为《谢氏南征记》打动了肃宗，而使得闵氏能够重归后位，并驱逐张禧嫔。因此，他首次提出了《谢氏南征记》属于目的小说的概念。④ 之后大部分研究均承袭了金台俊目的小说的主张，将《谢氏南征记》规定为具有一定目的性的讽刺小说。⑤ 金戊祚甚至提出了《谢氏南征记》是金万重为了让肃宗悔悟，进而通过仁显王后的复位重新树立西人派政权，并重新挽回自身地位而做的观点。⑥ 针对于此，也有部分研究者提出了相反的认识。如金铉龙就指出金万重创作《谢氏南征记》时很可能并没有目的性，只不过因为

---

① ［韩］禹快济：《朝鲜时代家庭小说的形成要因研究——以〈列女传〉的传来与接受为中心》，高丽大学博士学位论文，1986年；［韩］禹快济：《韩国家庭小说研究》，高丽大学民族文化研究所，1988年。

② ［韩］李元洙：《家庭小说的历史演变与展开》，庆北大学国语国文专业博士学位论文，1991年。

③ ［韩］李成权：《家庭小说的历史变化及其意义》，高丽大学国语国文专业博士学位论文，1998年。

④ ［韩］金台俊：《朝鲜文学史》，艺文，1939年，第18—21页。

⑤ ［韩］金基铉：《〈谢氏南征记〉散考》，《国文学》1961年第5辑；［韩］丁奎福：《〈南征记〉论考》，《国语国文学》1963年第26辑；［韩］全圭泰：《谢氏南征记》，《人文科学》1964年第12辑。

⑥ ［韩］金戊祚：《西浦小说的问题点——以其影响以及制作过程为中心》，《东亚论丛》1968年第4辑。

与当时的历史事件存在着一定的偶然性,相关研究者才会将历史事件与创作动机相联系。① 李石来与禹快济也纷纷针对目的小说以及讽刺小说论提出了相反的意见。李石来认为《谢氏南征记》以因果报应的宿命论为背景进行创作,很可能是为了对妾侍进行道德上的启蒙。② 禹快济则认为与其将其看作是为了挽回帝王之心而作的小说,不如看作是一篇纯粹的古代小说来进行研究更为妥当。③ 尽管,在之后的研究中仍然存在着部分将仁显王后事件与《谢氏南征记》相联系进行考察的文章,但后期的研究基本已经克服了初期研究的局限性,开始从更为多样的视角对《谢氏南征记》进行考察。

在初期研究的基础上,20世纪70年代之后有关《谢氏南征记》的研究开始从作品的内在结构、主题、人物等多个角度进行理解,1980年左右《谢氏南征记》研究开始步上正轨。同时,从女性学的视角对《谢氏南征记》进行解读的研究也于1990年之后陆续出现。④ 史在东认为《谢氏南征记》在"观音南巡记"的基本构造上叠合了"谢氏南巡记"的结构,是一篇结构完备的小说。同时,他认为这是一篇用人间现实描写观音行化的佛教系观音小说。⑤ 薛盛璟也认为这是一篇深刻反映了金万重佛教思想的小说。他指出这是一篇以《华严经》中的《水月观音图》为素材进行创作的小说,《南征记》中谢氏与刘翰林尽管并非出自本意,却最终找寻到了通往成功世界的路径。这正是向着南海观音而出发的南行之路,也是夫妇各自南征的寓意。他指出实际上南征所向往的是金万重梦想的乌托邦。⑥ 姜中卓在研究过程中也引入了佛教中所说的因缘说与因果思想,对人物之间的关系进行了深入研究。⑦ 李来宗在其最近的研究中对《谢氏南征记》的各个版本中观音赞的内容进行了考察。⑧

在安自山以及金台俊将其归入家庭小说之后,《谢氏南征记》一直都被认为是争宠型家庭小说。有些研究者在此基础上指出,《谢氏南征记》并不

---

① [韩]金铉龙:《〈谢氏南征记〉研究》,《文湖》1960年第5辑,第46页。
② [韩]李石:《西浦小说〈南征记〉、〈九云梦〉的问题点》,《圣心语文论丛》1966年第1辑,第15页。
③ [韩]禹快济:《〈谢氏南征记〉研究》,《崇田语文学》1972年第1辑,第58页。
④ [韩]申海镇:《〈谢氏南征记〉乔氏人物形象及其意义——以想象的由来为中心》,《古典与解释》2011年第11辑。
⑤ [韩]史在东:《谢氏南征记的几点问题》,《古小说研究论丛》,景仁文化社,1988年。
⑥ [韩]薛盛璟:《〈九云梦〉与〈南征记〉的地位》,《西浦文学的新探求》,凡友,2000年,第187页.
⑦ [韩]姜中卓:《〈谢氏南征记〉的佛教思想》,《明知语文学》1979年第11辑。
⑧ [韩]李来宗:《〈谢氏南征记〉观音赞的传承及其意义》,《东洋礼学》2008年第19辑。

仅仅反映了谢氏与乔氏之间的妻妾矛盾,还反映了统治阶层与被统治阶层之间价值观念的矛盾。① 他认为这是一篇对性理学理念进行合理化的小说。赵东一则在与《九云梦》进行对比之后,指出《九云梦》在很大程度上反映了理想主义,而《谢氏南征记》则告诉人们生活与理想的差异,是一篇写实性的小说。当然,这一时期还出现了众多针对小说叙事结构及其特点的研究。其中郑揆福认为《谢氏南征记》中刘翰林与谢氏、乔氏之间的三角矛盾是妻妾矛盾最为典型的特征,这篇小说与之前的军谈小说相比,更应该在朝鲜古代小说史上得到高度评价。李尚九认为《谢氏南征记》的叙事结构反映了善与恶之间的二元对立,具有极强的教化作用。他指出金万重通过《谢氏南征记》来警戒那些为贪欲所左右的人间群像,反映出了他对于理想世界的追求。② 之后有关《谢氏南征记》的研究开始逐渐转向小说中人物形象与人物关系的分析。其中部分研究者开始对谢氏的形象进行新的解析。池砚淑认为谢氏是一个极具现实感觉的存在,是一个依据现实逻辑而采取相应行动的人物,并对其不得不进行道德伪装的缘由进行了分析。朴逸勇则对《谢氏南征记》反映的理念及其审美层面进行了分析。③ 李金姬针对小说中君臣、一家之长、妻妾以及侍婢的形象一一进行了归类与说明。她指出,小说中的节义型人物无论地位高下都被塑造成了上流人物的形象,是崇拜的对象,而礼节缺失的人物则被塑造成了为人唾弃的形象,最后依存型的人物则被当作是启蒙的对象。④

最近有关《谢氏南征记》的人物分析,分别从不同的角度对谢氏以及乔氏的形象进行了新的解读与探求。申海镇通过对李恒福《柳渊传》与《谢氏南征记》的详细解剖,指出乔氏来自《柳渊传》中的白氏,只不过其狠毒程度远超白氏。申海镇认为这反映了金万重在创作过程中对现实进行了虚构,⑤ 侧重于从女性学的角度对谢氏与乔氏的形象进行研究。金秀妍从东亚叙事学的角度对《金瓶梅》与《谢氏南征记》进行比较,对《谢氏南征记》人情小说的面貌进行了深入的分析与研究。⑥ 柳浚景则将《谢氏南征记》看作是对谢氏的一生进行描写的作品,并通过对观音赞的"赞扬与确认"结

---

① [韩]崔时翰:《家庭小说的结构与展开》,西江大学国语国文专业博士论文,1989 年。
② [韩]李尚九,《重读金万重的小说:〈谢氏南征记〉中的矛盾结构与西浦的现实认识》,《倍达语文》2000 年第 27 辑,第 171—196 页。
③ [韩]朴逸勇:《〈谢氏南征记〉的理念与美学》,《古小说研究》1998 年第 6 辑。
④ [韩]李金姬:《再论〈谢氏南征记〉的人物形象》,《韩中人文学研究》2011 年第 34 辑。
⑤ [韩]申海镇:《〈谢氏南征记〉乔氏的人物形象及其意义——以想象的由来为中心》,《古典与解释》2011 年第 11 辑;[韩]申海镇:《〈柳渊传〉的恶人形象及其行踪》,《语文研究》2007 年第 54 辑。
⑥ [韩]金秀妍:《东亚叙事传统与世情小说》,《韩国语文学研究》2012 年第 59 辑。

构与谢氏一生的对比性解读，指出谢氏实现了自身所颂扬的克服苦难实现道义的人生，呈现出充满道德观念的主体意识。①

除去《谢氏南征记》，《彰善感义录》可算是朝鲜家庭小说中的又一杰作，甚至在朝鲜时期小说受到轻视的时代，《彰善感义录》与《谢氏南征记》仍然受到了朝鲜儒学者的欢迎。现存手抄本超百余种，其中汉文本40余种，韩文本137种。直到1910年仍然以手抄本的形式流通。其是庆北地区出生于1915年之后女性老年人最为喜爱，且想向子孙推荐的小说。②

近代以来对《彰善感义录》最早的研究始于安自山。安自山在《朝鲜文学史》中将《彰善感义录》归类为道德小说，认为其作者为金道洙。③安自山道德小说的分类在一段时间里为赵润济、崔南善等研究者所认同。之后，随着对《彰善感义录》研究的逐渐深入，不同学者间逐渐出现分歧。其中，文璇奎将《彰善感义录》看作是"历史小说"，④郑奎福、车溶柱则坚持了"道德小说"的分类。⑤林荧泽认为这一作品的出现是17世纪之后在将女性束缚于闺房之内却又要给予其适当的喘息空间的矛盾状况下，针对女性一般的生活环境以及精神需求而产生一种兼顾娱乐与教养的教育小说，并由此提出了"闺房小说"的概念。⑥李元洙等研究者则认为《彰善感义录》是家庭小说。⑦针对家庭小说的看法，张孝铉、李昇馥则将《谢氏南征记》、《彰善感义录》等家庭小说统一纳入到了家门小说范畴。⑧其中李昇馥首次通过妻妾矛盾考察了家庭小说与家门小说之间的联系，在此基础上他指出家庭小说与家门小说并非个别的独立的类型，而是呈现出了一种家门内部家庭问题的特点。⑨也就是说，夫妇家庭内部的问题首先是一个家门的问题，然后才是夫妇之间的问题，家门意识与家庭意识是紧密连接

---

① [韩]柳浚景：《向着女性主体性的旅程——重读〈谢氏南征记〉》，《语文研究》2012年第40辑。
② [韩]李源周：《古典小说读者的性向——以庆北北部地区为中心》，《韩国学论集》1975年第3辑。
③ [韩]安自山：《朝鲜文学史》，韩一书店，1922年，第99—100页。
④ [韩]文先奎：《〈倡善感义录〉考》，《语文学》1963年第9辑。
⑤ [韩]郑奎福：《〈倡善感义录〉的儒家思想与小说史的意义》，《古小说研究论丛》，景仁文化社，1988年；[韩]车溶柱：《〈倡善感义录〉解题》，《倡善感义录》，荧雪出版社，1978年。
⑥ [韩]林荧泽：《17世纪闺房小说的成立与〈彰善感义录〉》，《东方学志》1988年第57辑。
⑦ [韩]李昇馥：《赵圣期与〈彰善感义录〉》，《古典小说与家门意识》，月印，2000年；[韩]张孝铉：《国文长篇小说的形成与家门小说的发展》，《民族文学史》讲座（上），创作与批评社，2000年；[韩]张孝铉：《长篇家门小说的成立与存在样态》，《精神文化研究》1991年第14辑。
⑧ [韩]李元洙：《家庭小说的作品世界与时代变化》，庆北大学国语国文专业博士学位论文，1991年。
⑨ [韩]李昇馥：《通过妻妾纠葛看家庭小说与家门小说的关联样相》，首尔大学博士学位论文，1995。

的。李成权对李昇馥的观点进行分析之后，提出了"初期形态的家庭、家门小说的概念"。① 之后的研究者在研究当中多沿用初期家门小说或者家门小说的概念。

金台俊在《朝鲜小说史》中认为《彰善感义录》是扬善儆恶小说中的杰作。针对小说的作者问题，他列举了金道洙、郑浚东以及赵圣期等三人，并结合赵在三在《松南杂识》中的记录，初步推定《彰善感义录》的作者为赵圣期。② 因小说作者的不确定性，作者以及版本问题成为研究者一直以来关注的焦点。但自林荧泽有条有理地对《彰善感义录》的作者为赵圣期进行论证之后，严基珠、秦京焕对这一假说进行了论证。③ 在这些研究者的努力之下，赵圣期成为《彰善感义录》众望所归的作者。林荧泽列举了赵圣期的亲侄子正维在肃宗三十四年（1708）所作《拙修斋集》中的内容以及赵圣期第五代孙赵三《松南杂识》中记录的内容，指出《彰善感义录》为赵圣期所作。为了增加这一假说的可信度，林荧泽还引用《玉匣夜话》与《智水拓笔》以及《拙修斋集》中的《祭拙修文》的内容进行了论证。④ 之后，金秉权在对赵圣期及其友人之间的书信进行考察之后，指出赵圣期当时与林悌的后人林泳、金万重都有着直接或者间接的往来，⑤ 从而进一步强化了林荧泽主张的合理性。然而，最近郑吉秀以及李智瑛通过对赵圣期的思想与《彰善感义录》思想倾向的对比研究，指出赵圣期的思想与小说作者的思想之间存在着一定的差距。郑吉秀在对已有研究进行综合考察的基础上，通过与同时期其他小说的对比研究，指出《彰善感义录》流露出了"职业作家"的笔触。且又因目前并不存在确凿的证据能够证明赵圣期与《彰善感义录》相关，而《拙修斋集》中也并不存在能够揭示两者之间存在直接联系的内容，因此，他提出应该暂时进行作者未详的处理。⑥ 李智瑛在对《彰善感义录》中的天命思想与赵圣期的思想、主张出仕的赵圣期与提倡还乡的花珍以及《彰善感义录》的作者与序文中的"余"进行详细的比较研究之后，认为赵圣期的思想与《彰善感义录》的作者存在差异，进而

---

① ［韩］李成权：《通过〈倡善感义录〉与〈谢氏南征记〉看初期家庭小说的世界》，《民族语文研究》1997 年第 11 辑。
② ［韩］金台俊：《朝鲜小说史》，学艺社，1939 年。
③ ［韩］林荧泽：《17 世纪闺房小说的成立与〈彰善感义录〉》，《东方学志》1988 年第 57 辑；［韩］秦京焕：《〈倡善感义录〉的作品结构与小说史地位》，高丽大学国语国文专业博士学位论文，1992 年。
④ ［韩］林荧泽：《17 世纪闺房小说的成立与〈彰善感义录〉》，《东方学志》1988 年第 57 辑。
⑤ ［韩］郑吉秀：《〈倡善感义录〉的作者问题》，《古代文学研究》，2003 年，第 203 页。
⑥ ［韩］金秉权：《赵圣期的作家渊源摸索——以书札中相关人物为中心》，《教师教育研究》1989 年第 19 辑。

提出并不能排除《彰善感义录》的作者不是赵圣期的可能性。①

赵圣期说被广泛接受以后，有关《彰善感义录》的研究有了进一步的深化，针对作品的构成原理与审美特性、人物形象、女性意识、作者思想以及比较文学的研究逐渐出现。朴逸勇针对忽略了小说中反映的理念及其审美特点的现状进行了深刻的批判。他通过对花珍与沈氏母子的矛盾，南氏、尹汝玉等人物在花家内外所经历的苦难及其克服过程，以及花珍、花椿、尹汝玉等与另一半结缘的过程的考察，指出《彰善感义录》中的人物大致可以区分为三种不同的类型，小说的展开主要围绕奉行儒家理念的理念指向型人物与现实欲望指向型人物之间的矛盾而展开。② 在《彰善感义录》中女性人物形象的塑造成为研究关注的焦点。梁敏正在对17—18世纪朝鲜时期女性生存环境进行考察之后，集中分析了《彰善感义录》反映出的女性的家门意识。③ 申海镇则另辟蹊径，对《彰善感义录》中恶人形象的由来进行了考察，将其根源上溯到了《柳渊传》。④

第九节　爱情世态小说

传奇小说在17世纪到达发展的顶峰之后，逐渐呈现出了衰退的迹象。但这并不意味着传奇小说的销声匿迹。17世纪后期18世纪初期出现部分相当程度上脱离了原本传奇小说的结构，呈现出了才子佳人小说特点的《红白花传》、《九云梦》、《洞仙记》、《王庆龙传》、《白云仙玩春结缘录》、《凭子虚访花录》等可以被归为才子佳人类的汉文小说作品。

18世纪至19世纪又出现了一批描写人情世态的中短篇汉文小说。这些小说中包括描写不伦关系的《折花奇谈》、《布衣交集》，以及被称为男性毁节小说的《乌有兰传》、《钟玉传》。小说对于男女之情与性的描写较之前的小说更为露骨，且更为细腻。这很可能与18世纪后期中国人情小说的流行以及文人阶层对男女之情、两性关系观念的转变有着密切的联系。

石泉主人所作的《折花奇谈》，大致成书于朝鲜纯祖九年（1809）。根据文中自序来看，这篇小说似乎来自作者的亲身体验。因此，饱尝相思之

---

① ［韩］李智瑛：《赵圣期思维与〈倡善感义录〉作者意识之间的间隔研究》，《古典文学研究》第38辑，第364—367页。

② ［韩］朴逸勇：《〈倡善感义录〉的构成原理与美学特性》，《古典文学研究》2000年第18辑，第353页。

③ ［韩］梁敏正：《初期家门小说的形成与女性的家门意识》，《古小说研究》第12辑，第61页。

④ ［韩］申海镇：《〈柳渊传〉中的恶人形象及其行踪》，《语文研究》2007年。

苦,断肠之痛的作者在描写的过程中倾注了无限的深情,让人读来也觉肝肠寸断。小说记述了一段发生于19世纪汉城的婚外恋情故事。书中李生儒雅风流,却对来自家门前汲水的美貌丫鬟舜梅一见而钟情。在邻家老妪帮助之下,终得一宵之会。但未料一别竟成永别,自此再无相会之日。

小说中所描写的是一段不伦之恋。李生的友人在对小说进行润色之后所作的识语中一针见血地指出,李生与舜梅以及李生拜托邻居老妪牵线与舜梅相见的情形与《金瓶梅》中西门庆与潘金莲极其类似。

> 今此折花之说,即吾友李某之实录。详考一篇旨意,则大略与元稹之遇莺娘恰相仿佛。其曰一期二约三会四遇,竟莫能遂。其曰莺也之自媒与红娘之解馋遥遥相照,又与《金瓶梅》之西门庆遇潘娘大相类似。

通过这段识语可知:一,19世纪初期《西厢记》、《金瓶梅》等作品早已为读书人所熟识。二,《折花奇谈》很可能深受《西厢记》或者《金瓶梅》的影响。小说中也确实引用了《金瓶梅》中的诗句"落花有意随流水,流水无情恋落花"。不过,尽管模仿痕迹明显,小说中塑造的李生形象却与西门庆有着天壤之别。这也是南华散人亲见李生对"一间巷贱婢"舜梅的痴情后,不禁感叹"天缘之所在"的缘由。

小说中舜梅的姨母干鸾的骚扰实际上是干扰李生与舜梅会面最大的障碍。但李生并未因此屈就于干鸾,而是义正词严地拒绝了。因丈夫残暴,舜梅饱受婚姻的痛苦,却也未像潘金莲一样谋害亲夫。因此,两人之间的爱情尽管有悖社会伦理道德,却能够得到南华散人的同情。李生与舜梅真心相爱的故事与爱情面前人人平等这一亘古不变的主题相契合,书写了一段虽为古今社会不容但又感人至深的爱情故事。

在同样描写婚外恋情的《布衣交集》中,则呈现出了另外一种景象。小说中李生出身于两班士族,女性人物杨婆则是一名厨娘。李生对于杨婆毫无真情,不过是贪恋她的美貌而逢场作戏,但杨婆却误以为李生为正人君子一心相待,最终惨遭李生抛弃。与《折花奇谈》有情人难以成眷属不同的是,《布衣交集》向人们展现出一场痴情女巧遇负心汉,最终惨遭始乱终弃的爱情悲剧。与李生相比,杨婆表现出的勇敢与坚强具有进步的时代意义。这一进步跟男性作家进步的女性认识有着紧密的联系。小说中的杨婆不再只是任人玩弄的玩偶,而是开始有了自己的思想和意识的女性。但杨婆最后被迫沦落青楼的剧情设定,也反映出了作者,以及所处时代的局限。

《钟玉传》与《乌有兰传》被称为男性毁节小说，是19世纪出现的一系列社会讽刺小说中的代表作。两篇小说在故事情节的展开上各有不同，但都描写了原本一心向学的书生在他人的机关算尽之下为女色所惑最终名节被毁的故事。《钟玉传》的作者睦台林（1782—1840）曾在其自序中交代创作的目的。他写道："读书于卧龙山山庵，客有来说钟玉者，其说荒而杂，不足以传之于后，而其在鉴戒之道或不无一助，故为之记，因以自戒，亦以为后人之鉴云。"也就是说，这篇小说是睦台林从来访客人处听到的一个有关于钟玉的故事。作者将故事记录下来，改写成小说主要是出于教化世人，引以为鉴的目的。在此，我们仍然能够看到士大夫文人心目中"文以载道"思想的残留。

　　《钟玉传》属章回体小说，共5回。话说书生钟玉许下了不考取功名，绝不成婚的誓言。为了让钟玉断绝不登科不成婚的念头早日成亲，钟玉的叔父金声震使用计策让童妓香兰去引诱钟玉。面对香兰的百般诱惑，钟玉为本能驱使，最终违背了自身的誓言。钟玉在被戏弄之后向叔父坦承事实，在香兰的帮助之下最终促成钟玉与鲁踪之女喜结良缘的故事。[①]

　　小说中钟玉最初压抑自身本能需求，"一心读圣贤之书，不近酒色"，做出一副正人君子的样子，但最终他苦心经营的道德防线还是为人的天性与本能所击败。与此类似的情节也出现于《乌有兰传》。《乌有兰传》问世于1858年，作者署名"春坡居士"。《乌有兰传》中的李生最初也是一心向学，不近酒色之人，但在朋友金生设计之下，为妓女乌有兰所惑。

　　一直以来相关的研究都认为《钟玉传》与《乌有兰传》主要是对于两班阶层伪道学面貌的抨击。但仔细研读，不难发现作者通过书生遭陷害出丑的故事要揭发的并不是两班阶层的好色或者伪善。首先，文章中的李生或者说《钟玉传》中的钟玉并不是风流放荡的书生，甚至可以说有些儒雅之人。在小说中不管是乌有兰的假死，还是香兰的假死，李生和钟玉都表现出了专情、痴情的一面。再次，在小说的结尾部分，钟玉以及李生都获得比较圆满的结局。钟玉最终金榜题名，出任翰林学士。不仅仕途如意，而且家庭生活也美满异常，妻妾和美，子孙满堂。同样的，《乌有兰传》结尾处李生的际遇也是美满的。他因与乌有兰之事而深感羞耻，于是辗转回京之后，孜孜勤勤，最终考取了功名，出任翰林，后又被任命为平安道暗行御史。到达平壤之后，尽管他以复仇为目的，意欲严惩乌有兰。但在听乌有兰"妾为士卒，惟闻将军令而已，事有主掌，责有所归，士卒何足以诛

[①] 林明德：《韩国汉文小说全集》第七卷，中国文化学院，1980年，第373—398页。

也"的反问后，却也能够微笑以对。而从其"汝为妙妓，我为少年，事或无怪，而中谋者，甚险而怪也，而今思之，何足道耶"的回复中，不难看出历经风波之后李生对于前事的豁达态度。由上述内容可知，小说所要批判的，并非钟玉或者是李生本身，而是为理念或者观念所禁锢进而否定正常生活的观念。作者主张解放的是人性，是为性理学观念所禁锢和压抑的作为人的天性和本能。

由此可见，19世纪的爱情世态小说，虽然从构成与构思上都沿袭了传奇小说的传统，但作品所要反映的主旨已经与15世纪的《金鳌新话》有了天壤之别。19世纪的汉文小说不再只是怀才不遇的书生托物言志或依托情怀的表现方式，而成为朝鲜末期知识分子批判社会现实，表达批判性认识的手段。由于取材更为现实，读者更为广泛，表达更为世俗，所以，语言文字工具也由汉文转向韩文，韩文逐渐取代了汉文这一类型，韩国的小说创作越来越走上了国文化的道路。

第十节　汉文长篇小说[①]

19世纪前期到中期，在短短半个世纪时间里汉文长篇小说以前所未有的姿态傲然崛起。在这一时期集中出现了一系列汉文长篇小说，如金绍行（1765—1859）的《三韩拾遗》、沈能淑（1782—1840）的《玉树记》、南永鲁（1810—1857）的《玉楼梦》，朴泰锡（1835—？）的《汉唐遗事》、徐有英（1801—1874）的《六美堂记》以及郑泰运（1849—1909）的《鸾鹤梦》。同时还有被推定创作于19世纪的晚窝翁的《一乐亭记》以及宕翁的《玉仙记》。[②] 在此主要介绍创作时期、作者已经得到确证的《三韩拾遗》、《玉树记》、《玉楼梦》、《汉唐遗事》、《六美堂记》以及《鸾鹤梦》。其中又因《玉楼梦》、《鸾鹤梦》已经在前文做过介绍，在此不再赘述。

汉文长篇小说的作者多为生活在京畿地区的士族阶层。生活在京畿地区的士族阶层与地方士族相比，能够通过与京华士族间的交友更为便利地接触到先进的知识与文化。他们所接触的文化主要是京华文化，亦即城市

[①] 之所以将汉文长篇小说单列，一是因为这一时期创作完成的小说大多博览众家之长，除去《玉楼梦》与《鸾鹤梦》的特点较明显外，剩余小说很难界定其分类；二是这一时期的小说无论从其作者构成、篇幅以及内容上都有自身的特点。因此，将其单独归为一类似乎更为合理。

[②] ［韩］田成芸：《19世纪汉文长篇小说的特点与创作背景》，《语文论集》1999年，第214页。

文化。然而，与京华士族相比，他们又被排斥在了权力中心之外。① 也就是说，19世纪长篇汉文小说的作者是一群处于相似的文化背景与处境之中，多多少少都与京华巨族或者京华士族有着一定交友关系，却永远只能处于权力边缘的文人。

汉文长篇小说作为一种新的文化现象，呈现出了与同时代中短篇汉文小说迥异的特性。首先，这一时期的中短篇小说在形式上多受金圣叹点评本的影响，呈现出了点评本的特征，在内容上则将叙事焦点集中在个人之上。汉文长篇小说却与此相反，对前期小说以及传入朝鲜的中国古代小说进行了不偏不倚地继承和发展，采取了章回体形式，且其内容更是对前期朝鲜小说以及中国古代小说进行了兼收并蓄的接受。甚至可以说，19世纪汉文长篇小说的作家试图在批判性地继承和发展前期小说特点的基础上去构建新的属于自己的小说世界。

作为一种文化现象与文学史现象，汉文长篇小说之间存在以下的相同点：首先，长篇汉文小说都以历史事件为背景，如或以三韩或者新罗为背景，或者以南蛮讨伐、土木之变、宋代等。其次，受清朝考证学的影响，小说集中表现出了作者对新知识的渴望以及对新的观念、新事物的追求。这一点集中表现为小说中各类百科知识的罗列与介绍以及对于新语的强调。② 19世纪金绍行（1765—1859）的《三韩拾遗》、徐有英（1801—1874）的《六美堂记》、南永鲁（1810—1858）的《玉楼梦》以及《玉莲梦》、沈能淑（1782—1840）的《玉树记》等汉文长篇开创了汉文小说前所未有的"盛世"。这一时期的小说也是各色知识的"盛宴"，而对于"新语"的热衷集中体现在《六美堂记》的作者徐有英的自序之中。他在序中针对流传于"街巷妇孺"之间的国文小说吐露不满的同时，还表达了自己要克服当时国文小说的缺点，去除其糟粕，赋予其新的意义，并在其中"补之以新语"的意愿：

> 余寓城南直庐，长夜无寐，闻邻家多藏稗官谚书，借来数三种，使人读而听之，盖一篇宗旨，始于男女婚媾，而历叙闺房行迹，互有异同，皆架虚构空，支离烦琐，固无足取。然至若人情世态，善于模写，凡悲欢得失之际，贤愚善恶之分，往往有令人观感处，此所以街巷妇孺之耽读不厌，而转相誊传，遂致稗官谚书之盛行于世者也。余

---

① ［韩］李基大：《19世纪汉文长篇小说研究——以创作基础与作家意识为中心》，高丽大学国语国文学专业博士学位论文，2003年，第14—27页。
② ［韩］서경희：《〈玉仙梦〉研究——19世纪小说的正体性以及小说论的方向》，梨花女子大学国语国文专业博士学位论文，2003年，第31—44页。

乃折衷诸家，祛其支离烦琐，间或补之以新语，合为一篇传奇，分作三卷，命篇曰《六美堂记》。盖取齐谐之志怪，以广蒙叟之寓言。后之览此者，庶知余为破寂之笔，而固无妨于姑妄听之云耳。[1]

对于"新语"的追求，反映出徐有英为首的汉文长篇小说作者的求新意识的同时，也意味着他们在进行创作的时候需要在熟知前期朝鲜小说以及中国古代小说内容的基础上标新立异，创作出新的小说。

金绍行（1765—1859）的《三韩拾遗》将肃宗时期真人真事香娘的故事放在了三韩时期，通过对烈女香娘还生再婚故事的虚构表达出了作者对于女性的同情及其对社会现实的不满。《三韩拾遗》中的香娘取材自肃宗二十八年（1702）发生于庆尚道善山附近的香娘故事。香娘在备受丈夫虐待被驱逐出夫门的情况之下，为保贞节之身选择了自绝之路。1704年李畲（1645—1718）上书请求表彰香娘的节操以固风化。在这一请求之下，肃宗特地对其善山烈女进行了表彰。

历经壬辰倭乱与丙子之役之后，为了重新维护其统治，朝鲜统治阶层大力推行朱子学理念传播的同时，还积极挖掘并褒奖战乱之中出现的忠臣、孝子以及烈女。在这样一种社会氛围之下，女性的节烈成为衡量女性品德的重要标准。然而，这里所要求的节烈大部分仍然集中于士大夫阶层女性。香娘作为贫贱之女却能受到烈女的表彰，这也引得众多文人墨客纷纷吟诗作传对其进行歌咏。作者金绍行深感"香娘之事冤矣，甚矣"，于是在将香娘的故事移到三韩之后，又让香娘重生而后与他人成婚，以慰藉香娘悲惨的一生。同时，这篇小说很可能也是对作者终身不得志身世的慰藉。由小说中大量出现的历史人物如项羽、诸葛亮以及神魔人物哪吒太子、鬼魔王等的描写可知，小说深受中国古代小说《三国演义》以及《西游记》等神魔小说的影响。

沈能淑（1782—1840）的《玉树记》是一篇家门小说。小说以嘉、黄、汪、陈等四大家族为中心，描写了各个家族的盛衰史以及第二代通过交友与联姻成为大家族的过程。在小说中出现最多的故事情节以及场景就是"男女结缘"，小说中共出现20次结缘，而其中除去第二回、第五回以及第二十回，几乎回回出现男女结缘的情节。[2] 且小说中作为妾登场的人物往往或是没落两班家的女儿，或是异族的公主或是侍婢，且结缘的过程多

---

[1] ［韩］徐有英：《〈六美堂记〉序》，金基东编，《笔写本古典小说全集》卷一，亚细亚文化社，1980年，第305页。

[2] ［韩］权经淳：《〈玉树记〉的女性人物与结缘样相》，《汉文教育研究》2000年第35辑，第366页。

出于自愿，因此不乏浪漫的情节。然而成为妻子的人物往往都是上层士大夫家的女儿，结缘多为父亲做主决定，因此，结缘的过程中爱情往往都是被排除在外的因素。她们往往具有丰富的学识，贞烈而孝顺，而言行举止也都严格遵守儒家规范。小说登场的妾的形象与《玉楼梦》中江南红、碧城仙以及一支莲极为相似，都是多才多艺，多情可人。小说中的女性形象集中表现了士大夫阶层对妻与妾完全不同的要求。对妻妾不同身份女性形象的构建，集中体现出了作者忠实于儒家身份制度的世界观。[1] 小说中妾与士大夫文人结缘过程中不断出现的游戏以及欢笑场面，也意味着小说已经在一定程度上摆脱了理念的束缚而成为表现日常生活的一种文学体裁。

徐有英（1801—1874）的《六美堂记》与《三韩拾遗》一样均以新罗为背景而展开。小说主要描写了新罗的太子在中国迎娶了六位中国美人之后成为乐浪王，在回新罗之后讨伐日本，并最终取得胜利的故事。小说中广泛借鉴《翟成义传》、《玉楼梦》、《玉树记》以及《三韩拾遗》与家门小说、军谈小说的特点与结构，因此，可以说徐有英的小说"集众长而成一"。小说中登场的新罗王子聪颖孝顺，为父寻药前往普陀山，却惨遭同胞兄弟陷害双目失明。幸得中国礼部尚书白文贤相助并被带往中国，后与白文贤之女结下婚约。在白文贤一家惨遭陷害之时，萧仙再次流离失所。却机缘巧合因善于吹箫为皇帝所赏识并结识了同样擅长吹箫的玉星公主。白小姐回乡途中，遇薛贤一家，迫于无奈女扮男装的白小姐只好与薛小姐定亲。白小姐后赴京赶考高中状元，并在吐蕃进犯之时，立下大功且救出萧仙。玉星公主恳请皇帝封白小姐为金星公主并赐婚于萧仙。后原本与白小姐订下婚约的薛小姐在白小姐劝解之下也嫁于萧仙。萧仙后又纳妾三人，是以构建六美堂。萧仙回国后，恰逢倭寇来袭。萧仙一举打破倭寇并被封为王。最后萧仙与众夫人在普陀山升天为仙。徐有英在小说中表现出强烈的民族意识。尤其是对萧仙大胜倭寇的情节设置更是彰显了他强烈的民族意识与自主意识。此外，不同于与其他以中国为背景小说的是，尽管《六美堂记》里中国这一地理空间占据了很大的比重，但主人公是新罗人，最终的归宿与最终的目的都是重回新罗。中国不过是一个比重较大的空间背景，并无实际意义。小说中白小姐女扮男装高中状元并平定吐蕃，属于巾帼不让须眉的女英雄。但小说题目与六美堂的构建却又在隐约中暗示了作者的意图。萧仙收六美于堂下的设定间接反映了作者对于一夫多妻制的赞同与腐朽的女性观。朴泰锡（1835—？）的《汉唐遗史》主要写中国汉朝的建立、

---

[1] ［韩］权经淳：《〈玉树记〉的女性人物与结缘样相》，《汉文教育研究》2000 年第 35 辑，第 385 页。

统治以及东汉、南汉的分裂与斗争，以及唐的统一与灭亡过程为主要内容。小说虽然以历史，但内容多属虚构，小说艺术性较差。

与之前的小说作者相比，汉文长篇小说的作者对于自身的作者身份有着极强的认知和自豪感。与朝鲜朝其他时期产生的小说多无署名相异，汉文长篇小说的作者不仅通过作志铭来表明自身的作者身份，还会在小说中附带友人的评论。这一做法无疑反映了作者对于小说这一文学题材的正确认识，也突出反映了具有近代特点的作家意识。尽管小说内容仍然难免陷入窠臼之中，但从作者积极表现自身现实认识的角度来看是具有一定积极意义的。

第六章　朝鲜国文小说中的中国因素

第一节　国文小说的发展流变

韦旭升先生曾指出，中国文学对朝鲜文学的作用是沿着"中国文学—朝鲜汉文文学—朝鲜国语文学"的路线发展的。[①] 这一观点在很大程度上同样适用于中国小说与朝鲜小说间的关系。即中国小说首先发生作用于朝鲜的汉文小说，之后又直接或者间接地影响了朝鲜国文小说。当然，小说史的发展并不是程式化的，期间也会有各种特例的情况出现。"中国小说—朝鲜汉文文学—朝鲜国文文学"这一发展路线，也不过是为了更为清晰地说明朝鲜小说是遵循着何种路线利用中国文学进行自身的建设与自我发展的。实际的过程，虽然难免会有与这一发展路线相背离的状况发生，但从整体的趋势来看大致上如此。换言之，在古代韩国，无论是朝鲜汉文小说，还是国文小说，其发生与发展都与中国古代小说的传入与影响有着密不可分的联系。作为外来的影响因素，中国小说及其翻译影响和激发了朝鲜汉文小说的创作，进而又与朝鲜汉文小说及其韩文翻译本一同影响了朝鲜国文小说的形成与发展。研究朝鲜国文小说中的中国因素，无论是对朝鲜小说的研究，还是对中国古代小说的研究都是重要且必需的。同时，作为考察中国文化域外影响力的重要一环，这还将有助于我们深入了解在古代东亚社会中国文化辐射的深度与广度。

对于朝鲜时期韩文创作小说中所反映出的中国因素问题，这是一个需要进行深入发掘的选题。首先，国内学者对朝鲜小说中的中国因素的关注由来已久，且已经取得了一定的成果。[②] 相较于此，对散布于朝鲜国文小说内部的中国因素却似乎并没有多少热切的关注，甚至可以说是几无涉

[①] 韦旭升:《中国文学在朝鲜》，广州市：花城出版社，1990年，第346页。

[②] 张莹:《〈万福寺樗蒲记〉的中国元素》，《文学界（理论版）》2011年第11期；曹春茹:《韩国小说〈万福寺樗蒲记〉的中国文化因素》，《现代语文（文学研究版）》2008年第2期；李宝龙:《从神怪情节看韩国古代小说中的中国因素》，《延边大学学报（社会科学版）》2005年第3期；李时人:《中国古代小说在韩国的传播和影响》，《复旦学报（社会科学版）》1998年第6期；杨昭全:《朝鲜以中国为背景之汉文小说》，《中国—朝鲜·韩国文化交流史》2，昆仑出版社，2004年；等等。

及。现有不多的注意到朝鲜时期韩文小说存在的研究也大多将关注焦点集中在朝鲜时期中国小说的韩文翻版小说之上，对存在于其中的中国因素进行了一定的考察与探讨。[①] 相较于此，对朝鲜时期由朝鲜人自主创作的国文小说及其中存在的中国元素却关注寥寥。究其原因，可能是因为国内学者更为注重汉字文化对于朝鲜的影响，因而也就更为关注中国古代小说对于朝鲜小说的直接影响，从而忽视了对更为具有本民族特色与个性的朝鲜国文小说的研究；其次，韩国学者之所以疏于对此的研究，则是因为他们更倾向于关注、挖掘朝鲜文学本身所体现出的民族特性，而不愿意或无意到国文小说中去寻找中国元素的踪影。最后，两国学者对此的疏忽，还可以归结为一点，即现存大部分国文小说都是古代韩文手写本，没有经过专业的训练，基本无法阅读与研究。

对此，可以尝试的办法，就是从手头现有的朝鲜国文小说入手，如以《洪吉童传》、《壬辰录》、《朴氏传》、《林将军传》、《苏大成传》、《张风云传》、《洪桂月传》、《谢氏南征记》、《彰善感义录》、《苏贤圣录》、《彩凤感别曲》、《玉丹春传》、《淑香娘子》、《春香传》、《沈清传》、《兴夫传》、《蔷花红莲传》等为研究对象，从下面几个方面考察朝鲜国文小说中的中国因素的存在面貌：

中国文学形式对朝鲜国文小说的影响；朝鲜国文小说对中国小说故事的改写和移植；朝鲜国文小说对中国小说题材与主题、情节的仿效；朝鲜国文小说中的中国人物与时空背景；朝鲜国文小说中对中国诗词曲赋的用典。

为了便于理解，我们首先来考察一下朝鲜时期国文小说的发展流变情况。

中国小说东传的历史由来已久。中国小说最早传入朝鲜半岛的明确记录来自日本江户时代的《和汉三才图会》中。据《和汉三才图会》记载："晋太康五年，应神十五年秋八月丁卯，百济王遣阿直岐者，贡《易经》、《孝经》、《论语》、《山海经》及良马。"[②] 记录中的"应神十五年"，即公元284年。由此可知，早在公元284年之前，《山海经》、《易经》等中国古籍便已东传至朝鲜，并被转贡于日本。之后，又有《列女传》、《太平广记》等中国典籍相继东传。

---

① 金宽雄：《韩国古代小说与中国文学的关联》，《韩国学论文集》2000年第0期，第211—222页。

② 《和汉三才图会》，又名《倭汉三才图会》，是由医生出身的寺岛良安编纂的日本首部百科辞典。从其命名不难看出其脱胎于我国明朝王圻主编的《三才图会》。全书105卷，涵盖天文、地理、人物、动植物等多方面内容，1713年首度出版。

进入朝鲜时期后，中国小说的东传之旅逐渐进入鼎盛时期。1506年，即明正德元年，燕山君传曰："《剪灯新话》、《剪灯余话》、《效颦集》、《娇红记》、《西厢记》等，令谢恩使贸来！"[①] 这是朝鲜时期有关中国小说东传的最早的官方记录。在此之前，《金鳌新话》的作者金时习在其长诗《题剪灯新话后》中也为我们提供些许《剪灯新话》东传的线索。

朝鲜前期《剪灯新话》等中国小说的传入刺激了朝鲜文人创作的欲望。也正是在其影响与刺激下，《金鳌新话》最终生发绽放。然而，彼时文字主要为统治阶层男性所占有，朝鲜士大夫文人创作的小说也大多是汉文文言小说。由此来看，1446年训民正音的颁布无疑极大改善了朝鲜"失语"阶层的文字生活，拉开了以其本民族文字记录日常生活、进行文学创作的历史。这种语言文字生活上的变化，虽然并未能马上在文学创作上有所反映与呈现，但为国文文学的萌生创造了重要的先决条件。在韩文产生后，朝鲜士大夫文人阶层在文学创作与日常生活中依然主要依靠汉文。但原本汉文一统天下的格局，自民正音创制后发生了巨大改变。朝鲜文学史开始进入到汉文与国文同时并存、相互影响的历史新阶段。

国文小说的产生与发展有赖于中国古代小说与汉文小说的滋养与积淀。训民正音创制之后，通过谚文翻译中国古代小说与汉文小说将其影响力延伸到了女性以及社会的底层。韩文最初的使用对象主要集中在朝鲜后宫嫔妃，尔后逐渐扩散到了士大夫阶层女性、良人女性以及中人女性。不仅如此，其使用范围也主要集中在私人空间，用于日常的交流与沟通。随着谚文使用范围的不断外扩，大致在15世纪末韩文已经为京畿地区市井乡民所熟知并被广泛用于日常生活当中。在谚文普及的过程中，部分中国古代小说开始被当作学习谚文的工具，而被翻译成了谚文在京畿地区流传。1531年洛西居士李沆（1474—1533）《五伦全传》的序文注意到了当时闾巷中人通过《剪灯新话》的韩文翻译本修习韩文的现象。但他对于此很不以为意，认为"无识之人，习传谚字"，"日夜讨论，如李石端、翠翠之说，淫亵妄诞"。[②] 此处所言"翠翠之说"正是指《剪灯新话》中的《翠翠传》。通过"无识之人，习传谚字"、"日夜讨论"等内容，可知随着谚文的普及，早在16世纪中期，《翠翠传》等部分中国古代小说开始被翻译成谚文以供底层民众习学韩文。这些谚文翻译小说的出现，不仅预示着小说读者群体的扩大，同时也在为国文小说的出现积蓄力量。

壬辰倭乱中大量书籍与印刷工具遭到了毁坏与掠夺。这对于原本书籍

---

① ［韩］国史编纂委员会：《朝鲜王朝实录》第14册，国史编纂委员会，1986年，第48页。
② ［韩］柳铎一：《韩国古小说批评资料集成》，亚细亚文化社，1994年，第69页。

稀缺的朝鲜而言，无异于雪上加霜。为了克服这一困境，朝鲜在国内外展开了大规模的图书搜购活动。由于此时恰逢明朝商业印刷文化高度发达的时期，在朝鲜内部强烈需求的驱动下，以《三国演义》、《水浒传》、《西游记》为首的一系列白话通俗小说以及《古今奇观》为首的话本小说开始通过各种各样的途径陆续东传朝鲜半岛。

明清白话小说的大量流入，在吸引大批女性与庶民阶层投身小说阅读活动当中的同时，在此基础上逐渐形成广泛的小说读者群体。这些新生读者阅读小说的强烈热情，促进了中国小说翻译的出现，同时也刺激了以其本民族文字写就的国文小说的出现。

朝鲜时期正统士大夫阶层深受"文以载道"观念的影响，对小说持反对态度的舆论盛行。然而，随着中国古代小说源源不断地输入，历经壬辰倭乱、丙子之役后，小说拥护论的势力进一步扩大。到了朝鲜后期，随着新的价值观念的产生，小说拥护论一跃成为时代主流。这一过程中原本为少数文人阶层所独占的小说渐趋通俗，韩文小说日益繁盛。

17世纪，《洪吉童传》、《谢氏南征记》、《韩康贤录》、《苏贤圣录》等小说的出现打破了自训民正音创立以来所形成的汉文小说、中国古代小说以及谚文翻译三足鼎立的局面。以此为起点，朝鲜中后期为士大夫阶层所独占的小说的所有权也逐渐开始向更为广泛的阶层移转。

进入18世纪、19世纪，以描写阀阅贵族生活为主要内容的家门小说，以及英雄小说、国文爱情小说与民间小说等国文小说的发展进一步丰富了朝鲜小说的脉络。朝鲜中后期朝鲜小说史呈现出了汉文小说与国文小说交相辉映的局面。韩文小说的兴盛离不开当时韩文识字阶层的崛起。在朝鲜中后期极少数熟识汉文与韩文两种文字的贵族阶层女性（如后宫嫔妃、公主与少数士大夫阶层女性）、绝大多数熟识韩文的士大夫阶层女性、中人女性与底层男性通过直接阅读或者"听"的形式陆续参与了韩文小说的流通之中，而18世纪坊刻本、租书铺以及说书人的出现又进一步促进了小说的流通与生产。自此，小说的享有呈现出了一种由上而下，从京城到地方渐次扩散的面貌。

第二节　国文小说中的中国因素

朝鲜小说的发生与发展离不开自身的努力。与此同时，早熟的中国古代小说叙事传统对其的影响也是不容忽视的。中国小说对朝鲜小说的影响突出地表现在外在形式的亲缘关系之上。这一亲缘关系不仅体现在朝鲜汉文小说之上，而且也突出地呈现在了朝鲜国文小说的外在形式上。

首先，朝鲜国文小说继承和接受了中国小说史传的叙事传统。针对中国古代小说与史传文学的关系，国内已有众多学者多次进行了深入的考察。李剑国对中国古代小说的起源及生成过程进行考察时，提出了"故事—史书—小说"的发展模式。在他看来，从故事到小说中间存在必经的过程，这一必经的发展形式也就是史传。史传的发展与分化，最终促成了小说的出现，史传是小说得以孕育生成的温床与母体。[①]针对同一个问题，石昌渝在其著述《中国小说源流论》中同样指出："先秦两汉产生的史传著作上承神话，下启小说，是我国叙事文学的艺术宝库。史传孕育了小说文体，小说自成一体后，在它的漫长的成长过程中仍然师从史传，从史传中汲取丰富的营养。研究中国小说如果不顾及它与史传的关系，那就不可能深得中国小说的壶奥。"[②]史传文学在自身叙事发展过程中积聚的经验与能量，最终成为滋养中国古代小说萌生的基础。

中国的史传文学按照其结构形式大致可以区分为两类：一类是以《春秋》、《左传》为代表的产生于春秋战国时期的作品。此类作品惯于以时间为主线，"以事系日，以日系月，以月系时，以时系年"，从宏观的视角对历史事件进行记述，此为编年体。另一类则以《史记》、《汉书》、《后汉书》等为代表。与《春秋》、《左传》侧重于记事不同的是，此类作品主要以人物活动为中心，记录在某地某时某人发生了何许事，此类作品属于纪传体。编年体重事件，以时间为经，事件为纬，虽能对散落于历史长河中的人物与事件予以串联记述，却不能对个别人物与事件作过多的停驻。因而，难免给人一种近似于流水账的感觉；而纪传体重人物，不仅能够对人物生平及与之相关的事件加以完整连贯的叙述，而且能够细致深入地记录下重大或局部的历史场景。以《史记》的出现为契机，史传文学传统由以记录事情为中心的编年体转变成为以记录人物为核心的纪传体。这一叙事模式的转变，深刻地影响了中国古代小说的文体结构与叙事方式。随着中国史书与古代小说在朝鲜的流传，中国史传传统也开始逐渐惠及并推动了朝鲜叙事文学的形成与发展。

针对中国小说的结构与形式特点，孙绿怡曾指出中国的古代小说作品一般采用"史传的叙事形式和结构，作家在组织素材、构造作品时，基本上是按照历史著作的格式来书写的。"因而，她总结指出中国古代小说在

---

① 李剑国：《小说的起源与小说独立文体的形成》，《锦州师范学院学报》2001 年第 3 期，第 1 页。

② 石昌渝：《中国小说源流论》，生活·读书·新知三联书店，1994 年，第 67 页。

结构与形式上具有如下的特点：第一，小说故事情节的展开往往遵循自然的时间顺序，拥有明显的时间标志；第二，习惯于从历史当中选择人物或事件来构成作品的骨干。即使是虚构的情况，作者也往往会借用历史实有人物的外皮，或是在情节展开过程中将虚构的主人公安置于历史的时间当中；第三，重视事件结构的完整性，讲究大团圆的结局。①

中国古代小说的上述特点同样反映在了朝鲜国文小说之上。首先，绝大多数的朝鲜国文小说在开始部分都会交代明确的时间，或者表明朝代、年号。故事情节的发展，按照自然时间顺序一丝不苟地展开，如某年如何，某年又如何。《洪吉童传》被认为是朝鲜第一部国文小说，其开篇便表明了故事发生的年代为"朝鲜朝世宗时期"。虽然在之后的朝鲜国文小说中故事的背景大多被挪到了中国，但也都无一例外地对故事发生的时间予以了明示。如被认为是初期家门小说代表作之一的《苏贤圣录》。这篇小说产生于17世纪朝鲜性理学理念进一步强化的背景之下，全篇洋溢着浓烈的家族意识。但小说的叙事背景却被设定在了中国河南省开封，时间被设定在了宋朝。小说主要以北宋太宗年间至仁宗年间为背景，按照前后顺序记述了苏贤圣的生平履历，及苏氏家族的繁荣与兴旺。小说的时间跨度较长，前后经历了宋太宗、宋真宗与宋仁宗三个朝代。第一回从苏贤圣的父辈写起，一直写到苏贤圣出生、及第，直至产子，从宋太祖时期一直写到了宋太宗元年。在明显深受《苏贤圣录》影响并产生于其后的国文英雄小说《苏大成传》中，我们同样能够看到作品对时间的重视。小说开篇写道："成化年间苏州之地有一名贤，姓苏，而名阳，字卿，是为昔日苏贤圣之玄孙……"在所有的国文英雄小说中，最为遵守史传文学传统的，莫过于《赵雄传》。作为对赵雄的一生加以记述的英雄小说，《赵雄传》的情节严格按照天干地支的时间顺序结构。如小说写"宋文帝即位二十三年"，皇帝为赵雄的父亲设立忠烈庙；皇帝玉体欠安，"丁卯年三月初三日驾崩"；等等。

其次，朝鲜国文小说中存在着大量以"传"命名的小说。关于史传文学与朝鲜汉文小说之间的关系，学界早已形成定论。朝鲜汉文小说按照题目可以划分为"记"、"传"、"录"、"梦"、"奇逢"、"奇缘"六种类型，其中又以"传"为名的小说最为众多。因而，韩国学者金起东先生在《朝鲜时代小说论》中指出："只要一看朝鲜古代小说的题目便使人联想到人物传记。事实上，朝鲜古代小说大都套用了史书中的传记体。这说明了朝鲜古代小说叙事模式与传记之间的密切联系。"②

---

① 孙绿怡：《〈左传〉与中国古典小说》，北京大学出版社，1992年，第76—86页。
② ［韩］金起东：《李朝时代小说论》，宣明出版社，1975年，第28页。

张新科在对纪传体史传文学的特点进行归纳时，指出纪传体"开头一般都写传主的姓字籍贯；然后叙其生平事迹，多是选择几个典型事例，表现人物的个性特征；最后写到传主之死及子孙的情况。篇末另有一段作者的话，或补充史料，或对传主进行评论，或抒发作者感慨"。① 这一叙事模式，同样广泛地存在于朝鲜国文小说当中。最初的国文小说《洪吉童传》就是这方面的典型代表。

尽管仍然众说纷纭，但目前来看韩国学界普遍认为《洪吉童传》是由朝鲜中期文人许筠所作的国文小说《洪吉同（童）传》演变发展而来。② 由此，可以推断，这篇小说最晚产生于1618年许筠被判处极刑之前，也就是17世纪前期。叙事过程中，《洪吉童传》严格按照人物传记的形式展开，具有人物传记式的开头与结尾，以人物生平为脉络，严格按照事件顺序展开情节。从梗概构成来看，《洪吉童传》大致包括以下几方面：（一）洪吉童的身世：洪吉童天赋异禀，但因庶出身份而不为当时的社会制度所认可。（二）洪吉童的事迹：他因杀害了利欲熏心试图谋害自己的巫女与刺客而犯下杀人重罪。为此，他辞别父母，四处流浪，误入强盗窝而成为强盗首领。劫掠海印寺后，洪吉童将组织名称改为活贫党以示为民除害之意。活贫党的行踪逐渐引起皇帝的关注，洪吉童数次使用法术挑战皇帝威严。（三）洪吉童的最终结局：投降之时，洪吉童要求皇帝给予其兵曹判书之职，尔后带领三千名部下和白米三千石去碚岛国建立理想国家。通过上面的分析，不难发现除去"篇末另有一段作者的话，或补充史料，或对传主进行评论，或抒发作者感慨"外，《洪吉童传》的叙事模式基本上与张新科先生所归纳的先唐史传叙事模式相吻合。

最后，朝鲜国文小说同样多以大团圆结尾，且与中国小说相比，朝鲜国文小说对大团圆结尾的偏爱似乎更为明显。朝鲜的国文小说绝大多数都有一个完满的结局。在这些作品属于善一边的人物必定得荣华，享富贵，妻妾和睦，子孙满堂；受到陷害的必定冤屈得以昭雪，分离的必定能够重逢团聚；而属于恶的或者是不道德的一方则必定会受到命运的惩罚，不得善终。

除去中国古代小说史传传统对朝鲜国文小说的影响之外，随着明清小说的传入，中国的章回体长篇小说也在形式上深刻地影响了朝鲜国文小

---

① 张新科：《唐前史传文学研究》，西北大学出版社，2000年，第14页。
② 除《洪吉童传》外，许筠还创作有《南宫先生传》、《荪谷先生传》、《严处士传》、《张山人传》、《蒋生传》等五篇汉文传记小说。韩国学者朴宰泯在考察许筠其他人物传记写作模式的基础上，对《洪吉童传》进行了还原。他指出，许筠版的《洪吉童传》实际上已经囊括了传世至今的《洪吉童传》最为核心的内容。详情参见：[韩] 朴宰泯：《许筠作〈洪吉童传〉的复原试论》，《韩民族语文学》2013 第65辑。

说。中国古代小说章回体小说的形式特点主要有三点：一，"分章叙事，分回标目，每章集中叙述一两件中心故事，回目一般以两句对仗之词概括本章内容"；二，"章有套语，开头一般是'话说某朝某代某地某人某事'，中间为'且说'、'上回说到'，结尾是'欲知后事如何，且听下回分解'等等；其三，卷首卷尾常直接引用或改制前人所作名篇，间或有自创者。卷首诗词多起提纲挈领引出下文之用，而卷尾则多点评前述之文。[①]17世纪中后期朝鲜小说史上出现了一批新的小说类型，如《谢氏南征记》、《彰善感义录》等家庭小说及被称为家门小说始祖的《苏贤圣录》等。这些小说及之后出现的朝鲜国文长篇小说在形式上深受明清白话小说章回体叙事模式的影响。中国章回体小说在形式上的特点反映在朝鲜国文小说上，主要体现为两点：

首先，采用了"分章叙事，分回标目"的结构形式。如被证明产生于18世纪之前的女性英雄小说《李贤卿传》共分为十二回。每一回的题目均用七言对偶句的形式标示了出来，第一回的题目为"李贤庆女化为男，少年金榜挂头名"。现存最常见的汉文版《谢氏南征记》最初也是由五回本的国文小说《谢氏南征记》改编而来。

其次，朝鲜国文小说中频繁使用明清章回体小说常用的套话"话说"、"却说"等。如国文版《谢氏南征记》以"话说"开篇，紧接着交代了刘丞相一家的大致情形："话说，大明嘉靖年间北京顺天府有一位丞相，姓刘，名熙，是为诚意伯刘基之后裔。……"又如在《白鹤扇传》中"且说"出现了九次，"话说"出现了三次，"却说"出现了两次，"再说"出现了一次。小说开篇以"话说"为引子，详细交代了南京名士刘泰宗膝下无子的憾事。文章中写道："话说大明时节南京有一名士，姓刘，名泰宗，别号文星。是为忠良之后，世代为官，刘公品性仁厚恭俭，深受皇帝恩宠，官居礼部尚书。却苦于膝下无子，遂辞官不做，告老还乡，终日以耕钓为事"。之后，又接连以"话说"、"再说"、"且说"与"却说"来转换话题与时空，分别对刘伯鲁与赵银河这对天生佳偶的不同际遇与遭遇进行了叙述。尽管，已有研究中认为章回体小说的套话更多地出现在深受《三国演义》影响的英雄小说当中，但通过上面的分析不难发现实际上对"话说"、"且说"、"却说"的使用已遍及产生于朝鲜中后期的不同类型的国文小说中。如《谢氏南征记》是典型的家庭小说，《白鹤扇传》则可称得上是以言男女之情为主旨的才子佳人小说与以英雄叙事见长的军谈小说的结合体。

---

① 董乃斌：《中国文学叙事传统研究》，中华书局，2012年，第447页。

《中国文学在朝鲜》一书"作品的加工与变形"部分，韦旭升专门考察了国文小说对中国小说内容的加工情况。他指出：

> 中国文学在朝鲜文学中的"变形"的另一重要方面，表现在朝鲜国文小说之中。大体上有三个类型：第一类，在中国原作上增补或修改某些情节，可称之为"添枝加叶"。第二类，挪取中国原作的一部分，作为朝鲜作品的一部分，可称之为"移花接木"。第三类，取中国原作一段落，加以铺陈，或改编为律文体裁（说唱），或独立成篇，可称之为"截枝另栽"。①

韦旭升用形象的语言说明了朝鲜国文小说借鉴中国小说故事情节的三种情况。实际上，这三种情况都衍生于朝鲜国文小说对中国小说加以翻译的过程中。

在中国小说影响朝鲜小说的过程中，翻译发挥了极为重要的作用。15世纪中叶之前因韩文尚未出现，因此，并不存在中国小说的翻译问题。但在韩文创制完成之后的朝鲜中后期，随着大量明清白话小说的流入，庶民阶层与女性也纷纷为中国小说的魅力所倾倒。在他们强烈的小说阅读热情的刺激之下，朝鲜逐渐出现了大量中国小说的韩文翻译或者改写小说。

前已述及，根据闵宽东的研究，朝鲜时期东传的中国古代小说约为440余种，其中约有72种被翻译为了古代韩文。朝鲜时期中国小说的韩文翻译以直译为主。同时，也出现了不少中国小说的改写小说。游娟镮就曾指出，壬辰倭乱与丙子之役之后，朝鲜出现了不少中国古代韩文韩国的翻版小说。②

关于翻译，翻译理论界一直存在着两种不同见解：一是"异化"，即为直译、直译加注等直接转换方法，主张译文应以原语或原文作为归宿；另一种是"归化"，即替代、添加、简化、省略等"改写"手法，认为译文应以目标语或译文读者为归宿。③上述"改写小说"或"翻版小说"无疑是翻译过程中典型的"归化"产物。

朝鲜国文小说中，存在着不少中国小说的改写之作。但因目前对此的研究尚不够完备，且部分作品因其极为接近于创作的情形，故而难以开列全目。这一部分将在参考已有研究成果基础上，对其大体情形进行考察。

---

① 韦旭升：《中国文学在朝鲜》，花城出版社，1990年，第85页。
② 游娟镮：《韩国翻版中国小说的研究——兼以〈杜十娘怒沈百宝箱〉与〈青楼义女传〉的比较为例》，《域外汉文小说论究》，台湾学生书局，1989年，第68页。
③ 刘介民：《西方后现代人文主流——征候群研究》，北京大学出版社，2010年，第220页。

目前已知，朝鲜时期中国小说的改写之作可大致整理如表6-1：[①]

表6-1　朝鲜时期中国小说改写作品概览

朝鲜改写小说	所取材之中国小说
《姜太公传》	《西周志》
《苏秦张仪传》等	《东周列国志》
《张子房传》、《楚霸王实记》、《项羽传》、《楚汉战争实记》、《鸿门宴》、《楚汉传》等	《西汉演义》
《梦决楚汉讼》(《诸马武传》)	《喻世明言》卷三十一《闹阴司司马貌断狱》
《桃园结义录》、《独行千里五关斩将》、《关云长实记》、《华容道实记》、《三国大战》、《赤壁大战》、《张飞马超实记》、《大胆姜维实记》、《鸡鸣山以及山阴山大战》《赵子龙实记》、《黄夫人传》、《山阳大战》、《梦决诸葛亮》、《五虎大将军记》、《诸葛亮传》等	《三国志演义》
《梁山伯传》	《喻世明言》卷二十八《李秀卿义结黄贞女之入话》
《唐太宗传》	《西游记》第十至十二回
《孙悟空》	《西游记》第一至八回
《薛仁贵传》	《薛仁贵征东》
《酒中奇仙李太白实记》	《警世通言》卷九《李谪仙醉草吓蛮书》
《郭汾阳传》	《全唐演义》
《安禄山传》	《全唐演义》
《打虎武松》	《水浒传》
《月峰山记》、《苏云传》、《江陵秋月传》、《苏学士传》、《凤凰琴》、《玉箫传》、《玉箫奇缘》、《金刚聚游》、《金刚聚游记》等	《警世通言》卷十一《苏知县罗衫再合》
《朴文秀传》	《醒世恒言》卷一《两县令竞义婚孤女》
《弄假成真变新郎》	《醒世恒言》卷七《钱秀才错占凤凰俦》
《青楼义女传》(1906)	《警世通言》卷五《杜十娘怒沉百宝箱》

由表6-1可知，朝鲜时期改写较多的中国古代小说依次为《三国演义》、《西汉演义》等演义类小说以及《警世通言》卷十一《苏知县罗衫再

[①] 相关成果详情参见：陈翔华：《中国古代小说东传韩国及其影响（上）》，《文献》1998年第3期；陈翔华：《中国古代小说东传韩国及其影响（下）》，《文献》1998年第4期；游娟镱：《韩国翻版中国小说的研究——兼以〈杜十娘怒沉百宝箱〉与〈青楼义女传〉的比较为例》，《域外汉文小说论究》，台湾学生书局，1989年。

合》。其中《苏知县罗衫再合》应算是被改写次数最多、改写版本也最多的短篇小说。对这篇小说的接受、翻译以及多次改写现象的出现，很有可能是因为小说中家人因故离散而后又得以团圆的故事情节与朝鲜中后期饱经战乱的朝鲜读者的情感与心理期待相吻合。

在调查过程中，笔者还发现在近代初期（1910年前后）西学东渐的过程中朝鲜出现了一股针对《今古奇观》、《三言二拍》中明代白话小说加以改写的风潮。在这一风潮的影响之下，在20世纪初的前二十年间出现了不少中国小说的改写小说。代表性的如《彩凤感别曲》（又名《秋风感别曲》）（1912）、《百年恨》（1913）、《双美奇缘》（1916）、《行乐园》（1912）、《明月亭》（1912）、《金玉缘》（1914）、《鸳鸯图》（1911）、《青天白日》（1913）等等。这些小说又被韩国学者称之为"新作古小说"。在当时汉字、汉文学受到排斥的历史情境之下，这些中国古代小说改写小说的出现无疑值得引起关注。但因上述小说的创作与出版年代已经超出朝鲜国文小说的范畴，因而未能收录到上表之中。

表6-1中改写自中国小说的朝鲜国文小说普遍具有如下的特点：一，故事题材直接取材自中国小说，或为长篇小说中的某一重大事件、人物相关的事件，或是小说集中的某一短篇小说；二，核心人物的名字与重要性格特征多保留中国小说的原有面貌，但也不排除例外情况；三，作品在原作基础上，为了适应韩国读者的审美情趣与需求，程度不等地添加了原作中没有的内容，或对部分内容进行了修改。实际上，改写过程中，受译者（即改写者）个人喜好与价值倾向的影响，即便是改写自同一作品的小说也会呈现出各异的面貌与特点。例如《月峰山记》与《江陵秋月传》都是改写自《苏知县罗衫再合》的作品。但两者不仅与原作间存在着较大的不同，两者之间也有着不小的差异。

按照小说的构成结构来看，《苏知县罗衫再合》大致可以分为入话与主体两部分。小说主体部分主要讲述了苏云一家人遭贼人陷害妻离子散，而后又因机缘巧合恶人归案，家人得以团聚的故事。在苏云一家遭遇的基础上，《月峰山记》添加了苏云之子苏泰与王小姐、公主及郑小姐结缘等新的故事情节。与《苏知县罗衫再合》相关的内容占据了《月峰山记》的三分之一，而与诸小姐之间结缘的部分则占据了小说三分之二的篇幅。通过类似的改写，相较《苏知县罗衫再合》，《月峰山记》呈现出了更多的朝鲜特色。异于《月峰山记》相对较为保守的改作，被认为出现时期晚一些的《江陵秋月传》系列小说则对《苏知县罗衫再合》进行了更为全面的改造。在《江陵秋月传》中，不仅故事发生的背景、地名、人名全部从中国变成了朝鲜，书中信物也由罗衫变成了玉箫。而且，相较原作与《月峰山记》，《江陵秋月传》添加了更多的战争相关内容。这使得故事变得更加夸张、离奇且通俗。对此，韩国学者普遍认为不管是《月峰山记》，还是《江陵秋月传》在改写的过程中都添加了译者相当的创意，因而很难单纯地被认为是中国小说的翻译或者是改作。实际上，朝鲜时期出现的中国小说的改写之作都在相当程度上杂糅着创作的成分。其区别不过在于对原文"改造"程度上的多寡而已。有关于此，不再一一讨论。

除去上述为迎合朝鲜读者的审美需求在中国原著基础上增加或修改部分情节的改写外，朝鲜国文小说对中国小说故事情节的借鉴还突出地体现在对中国小说叙事情节的移植之上。此处所谓的移植，也可以称之为借用，即从一篇或者几篇中国小说中截取部分情节，将其引入到朝鲜国文小说创作当中。

相较于改写的情况，朝鲜国文小说对中国小说情节的移植比重较低。在此主要以朝鲜国文长篇小说对同时期东传的才子佳人小说故事情节的借鉴与移植为主进行讨论。之所以将讨论的焦点集中在才子佳人小说与朝鲜国文长篇小说之上，是因为通过对以往研究的整理，我们发现现有的研究在考察中国小说对朝鲜国文小说内容层面的影响关系时多将研究的焦点集中在《西游记》、《水浒传》、《三国演义》此类名著与演义类小说之上。① 对于同样被认为对朝鲜国文小说的发展产生过不可忽视影响的才子佳人小说则鲜有问津。因而，本着进一步深化和扩大国内相关研究深度与广度的宗旨，在此将以才子佳人小说与朝鲜国文长篇小说之间的影响关系为中心加以讨论。

朝鲜时期东传的中国才子佳人小说可大致整理如下：

《平江冷燕》（翻译）、《玉娇梨》（翻译）、《金翠翘传》（《王翠翘传》，翻译）、《合浦珠》、《锦香亭》（翻译）、《书画缘》（翻译）、《凤凰池》、《引凤箫》（翻译）、《情梦柝》、《五凤吟》、《好逑传》（翻译）、《玉支玑》（翻译）、《两交婚传》、《定情人》、《赛花铃》、《春柳莺》、《吴江雪》、《飞花艳想》、《醒风流》（翻译）、《麟儿报》、《惊梦啼》、《归莲梦》、《快心编》（翻译）、《巧联珠》、《催晓梦》、《驻春园小史》（翻译）、《云英梦》、《离合莲子瓶》、《二度梅》、《蝴蝶媒》、《合锦回文传》（翻译）、《白圭志》（翻译）、《五美缘》、《梦月楼》、《婷婷传》、

---

① 金宽雄：《韩国古代小说与中国文学的关联》，《韩国学论文集》，2000年；陈翔华：《中国古代小说东传韩国及其影响（下）》，《文献》1998年第4期。

《梦中缘》《凤啸梅》等。

通过上述才子佳人小说的罗列，不难发现朝鲜时期东传的才子佳人小说共 37 种，被翻译成韩文的为 13 种，具体为《平江冷燕》《玉娇梨》《金翠翘传》（《王翠翘传》）、《锦香亭》《书画缘》《引凤箫》《好逑传》《玉支玑》《醒风流》《快心编》《驻春园小史》《合锦回文传》《白圭志》。结合闵宽东的研究来看，东传的才子佳人小说大致占据了东传的 440 种中国小说的八分之一，而其中超过 1/3 的小说被翻译成了韩文。由此我们或许可以推断，才子佳人小说是较受朝鲜读者喜爱与欢迎的一类小说。

要注意的是，《玉娇梨》与《平江冷燕》等才子佳人小说陆续东传之时正是朝鲜国文长篇小说滥觞之际。有文献记载的最早传入朝鲜的才子佳人小说是《玉娇梨》。此外，作为初期才子佳人小说的代表作，《平山冷燕》也在比较早的时期便已经传播到了朝鲜。如金春泽（1670—1717）在其《北轩杂说》中就曾写道：

> 小说无论《广记》之雅丽，《西游》《水浒》之奇变宏博，《平山冷燕》有何等风致，然终于无益而已。①

有关《好逑传》传入朝鲜的记录最早来自玉所权燮（1671—1759）所作《玉所稿》杂著四。在题为《先妣手写册子分排记》中，权燮详细记述了对其母亲龙仁李氏珍藏的国文长篇小说的分配情况：

> 先妣赠贞夫人龙仁李氏手写册子中，《苏贤圣录》大小说十五册付长孙祚惠，藏于家庙内；《赵丞相七子记》《韩氏三代录》付我弟大谏君；《韩氏三代录》《薛氏三代录》一件付我妹黄氏妇；《义侠好逑传》《三江海录》一件付仲房子德性；《薛氏三代录》付我女金氏妇，各家子孙世世代代善护可也。崇祯纪元后三己巳至月之廿五日，不肖子燮谨书。②

权燮之母龙仁李氏生于 1652 年，卒于 1712 年。由此，可以推测《好逑传》早在 17 世纪中后期便已经传入朝鲜。

显宗给明安公主的韩文信札中有关《玉交梨》的记录与权燮对母亲龙仁李氏所藏韩文本《好逑传》的提及都暗示着在朝鲜中后期随着才子佳人小说的东传，对才子佳人小说的韩文翻译也在迅速地同步展开。正是伴随

---

① [韩]金春泽：《囚海录》，《北轩集》卷十六，《韩国文集总刊》185，第 228 页。
② [韩]毋岳古小说资料研究会：《韩国古小说相关资料集》2，太学社，2005 年，第 129 页。

着类似的文字转换过程，原本属于中国小说的故事情节逐渐为朝鲜国文小说所接受与模仿，进而成为其进行创作的灵感源泉。

在此需要提及的是与《好逑传》同时现身于《先妣手写册子分排记》中的《苏贤圣录》。《苏贤圣录》被公认为是朝鲜国文长篇小说创作初期的代表作。正如权燮对其"大小说"的称谓，《苏贤圣录》全书共十五册，长度远超同时期被认为是长篇小说的《九云梦》。小说内容更是涉及苏贤圣一族三代。小说的时间背景更是跨越百年，先后涉及宋朝太宗、真宗与仁宗等三位皇帝，是一部规模惊人的鸿篇巨制。

《苏贤圣录》的产生离不开朝鲜小说自身的努力与积累，但同时我们在《苏贤圣录》中也能够影影绰绰地窥见才子佳人小说的些许痕迹。作为整部小说展开的背景，《苏贤圣录》开篇部分详细记述了苏贤圣苏京一族的家世背景。在这一过程中，小说详细交代了苏京之父苏广年近而立仍无子嗣的苦恼。文中写道：

> 话说汴南门外四十里处有一座紫云山，附近方圆约三百里。山体高耸入云，犹如八神将矗立守护。山体前后共有瀑布七十余处。水流蜿蜒，在山前汇聚成一汪清澈见底的池塘。池塘大小约十数里，深约近千尺，名曰卧龙潭。在山南水北之间有一个村庄名叫藏贤洞。方圆百里的村庄盘踞于一块平坦如砥的土地上。村子周围竹林茂盛，松柏苍翠。美丽的景致与非凡的风光相互交融，既似世外桃源，又若蓬莱山，或是方丈山。

> 紫云山高千米有余，十二山峰直入云霄。山中弥漫着天地初开之时清灵的精气与韵致。卧龙潭与紫云山深藏其间，显得愈发奇异。在山谷中生活着一位处士，姓苏，名广。苏氏一族，根深叶茂，历史悠久。祖上代代为官，均为汉唐时期有名的丞相。五代时，天地巨变，乱世中苏广避难隐居在紫云山中。夫人杨氏为太原人，是参政杨文广的长女。

> ……

> 处士八代独子，与夫人相依为命。二人年至三十，膝下仍无一儿半女，常因之而郁郁寡欢。杨夫人心忧于此，遂为丈夫续娶大将军石守信妾室之女石婆与良人之女李氏。对此，处士亦不抗拒，对二人虽宠爱有加，却又不失法度。但三五年过去了，两位美人都无所出。见此，处士不禁叹息不已："这都是命中注定……"

一年之后，夫人意外怀孕，处士欢喜至极。两位美人也祈祷夫人能够喜诞麟儿。但不幸的是，事不由人，杨氏产下一女。①

引文部分是《苏贤圣录》开头对苏广家世与求子经历的介绍。类似的内容广泛存在于朝鲜后期的国文小说中，甚至成为英雄小说的标配情节。

然而，要注意的是，类似情节与内容在此前的朝鲜汉文小说中从未出现过。也就是说，我们很难从朝鲜汉文小说中找寻到类似的叙事传统。但在彼时已经东传的才子佳人小说《玉娇梨》中却可以找到类似的叙事情节。《玉娇梨》开篇直叙了白玄求子的过程：

这白太常官又高，家又富，才学政望又大有声名，但只恨年过四十却无子嗣。也曾蓄过几个姬妾，可煞作怪，留在身边三五年再没一毫影响。及移去嫁人，不上年余便人人生子。白公叹息，以为有命，遂不复买妾。

夫人吴氏，各处求神拜佛，烧香许愿，直到四十四上，方生得一个女儿。临生这日，白公梦一神人赐他美玉一块，颜色红赤如日，因取乳名叫做红玉。②

尽管，在生子年龄与具体过程上存在着一定的差异，但从故事情节来看，两者均是在百般求子不得之后，终于由原配夫人产下女儿。从这样的叙事内容来看，两者无疑是极其类似的。类似故事情节的在《苏贤圣录》与《玉娇梨》两种不同国籍小说中不约而同地出现，无疑暗示了两者之间的关联。当然，与此同时，我们也应注意到，虽然《苏贤圣录》部分移植、借鉴了《玉娇梨》开头部分的内容，但其主旨与中国才子佳人小说《玉娇梨》还是存在着一定的差异的。

作为朝鲜国文长篇小说的初期代表作之一，《苏贤圣录》产生的17世纪中后期，朝鲜社会正处于内外交困的历史时期。不管是壬辰倭乱、丙子之役的接连打击，还是1644年明清交替的巨大冲击，抑或者是17世纪小冰河气候引发的自然灾害，对彼时的朝鲜而言都是巨大的致命打击。作为克服危机的一环，在士大夫阶层的倡导之下，性理学理念得到了空前的强化，家门意识与礼教观念成为这一时期的主导思想。这一过程中国文小说对女性的教化作用被发现，小说开始被当成教化女性的重要工具与手段，对家门意识与儒家伦理道德的强调成为叙事重心，而这最终促使《苏贤圣

---

① ［韩］赵慧兰等译：《苏贤圣录》1，昭明出版社，2010年，第24—27页。
② 荻岸山人：《玉娇梨》，中国经济出版社，2010年，第2页。

录》呈现出了与《玉娇梨》迥异的面貌与特点。如《玉娇梨》写白玄见女儿聪明伶俐也就断了生子之念，转而专心抚养教育独女。但在《苏贤圣录》中，小说的主人公并不是苏广的长女——同样聪明伶俐的苏月英，而是在连生两女后千呼万唤始出来的苏贤圣。因为对于一个家族而言，相较女性，男性要承担的光耀门楣的责任要大得多。

除此外，《苏贤圣录》还对《好逑传》的部分情节进行了移植与借鉴。《苏贤圣录》中苏贤圣曾先后三次离家远行。其中第一次的经历与《好逑传》中铁中玉的遭遇极为类似。苏贤圣的第一次出访发生在与花氏成亲不久之后。在他作为湖广巡抚使完成出访任务回京的途中，苏贤圣录与一位仆人便装借宿于一户人家。不料，夜深时分忽有一妙龄女子前来求助。该女子自称是湖广尹平章之女，因家中恶仆与盗贼勾结而导致其失去父母双亲，而自己也为恶仆所逼迫。尹小姐恳求苏贤圣将自己的遭遇代为告知官府。听完尹小姐的遭遇，苏贤圣决定为其申冤。于是，第二天大一早苏贤圣便赶往县衙为尹小姐主持公道，为尹平章一家伸张了正义，帮助尹小姐保住了清白之身。《好逑传》中铁中玉同样乐于为人打抱不平。小说写其因挂念父母决意上京途中偶然间得知奸侯沙利强抢穷生员韦佩的未婚妻，并将女方父母痛打禁闭一事。知晓此事后，在正义感的驱使之下，铁中玉决定替韦佩申冤。他在请旨拿人的同时，还亲自手持铜锤只身前往虎穴，救出了韦佩的未婚妻及其父母。

尽管在《苏贤圣录》与《好逑传》中苏贤圣、铁中玉在外出途中所遇事件、两人路见不平拔刀相助的性格极为相似，但我们仍然能够发现一些不同之处：

首先，同样是外出偶遇不平之事，但在两篇小说中苏贤圣与铁中玉的身份与处理方式存在不同。在《苏贤圣录》中其时恰逢苏贤圣作为湖广巡抚使奉命出行，故此，苏贤圣能够凭借自身手中权力优雅、平和地去处理、解决。不同于此，在《好逑传》中铁中玉得知罗佩遭遇时尚未能够获取功名，因而不得不上书请愿，并亲自前往解救。不仅如此，与铁中玉相比，苏贤圣的人物形象明显更为儒雅，是儒家君子的典范形象。相较于此，铁中玉则表现出了更多的侠义之气。

其次，尽管小说中二人均有多次远行之旅，但外出之旅在小说中发挥的作用有异。《好逑传》中铁中玉几次外出途中的遭遇都和他与水冰心结缘密切相关，而在《苏贤圣录》中苏贤圣几次外出途中的遭遇与小说情节的整体发展并无太大关联，而更多的只是丰富了小说叙事的层次与内容而已。如前所述，《好逑传》中韦佩在铁中玉与水冰心最终结缘的过程中起到了关键的作用，在《苏贤圣录》中尹小姐的出现对于苏贤圣与花氏、石氏以及吕氏之间关系的形成并无关联。一同上京的途中，苏贤圣为避男女之嫌而提议与尹小姐结为异姓兄妹的情节，不过是为了强调、烘托苏贤圣出众的人品与恪守礼教的典范形象。

上述不同之处证明尽管《苏贤圣录》部分地借鉴、移植了中国小说中的一些故事情节，却是一部完全朝鲜化了的小说。它反映的是主要是朝鲜中后期上层统治阶层的审美趣味与伦理诉求。

一言以蔽之，在中国小说东传朝鲜之后，部分原本属于中国小说的叙事情节开始逐渐被朝鲜国文小说接受与模仿。朝鲜国文小说在对中国小说加以借鉴的过程中也并非"照搬照抄"，而是根据自身需求对其进行了多方位的改造，以使之适应彼时朝鲜社会与读者的需求。

第三节　国文小说对中国小说的仿效

从罗末丽初的《游仙窟》、高丽年间的《太平广记》、朝鲜初期《剪灯新话》、《剪灯余话》等明朝初期文言小说的东传，到壬辰倭乱、丙子之役之后《西游记》、《水浒传》、《三国演义》等长篇章回体白话小说的流入，再到之后《玉娇梨》、《平山冷燕》等的才子佳人小说与《肉蒲团》、《浓情快史》、《玉楼春》等淫词小说的传入，中国古代小说一直都在源源不断地为朝鲜小说的发展与成熟提供着养分。在小说题材与主题方面，朝鲜国文小说主要对中国小说中的爱情婚恋题材与战争题材进行了仿效。

爱情作为人类最高贵的情感之一，无论东西始终都是小说的重要叙事母题。在中国最早的小说——唐传奇中就存在着大量描写男女之间爱情的名篇佳作，如《游仙窟》、《任氏传》、《柳毅传》、《霍小玉传》、《李娃传》、《莺莺传》、《飞烟传》等。同时，按照爱情对象是否为人，这些唐传奇小说又大致可以区分为两类：（一）人神、人仙、人鬼恋的类型，如《游仙窟》、《任氏传》、《裴航》等；（二）更为重视现实的人人恋的类型，如《霍小玉传》、《李娃传》、《柳氏传》等。而后者又可细分为青楼恋，如《霍小玉传》、《李娃传》；女子婚外恋，如《飞烟传》、《柳氏传》等；未婚青春男女爱情，如《莺莺传》等。

朝鲜文学的肇兴离不开唐传奇与《太平广记》的影响，唐传奇与《太平广记》中的爱情故事自然也对朝鲜的爱情叙事产生了不可忽视的启迪作用。在人人恋的爱情类型中，作为青楼恋中的名篇《霍小玉传》与《李娃传》对朝鲜小说的爱情叙事产生了不可忽视的影响。例如产生于朝鲜后期的爱情小说《春香传》与《玉丹春传》无论是在题材、主题，还是在情节上都呈现出了与《霍小玉传》及《李娃传》间的联系。

为便于讨论的展开，在此简略介绍《霍小玉传》、《李娃传》、《春香传》与《玉丹春传》的故事梗概。《霍小玉传》讲述的是一个"痴心女子负心汉"的故事。小说中霍小玉原为霍王府庶出，却沦为艺妓。后因他人介绍，霍小玉与出身名门的新科进士李益相爱，在将近两年间二人日夜相从。后来李益授郑县主簿，临别时小玉向李益请求八年的相爱之期。为此，李益再申皎日之誓，并答应八月来娶。然而，不料李益归家觐亲时，其母已为其与甲族卢氏之女订下婚约。李益知道自己必定要辜负与小玉的爱情盟约，遂与小玉断绝往来及书信并自秘行踪。与此同时，小玉对李益日夜思念。为了多方打探李益的消息，小玉不仅耗尽了自己最后的资财，还因思念而成疾。最后，终有一黄衫豪客携李益归家，而小玉在历数自己的不幸，痛斥李益负心后，长恸数声后气绝身亡。李益亦因小玉冤魂作怪，而历经三次婚娶，终生不得安宁。

异于《霍小玉传》悲剧收场的结局，《李娃传》、《春香传》与《玉丹春传》均以喜剧结尾。《李娃传》中荥阳公子遵父命进京应试，机缘巧合与长安娼妓李娃相爱，并同居一年。后因其所带钱财皆已耗尽，荥阳公子最终被鸨母设计逐出，流落为凶肆歌者，偶然与父亲相见，被痛打后丢弃于郊野，此后几死复生，沦为乞丐。乞讨至李娃家中时，李娃念及旧情，全力救助，并督促其读书考取功名。最终，在荥阳公子考中进士之后，二人结成眷属。《春香传》一直被认为是朝鲜国文文学史上一篇不可多得的佳作。该小说主要讲述了春香与两班公子李梦龙间超越门第、阶层的爱情故事。南原府使李翰林之子李梦龙同艺妓之女春香在端午节偶遇。二人互相倾心，于是私订了终生。因门第悬殊，李梦龙与春香间的爱情遭到了李父的坚决反对。因父亲调任，李梦龙也不得不与春香分别。分别之时，李梦龙许下了状元及第后带春香离开的诺言。李梦龙走后，新任南原府使卞学道听闻春香貌美，遂欲强使春香做侍。春香抵死反抗，最终被以大逆不道的罪名关入监牢，备受折磨。与此同时，李梦龙在状元及第后被任命为全罗道暗行御史。当李梦龙一身乞丐装扮回到全罗道时，却听闻春香因拒绝卞学道被捕下狱的消息。春香见到乞丐装扮的李梦龙非但没有丝毫埋怨，反而不断叮嘱母亲月梅必善待梦龙。最终，李梦龙恢复御史装扮，用计谋确认了春香的忠贞，并带领春香、月梅母女二人上京成婚。

因男女主人公姓名与《春香传》类似，《玉丹春传》一直被认为是模仿《春香传》的亚流之作。这篇小说主要讲述了艺妓玉丹春救助潦倒书生，助其夺取功名的故事。金真喜与李血龙同门求学，感情深厚，遂许下相互扶持的约定。但当金真喜金榜题名时，李血龙却因未能参加科举考试，与老母妻儿过着困苦的生活。在生活实在窘迫没有着落的情况下，李血龙记起与金真喜的旧日约定。于是，他决定去找旧日故友金真喜。但意想不到的是，金真喜对其百般凌辱后，又欲杀人灭口。不料，此中内情在偶然间为艺妓玉丹春所知悉。出于对李血龙的同情，及对其非凡才能的爱慕，玉丹春买通了金真喜派来的杀手。在将李血龙救助出来后，玉丹春悉心关照其食宿，并督促李血龙参加科考。在玉丹春的帮助下，李血龙科举及第，被任命为了平安道暗行使。金真喜在得知李血龙来到平壤后，试图对李血龙行不义之举。最终，李血龙严惩了金真喜的罪行，并与玉丹春白首偕老。

首先，从小说内容上来小说都描写了美貌妓女与少年书生间的爱情。《霍小玉传》以李益背叛爱情导致霍小玉悲愤殉情结尾。虽然异于《李娃传》与《春香传》、《玉丹春传》等的喜剧结局，《霍小玉传》是一个令人唏嘘的爱情悲剧，但在题材上《霍小玉传》与《李娃传》、《春香传》以及《玉丹春传》一样，都是以美貌妓女与少年书生间的爱情为主要内容。

其次，从主题上来看小说都赞扬了女性主人公对爱情忠贞不屈的品质。如《霍小玉传》与《春香传》都歌颂、赞扬了霍小玉与春香对爱情的忠贞品行。《霍小玉传》中在李益背信弃义故意封锁消息时，霍小玉仍然对其念念不忘，甚至不惜散尽钱财以打听情郎消息，表现出了极其痴情坚贞的一面。《春香传》中春香在面对新任南原府使卞学道的威逼利诱，身陷囹圄等困境中也始终坚守爱情，同样表现出了对感情的忠贞。此外，《李娃传》与《玉丹春传》虽在具体情节展开上存在一定的差异，却都通过对李娃与玉丹春救助郑生与李血龙考取功名故事的描写，表达了对社会底层女性的同情及对其才智的赞赏。

最后，在具体故事情节的展开上存在着一定的相似性，具体表现为《李娃传》对《春香传》与《玉丹春传》的影响。《春香传》中李梦龙乔装成乞丐与春香相见的情节、《玉丹春传》中玉丹春与李血龙初次见面之时李血龙身无分文、形容枯槁的情节设定都与《李娃传》中李娃与郑生再会时的情节雷同。

除《春香传》与《玉丹春传》外，被认为产生于17世纪中后期的《九云梦》与《淑香传》，以及产生于之后的长篇家门小说也都可以看出深受中国爱情小说影响的痕迹。《九云梦》是金万重的代表作之一。《九云梦》以唐朝为叙事背景，主要描写了少年英才杨少游与八位妻妾间曲折缠绵的爱情故事。小说的叙事结构大致可区分为两大部分：（一）描写杨少游的前世；

（二）描写杨少游的今生。

在前世部分，《九云梦》主要交代了杨少游的前世——小和尚性真被贬谪人间的缘由。小说中性真受六观大师之命进入水府，前往拜谢龙王。但在归来途中性真因害怕师傅发现自己饮酒，而决定在莲花峰稍作休息。不承想因为这一决定，性真在莲花峰与卫夫人手下的八位仙女邂逅。戏谑对答中，性真与八位仙女彼此情难自抑，心中的涟漪频起。最终，性真与八位仙女也因此被认为玷污了佛门净地的清净而被贬谪人间接受惩罚。今世部分与前生部分紧密连接，细致书写了转世投胎后的性真——杨少游与八位仙女转世而来的八位美女由相识、相知、相爱到结合的全部过程。

相较于17世纪前期产生的朝鲜汉文爱情传奇小说，《九云梦》对杨少游及其八位妻妾间婚恋故事的书写大体上呈现出了如下的几点不同：

首先，在人物形象上。无论是在此前描写人与仙、鬼相恋的《万福寺樗蒲记》《李生窥墙传》《醉游浮碧亭记》《何生奇遇录》，还是在17世纪前期描写凡人之间恋情的《云英传》《英英传》《周生传》等爱情传奇小说中男性主人公无一例外都是一副纤弱斯文的书生形象。然而，异于此前爱情传奇小说中男性主人公阴柔、纤细的形象，《九云梦》中杨少游文武兼备，形象更为完美，颜值、诗才、谋略、武功与高超的交际手腕同时兼备。如小说中写其"秀美之色似潘岳，发越之气似青莲，文章燕如也，诗材鲍谢如也，笔法仆命钟王，智略弟畜孙吴。诸子百家，九流三教，天文地理，六韬三略，舞枪之法，用剑之术，神授鬼教，无不精通。盖以前世修行之人，心窦洞澈，脑海恢廓，触处融解，如竹迎刀，非风流俗士之比也"[①]。不仅男性主人公的形象愈加臻于完美，小说中的女性人物比重增加的同时，在美貌之外女性的才情、智谋与能力也受到了强调与重视。

其次，在男女主人公的爱情关系上。《九云梦》详细描写了杨少游与秦彩凤、桂蟾月、狄惊鸿、郑琼贝、兰阳公主、沈袅烟、白凌波、贾春云等八位女子结缘的过程。小说中一男多女的爱情关系也与此前的爱情传奇小说颇为不同。此前的爱情传奇小说大多坚守一男一女的固定模式。《周生传》中虽然出现了对俳桃、仙花与周生之间三角恋情的书写，但周生与俳桃之间的关系在其移情仙花后便走向了破灭。《周生传》为代表性的爱情传奇小说中，男女主人公间的爱情关系始终都是一对一的关系，这与《九云梦》明显相异。又如《云英传》，小说中虽出现了小玉、芙蓉、飞琼、翡翠、玉女、金莲、银蟾、紫鸾、宝莲等众多女子，但与金进士产生爱情的

[①] [韩]金万重：《九云梦》，北岳文艺出版社，1986年，第11页。

只有云英一人。

最后，在叙述焦点上。朝鲜前期的爱情传奇对男女主人公间爱情的关注主要集中在爱情本身。即作者更多关注的是男女间相遇的缘分，对之后两人是否能结为夫妻并不关注。与此不同的是，在《九云梦》中作者将更多的篇幅放在了杨少游与众妻妾相遇至结合的过程描写之上，致力于为杨少游与八位美娇娘间的爱情安排了一个圆满的结局。

通过上面的考察，不难发现《九云梦》与17世纪前期出现的朝鲜爱情传奇间存在着较大的差异。但当我们将《九云梦》与当时传入朝鲜的中国小说进行比较时，却会发现《九云梦》与《玉娇梨》、《好逑传》及《平江冷燕》等才子佳人小说间存在着不可忽视的相似之处：

首先，在叙事结构上：《九云梦》中杨少游与八位美娇娘结缘的过程各有千秋，互不相同。其中杨少游与秦彩凤相遇、相识、婚嫁的过程与明末清初才子佳人小说中男女主人公的叙事模式大体相同。唐代爱情传奇发展至明中篇传奇小说后，无论是在篇幅、审美走向还是在叙事模式上都发生了巨大变革。这一过程中最为突出的特点莫过于传奇小说的俗化。"唐代传奇小说鼎盛时期的作品，或者说足以代表唐代传奇小说面貌和水平的作品，其内容主要是言情。"[1] 然而，受唐中期"古文运动"的影响，唐朝后期传奇小说作家的整体素质出现下降。受其影响，传奇小说在表现出离情渐远倾向的同时，也呈现出了俗化的倾向。

到了宋朝，随着市民意识的觉醒，通俗文化兴盛，爱情小说在发展壮大的同时进一步俗化，从而呈现出了雅俗融合、由雅趋俗的美学风貌。元朝小说创作的式微，直接影响了爱情小说的创作。直至明朝，爱情小说才又重新焕发生机。《贾云华还魂记》、《钟情丽集》、《寻芳雅集》、《双卿笔记》、《花神三妙传》等中篇传奇小说在元朝《娇红记》影响下产生。这些小说文体上因袭唐宋传奇体制，主要以家庭、爱情与婚姻为主题。在汲取唐宋传奇的审美风格与叙事风格的同时，此类小说还为此后的爱情小说提供了可供参考的叙事模式：一，才子佳人（一男一女或一男两女）自由恋爱、私订终身；二，两人爱情遭遇阻力；三，才子中举为官；四，才子佳人历尽艰辛终成眷属。虽然在宋元的爱情小说中上述四方面的内容已经显露端倪，但基本上及至明中期才逐渐沉淀成为固定的叙事模式。此后，这一叙事模式又为明末清初的才子佳人小说所承袭。嘉庆十年（1805）金谷园刊本《红楼复梦》凡例更是曾对才子佳人小说叙事模式加以归纳概括：

---

[1] 石昌渝：《中国小说源流论》，生活·读书·新知三联书店，1994年，第185页。

凡小说内,才子必遭颠沛,佳人定遇恶魔,花园月夜、香阁红楼为勾引藏奸之所。再不然,公子避难,小姐改妆,或遭官刑,或遇强盗,或寄迹尼庵,或羁栖异域,而逃难之才子,有逃必有遇合,所遇者定系佳人才女,极人世艰难困苦,淋漓尽致,夫然后才子必中状元,作巡按,报仇雪恨,娶佳人而团圆。凡小说中含此数项,无从设想。①

《九云梦》中秦彩凤与杨少游的相识始于一首《柳树词》。文中写少游行至华阴县,因见山川风物明丽,柳树多姿,不禁随口诵出。声音传至秦彩凤闺房,惊醒了正在午休的美娇娘。隔栏相望之间,两人互生情愫,秦彩凤更是遣来乳母,作诗一首向少游示好。少游自乳母处闻得前后经纬,口头许下婚约,欣喜之余又和诗一首以为答复。然而,由于夜半时分却突遇兵乱,两人明日相见之约并未得以实现。待兵乱平息,重回故地寻访时,早已是人去楼空,没了佳人芳踪。杨少游科举高中当上尚书之后,两人得以相遇,但因为当时秦彩凤一身宫女打扮而再次失之交臂。最终,在兰阳公主的撮合下,两人才得以再续前缘,结为夫妻。小说中杨少游与秦彩凤结缘的过程叙事模式基本符合了金谷园刊本《红楼复梦》凡例对才子佳人小说"一见钟情"、"诗词酬和"、"私订终身"、"遭逢磨难"、"状元及第",及至"结为眷属"叙事模式的总结。

其次,在人物形象上:如前所述,在《九云梦》中杨少游一反之前爱情传奇小说男性主人公文弱书生的形象。他不仅满腹经纶,而且还曾前后两次出兵讨伐叛乱。第二次更是在吐蕃先锋已抵达渭桥,朝中无人的情况下,临危受命,生擒敌军将领左贤王,三战三捷,"杀敌三万余人,缴获战马八千匹"。杨少游这一少年英雄形象与《好逑传》中的铁中玉极其类似。铁中玉容貌俊美,学问出众,有勇有谋,又习得一身好武艺。自"十一二岁之时,即有膂力,好使器械,曾将熟铜打就一柄铜锤,重二十余斤,时时舞弄玩耍"②。尽管《好逑传》中并未出现对铁中玉讨伐逆贼场面的描写,但从其为救人只身潜入虎穴龙潭场面的描写,大体可见其一夫当关万夫莫开的英雄气概。《才子佳人小说演变史研究》一书中,苏建新考察才子佳人小说中才子形象的演变特点后指出才子佳人小说中的才子逐渐从文弱的书生转化成为以武功取胜。③才子佳人小说中的才子从手无缚鸡之

---

① 《红楼复梦》凡例,《红楼复梦》,北京大学出版社,1988年,卷首。
② 名教中人:《好逑传》,广东人民出版社,1980年,第14页。
③ 苏建新:《中国才子佳人小说演变史》,社会科学文献出版社,2006年,第72—77页。

力的文弱书生向文武双全的少年英雄转变的过程中,《好逑传》无疑是值得引起关注的作品。

除此之外,出现在《九云梦》中的杨少游还拥有风流好色的一面,而这样的面貌与《玉娇梨》中的苏友白不相上下。《九云梦》写科考在即,而杨少游听闻郑小姐美貌,为见其一面不惜男扮女装,混入郑府以探虚实。可见,对杨少游而言,美色重于功名。《玉娇梨》中的苏友白同样以美貌为重,认为"若不娶个绝色佳人为妇,则是我苏友白为人在世一场,空读了许多诗书,就做了一个才子,也是枉然"①。不仅如此,苏友白还多次在别人来提亲时,"访知不美,便都辞了"。由此可知,其对美貌极为看重与痴迷。

除此外,还可以指出的是《九云梦》中女性人物较此前爱情传奇小说更为聪颖灵动、积极主动的面貌也与才子佳人小说多有雷同。自唐传奇开始,男才女貌便是两情相悦的重要基础。但自元代小说《娇红记》《春梦录》开始,爱情小说逐渐形成了重视女性才情的倾向。经过明朝爱情叙事的沉淀,最终这一倾向在明末清初的才子佳人小说中固化成一种叙事习惯。在才子佳人小说中,作为理想的爱情对象,女主人公往往需要同时兼具美貌与才情。如《玉娇梨》中苏友白谈到心中理想的梦中情人时曾强调:"有才无色,算不得佳人;有色无才,算不得佳人;即有才有色,而与我苏友白无一段脉脉相关之情,亦算不得我苏友白的佳人。"不仅要有美貌与才情,在才子佳人小说中聪慧与有胆识也是佳人的必备要素。如《好逑传》中水冰心不仅貌美如花,而且兰心蕙质。虽然曾多次遭到过其祖的威逼利诱,但她都能在不慌不忙之中做到全身而退,并给对方以惩戒。这样的人物形象,实可谓巾帼不让须眉。《九云梦》中的郑琼贝犹如水冰心的翻版,小说中郑琼贝心窍之通透玲珑不亚于《好逑传》中的水冰心。小说写杨少游听闻郑琼贝美丽不可方物,却半信半疑。于是,为了一窥究竟,杨少游在叔母帮助下乔装打扮化身女冠入得司徒府。但男扮女装的杨少游一眼便被郑琼贝识破了男儿身。等到杨少游金榜题名前来提亲时,郑小姐不仅顺利用计洗雪了昔日被凌之辱,还成功撮合了贾春云与杨少游的姻缘。

最后,在故事情节上:《玉娇梨》中一首题写新柳的《新柳诗》成为苏友白所以改变对红玉的看法,对素未谋面的白小姐暗生情愫的重要契机。《九云梦》中杨少游与秦彩凤结缘也是因一首《柳树词》。新柳诗与柳树词虽在字面上存在差别,但实际上都是以阳春三月嫩柳入题的诗歌。除此之

---

① 郭守信等:《中国古代十才子全书:玉娇梨·驻春园》,内蒙古人民出版社,1997年,第65页。

外,《九云梦》与《玉娇梨》还出现了一场相似的乌龙闹剧。《玉娇梨》写白红玉之父在西湖边寻访佳婿时,偶遇苏友白,见其才华出众,气度不凡,遂谎称皇甫,欲收苏友白为红玉与梦梨之佳婿。苏友白因误信红玉死讯,心中郁结难解,也并不道出自己本来姓名,而自称姓柳。白公信以为真,回到家中,向红玉与梦梨说起此事。白、卢两位小姐也因不知其中详情,徒生了诸多烦恼与担忧。《玉娇梨》中因姓名更改引发的误会同样出现在了《九云梦》中。《九云梦》写郑琼贝与兰阳公主结为金兰,赐名英阳公主后,与兰阳公主一同被许配给了杨少游。但因杨少游之前曾三次违抗圣旨,太后欲捉弄于他,于是并未告知少游,英阳公主即郑氏的真相,而是诳称郑氏已死。一直以为郑琼贝已死的杨少游也时常因为英阳公主的音容笑貌像极郑氏而感伤抑郁,直至后来知晓缘由方才释怀。

除《九云梦》外,才子佳人小说对朝鲜国文小说的影响还广泛涉及《淑香传》与《白鹤扇传》等篇幅较为短小的国文小说之上。《淑香传》又名《梨花亭奇遇记》,主要讲述了淑香与李仙间曲折的爱情故事。淑香3岁时因战乱与生身父母分离,被丞相夫妇收养,却不慎为丞相侍妾陷害被赶出家门。无家可归的淑香最终在天台山附近流浪时被一位卖酒的老婆婆收为养女,并以出卖绣品为生。一日,淑香将梦中在天宫嬉戏的场景绣成了一幅刺绣。李仙在看到刺绣后,十分喜欢,想以高价买下。此后,他在打听到老婆婆住处的第二天找到了淑香,并在姑母的帮助下与淑香结下了姻缘。但李仙的父亲对此颇为反对。为了阻挠李仙与淑香见面,他一边将李仙带回京城送入太学,另一边则利用手中权力命令洛阳县令金铨处死淑香。幸亏李仙姑母帮助,淑香才得以逃出了生天。在高中状元后,李仙向父母解释自己与淑香间的姻缘早在前世就已注定,从此二人获得了父母的认可。小说中淑香与李仙两人的爱情故事历经艰难终得圆满的叙事模式与才子佳人小说的叙事模式基本相符。单就淑香与李仙相遇、相爱、结合部分来看,也是基本符合才子佳人小说的典型的叙事结构。只不过小说的后半部分李仙盗取仙药为皇太后治病等情节的出现,又多少为小说蒙上了些英雄小说的色彩。

《白鹤扇传》同样讲述了一个才子佳人历尽艰辛终成眷属的故事。只不过,与《淑香传》一样,在故事的展开过程中添加了许多颇具朝鲜女性英雄小说特点的叙事元素。小说中写刘伯鲁孤身外出学艺,途中他在潇湘竹林偶遇从外婆家省亲归来的赵银河。两人一见钟情,遂以白鹤扇为信物。长成后二人一直信守诺言,四处寻访对方下落,但过程中一直都是各种阴错阳差。最终在小说的结尾部分以赵银河出征平乱救出刘伯鲁为契机,二人才终于得以有情人终成眷属。也就是说,从整体的叙事结构来看,《白鹤扇传》具有浓厚的才子佳人小说的色彩,但同时又因女性从军等内容的加入而交杂成为一篇兼具女性英雄小说特点的文学作品。《淑香传》与《白鹤扇传》中才子佳人小说元素与其本国女性英雄小说元素的杂糅合一,在一定程度上反映出了朝鲜国文小说商品化过程中渐趋通俗的特点与倾向。

除爱情外,战争也是朝鲜国文小说的重要题材之一。这一题材的出现与《三国演义》在朝鲜的流传密不可分。16 世纪末 17 世纪初壬辰倭乱与丙子之役的接连爆发给朝鲜上下带来了不可估量的物质与人命损失。同时,战争还给朝鲜带来了巨大且深刻的心理与精神创伤。尤其是丙子之役中一直被朝鲜视为蛮夷的清朝对其的征讨,以及仁祖对清朝三跪九叩的降服之举刺激了朝鲜人的自尊心。在残酷的现实面前,传奇小说中神秘虚幻的天上、龙宫、冥界与美丽动人的仙女、女鬼不再能够满足、抚慰当时读者饱经战火蹂躏摧残的心灵。战争的伤痛体验不仅加剧了人们对于英雄的渴望,也激发了时人的创作欲望。这种情况下《三国演义》对战争与英雄的书写恰到好处地迎合并满足了人们的愿望。壬辰倭乱之后《三国演义》迅速风靡朝鲜。随着《三国演义》的流行,这一时期不仅产生出了《华容道实记》、《赤壁大战》、《三国大战》、《山阳大战》、《赵子龙实记》、《关云长实记》、《大胆姜维实记》、《黄夫人传》、《梦诀楚汉讼》、《梦见诸葛亮》、《五虎大将记》等大量《三国演义》的改写作品,同时小说中对战争与英雄的书写、忠义思想的弘扬也对朝鲜国文小说的创作产生了深刻的影响。

壬辰倭乱与丙子之役之后,战争与英雄成为朝鲜小说,尤其是国文小说的重要书写对象。在朝鲜国文小说中,以战争与英雄为书写对象的小说通常被称为"军谈小说"或"英雄小说"。按其所描写战争的历史性真实与否,此类小说又可被区分为"历史军谈"与"创作军谈"两大类。其中"历史军谈"也就是韦旭升所说的"讲史小说","创作军谈"也就是"军功小说"。[①] 历史军谈小说的代表作主要为描写壬辰倭乱的《壬辰录》、描写丙子之役的《林庆业传》与《朴氏传》。这些小说以壬辰倭乱与丙子之役为背景,在史实的基础上适当添加虚构的成分,刻画出了一系列勇敢善战、精忠为国、死而后已的忠义英雄形象。如《壬辰录》中的李舜臣与《林庆业传》中的林庆业即为其中代表;而创作军谈小说则以虚构的战争为背景,刻画描写了一群虚构的英雄。代表性的小说作品有《苏大成传》、《张风云传》、《张伯传》、《刘忠烈传》、《赵雄传》、《李大凤传》、《金珠传》、《洪桂

[①] 韦旭升:《历史发展与文化交流的交叉——关于朝鲜·军谈小说》,《北京大学学报(哲学社会科学版)》1992 年第 5 期。

月传》等。

要注意的是，相较历史军谈小说，创作军谈小说中战争叙事的比重相对较小，同时，战争成为主人公解决家庭、婚姻障碍及实现身份上升的重要手段。如《苏大成传》中战争成为解决苏大成与彩凤间因身份不同而产生的婚姻障碍的重要契机。小说中彩凤之父李尚书看中了苏大成的人品与苏氏门人的出身，遂将独女彩凤许配给了苏大成。但彩凤的三个兄长及母亲都认为无父无母的苏大成身份低贱，因此坚决反对彩凤与其的婚事。李尚书猝死后，四人不仅联手虐待苏大成，还派出了刺客想要了结其性命。睡梦中被刺客惊醒的苏大成利用法术逃出生天。彷徨中的苏大成来到灵宝山青龙寺，在老僧的帮助下开始修习兵法与武术。五年之后的某一天，苏大成观察发现胡国入侵中原的异象，于是告别老僧回到中原。因救驾有功，苏大成被册封为大元帅，后又因降服胡王而再次封王加爵。封王后苏大成回到青州与彩凤完婚。历史军谈小说如《壬辰录》或是《林庆业传》主要通过战争叙事的书写来歌颂主人公的爱国情怀与英雄气概，战争叙事贯穿文章始终。相较于此，创作军谈小说中战争场面的书写则相对较少，战争叙事主要作为整体叙事结构的一个固定的组成部分而存在，是主人公凭一己之力扬名立万、光耀门楣的必经过程。伴随于此，小说也更多地呈现出了通俗化的倾向。

除"军谈小说"外，战争题材还广泛地存在于其他类型的国文小说当中。如《苏贤圣录》中云南叛乱的发生与平定成为凸显苏贤圣的君子品性与道德优势的重要手段；《白鹤扇传》中战争叙事成为男女主人公间的爱情得以实现的重要转折点。

总之，在小说日益商品化的朝鲜后期，国文小说中的战争叙事在继承《三国演义》中战争书写的同时，逐渐成为一种程式化的叙事模式，极大地强化了朝鲜国文小说的通俗性与趣味性。

第四节　国文小说的中国人物与时空背景

朝鲜国文小说自出现之日起便与中国文化结下了密不可分的渊源。在韩国古代小说史上，17 世纪被公认为是朝鲜叙事文学实现质与量双重飞跃的重要历史时期。这一时期战乱的经历、理念叙事的需要全面推动了朝鲜小说的发展。

汉文小说繁荣发展的同时，在中国古代小说与朝鲜汉文小说近百年的滋养浇灌下，以朝鲜本民族文字创作的第一部国文小说——许筠的《洪吉童传》也悄然问世。有关于《洪吉童传》，与许筠同时代的朝鲜文泽堂李植（1584—1647）在其《泽堂杂著》中曾这样写道：

> 世传作《水浒传》人，三代聋哑，受其报应，为盗贼尊其书也。许筠、朴烨等好其书，以其贼将别名各占为号以相谑。筠又作《洪吉童传》，以拟《水浒》，其徒徐羊甲、沈友英等躬蹈其行，一村齑粉，筠亦叛诛，此甚于聋哑之报也。

李植立足报应论的观点对许筠的死亡原因加以阐述。他认为，创作《水浒传》的人一家三代皆聋哑，许筠仿照《水浒传》创作《洪吉童传》并因此而丧命也是罪有应得的。引文中，李植首次提到了许筠、《洪吉童传》与中国古代小说《水浒传》之间的关系。这也成为后世学者研究《洪吉童传》与许筠、《洪吉童传》与《水浒传》之间关系的重要旁证资料。

许筠生活的16世纪末17世纪初，恰好是中国古代小说开始大量流入朝鲜的时期。作为一个曾以陈奏使、千秋使、陈奏副使的身份多次出访中国的中国通，许筠本身有着大量收集、阅读中国典籍的癖好。

《闲情录》凡例中，许筠详细记述了自己购书的缘由："余尝恨家乏史籍，所载甚简略，切欲添入遗事，勒为全书，为计久矣，悾偬未暇。甲寅、乙卯两年，因事再赴帝都，斥家赀购得书籍几四千余卷。"在许筠购入的4000余卷书籍中，光《闲情录》篇首所引中国书籍就达100多种。而且，这些书籍中的绝大部分都是当时还未传播到朝鲜的新刊图书，其中中国小说占了相当大的比重。也就是说，许筠利用出使中国之便购入了大量私人用书。

对热衷搜集、阅读中国小说的许筠而言，中国古代小说的情节与故事都成为他创作的源泉与模仿的对象。虽然《洪吉童传》与《水浒传》在所塑造人物的个数、叙事的篇幅、故事情节展开的细微之处以及叙事结尾等处存在着一定的差异，但正如李植所言，正是因为《洪吉童传》与《水浒传》间的诸多相似，使得《洪吉童传》始终难逃"以拟《水浒》"的嫌疑。

如果说对《水浒传》的效仿构成了《洪吉童传》的故事梗概，那么《西游记》则影响了《洪吉童传》的叙事细节。如《西游记》中孙悟空拔下一根汗毛轻轻一吹就可以变出成百上千个孙悟空的分身术、腾云驾雾、遁甲术、缩地术、降妖术等；《洪吉童传》中面对朝廷的抓捕，洪吉童用草芥扎了八个草人，口念真言，集得魂魄，将其变成了八个神态模样完全相同的洪吉童。尽管孙悟空的化身是自己的汗毛，洪吉童的化身是一些用稻草扎成的草人，但出现数个相同的孙悟空或洪吉童的场面描写相近。在《西游记》第三十一回"猪八戒义激猴王,孙悟空智降妖怪"部分,孙悟空等将妖精打绝之后,沙僧等人使用遁甲术引公主入朝。同样的法术,在《洪吉童传》中也曾多次出现。如特才按照初兰吩咐欲谋害吉童之时,吉童利用遁甲术藏身,并用缩地术将其引入山中杀死;率部下偷袭咸镜监司府盗取钱财与粮食后,为了躲避官兵追捕,洪吉童也使用了遁甲术与缩地术。此外,《西游记》中孙悟空腾云驾雾的本领,也曾多次出现在《洪吉童传》中,如洪吉童被册封为兵曹判书后腾云而去。《西游记》中常见的降妖术在《洪吉童传》中主要出现于洪吉童与白、赵两位小姐结缘部分。洪吉童寻找涂抹箭身的毒药时偶入芒砀山,并从白龙处得知白小姐为妖怪挟持。于是,他假借采药之名,深入山中,找到妖怪将其制服,救出了白小姐与赵小姐。作为一篇神魔小说,《西游记》通篇都是唐僧师徒克服困难,与妖怪斗法,顺利抵达西天取经的故事。如小说中的第十八回"观音院唐僧脱难,高老庄行者降魔"、第二十八回"回花果山群妖聚义,松林三藏逢魔"、第二十九回"脱难江流来国土,承恩八戒转山林"、第三十回"邪魔侵正法,意马忆心猿"、第三十一回"猪八戒义激猴王,行者智降妖怪"中都出现了降妖救美女的情节。

中国因素的影响,在《洪吉童传》中不仅体现在它对《水浒传》与《西游记》的模仿上,还体现在以下几个方面:

首先,对中国地名的借用。《洪吉童传》中洪吉童与白、赵两位小姐结缘的部分出现了中国真实存在的地名芒砀山。芒砀山,指芒山与砀山,二山位于河南与安徽交界处。据《史记·高祖本纪》记载,刘邦还未起兵以前,常"隐于芒、砀山泽岩石间"。

其次,对中国神话传说中人物的借用。《洪吉童传》中洪吉童使用分身术在八道同时开官仓惩贪官,见此皇帝不禁感叹其勇猛与法术超过了中国古代反贼蚩尤。蚩尤,是中国古代神话传说中重要人物之一,因与黄帝的涿鹿大战而闻名。中国的《史记》、《尚书》、《春秋》、《左传》、《国语》等文献中都曾出现有关蚩尤的记录。秦始皇与汉高祖等历代帝王更曾对蚩尤表现出崇拜之情,尊称其为"战神"。现有文献中最早提到蚩尤的是朝鲜肃宗元年(1675)北厓子的《揆园史话》。但由《檀君神话》就已经出现与蚩尤有着紧密联系的风伯与雨师来看,蚩尤及相关故事的传入应远早于北厓子的《揆园史话》。《山海经·大荒北经》中曾简略介绍涿鹿之战:"蚩尤作兵伐皇帝,皇帝乃令应龙攻之冀州之野。应龙畜水,蚩尤请风伯雨师,纵大风雨,皇帝乃下天女曰魃,雨止。遂杀蚩尤。"联想到《山海经》早已于朝鲜之前就已东传,我们可以推测朝鲜文人熟知蚩尤及其相关故事。《洪吉童传》中皇帝认为洪吉童不输蚩尤,也说明洪吉童本领与能力的高强。

再次,对中国典故的引用。《洪吉童传》中洪吉童轻松举起千斤石之后,被拥戴成为众山贼的首领,众山贼杀死白马盟誓。白马盟誓的典故产生于中国西汉初年,汉高祖刘邦为防刘姓江山旁落,特意召文武百官杀白马盟誓:"非刘氏而王,天下共击之。"后来,白马盟誓成为古代盟约方式之一。

最后,除中国地名、神话与典故的借用外,我们还能从《洪吉童传》中找寻到其受中国儒教思想影响的痕迹。如《洪吉童传》深受儒家忠孝思想影响。洪吉童因自己庶出身份,仕途受阻而愤恨不已。但他痛恨的实质是自己庶出的身份,而不是导致其他无法随心所欲喊父呼兄的父权,也不是剥夺其实现自我价值的渠道与权利的君权。他对父权与君权,自始至终都是顺从的,甚至渴望得到他们的认可。面对捉拿自己的皇命,洪吉童主动附书,提出如赐官兵曹判书将主动束手就擒。可见,洪吉童要反抗的并非君权与父权,而是自己因庶出身份而受到的不公平待遇。

由上可知,朝鲜国文小说一直处于中国小说与文化的辐射圈之内。这一事实最突出地表现在朝鲜国文对中国神话与历史人物、历史背景与地理空间的借用之上。由于朝鲜国文小说数量繁多,难以全部通读。因此,这一部分笔者主要自历史军谈小说、创作军谈小说、家庭小说、家门小说中选取有代表性的作品加以考察。创作军谈小说根据主人公的性别又包括以男性为主人公的被称为英雄小说的作品与以女性为主人公的被称为女性英雄小说的作品。具体的研究方法将在以个别作品为主体研究对象的同时,兼顾同类型作品的方式。下面,将分别按照朝鲜国文小说中登场的中国人物、作品的历史背景、空间叙事三个方面对不同类型小说接受中国文化的情况加以考察。

(一)国文小说中登场的中国人物

为了便于理解,首先有必要对要考察的作品进行简短的介绍。在此即将考察的作品主要包括被认为产生于17世纪中后期的《九云梦》、《淑香传》、《谢氏南征记》、《苏贤圣录》,18世纪的《壬辰录》、《苏大成传》、《张伯传》,19世纪的《刘忠烈传》、《李大凤传》,近代初期的出版发行的《洪桂月传》[①]、《白鹤扇传》。同时,还包括朝鲜后期广泛流传于民间的《春香

---

① 徐大锡认为创作军谈(即英雄小说)出现的时期大致可以区分为三个不同的时期,第一期主要包括产生于《象胥纪闻》(1794年)之前的《张风云传》、《苏大成传》、《张伯传》等;第二期指之后以坊刻本形式流传的《刘忠烈传》、《赵雄传》、《李大凤传》、《黄云传》、《金铃传》等;第三期则主要指19世纪末近代初期以活字形式出版的《洪桂月传》、《女将军传》、《鱼龙传》等。(徐大锡:《军谈小说的结构与背景》,梨花女大出版社,1985年,第24—25页。)

传》①、《沈清传》②、《兴夫传》等盘索里小说。

表6-2 朝鲜国文小说中出现的中国人物

作品	主人公	提及或登场的中国神话或历史人物
苏大成传	苏大成	李杜、洞庭龙女、东海龙子、西施、嫦娥、太上老君、诸葛亮、火德真君
张伯传	张伯	玉皇大帝、诸葛亮、曹操、娥皇、女英、龙王、月中嫦娥、朱元璋、刘伯温、项羽、沛公
刘忠烈传	刘忠烈	刘伯温、王羲之、孔子、卫夫人、李白、陶渊明、唐明皇、安禄山、严光、虞美人、项羽、刘备、关羽、张飞、苏秦、郭子仪
李大凤传	李大凤、张爱凰	孙吴、管仲、蚩尤、尧舜、赵高、秦桧、霍光、屈原、伍子胥、西海龙王、麻姑仙女、任姒、潇湘二妃、王昭君、虞美人、牛郎织女、秦始皇、苏武、张良、项羽、赵子龙、诸葛亮、赤松子、嫦娥、西王母、李太白、张骞、吕洞宾、洛浦仙子等
九云梦	杨少游	潘岳、李白、谢灵运、钟繇、王羲之、王维、卓文君、红拂、李靖、绿珠、石崇、钟子期、弄玉、陈后主、王昭君、韩愈、张丽华、洞庭龙君、南海龙子、姜太公、诸葛孔明、周瑜、张子房、赤松子、东方朔、南岳卫夫人、六观大师等
谢氏南征记	谢贞玉	刘伯温、严嵩、班昭、蔡文姬、唐明皇、安禄山、杨贵妃、莺莺、薛涛、吕后、戚姬、比干、伍子胥、屈原、贾谊、娥皇、女英、西施、范蠡、观音菩萨、陈阿娇、陈平、范亚父、嬴政、吕不韦、高宗、王皇后、武则天、孙策、周瑜等
苏贤圣录	苏贤圣及其后代	宋太祖、宋太宗、钟繇、王羲之、李白、杜甫、陈平、周瑜、陆孙、诸葛孔明、魏征、包拯、赵普、石守信、南斗星、太上老君、灵宝道君、苏秦、张仪、柳下惠、微子、杨贵妃、苏蕙、郭巨、樊姬、湘妃、庄姜、吕尚、司马相如、周亚夫、韩信、彭越、吕后、武后、霍光、卓文君等
洪桂月传	洪桂月	赵子龙
白鹤扇传	刘伯鲁、赵银河	娥皇、女英、班婕妤、庄姜、孟光、郭子仪等
淑香传	淑香、李仙	太乙仙君、后土夫人、嫦娥、龙女、东海龙女、麻姑、火德真君、秦始皇、汉武帝等
兴夫传	兴夫	陈平、范亚父、周世宗、杨贵妃、石崇、唐明皇、项羽、虞美人、夏桀、妲己、陶渊明、李太白、屈原、神农氏、伏羲氏、曹操、尉迟敬德等

---

① 本文所用考察对象为产生于1908年的完版《烈女春香守节歌》。
② 《沈清传》流传至今的版本中较为具有代表性为24章本（又称京版）与71章本（又称完版）。根据以往的研究可知，两个版本尽管都以相同的故事为基础，但在很多方面均存在着一定的差异。在此，笔者主要以完版作为考察对象。

续表

作品	主人公	提及或登场的中国神话或历史人物
沈清传	沈清	太任、太姒、庄姜、后土夫人、西王母、娥皇、女英、贾谊、屈原、李白、白居易、苏东坡、曹操、伍子胥、诸葛孔明、玉皇大帝、东海龙王、赤松子、太乙真君、麻姑仙女、洛浦仙子等
春香传	春香、李梦龙	宓妃、李白、王羲之、杜牧之、西施、虞美人、王昭君、班婕妤、赵飞燕、巫山仙女、庄姜、任姒、李白、杜甫、娥皇、女英、花木兰、尧、舜、禹、汤、商纣、孔子、周公、伏羲、文王、武王、石崇、绿珠、诸葛孔明、王昭君、弄玉、戚夫人、吕后、朱元璋等

由表6-2可知，朝鲜国文小说中普遍存在不少中国人物。这一现象不仅存在于士大夫文人创作的《九云梦》《谢氏南征记》、为士大夫阶层贵族女性广泛传阅的《苏贤圣录》，以及表现出强烈士大夫审美倾向的《淑香传》中，还可见于《壬辰录》《苏大成传》《张伯传》《刘忠烈传》《李大凤传》《兴夫传》《沈清传》与《春香传》等为中下层民众所享有的小说当中。由此可知，由于朝鲜时期的国文小说都深受中国古代小说与典籍的影响，小说与典籍中的人物也作为客串的配角走进不同类型的小说文本当中。

朝鲜国文小说里中国人物的出场情况，有以下几点值得引起注意：

第一，朝鲜国文小说中登场的绝大多数人物均属"只闻其名，未见其人"的类型，即这些人物的名字在小说中频繁出现，却并没有参与实际的叙事当中。如李白、诸葛孔明等被公认为具有非凡才能的人物频繁出现于朝鲜国文小说中，以用来形容或借喻主人公与众不同的才能。如《九云梦》中对少年才俊杨少游才貌的描写部分，金万重就大量引用了中国历史上的人物，赞叹称杨少游"年至十四五，秀美之色似潘岳，发越之气似青莲，文章燕许如也，诗材鲍谢如也，笔法仆命钟，智略弟畜孙吴。"[①] 又如《春香传》中写李梦龙与春香的初遇时，李梦龙"年华二八，风采超群。胸怀犹如大海，智慧豁达，文采又如李白，书法犹如王羲之"。文中出现的无论是潘岳、李白，还是王羲之、谢灵运等，都是中国历史上赫赫有名的人物。通过对这些中国人物的引用，朝鲜国文小说不仅形象而生动地呈现了小说中人物的个性与品貌，而且在一定程度上提升了小说的格调。

第二，除上述情况外，朝鲜国文小说中还存在着部分时常会参与实际叙事当中的中国人物。相较于第一种"只闻其名，未见其人"的类型，此种情况出现得相对较少。除《壬辰录》中出现的关羽外，龙王及其子女，

---

① [韩]金乃重：《九云梦》，北岳文艺出版社，1986年，第10页。

以及娥皇、女英是在朝鲜国文小说中出场场次最多的"客串演员"了。不仅《九云梦》中出现了洞庭龙王及其女儿白凌波，在产生于其后的《苏大成传》、《李大凤传》、《淑香传》、《沈清传》等朝鲜国文小说中也都出现了龙王、龙子或龙女的影子。如《淑香传》中龙女幻化成乌龟救助了蒙冤受屈意欲投河自尽的淑香；《苏大成传》中苏大成本身便是东海龙子投胎转世后的化身；《李大凤传》中李大凤不仅屡屡得到龙王救助，在与南海龙王的大战中得胜之后更是被邀请到龙王的水晶宫中与众神仙共进晚餐。

　　在考察朝鲜国文小说里中国人物出场情况的过程中，笔者还发现中国上古传说中的娥皇与女英深受朝鲜国文小说作者的喜爱。二妃不仅频繁出现于作品当中，更是在其中承担着极为重要的叙事功能。如《谢氏南征记》中娥皇与女英的显灵不仅挽救谢贞玉于一念之间，还通过对其"天所以佐刘氏固非偶然，夫人何其论急如是也？虽自谓恶名再审，而比如浮云之点太空耳。彼逸害夫人者，虽一时得志，而天将厚其罪而诛之"的叮嘱一语道破了小说的主旨思想：祸淫福善。作为小说中忠贞节烈的象征，娥皇、女英对谢氏的救助与指点也是对谢氏品性的一种无形的肯定与赞扬。除此外，娥皇与女英还广泛地存于《白鹤扇传》、《张伯传》、《沈清传》与《春香传》当中。在这些小说中娥皇女英的登场及其目的与《谢氏南征记》一脉相通。如《白鹤扇传》中当赵银河因遍寻刘伯鲁而不得，其自身又因白鹤扇遭受牢狱之苦而身心俱疲，心灰意冷。正当此时，娥皇与女英派出侍女邀请其来做客。见面的过程中，娥皇与女性肯定了赵银河的纯良与坚贞。同时，二妃还特意告知赵银河日后她也必将与姜庄、班婕妤等一众妇德典范同居一列，从而嘱咐其务必耐心静待一年后与刘伯鲁的重逢之期。《张伯传》中娥皇、女英出现于张小姐历经与亲人的离别，被奸人王平威逼迫害走投无路之时；《春香传》中二妃同样出现在春香因牢狱与相思之苦而彷徨无助的睡梦中。与《谢氏南征记》、《白鹤扇传》一样，在《张伯传》、《春香传》中二妃的出现同样有对张小姐及春香加以肯定、鼓励之意。在此要注意的是，除去上述作品外，二妃还出现在了《沈清传》中。《沈清传》中二妃出现同样是沈清在水中顺流漂泊之际。只不过不同于《谢氏南征记》、《白鹤扇传》、《张伯传》、《春香传》中二妃对女主人公坚贞情操的肯定，《沈清传》中娥皇、女英所以出现是因为被沈清至真至诚的孝心所感动。然而，不管是为鼓励坚贞的女性人物，还是被沈清的至诚孝心所感动，由上面的分析不难看出，在朝鲜国文小说中二妃的出现已成为一种较为稳定的叙事装置，被赋予了特定的叙事功能。

　　同样值得引起我们关注的，还有《张伯传》中朱元璋的出现。《张伯传》以元末明初为叙事背景，采用英雄一代记的方式书写了明朝的开国功臣张伯英雄的一生。描写元明更替的历史变迁时，作为明朝开国皇帝朱元璋的出现无疑是无可厚非的。但值得引起关注的是，在《张伯传》这篇朝鲜国文小说中，作为虚构人物的张伯与历史实存人物朱元璋的关系，以及朱元璋的国籍问题。

《张伯传》中朱元璋并不是作为一闪而过的名字出现的，而是发挥了实际的叙事功能。在小说中于寺庙之内初次与张伯之姐张小姐邂逅时，朱元璋曾自称是东国人。所谓东国，也便是朝鲜。原本是明朝皇帝的朱元璋在《张伯传》这篇被认为产生于18世纪中后期的小说中摇身一变成了朝鲜人？其中的缘由何在？实际上，小说中的朱元璋与实际中的朱元璋间存在着较大的区别。韩国研究者周修眐在详细考察了《张伯传》的形成背景后，指出在《张伯传》出现之前庆尚道熊州地区就一直流传着一个有关朱元璋的民间传说。传说认为朱元璋诞生于朝鲜庆尚道熊州一户朱姓家庭。待长至5岁时，朱元璋为僧人领养。15岁时，朱元璋因博学而声名远播。后来他来到中原，还俗而成为一员大将，并最终成长成了明朝开国皇帝朱元璋。在这一传说的基础上，《张伯传》又虚构了张伯与朱元璋争夺天下的对立冲突，以及张伯之姐与朱元璋结缘成为明朝皇后的情节。[①]

目前针对这篇小说中朱元璋的国籍及朱元璋与张伯间的对立关系，韩国学界有三种不同的解读方式：第一种认为小说中元末明初张伯与朱元璋对元朝统治的反抗在很大程度上是对《洪吉童传》中社会改革思想的发扬与继承，反映的是一种异姓革命的意志；第二种认为小说中的相关叙事是丙子之役后朝鲜社会中广泛存在的崇明排清意识的集中体现；第三种则认为小说实际上描写的是作为汉族后裔的张伯在与东国出身的乞丐朱元璋在争夺霸权的过程中逐渐认识到朱元璋是"天命所向的主宰"的过程，反映的是朝鲜不断变化的对清认识。[②]与上述观点不同的是，笔者认为小说中朱元璋的国籍及其在与汉族后裔张伯争霸过程中的最终胜利，实际可以从朝鲜后期中华思想的延长线上来进行思考。

朝鲜建国之初，士大夫阶层试图通过接受儒家文化、模仿明朝体制在朝鲜建立起一个崭新的国家。然而，1592年壬辰倭乱的爆发给朝鲜带来了巨大的挑战与磨难。这场战争对朝鲜及其与明朝的关系产生了极为深远的影响。战争中明朝的援助使得朝鲜与明朝的关系在朝贡体制的基础上又增

---

① [韩]周修眐：《〈张伯传〉的形成动因及其主体意识》，《语文研究》2013年第41卷第2号。
② [韩]周修眐：《〈张伯传〉的形成动因及其主体意识》，《语文研究》2013年第41卷第2号，第215页。

加了些许亲情色彩。以此为契机,认为明朝对自己有再造之恩,从而将其视为父母之邦的认识成为朝鲜后期对明关系的底色。与此同时,1637年丙子之役的发生又在无形中加深了朝鲜对清朝的憎恨与屈辱之感。在这种情况下,1644年明清交替发生后,北伐论与对明义理论在朝鲜应运而生。然而,随着1662年明朝皇室最后一点血脉的消散,朝鲜内部在认识到北伐无望的基础上,开始转而强调朝鲜是唯一一个保存了中华礼乐文化的国家。

这一被后来的研究者称之为朝鲜中华思想的思潮,是朝鲜后期接受最广,且最具权威的主流思想。即使在朴趾源、洪大容等主张北学,重视对清交流的朝鲜文人身上,朝鲜的中华思想的影响也同样深刻。作为朝鲜国文小说中政治意识最为强烈的小说类型,[①] 军谈小说(英雄小说)相较其他小说类型对政治时局的变化更为敏感。《张伯传》便萌芽于朝鲜后期朝鲜中华思想的磁场之中。

首先,小说作者选取了明太祖朱元璋作为小说中的一个重要的角色,并赋予了他朝鲜人的身份。对于朝鲜人而言,朱元璋有着特殊的历史文化意蕴。朱元璋一直被认为对朝鲜建国有着极为重要的意义,如英祖二十五年定太祖、神宗、毅宗三皇并享大报坛之仪时,朝鲜国王英祖曾流涕强调:"高皇以朝鲜二字赐我国号,其恩其义,岂忍忘耶?"[②] 也因此,明太祖与明神宗、明崇祯皇帝一同成为朝鲜皇室崇祀的对象。通过赋予明太祖朝鲜人的身份,作者实际上是想要通过朱元璋明朝开国皇帝的身份来强调朝鲜作为中华嫡统的立场。与此同时,作为小说的主人公,张伯是汉朝张良的后裔,出生时的异兆早已预示他不平凡的一生。相较于出身显赫的张伯,作为家境贫寒的朝鲜人,朱元璋本身并无可取之处。但他却因天命所在,而得到汉族后裔张伯的认可,最终登上了帝位,而张伯则成为朱元璋的辅佐之臣。

按照中华思想原本的含义来看,汉族生活的地方即为世界的中心,汉族的文化被称为华夏,而其他处于周边的国家则均被认为是夷狄。小说中朝鲜人朱元璋与汉人张伯间的争斗中,朱元璋原本并无优势,但因其是天定人选而荣登帝王之位。作者通过赋予朝鲜人朱元璋天定的命运,赋予他统摄中原的权力。天命是能够超越种族与文化的绝对标准。作者也正是通

---

① [韩]任成来:《英雄小说与社会——以〈张伯传〉为中心》,《院友论集》1984年第12辑,第3页。

② [韩]国史编纂委员会:《朝鲜王朝实录》第43册,国史编纂委员会,1986年,第335页。

过对朝鲜人朱元璋天命所在的书写,间接强调了朝鲜在文化上的正统性。

其次,在小说中我们能够看到朱元璋不断强调自身朝鲜人身份的言论。实际上,在朝鲜国文小说中朱元璋是受到广泛关注的人物形象。但像《张伯传》这样将明太祖朱元璋设定为朝鲜人的身份却并不多见。然而,更为罕见的是,在《张伯传》中作为朱元璋对自己朝鲜人身份充满自信。无论是在佛堂偶遇张小姐时以半段凤钗为信物许下婚约,还是向刘伯温介绍自己的身世时,朱元璋都是直率,且毫无隐瞒的。实际上,朝鲜中华思想的出现本身即反映了朝鲜后期朝鲜文人对自身文化的自负与主体意识的萌芽。小说中朱元璋对于自身身份的自信,也从侧面反映出了作为小说作者对朝鲜作为中华文化继承者身份的自信。

最后,小说人物关系的设定同样深受朝鲜后期中华思想的影响。小说中朱元璋与张伯之间因为张小姐的存在而形成了一种姻亲关系。朱元璋与张伯之间亲缘关系的建立,也暗示着朝鲜与张伯所代表的汉族及汉族文化之间紧密关系的存在。及至18世纪中后期,明朝已经灭亡近百年,朝鲜与清之间也早已经建立起了新的朝贡和贸易关系。在这种情况下,小说对朝鲜人朱元璋与汉族人张伯间姻亲关系的设定实际上反映出了作者对明朝的怀念与追思。

(二)朝鲜国文小说的中国时空背景

朝鲜小说中存在着大量以中国为背景的小说。据韩国学者统计,以中国为背景的小说大致占了朝鲜小说总数的70%。[①] 在这些小说中,中国不仅为朝鲜小说提供了不同的朝代背景,还为小说提供了丰富的空间背景。

现有研究中对朝鲜小说中国背景的研究大多关注汉文小说,且多注重对汉文小说中国朝代背景的考察。相较于此,目前学界对汉文小说中国空间背景的考察不多,国文小说中国背景的考察更是少之又少。故此,这一部分在考察朝鲜小说中国背景的整体概况的基础上,将集中对朝鲜国文小说中国背景的不同特点,以及不同类型朝鲜国文小说中国背景的出现情况加以尝试性地讨论。

在韩国古代叙事文学中,起初以中国为背景进行创作的作品均与崔致远有关。一为罗末丽初的《崔致远》,另一为被认为是产生于16世纪的《崔孤云传》。崔致远是新罗时期曾赴唐学习、生活,尔后又以淮南入新罗使身份回国的大诗人与学者。在中国期间,他曾出任江南西道宣州溧水县尉。《崔致远》记叙的正是他在中国任溧水县尉期间,与"双女坟"中两位

---

① [韩]安圻洙:《韩国英雄小说接受中国文化的背景研究》,《语文论集》2012年第53辑,第230页。

妙龄少女之间发生的一段人鬼恋情。出现于《崔致远》中的溧水，即今天位于南京城郊的淳县。不同于《崔致远》对崔致远在中国生活片段的关注，《崔孤云传》则记叙了崔致远的一生。不难看出，两部作品里中国背景的出现与崔致远在中国留学、做官的真实经历密切相关。

到了17世纪前期，受壬辰倭乱与丙子之役的影响，朝鲜出现了不少以战乱为背景的小说。在这些主要以派兵、被俘与离散为内容的作品中，小说的叙事空间有了前所未有的扩大，中国的江南与东北、日本、越南等地域空间随着主人公漂泊远走的足迹也开始进入到了朝鲜小说当中。如《崔陟传》中崔陟与玉英因战乱被迫分离后，先后经历了被俘分别、船上偶遇、征兵分别、千里跋涉重回朝鲜等一系列戏剧化的坎坷。崔陟与玉英辗转漂泊的足迹也广泛遍布杭州、绍兴、洞庭湖、潇湘江、安南、日本与朝鲜之间。在与《崔陟传》差不多时期产生的小说《周生传》中，权韠以文学性的语言记述了一段自周生处听来的凄美爱情故事。周生原本是四川人，后因科考屡遭失败，遂绝意于此，转而弃学从商，辗转来到钱塘，后因壬辰倭乱爆发被征兵到了朝鲜。小说着重记述了周生在杭州期间周旋于妓女俳桃与相府小姐仙花之间的三角恋情。伴随周生足迹的迁移，《周生传》先后书写涉及四川、杭州与朝鲜等地理空间。

17世纪朝鲜小说中江南的频繁出现不仅与16世纪之后朝鲜"文必秦汉，诗必盛唐"的拟古风潮有着一定的关联，还与壬辰倭乱当时明朝援军中多为浙江人不无关系。据韩国学者郑珉考证，壬辰倭乱期间援朝的主力大多为浙江出身，这些军人在战争进入平稳阶段后与朝鲜文人间建立了极为活跃的往来关系。[①] 在这一过程中，江南，尤其是浙江相关内容逐渐进入了小说当中。

如上所述，在17世纪之前崔致远在中国留学、为官的经历，以及壬辰倭乱、丙子之役的战乱经历为朝鲜小说提供了书写涉及中国地理空间的机会。但这一时期朝鲜小说中国背景的出现仍带有一种偶然性的特点。然而，到了17世纪中后期情况开始发生巨大变化。伴随着17世纪中后期《九云梦》、《谢氏南征记》、《彰善感义录》、《苏贤圣录》等篇幅较长小说的登场，背景中国化逐渐成为朝鲜小说的一个重要特点。此处所言小说背景中国化，指的是小说时空背景的中国化。也就是说，在17世纪之后出现的朝鲜小说中，不仅故事被放置到了中国各个不同的朝代，而且故事发生的空间也被挪到了中国各个不同的地理空间。

---

① ［韩］郑珉：《16、17世纪朝鲜文人知识分子的江南热与西湖图》，《古典文学研究》2002年第22辑，第292页。

当然，这一情况到了 19 世纪又开始发生变化。进入 19 世纪，朝鲜小说背景中国化的现象有所改变，呈现出了两种不同的倾向：一方面，小说背景中国化的特点在《玉楼梦》等部分小说中得到继承；另一方面小说背景中国化的现象在《六美堂记》、《三韩拾遗》等中发生改变。① 也就是说，17、18 世纪中国背景一统天下的局面到了 19 世纪开始出现瓦解与动摇。这一变化的出现在很大程度上与朝鲜文人主体意识的高扬以及对世界与中国认识的变化相关。

针对朝鲜小说背景中国化的现象，金台俊早就有所关注，并曾提出四点缘由。他认为，朝鲜小说所以如此，一是"当时陶醉并沉溺于中国文化，盲目赞美其文明，憧憬中土视如理想乡的氛围中，汉学修养深厚的作家，直接接受了明清以后蓬勃兴起的南中国文明的影响"，继而毫无批判意识地模仿和学习了明清小说中"大明成化年间……"、"至正年间……"等的开篇方式；二是因为相较于朝鲜背景，由于读者不熟悉中国人文地理，故此如果以中国为背景，那么即使有粗糙、纰漏之处，也不会轻易让人感觉不自然或出了错，能够规避掉很多常识性的错误；三是因为中国故事呈现出了一种异国情调，更能吸引读者的注意；四是因为作者能够借用中国之事，迂回地对社会现实加以讽刺，而不至于引发不必要的麻烦。②

作为第一个关注并试图对朝鲜小说背景中国化的现象作出解释的学者，金台俊的观点直到今天仍然具有一定的合理性和说服力。但当我们对朝鲜小说进行深入考察之后就会发现实际上小说作者对于中国背景的选择，并不只是单纯地模仿中国作品，而是有着更深刻的社会文化心理在其中。

韩国学者姜祥淳在对 17 世纪朝鲜小说背景中国化的共性与差异性进行考察后，在对金台俊的第一点见解提出异议的同时又提出了新的见解。他认为朝鲜长篇小说背景中国化，并不是作者对中国小说创作习惯的单纯模仿，而是有着其内在的原因与作者的创作用心在其中的。同时，他认为对朝鲜后期长篇小说的享有阶层而言，中国历史实际上并不是异国或者是异民族的历史，而是作为儒教社会体制当中随处可见的一种具有普遍意义的历史被接受的。③ 可见，小说中作者选择中国哪个朝代作为小说的背景，实际上并不是对中国小说创作习惯的单纯模仿，而是反映出了作者对于作为普遍历史的中国历史的认识。

---

① ［韩］姜祥淳：《韩国古典小说中的中国背景与中国认识》，《古典与解释》2013 年第 15 辑。
② ［韩］金台俊：《朝鲜小说史》，民族出版社，2008 年，第 3—6 页。
③ ［韩］姜祥淳：《韩国古典小说中的中国背景与中国认识》，《古典与解释》2013 年第 15 辑，第 126 页。

据韩国学者朴晟义统计,在 84 种朝鲜国文小说中,以韩国本土为背景的小说只有 26 种,而以中国为背景的小说却有 58 种之多。相关的小说作品具体包括《姜太公传》、《鼠同知传》、《黄夫人传》、《三国大战》、《山阳大战》、《杨凤云传》、《杨龙仙传》、《梦雇楚汉讼》、《赤壁大战》、《大胆姜维实记》、《关云实记》、《华容道实记》、《尉迟敬德传》、《唐太宗传》、《西征记》、《薛仁贵传》、《郭汾阳实记》、《九云梦》、《女中豪杰》、《赵雄传》、《女将军传》、《张翼星传》、《玄寿文传》、《淑香传》、《金鹤公传》、《陈大力传》、《林虎隐传》、《张丰云传》、《鱼龙传》、《黄将军传》、《柳文成传》、《张伯传》、《金珠传》、《郭海龙传》、《彰善感义录》、《牡丹亭记》、《白鹤戾》、《明沙十里》、《李大凤传》、《凤凰台》、《苏大成龙门传》、《苏学士传》、《洪桂月传》、《张国振传》、《赵生员传》、《梁山伯传》、《刘忠烈传》、《郑乙善传》、《谢氏北征记》、《蟾同知传》、《李学士传》、《林庆业传》、《女子忠孝录》、《权益重传》、《金振玉传》、《权龙仙传》、《金山寺梦游录》、《狄成义传》等。①

除朴晟义统计的篇幅较为短小的国文小说外,在 17 世纪中后期出现的以阀阅贵族家庭生活为主要叙事内容的长篇小说也大多将叙事背景设定在了中国。如前述《九云梦》、《谢氏南征记》、《彰善感义录》以及《苏贤圣录》、《明珠奇逢》、《双星奉孝录》、《玉兰奇缘》、《玉树记》、《玉鸳再合奇缘》、《刘氏三代录》、《柳孝公善行录》、《林花郑延》、《玄氏两雄双麟记》、《明珠宝月聘》、《报恩奇遇录》、《昌兰好缘录》、《泉水石》、《华山仙界录》等国文长篇小说即为个中代表。

朝鲜国文小说的中国时代背景辐射范围较广。上至汉、唐,下至明、清,皆可成为朝鲜国文小说的背景。由于朝鲜国文小说数量繁多,难以详述。在此仅就笔者目力所及,简单整理相关小说及其时空背景如下:

以周朝为背景:《姜太公传》等;

以汉朝为背景:《杨丰云传》、《诸马武传》等;

以唐朝为背景:《郭汾阳传》、《泉水石》、《华山仙界录》、《九云梦》等;

以宋朝为背景:《淑香传》、《张风云传》、《苏贤圣录》、《沈清传》、《明珠奇逢》、《明珠宝月聘》、《玄氏双雄双麟记》、《玉鸳再合奇缘》等;

以元朝为背景:《郭海龙传》、《柳文星传》、《张伯传》、《太原志》等;

以明朝为背景:《苏大成传》、《白鹤扇传》、《刘忠烈传》、《李大凤传》、

---

① [韩]朴晟义:《国文学背景研究》,宣明文化社,1967 年,第 490 页。

《谢氏南征记》、《洪桂月传》、《双星奉孝录》、《玉兰奇缘》、《刘氏三代录》、《柳孝公行善录》、《林花郑延》、《赵生员传》、《张国振传》、《郑乙善传》、《女子忠孝录》、《金振玉传》、《权龙仙传》、《女将军传》、《昌兰好缘录》等。

以清朝为背景：《金华寺梦游录》、《王会传》、《惩世否泰录》等。

朝鲜国文小说的大部分作品均以唐、宋、明为背景，其中尤以明朝为最多。与此相对的，以元朝、清朝为背景的小说则相对罕见。在此值得引起关注的是，朝鲜作家对中国唐、宋、明朝的偏爱与对元与清朝的嫌弃呈现出了一种普遍的文化共性。这一文化共性的存在与朝鲜国文小说作家对中国历史的集体认知密切相关。

针对这一现象，国内甚少深入研究或关注。故此，韩国学者对此的解释值得引起我们的关注。对于这一现象，韩国学者大多从朝鲜中华思想的角度加以解读。如林治均指出朝鲜文人大多将"中国"视为世界的中心，将中国周边的国家分为东夷、西戎、南蛮、北狄等四夷，尽管朝鲜自身也属夷狄中的一员，却是与"中国"最为接近的。受这种思想的影响，在明朝灭亡之后，虽然朝鲜不得已降服于被其视为夷狄的清，但从内心深处始终对其持一种排斥的心理。在类似社会历史文化氛围的影响下，朝鲜内部逐渐形成了一种独特的中华意识。按照这一中华意识，元朝、清朝都只能是朝鲜排斥的对象。也正是因为这一原因，朝鲜小说中很少能够找到以元朝、清朝为背景的小说。[①] 这一见解为我们从整体上把握朝鲜国文小说的历史背景提供了重要的启示。

具体到作品，我们会发现不同小说作品对时代的选择与故事情节的设定实际上都反映出了作者的匠心。如与儒家风气旺盛的宋、明两朝相比，佛教与道教盛行的唐朝无疑更为适合《九云梦》、《华山仙界录》、《泉水石》等充斥着仙道氛围小说叙事的展开；同样地，与社会风气开放、自由的唐朝相比，宋明理学昌明、重忠孝、讲廉耻、励气节的社会氛围则更适于符合儒学典范人物形象的塑造，从而有利于发挥教化妇孺的作用。再看英雄小说的情况。在以汉、宋、明等朝代为背景时，这些小说大多以英雄奉命平定叛乱，江山社稷得以巩固为叙事的重要组成部分。然而，在《柳文星传》、《张伯传》、《太原志》等以元朝为时代背景的小说中，英雄的使命不再是守护江山社稷，而是颠覆元朝统治，建立明朝政权。可见，朝鲜国文小说的作者在对小说背景进行确定和选择的时候，并不只是单纯地模仿中

[①] [韩]林治均：《朝鲜后期小说中对清朝统治之下中国认识的变化及其意义》，《藏书阁》2010年第24辑，第111—134页。

国作品，而是有着更为深刻的社会文化心理作为基础。

在任何叙事文学中，时间和空间都是必不可少的要素。前面已经对朝鲜国文小说中的时代背景进行考察，接下来我们看一下在朝鲜小说中作为叙事空间存在的中国背景又是怎样一种情形。

在《叙事学导论》中，罗钢指出："中国古代小说，尤其是长篇小说的结构特征却是所谓一缀段性，全书没有一个贯串始终的故事，只有若干较小规模故事的连缀，连缀的中介也不是时间的延续，而是空间的转换。"① 也就是说，中国古代的小说作家在构思和讲述故事的时候并不仅仅以情节为中心，"中国叙事意识的精华可以说集中地体现为叙事空间化的努力"。② 中国古代小说的这一叙事特点也突出地表现在朝鲜国文小说中。

在其题为《韩国古代长篇的形成过程》的博士学位论文中，韩国学者郑吉秀在详细分析《彰善感义录》的时空叙事后，指出叙事时间的重叠与叙事空间的扩大是17世纪朝鲜小说由篇幅短小的爱情传奇小说发展成为结构复杂的长篇小说的重要路径之一。③ 实际上，17世纪前期受战乱影响，随着小说中人物应征入伍、避难、逃亡等带来的移动空间的扩大，小说涉及的地理空间范围得到了前所未有的扩大。小说中空间的转移不仅使得小说的篇幅有所增长，出场人物的关系也变得愈加复杂。在产生于17世纪中后期的国文长篇小说中，人物移动、迁移、行走过程中所涉及的中国地理空间也越来越多。

综合来看，朝鲜国文小说的中国地理空间主要呈现出了如下的几个特点：

首先，涉及的中国地域范围广泛。如在《张伯传》、《刘忠烈传》、《李大凤传》、《谢氏南征记》、《沈清传》、《春香传》以及《洪桂月传》等国文小说中先后出现了南京、徐州、苏州、西域、青州、南阳、荆州、洛阳、金陵、绍兴、四川（陵州）、扬州、冀州、河南、长安、邯郸、吐蕃、北京、山东、长沙、通州、桂林、武昌、成都、云南、安徽等中国地名，其中尤以湖南、湖北出现频率最高。荆州、衡山、潇湘、洞庭湖、楚州、岳州、君山、汨罗江、华容县、岳阳楼、黄鹤楼、黄陵庙等地名频繁出现。

其次，受《三国演义》影响深远，《三国演义》中的地名也频繁出现在了朝鲜后期的军谈小说（英雄小说）中。如《赵雄传》、《张伯传》、《柳文

---

① 罗钢：《叙事学导论》，云南人民出版社，1994年，第79页。
② 林岗：《明清之际小说评点学之研究》，北京大学出版社，1999年，第172页。
③ ［韩］郑吉秀：《17世纪长篇小说的形成路径与长篇化的方法》，首尔大学博士学位论文，2005年，第165—172页。

星传》中出现了洛阳;《赵雄传》、《李大凤传》、《女将军传》、《洪桂月传》、《柳文星传》等中出现了冀州;《洪桂月传》、《女子忠孝录》等出现了荆州;《苏大成传》、《刘忠烈传》、《金振玉传》、《女将军传》、《洪桂月传》中出现了青州;《张国振传》、《张风云传》、《柳文星传》、《白鹤扇传》等中出现了徐州;《张风云传》、《张伯传》、《淑香传》、《玄寿文传》中出现了桂阳等。冀州、荆州与青州是《三国演义》中出现频率较高的地名。由上面的分析可知,这些地名也同样频繁地出现在了军谈小说(英雄小说)中。

再次,小说空间高度观念化,男性空间与女性空间区分严明。在西方古代小说中,空间往往是拥有具象性的特点,即多是人物活动的具体舞台。然而,与之不同的是,受"文以载道"观念影响,朝鲜小说中的空间往往具有一定的象征性,可以说是一种观念化的空间。在朝鲜国文小说中,人物的活动空间被按照性别严格二分。其中与舜的潇湘二妃娥皇、女英相关的空间,如黄陵庙、洞庭湖、潇湘江(潇江与湘江的统称)、君山等,成了象征女性贞烈与节操的空间。如在《谢氏南征记》、《张伯传》、《洪桂月传》、《沈清传》、《李大凤传》中的女性人物都在经历挫折与磨难后辗转抵达娥皇、女英所在的女性空间,并在那里得到启示或者找寻到了脱离险境的勇气与方法。而自《三国演义》中承袭而来的江州、黄州、长沙、定州、扬州、邯郸、荆州、徐州、青州等地在朝鲜国文小说中则成了男性流配或是战争发生的空间。如在《苏大成传》、《张风云传》等以男性为主人公的小说中叙事空间主要集中在西域、青州、绍兴、徐州等地。如果小说中添加了女性人物的行踪,那么小说的叙事空间则会在此基础上添加上潇湘江、黄陵庙、洞庭湖、君山等地。如在《张伯传》中张伯的行迹主要遍布四川(陵州)、扬州、青州与中原,但随着张伯之姐张小姐行迹的移动,小说的叙事空间又添加了黄陵庙、潇湘江。

当然,虽然在小说中男性空间与女性空间被严格二分,却并非没有克服的方法。如《李大凤传》与《洪桂月传》等小说中女性往往能通过更改行装,即女扮男装来获得进入男性空间的资格。如《李大凤传》中因奸臣逼婚,张爱凰男扮女装仓皇出逃,其足迹先后涉及汝南、徐州、冀州、河南等地;《洪桂月传》中洪桂月自小与父母分离,长成之后以平国的名字男扮女装考取状元,后又在蛮夷来犯时以元帅的身份出征。她的足迹同样先后遍及荆州、扬州、岳阳楼、洞庭湖、巫山、玉门关、乌鞘岭、扬子江、终南山、泰山等地。

(三)朝鲜国文小说中对中国诗词曲赋的用典

用典,也就是"为了一定的修辞目的,在自己言语作品中明引或暗引古代故事或有来历的现成话"。① 作为一种具有悠久历史的修辞方法,刘勰早就在他的《文心雕龙》中指出:"事类者,盖文章之外,据事以类义,援古以证今者也。"② 中国的诗词歌赋、典籍史书,很早便作为先进文化的载体传入到了朝鲜。在阅读欣赏的基础上,部分诗词、历史故事与小说中的某些用语逐渐转化成了某种固定化的套话与熟语为朝鲜文人、读者接受、模仿,从而对朝鲜小说作品的创作产生深刻影响。朝鲜国文小说在创作过程中也大量引录了中国古代典籍、诗文中的语句、典故,并灵活地加以运用。

朝鲜国文小说对中国典故的引用,根据典故出处的不同,大致可以区分为语典与事典两种。所谓语典,也就是前文所说的使用有来历出处的词语,即刘勰所言"引成辞";而事典,也就是使用古代的故事,亦即刘勰所说的"举人事"。

1. 朝鲜国文小说中语典的使用情况

朝鲜国文小说中语典的使用大致可以区分两种:1)对中国诗词典籍语言的运用;2)中国小说中某些描绘性词句的移用。

1)对中国诗词典籍语言的用典

朝鲜国文小说对中国诗词语言典籍的运用可大致区分为以下几种:(1)对《诗经》中诗句或词语的引用;(2)对中国古代诗词歌赋名句中词语、诗句的引用;(3)对中国经史典籍中语句的引用。

(1)对《诗经》中诗句或词语的引用

"关关雎鸠,在河之洲,窈窕淑女,君子好逑"出自《诗经》的首篇《关雎》之中,是一首意境优美的情歌,描写的是诗中的男子由河州上关关对唱的雌雄水鸟,联想到了美丽、善良的少女。在这里作者采用了"兴"的表现手法,吟咏了男子对美好婚姻爱情的追求。最早在《毛诗·关雎序》中曾指出"《关雎》,后妃之德也,风之始也,所以风天下而正夫妇也"。朱熹在《诗集传》则认为:"周之文王,生有圣德,又得圣女姒氏以为之配。宫中之人,于其始至,见其有幽闲贞静之德,故作是诗。"③ 朝鲜文人普遍接受了朱熹的见解。因此,朝鲜国文小说中多用"关雎"二字与"窈窕淑女"来表示对有妇德的女性加以赞颂。如《白鹤扇传》写张伯鲁在路上对赵

---

① 罗积勇:《用典研究》,武汉大学出版社,2005年,第2页。
② 刘勰:《文心雕龙》,河南大学出版社,2008年,第275页。
③ 朱熹:《诗集传》,凤凰出版社,2007年,第2页。

银河一见而倾心,在家传白鹤扇上挥笔写下了"窈窕淑女,君子好逑"数字以作婚约之用;《谢氏南征记》写到"刘翰林与谢小姐成亲为夫妇"时,更是以"所谓君子好逑者也"[1]盛赞谢贞玉妇德出众。在《苏贤圣录》等国文长篇小说中,"关雎"二字及与之相关的内容则多以"好逑"、"关雎鸟"、"君子好逑"、"关雎之乐"、"关雎遗风"、"关雎之喜"、"君子之关关雎鸠"等形式出现,来形容女性有妇德或君子与淑女婚姻美满。

《诗经·周南·樛木》云:"南有樛木,葛藟累之。乐只君子,福履绥之。"该诗用樛木缠绕葛藟来隐喻妻子对丈夫的顺从与依附,以及由此而使得君子"福履绥之"。《谢氏南征记》中谢贞玉因婚后多年未育而意图为刘延寿置妾:"妾虽无关雎之德,亦不效世俗妇女之妒忌耳。"[2]杜夫人听闻之后,劝解道:"君笑我言耶!夫关雎、樛木固是太姒不妒之德,而亦因文王不好色,众妾自无怨故也。若使文王耽于美色,爱憎不均,则太姒虽不妒忌,而宫中岂无怨言?"[3]朱熹在《诗集传》注《樛木》曰:"后妃能逮下而无嫉妒之心,故众妾乐其德而称愿之曰:南有樛木,葛藟累之。乐只君子,福履绥之。"[4]在此朱熹强调了妇人的宽容、忍耐与顺从。杜夫人显然对此并不是特别赞同,她认为妻子贤与不贤固然重要,但更重要的还在丈夫能够做到爱憎均分,不偏执于任何一方,从而反对谢氏为刘延寿纳妾,以防"家有妻妾,乱之本也"。

与刘延寿一妻一妾相比,风流才子杨少游所以能顺利拥有八位娇妻美妾的艳福,与郑氏、兰阳两位夫人的宽容大度不无关系。因此,《九云梦》也多次用"樛木"之德盛赞两位夫人妇德出众。如沈袅烟、白凌波初次与两位夫人见面之时,面对郑氏"两娘之来何太晚耶"的询问时,答道:"妾等远方乡闾之人也,虽蒙丞相一顾之恩,惟恐两夫人不虚一席之地,未敢即踵于门下矣。顷入京师,得闻于行路则皆称两公主,有关雎乔木之德,化被疏贱,恩覃上下。"[5]"樛木"同"乔木",也就说路上听闻郑氏、兰阳公主二人有妇德,烟、波二人方结伴而来。

《诗经·周南·桃夭》有云:"桃之夭夭,灼灼其华,之子于归,宜其室家"。文中用桃花盛开时的样子形容女子婚姻正当时。《苏贤圣录》中出现了对《诗经·周南·桃夭》的化用。苏月英在为侄女秀冰小姐画像的同时,还做了一首题画诗。诗中,苏月英盛赞秀冰小姐品貌出众的同时,还直白地

---

[1] 朱熹:《诗集传》,凤凰出版社,2007年,第8页。
[2] 朱熹:《诗集传》,凤凰出版社,2007年,第10页。
[3] 朱熹:《诗集传》,凤凰出版社,2007年,第10页。
[4] 朱熹:《诗集传》,凤凰出版社,2007年,第5页。
[5] [韩]金乃重:《九云梦》,北岳文艺出版社,1986年,第133页。

表达了对侄女出嫁的期盼之情，在这一部分便出现了"桃夭之文"的字眼。除此外，在朝鲜国文小说中，《桃夭》一诗还经常以"桃之灼灼"、"桃之夭夭"、"桃夭之诗"、"桃夭之时"、"桃夭祥年"、"桃夭之年"等形式被引用。

《诗经·采葛》曰："彼采葛兮，一日不见，如三秋兮。"《采葛》中"一日不见，如三秋兮"原是对男女相思之情的夸张描写，进而演变引申出了"一日三秋"的成语，意喻对人殷切的思念。原本描写男女之间殷切思慕之情的"一日三秋"，在朝鲜国文小说中变成更为夸张的"一刻如三秋"。在国文小说中"一刻三秋"的使用情况可分为两种：第一种与《采葛》"一日三秋"用法相同，主要强调男女相思情切，以致感觉时间漫长。如京板十六章本《春香传》写李梦龙听路人盛赞春香坚贞守节，顿觉"思念日切，一刻如三秋也"；第二种则与男女相思无关，只注重强调人对时间的错觉感受，比喻时间漫长，度日如年。如完板八十六章本《刘忠烈传》写面对贼兵入侵刘忠烈心急如焚："南贼兵临城下，龙脉危在旦夕，大丈夫内心之急切，真乃一刻如三秋也。"又如《淑香传》写淑香历经苦难后，听闻命中仍有十五载厄运，不禁悲从中来："人生苦行，一刻尚如三秋，遑论十五载耶？"其中第二种用法已偏离《采葛》以"一日三秋"比喻男女相思情切之原意，属古代韩文小说接受中国文化典故过程中对其原本意蕴富有朝鲜特色的变用。

《诗经·匏有苦叶》中曰："雍雍鸣雁，旭日始旦。"对此，朱熹作注曰："言古人之于婚姻，其求之不暴，而节之以礼如此，以深刺淫乱之人"。[1]《沈清传》中的"鸣雁之雍雍"对"雍雍鸣雁，旭日始旦"予以了直接的引用，用来形容沈清父母感情和美。

除上述语典外，朝鲜国文小说中还出现了"荇菜"、"葛覃"、"琴瑟之乐"、"鹿鸣"、"女也不爽，士贰其行"、"桑中"、"美目盼兮，巧目倩兮"等对《诗经》中词句进行引用的情况，在此不再一一赘述。

（2）对中国古代诗词歌赋名句中的词语、诗句的引用

朝鲜国文小说除了引用《诗经》中的语句外，还经常引用中国古代诗词歌赋中有名的诗词或者是词语，以记人、写景、状物、抒情、叙事。

a. 写景

如《九云梦》中借用王维《敕借岐王九成宫避暑应教》中的"仙家未必能胜此，何事吹箫响碧空"，描写了翠微宫景色之奇绝。又如《春香传》中分别直接引用王勃的《临高台》中"赤城映朝日，绿树摇春风"、"瑶轩绮构何崔嵬，鸾歌凤吹清且哀"、"紫阁丹楼纷照耀，璧房锦殿相玲珑"与杜甫

---

[1] 朱熹：《诗集传》，凤凰出版社，2007年，第25页。

《登岳阳楼》中"吴楚东南坼，乾坤日夜浮"的诗句来描写李梦龙登上广寒楼之后所见之美景。

b. 记人

《金环奇逢》描述张雪冰辗转抵达涿州后因寻亲无着而悲伤落泪时，这样写道："白居易《长恨歌》'梨花一枝春带雨'，似专为雪冰而作。""梨花一枝春带雨"出自白居易《长恨歌》，形容杨贵妃与唐玄宗离别时悲伤哭泣的容颜，小说引用此句描画出了张雪冰因无处托身悲伤哭泣时楚楚动人的模样。又如《烈女春香守节歌》在连引杜牧、周瑜等历史名人典故盛赞李梦龙之翩翩风姿后，写道："实可谓'香街紫陌凤城内，满城见者谁不爱'。""香街紫陌凤城内，满城见者谁不爱"出自岑参《卫节度赤骠马歌》，意在赞美赤骠马英姿飒爽。此处变用诗句原意，形容李梦龙玉树临风，受人喜爱。

c. 抒情

《沈清传》中通过直接引用王勃的《采莲曲》中"共问寒江千里外，征客关山路几重"与王维的《送元二使安西》中的"西出阳关无故人"的诗句，抒发了沈清与父亲离别之时的百般不舍之情。《刘忠烈传》中刘忠烈独坐灯前，看着锦囊中江小姐的诗文，不禁感叹道："旅馆寒灯独不眠，客心何事转凄然"。此处"旅馆寒灯独不眠，客心转凄然"，出自唐朝诗人高适所作《除夜作》的首句。《除夜作》创作于高适自蜀地回长安的途中，面对寒冷的除夕夜，心中自然充满旅人的苦情。在《刘忠烈传》中通过直接引用该句，在表达出刘忠烈的孤单寂寞的同时，也表现出了他因久寻江小姐而不得的惆怅之情。接下来的"日落长沙秋色远，不知何处吊湘君"则表现出了找寻不到故人时的满腹失望与迷茫。"日落长沙秋色远，不知何处吊湘君"出自李白的《陪族叔刑部侍郎晔及中书贾舍人至游洞庭》。

d. 状物

在《九云梦》中金万重变用白居易《琵琶行》中"大弦嘈嘈如急雨，小弦切切如私语"之名句，改之为"嘈嘈急弦，催却春秋之代谢"来比喻时间如流水，转眼即逝。

e. 叙事

在《九云梦》中杨少游为了一睹郑小姐芳容，模仿王维男扮女装混入郑府部分，杨少游面对貌美如花、气度不凡的郑小姐，直接唱出了"凤兮凤兮归故乡，遨游四海求其凰"之句。"凤兮凤兮归故乡，遨游四海求其凰"，原本是司马相如琴挑卓文君之时，所唱《琴歌二首》中的首句。杨少游通过引用这一句，直抒胸臆地表达了求淑女于郑氏的强烈愿望。又如

《淑香传》中直接引用白居易《李夫人》中"人非木石皆有情，不如不遇倾城色"来表达看客对李仙因与淑香相恋而招致父亲怒火这一行为的看法。

（3）对中国经史典籍中语句的引用

除去对《诗经》以及中国古代诗词歌赋中名言佳言的引用，我们在朝鲜国文小说中还能够发现大量引用中国经史典籍中语句的例子。

如《谢氏南征记》中刘延寿循迹来寻谢氏部分中，在写到妙喜在谢氏拜托之下携女童救下刘延寿，折返途中面对追杀而来暴徒的咆哮，女童扣棹而歌曰："沧浪之水清兮，可以濯我缨。沧浪之水浊兮，可以濯我足。"此句本出自《孟子·离娄上》中。文中孟子云："有孺子歌曰：'沧浪之水清兮，可以濯我缨。沧浪之水浊兮，可以濯我足。'孔子曰：'小子听之！清斯濯缨，浊斯濯足矣，自取之也。夫人必自侮，然后人侮之；家必自毁，而后人毁之；国必自伐，而后人伐之。《太甲》曰：'天作孽，犹可违；自作孽，不可活。'此之谓也。"① 结合《谢氏南征记》中刘延寿的遭遇，不难发现实际上女童口中所歌"沧浪之水清兮，可以濯我缨。沧浪之水浊兮，可以濯我足"，既可以算是对其经历的一种写照，也是对其的训诫。

又如《李大凤传》中，当李大凤向父亲表达自己积极入世的理想时，在连用轩辕与蚩尤、陶唐氏等事典的同时，还引用了"万钟俸"与"麒麟阁"的语典："壮逢尧舜之君，乱时腰别节钺。头顶金盔，身着护甲。右宝剑，左笏记。白旄黄钺，刀枪剑戟。统帅三军，平定四海。垂名竹帛，登麒麟阁。食万钟禄，知君父恩。""万钟禄"比喻丰厚的俸禄，出自《孟子·告子章句上》："万钟则不辨礼义而受之，万钟于我何加焉？"小说以此形容李大凤渴望封王拜相的远大抱负。"麒麟阁"最早出自《三辅黄图·阁》："麒麟阁，萧何造，以藏秘书、处贤才也"。《汉书·苏武传》中又有云："甘露三年，单于始入朝。上思股肱之美，乃图画其人于麒麟阁，法其形貌，署其官爵姓名。"后用此来表示对功臣的最高奖赏。《刘忠烈传》中刘忠烈通过"麒麟阁"、"万钟禄"表达了自己想成为一代名臣将相的愿望。

又如《玉珠好缘》中，在崔琬、崔珍、崔璟三兄弟与男扮女装的柳紫珠、柳碧珠以及柳明珠三姐妹同时劝解赵匡胤谋反称帝之说："古语有云：'天与弗取，反受其咎。'万望主公三思而勿失良机。""天与弗取，反受其咎"这一典故最早出于司马迁《史记·越王勾践世家》之中。司马迁又在《史记·淮阴侯列传》齐人蒯通劝韩信谋反部分引用了此句。《玉珠好缘》中引用此句，意在说明赵匡胤谋反称帝是天命使然。

---

① 禅香译：《孟子启示录》，京华出版社，2009年，第143页。

《林将军传》中"宁为鸡口,无为牛后",出自《战国策·韩策》"苏秦为楚合从说韩王"部分。

《沈清传》中"不孝三千,无后为大",是对《孟子·离娄上》中"不孝有三,无后为大"的一种夸张变用。

《张风云传》中"糟糠之妻不下堂",出自《后汉书·宋弘传》。

2)中国小说中某些描绘性词句的移用

朝鲜国文小说在产生与发展过程中一直处于中国小说与朝鲜汉文小说的影响与辐射当中。中国古代小说中的一些描绘性的词句也逐渐成为套话,被移植和引用到了朝鲜国文小说当中,其中最为典型的情况是对人物外貌与行军布阵情景描写的借鉴。

(1)人物外貌

人物外貌描写方面,朝鲜国文小说深受中国古代小说中外貌描写的影响。首先,我们来看一下《三国演义》中对几位重要人物的外貌描写:

刘备:生得身长七尺五寸,两耳垂肩,双手过膝,目能自顾其耳,面如冠玉,唇若涂脂。

关羽:玄德看其人:身长九尺,髯长二尺;面如重枣,唇若涂脂;丹凤眼,卧蚕眉:相貌堂堂,威风凛凛。

张飞:玄德回视其人:身长八尺,豹头环眼,燕颔虎须,声若巨雷,势如奔马。

诸葛亮:玄德见孔明身长八尺,面如冠玉,头戴纶巾,身披鹤氅,飘飘然有神仙之概。

曹操:身长七尺,细眼长髯。

赵云:看那少年:生得身长八尺,浓眉大眼,阔面重颐,威风凛凛,与文丑大战五六十合,胜负未分。

魏延:面如重枣,目若朗星,乃义阳人魏延也。

万晴川在对《三国演义》、《西游记》、《禅真逸史》、《隋唐演义》、《水浒传》、《樊梨花外传》、《杨家将演义》、《平山冷燕》、《锦香亭》等众多中国古代小说中的人物外貌描写进行考察之后,指出"在古代小说中,由于受相术观念的影响,王侯将相、才子佳人、贤妇烈女、孝子贤孙、鸡鸣狗盗、厮隶走卒等等，其形貌无不具有固定的模式"。① 其中中国古代小说中描写帝王将相的面貌时多用"两耳垂肩，双手过膝"、"龙眉凤目"、"虎目龙眉"，在描写将相之时多用"豹头环眼、燕颔虎须"、"声若巨雷"、"唇若涂脂"、"目若朗星"。实际上，除此之外我们还发现《三国演义》中十分重视对主要人物身高的描写与交代，如刘备身长七尺五寸、关羽身长九尺等。上述特点，在朝鲜国文小说的人物外貌描写中多有表现。如在《张伯传》中刘伯温"身长九尺，智略过人"；《苏大成传》中苏大成"身长八尺，身穿护身甲"；《张景传》中张景是"面如冠玉、声若巨雷的奇男子"；《龙文传》中龙文为"身长九尺，声若巨雷，豁达的大丈夫"；《刘忠烈传》中刘忠烈"身长十余尺，面貌端庄，身着黄金甲，绿云袍"等。上述国文小说中出现的英雄最终无一不成王拜相，权倾朝野。

（2）行军布阵场景的描写

朝鲜国文小说中，对中国古代小说中行军布阵的细节描写用典较多。

如《李大凤传》中细致地描写了李大凤以弱势残兵与北匈奴八十万大军对阵的场景。在这一部分尤其细致地对李大凤所布阵法进行了描述："东方青旗七面，亢氏房心尾箕；南方赤旗七面，斗牛虚危室壁；西方白旗七面，奎娄胃昴晕觜参；北方黑旗七面，井鬼柳星张翼轸，中间竖黄神旗，五方旗帜排开，此为诸葛武侯之八阵。观此阵势，神鬼莫测。"通过文中"此为诸葛武侯之八阵"，可知用典来自《三国演义》中诸葛孔明的八阵图。

又如《刘忠烈传》中刘忠烈与张闲潭互相施展法术斗法部分，出现了"六丁六甲"、"遁甲藏身"、"呼风唤雨"等奇门遁术。这些词语大多取典自《西游记》或者是《封神演义》等神魔小说之中。

韩国学者郑东国曾说："韩国军谈小说中，如《林庆业传》、《赵雄传》、《苏大成传》、《张国振传》等布阵之法、军服、战术，都以《三国演义》为蓝本。"② 实际上，不仅产生于朝鲜中后期的历史军谈小说与创作军谈小说深受《三国演义》的影响，在家门小说与创作军谈（英雄小说）融合的过程中，中国古代小说行军布阵的描写也进驻到了朝鲜国文长篇小说当中。如在家门小说《苏贤圣录》中出现了一段苏云星运用"八门金锁阵"成功擒住云南国残兵败将的场景描写："失魂落魄的达元一直跑到距云南城约十里之外的雪华山，方才没有追兵，人困马乏刚要休息，这时只听山谷间金鼓齐鸣，埋伏的兵将犹如虎豹般涌出，达元等受到惊吓，急忙观战阵势。只

---

① 万晴川：《命相·占卜·谶应与中国古代小说研究》，中国文联出版社，2000年，第64页。
② 郑东国：《三国演义对韩国古时调与小说之影响》，转引自陈翔华：《中国古代小说东传韩国及其影响（下）》，《文献》1998年第4期，第184页转引。

见一群宋兵摆出八门金锁阵，红色旗帜随风飘扬，旗上写着'大宋兵部尚书护卫将军苏云星'几个大字。旗下一员大将，头顶凤凰展翅头盔，一袭白色战袍上罩黄金铠甲，腰围玉带，坐下青葱万里云，手握七星剑。"①"八门金锁阵"典出《三国演义》第三十六回"玄德用计袭樊城，元直走马荐诸葛"部分。

此外，朝鲜国文小说中英雄人物所用兵器也多取自中国古代小说之中。如李大凤所用兵器为青龙刀，取典自《三国演义》中关羽。在《李大凤传》中，作者还特意安排了一场关羽前来送兵器的场景。小说写李大凤抵达华容道当晚，关羽突然现身以青龙刀相赠，希望李大凤以胜利来慰藉自己壮志未酬身先死的遗憾。

2. 朝鲜国文小说中事典的使用情况

朝鲜时期小说作家深谙中国传统文化，朝鲜国文小说中所用中国典故，尤其是事典同样不胜枚举，在此仅作简单举例说明。朝鲜国文小说中的事典大致可以区分为以下几种：

1）人物形象用典

在人物描写中用典的情况，又根据所描写对象的性别可以区分为男性与女性。在对女性形象进行描写时，多喜用赵飞燕、西施、杨贵妃、东家女、李夫人、"沉鱼落雁之容"、"闭月羞花之态"、"倾国之色"、"嫦娥"、"素娥"等事典，以形容女性容颜之美；同时还惯用"太任"、"太姒"、"娥皇"、"女英"、"孟光"、"无盐"、"班昭"等来形容品性高洁，幽静娴熟的女性。如《刘氏三代录》中接连用典来形容刘明慧的美貌与贤良淑德："幺女明慧更是奇特。生就玉骨冰肌，美目如星，面如桃花，额如满月，眉如春柳，厌飞燕皇后之轻盈，嫌太真妃者之丰满，体态适中，才质出众，万古难寻敌手。……牙牙学语，始学文字，至六七岁而能惊天地泣鬼神，文章远胜苏小。性情贤淑端直，德行高尚，具樛木之德、伯姬之坚。故而父母独爱之，亲友无不赞其奇。"文中"飞燕皇后"、"太真妃者"分别出自汉朝的赵飞燕与唐朝的杨玉环；"苏小"出自齐代名妓苏小小；"伯姬"为春秋时期鲁国公之女，后嫁于宋国恭公为妻，恭公死后再未婚嫁。文中通过这些历史人物典故，盛赞了刘氏的美貌与妇德。

在对男性人物进行描写之时，多用以"李白"、"宋玉"、"潘安"、"杜牧之"等来形容其容颜之俊美；用"陶渊明"、"杜甫"、"王羲之"、"李白"、"诸葛孔明"、"关羽"、"穿杨之才"等历史上具有非凡才能的人物或者与该

---

① [韩]赵慧兰等译：《苏贤圣录》1，昭明出版社，2010年，第369页。

人物相关的事件来比喻男性非凡的文韬与武略。如《九云梦》中在对杨少游进行介绍时写道："年至十四五，秀美之色似潘岳，发越之气似青莲，文章燕许如也，诗材鲍谢如也，笔法仆命钟王，智略弟畜孙吴。诸子百家，九流三教，天文地理，六韬三略，舞枪之法，用剑之术，神授鬼教，无不精通。盖以前世修行之人，心窦洞澈，脑海恢廓，触处融解，如竹迎刀，非风流俗士之比也。""潘岳"即潘安，西晋文学家，因貌美而有掷果盈车之典故；青莲即诗仙李白；燕许即唐朝燕国公张说与徐国公苏颋，二人因文章而齐名；鲍谢即南朝诗人鲍照与谢灵运；钟王即钟繇、王羲之；孙吴即春秋与战国时期的军事家孙武与吴起。金万重用上述人物与典故来比喻杨少游的文韬武略、经世之才。

2）对事件的描写

在朝鲜国文小说中同样存在对具体事件与场面进行描写时用典的情况，简单介绍如下：

"南柯一梦"，原本出自唐朝李公佐的小说《南柯太守传》中，用以形容一场大梦或者一场空欢喜。在朝鲜国文小说中，"南柯一梦"出现频率较高，多采用的是直接引用。如在《白鹤扇传》中，刘泰宗与夫人多年没有子嗣，一日夫人突然梦到一个粉雕玉琢的童子因受到惩罚骑着白鹤投胎到了腹中。从梦中惊醒之后，夫人不禁慨叹不过是"南柯一梦"。除此之外，在《金珠传》、《苏大成传》、《淑英娘子传》、《淑香传》、《杨风云传》、《玉珠好缘》等小说中都曾经出现类似取典于"南柯一梦"的情节。

"巫山神女"：最早出自《山海经》，之后宋玉再作《高唐赋》讲述楚怀王梦中会瑶姬的故事，后由此衍生出了众多形容男女之间爱情的词句，如"巫山"、"巫山云雨"、"云雨之乐"等。朝鲜国文小说中，有不少小说取典自这一故事。如在《九云梦》中杨少游用"昔神女朝为云暮为雨，今春娘朝为仙暮为鬼，足可敌也"来形容贾春娘装神弄鬼与其密会之事。此外，《淑英娘子传》、《杨风云传》、《狄成义传》、《沈清传》等国文小说中也都引用了此典。

"弄玉吹箫"：出自刘向的《列仙传》卷上："箫史者，秦穆公时人也，善吹箫，能致孔雀、白鹤于庭。穆公有女字弄玉，好之，公遂以女妻焉。日教弄玉作凤鸣，居数年，吹似凤声，凤凰来止其屋。公为作凤台，夫妇止其上，不下数年，一旦皆随凤凰飞去。"《九云梦》云："太后谓皇上曰：'昔秦穆公女弄玉，善吹玉箫。今兰期妙曲，不下于弄玉，必有箫史者，然后方使兰阳下嫁矣。'以此兰阳已长成，而尚未许聘矣。是夜，兰阳适吹箫于月下，以调鹤舞矣。曲罢，青鹤飞向玉堂而去，舞于后苑。是后宫人盛传杨尚书吹玉箫，舞仙鹤。其言通入宫中，天子闻而奇之，以为公主之缘必属于少游。"文中以弄玉与箫史的故事来暗喻兰阳与杨少游乃天作之合。

"卓文君夜奔司马相如"：典出《史记·司马相如列传》："卓文君新寡，司马相如以琴心挑之，奏求凰之曲，文君闻琴心动，夜奔相如，二人结为夫妇。"《九云梦》中秦彩凤见杨少游风采，春心萌动，遂主动示好部分，引用此典为自己的行为开脱曰："女子从人，终生大事。一生荣辱，百年苦乐，皆系于丈夫。故卓文君以寡妇而从相如。今我即处子之身也，虽有自媒之嫌，臣亦择君，古不云乎？"

"武则天杀女求后"：《谢氏南征记》中董青引用"武则天杀女求后"的史实为乔氏出谋划策以除掉谢氏。"此唐史也。高宗爱王皇后，武昭仪欲逸后，未有隙。昭仪生女而美，后爱之，时就抚焉。一日，后于房中抚弄昭仪儿，后才出，昭仪压杀之。即大哭曰：'谁杀吾儿？'诘问宫人，皆言无他人来，惟皇后来耳，后终不能自明，高宗遂废皇后，立昭仪为后。是为则天皇后。自古行大事者，不拘小节。向者掌珠之病，翰林已疑谢氏，娘子所不足者非男子也。苟行则天之计，谢氏虽有任姒之贤，苏张之辩，必不能自明矣。"在这一部分，董青以"武则天杀女求后"之典故，劝解彩鸾杀子以诬陷谢氏。

《九云梦》中郑司徒得知杨少游男扮女装演奏《凤求凰》始末，不禁大笑曰："杨状元真风流才子也。昔王维学士，着乐工衣服，弹琵琶于太平公主之第，仍占状元，至今为流传之美谈。杨郎为求淑女，换着衣服，实多才之人，一时游戏之事，何嫌之有？"郑司徒所言"昔王维学士，着乐工衣服，弹琵琶于太平公主之第，仍占状元"，典出《王维传》。文中在此引用此典，意欲以王维女装换功名的史实来突出和强调杨少游的风流倜傥。

此外，《谢氏南征记》中还取典"嬴政与吕不韦"之间的关系，用来暗示乔氏后生之子实为董青之子；《九云梦》中取典《三国演义》中刘备、关羽与张飞三人"桃园结义"的场景，详细描写了杨少游两妻六妾金兰结义，凸显出了杨少游众妻妾之间的和睦友好。

通过以上几个方面的考察，窥一斑而知全豹：尽管存在着语言上的障碍，但朝鲜国文小说无论是在形式、主题、内容，还是在人物、时空背景与词语、典故方面，都深受中国文化的影响。这也就为我们进一步了解和研究古代东亚社会中国与韩国之间文化交流的情况以及中国汉文化域外辐射的广度与深度提供了更为广阔的研究领域与空间。